张洁文集 ④

长篇小说

无字 第二部

目 录

第一章 …………………………………… 001
第二章 …………………………………… 063
第三章 …………………………………… 108
第四章 …………………………………… 159
第五章 …………………………………… 213
第六章 …………………………………… 249
第七章 …………………………………… 279

献给我的母亲张珊枝

大音希声,大象无形。

——老子

第一章

一

结果和当初的设想是那样的不同。

二

当那个深秋的夜晚,吴为坐在零霭村丹阳观山门的门槛上,顺着嵌钉在重甸甸、黑沉沉的塬上,如逗号、句号、顿号、惊叹号、破折号的灯火,九曲十八弯地开始她对塬的阅读时,胡秉宸正在大别山的一处山坳里,向滂沱大雨中抛洒出一道在膀胱中潴留过久的秽水。

虽然他的后腰上顶着一杆美国造的卡宾枪,但他还是不失时机地赏鉴了这杆重量很轻,可以连发然而少见的枪。彼时,部队里最好的枪也就是日本造,不论谁缴获了都得上交首长,可以想见,这杆卡宾枪的主人不同寻常。

一九四七年秋季,在大别山的夜色中从膀胱中抛出这一道抛物线的胡秉宸,与十年前在零霭村小火车站上吃臊子面时相比,已经有了很多改变,仅从他的面相就可以搜寻到不少可供推敲的线索。

但胡秉宸到底是胡秉宸,此时此刻还有闲情逸致将他那道抛物线修饰得尽善尽美,力求使其显现出磅礴之势。

一绺颤颤悠悠、弱不禁风的灯光从胡秉宸背后射来,含含糊糊地照射在雨中那道抛物线上,他认为那道弧线果然不负所望。他的眼波,一次又一次拂过抛出那一道抛物线的管子,一副"醉里挑灯看剑"的情态,他几乎对着那道管子赞道:"好剑!好剑!"

遗憾的是那道着意经营的抛物线在暗夜中渐渐迷失了神智,六神无主,摸不着东南西北,无声无息地坠落在夜的深处,夜就展着自开天辟地以来谁也没能猜透、谁也没能玩透的老脸,坏笑起来。

忽去忽来的山风如交响乐中的变调,若即若离地撩拨着这两个在暗夜中较劲的男人。

隐约在夜雨后的山峦,更是阴沉地凝视着这两个企图在它的地界里一逞英豪的男人。

胡秉宸的抛物线终于走向强弩之末,他不大情愿地抖了抖自己那柄"好剑",做了一个收势垂下。这把"好剑"本该收入国人叫做遮羞布的布兜里,但此时只能将它垂下,因为胡秉宸已被剥得赤条条丝缕不挂。

曾几何时,胡秉宸还在零霖村小火车站上为吸食面条的动静一阵尴尬,如今却赤条条在另一个男人的瞠目下,从从容容将如此私密的事情办得如此堂皇!张口也能潇洒地来个"操他妈"或"妈了个×",早已摆脱文明的羁绊,向直白的表达靠齐。

看起来胡秉宸已进入了革命的熔炉。可他端着那柄"好剑"的最后几抖,连自己也不觉地抖出了深藏的不屑。

胡秉宸对那道抛物线的唯美要求,与硬邦邦顶在后腰上的那杆卡宾枪不无关系。

战士赵大锤也早已不必这样硬硬地顶着胡秉宸,但有一种深潜的、说不清的恨意在作祟。

这恨意源于一起事故。

战士赵大锤前不久还在班长的岗位上,最近才削职为兵。

就在胡秉宸到来前不久,中央派来了一个情报交通,等待甄别期间由赵大锤看守。赵大锤凡事积极主动,看守之外另加一轮审问,二话不说,先将来人吊起打个半死。

老资格的情报交通一路智闯国民党围追堵截,关关化险为夷,却没想到在自家人的小河沟里翻了船。他无奈而又恼怒地对赵大锤说:"你这样对待中央派来的情报人员,将来是要负政治责任的!"

赵大锤是个重证据轻口供、从不意气用事的人,闲闲地问:"有证据吗?"

"当然有。"情报交通拆开衣袖边线,从折边里抽出小纸一条。

赵大锤接过一看,不过是张白纸,自视甚高的赵大锤愤怒了,"你个杂种操的,敢拿一张白纸唬老子。"三下两下就把那条小纸撕了。

情报交通连声叫道:"不能撕,不能撕,在火上烤一烤就能看到字啦!"

赵大锤参加革命若干年,自觉学问已然了得,而"你这样对待中央派来的情报人员,将来是要负政治责任的"威胁,也激发了他比试一下的用心,他哂笑着说:"你以为老子不懂?字都是写出来的,哪里听说烤出来的?"

什么叫"秀才遇见兵,有理说不清"?这就是最权威的解释。

这个妄想拿着一条小纸蒙混过关的家伙,不是特务又是什么?班长赵大锤甚至站都没有站起来,坐在那里,反手一枪,老资格的情报交通员脑袋就开了花。

直到上级机关追问起来,优秀班长赵大锤才不得不削职为兵,那份机密等级为"三根鸡毛"的情报,也就这样无影无踪了。

削职为兵的赵大锤百思不得其解,那些拿着一指宽的小条子跑来跑去的人有什么了不起?怎么就能吆五喝六?怎么级别比他还大,让他敬神似的敬着?

从那时起,赵大锤心里就打了个结。

可以想见,如果日后战士赵大锤不是死于非命而是坐了江山,那么在日后一波又一波的政治运动中,将如何对待白脸书生。

胡秉宸犯了一个大多数城里人或知识分子常犯的错误,低估了赵大锤们的智商,把他们表面的木讷解释为鲁钝。

好比此时,战士赵大锤就分毫不差地体会到胡秉宸的挑衅。他站在胡秉宸身后,一直斜睨着胡秉宸引以自豪的那柄"好剑",轻蔑地暗笑着,那也算男人的物件?!这样一个长不过二寸、缩头缩脑的"武大郎",也敢拿到他这个"西门庆"面前来比试?

赵大锤没有读过纸介《金瓶梅》,但是早从戏曲,特别是地方戏曲中,熟知了男女间的基本操练——掌管哪出戏可以上演、哪出戏不可以上演的行当,还要等上二十多年才会出现。

说起来实不足道,赵大锤对胡秉宸的蔑视也好、敌意也好、不屑也好,不完全像理论上分析得那么深奥。

杵在胡秉宸后腰上的那杆枪,也就更加下劲了。

不要说彼时大别山上这两位革命队伍里的战友,相信同一时刻,世界各个角落都有不少准男人在较量这个抛物线的射程。当他们成长为一个男人之后,不分肤色、国籍、民族、职业、学养……更会互相攀比这一物件的孰优孰劣,用这种办法证明他们伟乎其大的男人品德。

尤其国人,还会以此认定今后的前程,诸如指点江山、横扫一切、征服女人的种种潜能,与它的 size,也就是尺码、型号,息息相关。并且认定,即便从全世界的范围来较量,自己也是那个 number one。他们的盲目、自大,在他们对这段管子的自恋上表露无遗。

而团长对胡秉宸那点情不自禁的尊敬或逢迎,难免不让赵大锤对卸去的班长职务回味一番。

胡秉宸与赵大锤周围的知识分子不大相同。怎么不同,赵大锤也说不清楚,反正他觉得周围那些知识分子本质上和自己差异不大,而到了胡秉宸这里,就变成永远不可能尿到一个壶里的另类。别看现在"走到一起来了",可赵大锤的直觉告诉他,不过是暂时的。

赵大锤的智商绝对在胡秉宸之上,好比这样的觉悟,胡秉宸差不多到了此生尽头才略有了悟。

智商极高的赵大锤却不是标新立异的另类。

好比吴为功成名就之后,某次周游列国与一位财团老板相遇,他们就人类有没有一个共同的梦想争论起来,她觉得"共同"这个标准很难统一、确认。

财团老总却说:"总能有一个大致的认同吧?比如说富有。"

她翻着眼睛给老板来了一句:"什么叫富有?"只是因为礼

貌才没有说出后面的话——你以为像你那样有钱就是富有吗？她克制住自己，换一个说法："对我来说，一个中等生活就够了。如果让我选择，旅游宁肯住 room 或 zimmer（德语，房间之意），也不愿住五星饭店；居家宁愿住纽约第五大道的地下室，也不愿意住地下室上面的房子。有方便的公共交通，何必非要拥有卡迪拉克？只要商店里有可心的衣饰，何必非得请 couturier（专门服装设计师）？更不必日日三餐都去香榭丽舍否则宁可饿死……"

说完这番话，她也立马从一个让男人兴味盎然的女人，变成一个让男人唯恐避之不及的怪物。

这种转换她并非没有感觉，回到家里回味一下，发现这种情况并非偶然而是一再发生，但就是不明白这种转换的症结所在。

换了赵大锤就绝对不会像吴为那样，宁愿住纽约第五大道的地下室而放弃地下室上的豪宅。

吴为要不是装傻，就是矫情。

赵大锤像所有正常人一样想过一个好日子，至于怎样才能过上好日子，起始并没有多少奇思妙想，无非就是有很多的钱财，更要有很多的女人。

有关好日子的奇思妙想，是逐渐丰富起来的。

赵大锤一枪在握之后，首先体会到的是敬畏。其实让人敬畏的不是某个"人"——人跟人差不了多少。让人敬畏的是人手里的钱，或枪，或权，或能力……自己虽因枪杆子使用不当受了处分，却不能损害他对枪的顶礼膜拜。枪不但是他的图腾，也是很多大人物的图腾。在未来的岁月里，枪杆子肯定还会发挥越来越大的作用。

以实求实地说，他那个削职处分也与女人有关。

但女人的事不全是他的责任。那天晚上，他向房东借了个大盆洗澡,房东是一个四十多岁的寡妇,主动地对他说:"我给你搓搓背吧。"

搓背之后,还能有什么别的结果?

第二天部队转移到另一个村,赵大锤想起搓背的寡妇,有点意犹未尽,晚上便又摸了回去。大门已经顶上,又不好大张旗鼓敲门,只好翻墙进去。院子里黑咕隆咚,他两眼一抹黑进了媳妇的屋,只好将错就错把媳妇干了;再去找寡妇,又错进了姑娘的门……归队时被领导发现,加上枪杆子使用不当,只好卸去他班长的职务。

如果一定要问战士赵大锤对革命有什么不理解之处,那就是他始终不能理解,睡女人到底算什么原则问题?这种事也能算做处分的理由?

从寡妇娘往下,媳妇、姑娘,问问那满门的女人,哪个挨了他的操不欢天喜地?哪个不宝贝他那个所向披靡的物件!

三

胡秉宸转过身来,对战士赵大锤怪模怪样地笑了一下,这笑容绝对谈不上是敬仰。

很久以来,胡秉宸都没有得到如此合适的机会,来展现这样一个微笑了。然后又瞟了一眼刚才杵在他后腰上,现在则是对准他脑袋的那杆卡宾枪。

枪是一杆好枪,持枪人赵大锤更是出色,伟岸挺拔算不得什么,难得的是颧骨上没有蒙古人种特有的、极具质感的两团肉块。那两处骨感的削颊,不但为赵大锤添了一份飒爽,也显出决断的倾向。

不论胡秉宸还是赵大锤自己,都没有料到赵大锤近在两年后的结局。

"钟山风雨起苍黄,百万雄师过大江"那一伟大历史时刻,战士赵大锤那只渡船被国民党炮弹炸飞,船上战友全部牺牲。不会游泳的他却顺手捞到一块船板,连蹬带踹游过了长江并只身抢占了敌人一个火力点,为后继部队抢攻扫清了障碍,当之无愧地成为渡江战役中的一名战斗英雄。

如果赵大锤没有只身抢占敌人那个重要火力点,军事地图左路上的那个红箭头又会怎样走向?人们无法估量赵大锤为那个红箭头的径直走向做了多大贡献,但可以说他为那个红箭头的径直走向做出了一定保证。

直到战斗结束,赵大锤才发现他的屁股被炮弹削去一片肉,两个虎口豁得翻花,膝盖磨得白磕磕地露着骨头。

他没有居功自傲,只是在恢复班长职务时高兴了一阵。说来也怪,比之奖给他的那个军功章,他更欢喜的是班长职务恢复。

在日后许多影视片中,无数次重现过解放军战士只身抢占敌人火力点或端掉敌人碉堡的经典镜头。不知人们在欣赏那些影视片并为之感动的同时,会不会知道有个叫做赵大锤的战士,当年为着中国人民的解放也曾如此英勇战斗?

赵大锤没有牺牲在解放南京、上海艰苦卓绝的战役中,相反,他随着人民解放军进驻上海,并有幸得到中共华东局对参加解放上海战役全体指战员的那个奖励——每人一斤猪肉。而那些为解放上海、牺牲在上海大门口的七千多名指战员,就连这一斤猪肉也没能吃上。

进驻上海的赵大锤,平生第一次品味号称"东方小巴黎"的上海,还有那些千娇百媚的上海女人。

不要对战士赵大锤说三道四,即便胡秉宸这种水里煮过三次、火里烧过三次、血里洗过三次,无产阶级、资产阶级日子两不耽误的人,一旦回到上海依然心有所动。

当街头欢迎队伍里的一位小姐跑上前来,在赵大锤的枪口挂上一朵大红花的时候,他虽目不斜视继续前行,可还是感到了(而不是看到)她极短的旗袍袖下春光乍现的腋毛。旗袍又非常合身,凹凸有致地勾勒出一番乡下女人不可比拟的曲折,那是来自农村的赵大锤无从想象的风光。

旗袍改写了赵大锤与女人的篇章。

更不要说献花小姐由于兴奋和奔跑而来的喘息。

对女人的喘息赵大锤相当熟悉,他想起了在农村那如鱼得水的日子,还有那些被他弄得颠三倒四,对他只想不恨的女人。

到了此时,赵大锤才知道过去对革命的理解有些肤浅。如果没有革命,即便哪天能与上海相逢,却永远进入不了上海的五脏六腑。只有革命,不但使他成为渗透上海每一个脏器的血液,还使他成了那些脏器的主人。

赵大锤的豪情壮志,顺着那些刺向云端的高楼攀升。他毫不犹豫、毫不留恋地从自己生命史上抹去了生于斯、长于斯的土地,他是再也不要回农村去了。

几天后的一个雪夜,当女佣阿香看到栅栏门外赵大锤和他那班战士在纷飞大雪中席地而眠的时候,便力邀他们到廊下避一避。班长赵大锤没有拒绝,其实也不应该拒绝。有什么必要在雪地里淋个整夜甚至两夜?有什么必要拒绝阿香的盛情邀请呢?

阿香为赵大锤和他那班战士熬了姜汤。作为班长,赵大锤总得出面到厨房向阿香说几句感谢话。一切就绪之后,阿香知趣地回到佣人房间,赵大锤因为要为班里战士烧水、续水,不得不时时穿过客厅进入厨房。

地板上到处抛弃着逃亡主人未及带走的杂物,一不小心,就"当——"地踢上一个金属器皿,或软绵绵地踩上一件衣裙。

留守女佣阿香为什么不收检一下?也许她就势解放了自己。

战士们入睡之后,赵大锤把大家用过的碗盏收进厨房,这时他一脚踢上一个物件,低头一看,是一只躺在樱桃木地板上的锦缎盒,盒里有棵裹在丝绸中的人参。

赵大锤对人参一知半解,也不知道一棵野参的真正标价,只对它延年益寿的作用略有所闻。又想到这是被人丢弃、已然沦落到与垃圾等同的东西,不论什么东西,一旦作为垃圾扔了出去谁都可以捡起。而一棵能够延年益寿的人参被当做垃圾丢弃又是多么可惜,简直可以说是暴殄天物。在长久顾不上吃喝、饥肠辘辘的情况下,他很自然地捡起那棵人参,放在炉子上煮了煮,就着汤水一并吃下。

他没想要独吞,当他煮好那棵人参的时候,还朝廊子底下的战士们看了看,见他们个个睡得很沉就没有叫醒他们。这一仗打得是太辛苦了。

可以看出,赵大锤对这棵人参的态度就像他和女人的关系一样。从天性上来说,赵大锤是一个浪漫主义者,甚至他独闯三关抢占敌人火力点时,都没有想得那么隆重、郑重、严重。这种人只合当一个吊儿郎当的艺术家,可是历史这位导演偏偏派给他这样一个严肃的角色,使他成为这个纪律严明队伍中的一员。

赵大锤很快就像是一只灌饱二氧化碳的气球。幸亏留守花园洋房的女仆人阿香熬了一锅萝卜汤让他喝下,才将膨胀体内的气体逐渐放出。这样一来,本在楼外廊下席地而卧的赵大锤,就睡到了厨房的地板上。

当阿香俯身查看他是否已经复原时,她的乳房有意无意地从他胸上擦过。赵大锤的大胸肌触到了世上最具诱惑力的弹性,同时也嗅到了女人身上的肉香。

处分之后赵大锤久已没有接近女人,于是为下一个机会积蓄了趋于饱和的力量。这种蓄势待发的状态像洪汛之期万马奔腾的江河,一旦喜逢蚁洞,就会破堤而出,四处横流。

赵大锤伸手就把无依无靠的阿香揽在怀里……

他们在厨房地板上滚翻着、扑腾着,如两只对虾一般脸对脸地钳制着对方,如阿香从菜篮子拎出放到案板上的活鱼,原本僵僵地挺着,猛然就会来个爆发力极强的鱼跃。墙角的橱柜、炉子、切菜台子,被他们撞得摇来晃去,似乎比当事人更加兴奋异常,哗哗啦啦地震响着。

这两个于茫茫人海中四处寻找出路的劳苦人,此时此刻,既不用流血牺牲,也不靠他人解救,更不需要什么理论,谁也不妨碍地以自助形式开辟了自己的乐园。

他们的享乐,与警惕再三、谈虎色变的"资产阶级腐蚀"毫无关系。

阿香既不是资产阶级用以腐蚀共产党人化作美女的蛇,也不是国民党的潜伏特务。无产者阿香出于对革命的阶级感情,将自己贡献给了革命。

如果赵大锤不发生意外,也许日后会与阿香谈及婚嫁?也许不会。按照他那时的命运走向,前程该是远大的,就像军事地图上那个又红又粗的箭头,说不定将来某一天,带着一个文化艺术代表团到真正的巴黎访问也未可知。

可是他那个正在畅通无阻的红箭头突然拐了弯。几天之后,赵大锤和全班战士,惨死在接管的一家银行金库里。

赵大锤不知为什么选中金库那一处地方作为当夜安营扎寨之所,命令全班战士在金库宿营。

战士们关闭金库闸门的时候,并不知道从此再也走不出那个闸门,也不知道在战场上攻无不克、坚无不摧的他们,最后竟不能将这看似几斤重的闸门开启。

他们带着惊奇和满足,摩挲着金库光滑、平展的四壁,在经历了连续作战的疲劳和多年没有正常睡眠的生活后,这一处四壁光滑、晶亮如镜的大"房子",于他们是太过惬意的享受,于是他们心满意足地躺下,躺下就没再起来。

直到氧气一点点耗尽,才知道这个一眼到底、无掖无藏的"房子",充满不动声色的杀机。

没人知道那几个在渡江战役中冲锋陷阵、随解放大军胜利进入上海的战士,在没有硝烟、绝对安全的金库里,如何在光滑的四壁上绝望地抓挠,也无人听到他们求救的呼声。那呼声该是带着何等华美的恐怖,被铜墙铁壁成倍地反射回他们的耳鼓?

有人说他们是在缺氧情况下渐渐昏迷,并没有显出特别的痛苦;又有人说他们的军装在窒息中被自己撕扯为条絮,个个肤色黑紫,惨不忍睹……

不知责任在谁,反正在放下金库闸门之前,没有人对金库进行最后的清场,也没有人对当日进出金库的人员进行必须的清点。

占领了资产阶级金融阵地的战士们,没有看到贴在墙上的有关警告——即便看到,也未必懂得那警告意味着何等的危险。

而懂得这些警告的银行旧人,都被赶出了金库重地。

这个风光无限的城市,对它的新主人掀起了蒙在身上的一角苫布,稍稍显露了内中深不可测的景物。也没有人告诉这些新主人,需要学习的实在太多。

胡秉宸此时已是肃反委员会的一名处长,当他接到这个定性为反革命案件的报告时,并不知道大别山上用一杆枪杵着他后腰的赵大锤就在其中。

胡秉宸经历的荒诞不能算少,包括到太行山送情报一节。可他无论如何想不到,赵大锤一班人马死得如此荒诞不经,并认定果然是个反革命案件,为此抓了几个嫌疑人。胡秉宸绝对不是"左"倾机会主义者,只能说由于长期处于地下工作的严酷环境,对事对人过于戒备。在不久后的镇压反革命运动中,经胡秉宸逮捕的嫌疑分子就有二百多人。

不过他对待潘汉年一案的态度又说明了什么?

当胡秉宸从中华人民共和国第一次全国人民代表大会第二次会议上的工作报告中得知,"潘汉年、胡风两代表,因为已经发现他们有进行反革命活动的证据,常务委员会在第九次会议上和第十六次会议上根据最高人民检察院张鼎丞检察长的请求,依照《宪法》第三十七条的规定,已先后批准将他们逮捕审判",作为同样长期从事党的地下工作,对潘汉年不是全无了解的胡秉宸,却对这一决定既无疑惑也无不安,对在共产党秘密工作中屡建奇功的这位首脑人物也无同情。

所谓奇功,就是在棘手、复杂、危难、紧急程度几为绝顶情况下力挽狂澜,化腐朽为神奇,化黑暗为光明,化绝望为可能……即便齐天大圣在如此逼仄的刀山剑岭之间周旋,怕也难免失误,何况凡胎肉身?不是说了"要奋斗就会有牺牲",失误算不算牺牲的一种?

尽管胡秉宸听说逮捕潘汉年之前,他所崇敬的陈毅同志曾亲赴中南海,直接向毛泽东报告、呈递了潘汉年对有关疑点的说明,但胡秉宸更相信毛泽东在看了潘汉年的说明后,在说明上留下的御批:此人从此不可信用。

就在同一天,毛泽东又做出立即逮捕潘汉年的决定。

胡秉宸从这一决定之快速、决断,更判断出此案背景非同寻常。

此后,政治运动如炼狱之火,一茬又一茬燃遍中国大地。无数人的政治生命,甚至他们的肉体,被这炼狱之火无情吞噬,成为一轮又一轮政治运动的陪葬。

在一茬又一茬名目繁多的政治运动中,胡秉宸因了过人的机敏、睿智、严谨,也许还有幸运,从未伤及皮毛,惟独"文化大革命"未能幸免。

政治嗅觉如此灵敏的胡秉宸,看准了什么时机,从什么时候开始,才将纵横上下几十年的经历,作为一个宏阔的题目来温习?

这"温习"就像一部乐曲的主旋律,在每个乐章中反复出现。每一次出现,都像《命运交响曲》中那几声敲打命运之门的重击,反复叩问着一个世纪的疑惑。

或许因为他本人就是这疑惑中的一个部分,所以那温习也就始于疑惑,止于疑惑,终究不得其解,长期处在"剪不断,理还乱"的状态。

共产党内不乏英才、奇才,比胡秉宸更为杰出的人物如山如海,而能像他这样逃过多场政治厄运的却并不多。

从这点来说,也不能说胡秉宸的"温习"毫无成效。

虽然几十年后潘汉年一案终于得到平反,胡秉宸却仍然认为自己在镇压反革命运动中抓获二百多个嫌疑分子是正确的,颇不以为然地说:"……当然潘汉年非常精干,本事不小,唉,像这样的冤案不知有多少,仅胡风一案就牵连了上万人……但无论如何,潘汉年还是右得厉害。镇反运动中我抓了二百多个嫌疑分子,当然里面有'反共救国军'、工潮中的'敌工人员',并不一定都是特务,但是他们拒不交代有过哪些活动,有些还继续活动,甚至拒绝交出枪支……结果这二百多人都让潘汉年放了,上海公安局归他管嘛。他太相信人、太讲感情,敌人给共产党做点儿事,为自己留个后路的情况是有的,但要正确对待。上海解放初期那些审讯特务的人,差不多都是他留用的特务,他觉得这样可以审讯到点子上,其实很多情况下这些人是在包庇那些被审讯的特务。这些人可以用,但绝不能放手把全权交给他们,对他们既要使用也要监视。"

即便后来到了二十世纪末,当胡秉宸准备把他多年的"温习"辑录成书的时候,也没有对这个传奇人物和他一生的遭遇稍作回顾……

四

比之赵大锤一枪撂倒的资深情报交通,胡秉宸可说是运气极佳。他在赵大锤那里遭遇的,不过是一杆杵在后腰上的卡宾枪。

处分并没有打击挫伤赵大锤对审讯工作的热情,他认真仔细地搜查了胡秉宸,包括从胡秉宸身上扒下来的衣物。除去一盒香烟、几块银元和一些金圆券之外,什么也没有查到。

一抹介乎冷嬉之间的笑意在赵大锤的脸上泛出,他转过头来,像画家欣赏自己一幅不太认真的戏作那样,端详着被他剥个一丝不挂的胡秉宸。

也不看看你在和谁玩儿!胡秉宸哈哈笑道:"小赵,你检查完了吧?你这家伙不中用啊。把我的香烟盒子拿过来,让我告诉你。"

赵大锤拿来香烟盒子,胡秉宸慢条斯理地从烟盒里找出一支香烟,将那支香烟剥开,抖净烟丝,里面竟还套着一个细纸卷;再将细纸卷小心翼翼展开,上面是用极细的铅笔密密麻麻写着的情报。胡秉宸仰起头对赵大锤说:"看见了吧,上面的情报共有六十条,写的是国民党部队的驻地和番号。为了和别的烟有所区别,我在这支烟上扎了一个很小的洞。此外,更大、更重要的情况,都在我脑子里装着。"

赵大锤这才想到,"烤一烤就能烤出字来"的说法,可能有些根据。

"还有一样……你把刚才检查过的袜子拿过来。"胡秉宸放出一个具有表演性质的微笑,变魔术似的从袜子边上摸出一个金戒指。那双袜子赵大锤从上到下捋了几遍,偏偏就没摸到这个金戒指。

赵大锤觉得被胡秉宸耍了个六够,他哑然转过身去,随之又眼睛一闪……胡秉宸的鞋子还没有搜查!他更加认真地将那鞋子左看右看,似乎在鞋底上发现了重要线索:"你说你走了两三天的路,刚才又下了那么大的雨,怎么鞋底一点不湿?"

"这双鞋的底子是皮的,所以进屋一会儿就干了。"本可就此完了,但在赵大锤一而再地说不清是戏弄还是寻隙,没上没下、没大没小、没尊没长的激发下,深沉如胡秉宸者也难免轻狂起来,挖苦道:"你难道不知道皮子是不大吸水的吗?"

原本不时杵一杵胡秉宸的枪杆子,此后也就难舍难分、硬硬地杵在了胡秉宸的后腰上。

胡秉宸接着又说:"你还得拿张纸来,我得赶紧把脑子里的情报写下来。"这时,赵大锤就更觉得胡秉宸是在发号施令了。

胡秉宸把存放在脑子里的情报写到纸上以后,就肃下脸子对赵大锤说："这些军事情报时间性很强,过时就没意义了,你们得赶紧发送到上级机关去。"

按照过去,所有情报只须记在脑子里就行了,胡秉宸的记忆力是惊人的。

一九四三年他独自乘船送一支手枪到某个县去。那是一条非常危险的路线,全线都是国民党特务的地盘,没有一个自己的关系可以接应,除此又没有别的路线可走。

刚上船就有个农民装扮、手里提只闹钟的人坐在了他的对面,胡秉宸一眼瞟去就觉得在哪儿见过。

到底在哪儿?一时说不清。胡秉宸因为工作需要,出入过各色人等的聚会场所。

国民党要员、名流、金融世家、商贾、骗子、公开或地下的共产党中坚分子、进步人士……此时全往重庆聚集。不过像对面这个人又能在什么场合相遇呢……很可能是在茶馆。胡秉宸想起来了,是在茶馆——

茶馆是什么地方?五色杂陈之地。或自得其乐,或买卖生意,或说媒拉纤……茶馆是全体市民的起居室,当然也是地下工作收集大路情报的场所和接头地点。

胡秉宸在那里等着和一个不太重要的关系接头。他不时挪动一下竹椅,改变一下椅子的方向,以便观察不同方向的情况。

在龙门阵的嘈杂声中,一声"开水——羼起呃!"突兀地冲进耳膜。他从报纸上抬眼一溜,一个肩上搭着毛巾、腰间系着围裙,约摸三十多岁的茶倌,一边吆喝一边游蛇似的穿过擦鞋的、按摩的、掏耳朵的以及茶桌茶椅来到他的面前,高提着铜壶往他的茶杯里续水,可那一线开水却没有当当正正射进他的茶杯,还没等茶水在杯口上微微隆起就赶紧收住。

这个细节引起了他的注意。

不过胡秉宸身上没有带着文件,联系人也不知他的来龙去脉,除了单线与他联系的上级领导,没有人知道他的身份,所以并不十分担心自己的处境。

他索性放下手里的报纸,往竹椅背上一靠,拿起一粒牛肉干放进嘴里慢慢嚼着,定定地打量那茶倌。

看得出,那茶倌尚无明确目的,不过在那个地界撒大网而已。

胡秉宸当机立断离开了茶馆,临走时,那茶倌还在他身后殷勤喊道:"二天再来坐嘞!"

——他断定对面的人就是那茶倌,相信茶倌也认出了他。这一次他们两个人都犯在了对方的手里,可这里是茶倌的地盘。

一下船那茶倌就跟上了他,胡秉宸脚下一滑钻进了玉米地,弯弯曲曲、拐来拐去,走了一段时间脚下又一滑钻出了玉米地,快速地将蓝外衣翻了一个个儿,再把衣领立起。因为外衣里子是白的,翻个儿之后远远看去就是另一件衣服、另一个人了。走出很远,回头一看,那茶倌还在东张西望地找那穿蓝外衣的人呢。

他从没怀疑过,冒那么大危险仅仅为的是运送一支手枪,要是七支八支倒也好说。那支手枪又何以重要如此?

在胡秉宸的地下工作生涯中,不知碰到过多少看起来如此不足道,可说不定就得为它掉脑袋的事情。

好比上海解放前夕,组织下达了一个十万火急的任务,打开那份密件一看,原来是印发毛泽东的《目前形势和我们的任务》和《将革命进行到底》。解放在即,有多少急迫的事情等着解决,这也是其中之一吗?

但他不能问一个为什么,地下工作的纪律就是这样,不让你知道的事你就不能知道,哪怕你为这个不知道的事情掉了脑袋,也还是一个不能知道。

到了暮年,不知完成多少艰险,包括诸如此类任务的胡秉宸,很少提起自己的丰功伟绩,即便吴为问起也是一笔带过,双目索然,满心怅然,"有什么可说的?当时很要紧的事回头一看,也就那么回事。没有,一样成立中华人民共和国。"

可是这一次送往大别山的情报之多、之重要,连胡秉宸这样的老交通也颇感责任重大,超乎寻常,担心只用脑子记忆会有差错。

除了细读强记那些情报之外,睿智如胡秉宸者,不过买了一包银行牌香烟,取出一支剥开,将卷烟纸摊平,用极细的铅笔将情报写在上面,再卷成极紧极紧的纸棍塞进另一支香烟,两头用烟丝填平补齐,然后在香烟上扎了一个小眼儿放回烟盒。万一遇到紧急情况,就把这支香烟点燃吸掉。

此外胡秉宸还带了一个金戒指,缝在棉线袜的边沿上,还有一些金圆券和几块"袁大头"。

不知智者胡秉宸想过没有,真遇到所谓"紧急情况",来不及吸掉这支香烟怎么办?用吸烟的办法把情报销毁岂非空谈?

在二十世纪的诸多战事中,这种极其原始的办法居然被各路特工屡试不爽。相信各路特工对这等老旧手法也了如指掌,可不知为什么不能彼此破获,一任对方将情报一一送达。又不知智商高于常人的特工为何不思进取,因循守旧于这套路数几十年如一日。

不谈西方一个叫做巴登·鲍威尔的人——那种过于学者化的倾向,一八九〇年以昆虫学家的身份为掩护,在巴尔干半岛上获取敌方重要情报,并将情报绘制在对蝴蝶的素描上,以蝴蝶脉纹和脉纹上的色块,表示各种不同武器的配置、数量及位置等等;即便对以农业大国著称的中国农民的智慧也没有充分挖掘。比如请哪位老大妈绣双袜底,那五颜六色的花式和针脚就大有文章可做;或是在衣衫边缘地带,用针线隔三差五缝出数目不同的针脚;或内衣上补块补丁,补丁上做出不同的针法……

总之彼时彼地还停留在手工业时代,手工业时代是浪漫的时代,是产生故事的时代,没有手工业也就没有人情故事了。如果没有赵大锤对革命的"惟我独忠",没有他对"烤一烤就能烤出字来"的怀疑,哪里还有资深交通情报人员被一枪撂倒的滑稽,或胡秉宸被剥得精光的尴尬以及两次情报的报废?

对胡秉宸来说,大别山之行最主要的困难不是危险,而是没人知道情报送达的部队在何方,就连下达这一任务的上级机关也不知道。

即便知道,战争期间部队流动得也非常厉害,今天还在这里,等他到达时或许已经开拔。

每逢遇到难题,胡秉宸首先想到的是他那些四通八达的亲戚。

在他投身革命之后,那些亲戚也捎带着一同为他,也就是为革命,做起了大大小小的贡献,包括上海那位节外生枝、胡秉宸为之沉迷一时的表姐。

为配合这一次任务,泱泱胡家又为他准备了一个在铁路上工作的亲戚,因为工作关系,对各个地域的情况有些了解。胡秉宸果然从他那里得知,共产党部队大致活动在安徽、湖北、河南交界之处,"但是没有固定地区。"亲戚强调说。

胡秉宸将地图仔细研究,先从水路进入战区,下船之后将沿途所需证件全部销毁,只携带假身份证一个,取道当时的立煌县,直奔霍邱。

党内风云人物王明的老家就在立煌。过立煌时,辗转于漫漫险途,不知最后能否顺利完成任务的胡秉宸,还有闲想起刘邓大军初到这个地区时的情景。那时战事十分紧迫,邓小平还特意抽时间探望了王明的母亲,并给她老人家留下一些钱。党内围绕王明前前后后发生的事以及王明在延安时留给他的印象……这些念头一如水上涟漪,过而无痕,他还得往前赶路呢。直到二十多年后"大革文化命"的狂澜突起,邓小平在其中三落三起,胡秉宸才想起这逝水涟漪。

霍邱县城内有国民党驻军,胡秉宸只得从县城东面的东湖插过,直往南奔。

不巧淮河涨了大水,道路全被淹没,天地间灰茫茫的一片。胡秉宸穿一件长衫,走在水中时隐时现、羊肠般的田埂上,长衫下摆随风飘动,远远看过去,真像飘在水上的一缕孤魂。秋风在一片汪洋上推出一波又一波细浪,看久了,不但让人眼晕,脚下还会虚软。

眼晕腿虚的胡秉宸,最后不得不进入霍邱县南国民党战区。只有通过这个地区,才能到达解放军可能出没的叶家集。

胡秉宸心知肚明地钻进了国民党的火力网,成为天地间的唯一猎物,也得硬着头皮在火力网的笼罩下向南猛走。

果然碰上一个老百姓叫做"小炮队"的国民党民团,后面只跟着一个穿军装的吊儿郎当的军官,从叶家集方向北来。

可能一天没有什么收获,好不容易碰上胡秉宸,马上把他当解放军侦察员抓了起来,根据就是胡秉宸身上那件长衫。那时的侦察员差不多都穿长衫,就像胡秉宸用香烟携带情报那样,长衫,也是一个老旧不思改进的道具。

两百多民团将他团团围住,大呼小叫地问:"干什么的?上哪儿去?"

胡秉宸掏出假证件,那些人也不认识字,这个拿去装模作样看一下,那个拿去装模作样看一下,因为他非常镇定,也就不知拿他怎么办。腰上别着一支手枪的军官看到前面队伍乱乱糟糟,走上前来喝道:"干什么,干什么?好好走!"

散兵游勇们一听吃喝,就把证件还给胡秉宸,走了。军官优哉游哉地从胡秉宸身边晃荡过去,根本没有睬他,他就这样混了过去。

天将黑的时候,胡秉宸看见一个镇子。从立煌县出来到现在,他一口水也没喝过,一口东西也没吃过。本希望混进镇子找点果腹的东西,再打听打听附近的情况,可是镇口上有个两层楼高的碉堡,门口还站着国民党部队的岗哨。尽管口干舌燥、又饿又渴,他也不能进去——那些站岗的士兵一定会盘查他:你看亲戚?亲戚在哪儿?只好躲开大路拐进庄稼地,忍着饥渴闷着头,继续向南走,走,走。

天完全黑下来了。黑得东南西北什么都看不见,黑得天空低垂,胡秉宸似乎就上顶着天、下撑着地。但他并不喜欢这种感觉,低头思量出路,发现脚下有条深而窄的地沟,只好先趴到这条沟里,天亮之后再想办法。

深秋的夜晚已有初冬的寒冷,只穿一件长衫的胡秉宸冻得咳个不停,明知身上什么也没有,还是全身上下摸索了一遍。终于摸到一条手帕,就把手帕捆在嘴上,咳声似乎小了一些。

真是饥寒交迫啊!

连鬼都没有的旷野里不知从哪儿来了一只狗,在胡秉宸头上又嗅又叫。他不可能起身就逃,那它就会叫得更凶。如同人类某些生理甚至精神疾患的传染,一旦某只狗叫起来,附近的狗就都会跟着一起大叫。那样一来,非让国民党发现不可。或许医生们并不同意精神疾患的传染之说,但有无数病例可以证明精神疾患令人恐怖的传染性。

胡秉宸只好装死,那只狗倒不咬人,只是不停地叫,他和狗就这样对峙着。不论从哪方面来说,狗都是非常杰出的动物,可胡秉宸碰上的这只狗是个例外,不但比人还笨,坚持性也比不上人,叫了半个多小时,见他一直没有反应,以为是具死尸。作为一只狗,哪怕是一只不怎么杰出的狗,怎能向没有还手之力的死尸下手?只好败兴地跑开了。

刚消停一会儿,又听见有人说话。此时他的眼睛已完全适应了黑暗,扒着沟沿往外一看,有人抬着一口棺材朝他隐蔽的方向走来,而他隐蔽的这条沟横在一条小路当中,小路又是那些人的必经之途,他们会不会发现他呢?胡秉宸又不能起身就逃,那样一来他们就会发现他,并且喊叫起来惊动国民党,他只好听天由命,一动不动继续趴着。

幸好没有月亮,刚才怎么让他东南西北什么都看不见,现在也让这些抬棺材的人东南西北什么都看不见。他们没往沟下看就从他身上迈过去了,而他那时居然也一声不咳了……

天亮之后,胡秉宸绕过镇子继续前行。傍晚时分迎面撞见一个人,穿件极旧的农民土蓝布长衫,两只手放在长衫前襟下,慌慌张张走了过来,一看就是解放军的侦察员。来人老远就向胡秉宸喊道:"老乡,老乡,前面岗楼里有没有兵?"一口外乡口音。胡秉宸暗暗好笑,当兵的见人才会叫老乡,当地老百姓见人只会叫大哥。

他回答说:"有啊,一直在站岗。"虽然他们二人一个往北、一个往南地擦肩而过,却觉得身旁多了一个伴儿。

三十多天后,胡秉宸竟然在迎面而来的行军队伍中看到了他。他们都认出了对方,彼此笑着打了个招呼。

碰见侦察员后,胡秉宸知道自己的部队不远了。

终于到了叶家集。叶家集有东西两条街,还有两个当铺、一个洗澡堂,算是有点规模的县城。叶家集其实还有不少可以提及的地方、人家,之所以提到当铺和洗澡堂,是因为这两处地方曾有不同寻常的事情发生。

彼时叶家集处于"拉锯"状态下,两次被解放军拿下。最为壮观的不是攻占城池的战斗,而是打了两家当铺的"土豪"之后,一把把钞票被解放军战士从楼上飘飘撒下,老百姓在当铺楼下抢拾钞票的情景,整个儿一个"太平天国"盛世景观。也就难怪当地老百姓并不十分反感"拉锯"状态,如果不"拉锯",又何谈一而再地打"土豪"?可是"土豪"们也渐渐总结了经验,即便那把锯又拉到国民党一方,也不肯再在叶家集下力投资经营。

至于澡堂子,更是一处是非之地。某次打下叶家集的间歇,区委书记带领区长前来洗澡,国民党部队却突然闯入叶家集,洗澡人全部牺牲在澡堂子里,满池洗澡水顷刻之间成了血水。

不久以后,当胡秉宸重返叶家集与其他人来此洗澡时,就带着一个警卫班在澡堂外警戒。

据说牺牲的区长喜欢洗澡也喜欢荤段子,有那么一个段子常常被他提起,而且是亲见亲历。说的是有次来此洗澡,突听隔壁女人巧笑,他就扒着只有半截高的隔墙一看,原来两个女人把毛巾拧成条状放在胯下拉锯,拉高兴了就乐……

胡秉宸当时有点冒失,又找不到老百姓探听情况,也许还因为过分饥饿,便从马路北的菜园子插进叶家集,上了街。

到了街上一看,全是国民党兵。队伍朝西,整装待发,也许时间还早,当官的还没出来。他特别注意到那些士兵吃得很饱,穿戴整齐。

胡秉宸又是一个不能跑！那一来，他们还不知道他是共产党？只好一慢再慢，沉住气再沉住气，如同夹行在刀丛之中，在两列荷枪实弹的士兵中间向东走去，只要有一个人对哪个细节发生怀疑，马上就是刀起头落。

幸亏路上都是士兵，而且就要出发，没人想在出发前给自己添乱。如果军官出来了，很可能对他这个穿着长衫，一大早就走在街上的人发生怀疑。

当胡秉宸终于走出东街以为可以松口气的时候，突然从后面跑来个当兵的。肯定是来追他的，他想，只好在路边找块石头坐下以示从容，否则当兵的一枪就会把他撂那儿。当兵的却向站在街口的一头牛奔去，见胡秉宸在路边沉着地坐着也就没有理会，站在路上向东张望一会儿，就骑上牛归队了。

当兵的为什么向东张望？可能是查看路上的情况，这样说来，他们要往东走？胡秉宸赶紧起身，躲开公路就走，一直走到中午。

头夜在地沟里根本不曾入睡，又两天没吃没喝，明明是自己的肚子，此刻却变成他的仇敌，极其残酷地折磨着他，并不因为是他身上的一块血肉而手下留情。

从立足之地到地平线之间的留白，叙述着无边无涯、无头无绪，他就是大喊一声，怕是回声也得不到的。什么时候才能找到部队？……他是一步也挪不动了。

路旁有个两人深的大坑，胡秉宸想，幸好这一带老百姓爱挖坑。抬头看看，太阳不错，而他极需恢复体力，于是将一切困难暂抛脑后，跳下坑去倒头就睡。坠入睡梦之前，他松了一口气，迷迷糊糊地想，幸亏亲自来了，否则谁能应付这一个接一个的意外？

醒来已是下午时分。

傍晚碰见一个三十多岁的老乡,提溜着一个油瓶朝南走。见那老乡穿得十分破旧,胡秉宸才喊道:"大哥,大哥,跟你商量个事,给你三十块金圆券,能不能带我找八路?"

老乡说:"钱我不要,你远点跟着就是了。"

胡秉宸就跟在三十多米之后,在山间小路上穿来穿去。来到一个岔路口,迎面就是山区,老乡说:"我要回家了。你从这条岔路再往东南走,走到有十几棵大树的地方就会看到一个镇子,那里就能找到八路。"

很容易就找到那个被大火烧了一半的镇子,有三个人守在镇口,一个坐着,一个在给另一个剃头。他们显然是部队派出的警戒,遇有情况这里一放枪,山里就知道了。

胡秉宸问他们:"这里有八路吗?"

他们指着往南的山路说:"刚走,往南。"

胡秉宸顺着山路紧追。追着追着突然下起大雨,他不敢懈怠,冒着大雨继续追,这才看到前面有两个背枪的人,其中一个正是赵大锤。

胡秉宸就"喂——喂——"大喊起来。

前面的人立刻回转身来,拿枪比着他说:"你上来,上来。"

两个背枪人虽然没有佩戴帽徽和番号,但一听那嘴山西口音,胡秉宸就知道是自己的部队,因为刘邓大军是六月份从北方南渡黄河过来的,而国民党驻守在这一带的大多是从广西来的白崇禧部队。

胡秉宸走过去,在相距十多米的地方站住。赵大锤问:"干什么的?"

胡秉宸回说:"我有急事,见了你们司令再说。"

赵大锤那时还不太明白,即便在革命队伍内,很多事情也得分着等级传达、汇报,继续追问道:"什么事?"

胡秉宸还是说:"见了你们的司令再说。"

他们只好押着胡秉宸往回走。不久来到一个百姓家,进屋就看到两个人在烤火,胡秉宸特别注意到烤火人的惬意,让饥饿至极、疲劳至极的他感到些许的刺目。

战士赵大锤说:"报告团长,抓到一个身份不明的人。"

胡秉宸想,我是你们抓到的吗?随即也明白他撞上的至少是个团级单位,便自我介绍说:"上级有情报,让我送达刘邓司令部,你们得赶快把我转送上去。不过得先给我弄点儿吃的,我已经两天多没吃饭了。"

团长马上让警卫员给胡秉宸煮了碗挂面,里面还卧了两个鸡蛋。

吃完面条,团长吩咐赵大锤带胡秉宸去休息,赵大锤把他带到了另一个房间。一进屋赵大锤就翻了脸,用枪杆子指着胡秉宸,说:"脱!"

胡秉宸只得脱个精光。

五

赵大锤拿着胡秉宸写下的情报就要到团长那里去汇报。胡秉宸又叫住他,说:"小赵,小赵,你得让我穿上衣服,不能让我老光着。"

他说:"好,穿上。"

一会儿赵大锤就回来了,还是拿枪比着他,什么也不说,只管让胡秉宸睡觉。

胡秉宸累坏了,倒头就睡。

第二天胡秉宸才知道,这个所谓团级建制的部队根本没有电台!

因为没有电台,不但情报无法发送,也无法请示、汇报以及甄别胡秉宸的身份,既不敢相信也不敢枪毙他,他只好跟着部队时东时西地行军,赵大锤照例端枪在后面押着。

已是深秋,晚上没盖的,身上没穿的,吃饭也没人管,基本上没有碗和筷子,偶尔在老乡家找到一个碗,就撅两根树枝当筷子。

时间一天天过去,胡秉宸无时不焦心地想着,他带来的那些情报,每时每刻都在丧失着意义。可团里没人过问此事,更没有人考虑情报不能及时送达上级机关的后果。

不说他一路带送情报的艰难,单说地下工作同志历尽何等艰险,才得到一份如此重要的情报,他虽不详知也能想出大概,说不定有同志还为此牺牲了性命。

他很不愿意这样想又不得不这样想:这份重要的情报,说不定就得废在自己人的手里。

这一趟不知由多少人的心智甚至生命铺垫出来的大别山之行,岂不犹如儿戏!

六

大别山之行最终以情报作废收尾,但胡秉宸再次单枪匹马、不怕牺牲、出色完成任务的能力,让上级领导刮目相看,上海解放前夕又被委以重任,前去领导地下武装。

胡秉宸租住了一处融合了姑苏民宅风格的西式小楼。除洗澡间为水磨石地面,其余房间皆为硬木地板,连澡盆和马桶都是美国进口货。那栋到了二十世纪末被房产商称作"连体别墅"的小楼,在结构、档次上很适合胡秉宸银行高级职员的公开身份,也很符合安全的需要。

一般大门不开，只从后门进出。后院是个小天井，天井左手为厕所。

一楼只有大客厅一间，壁炉从客厅直通三楼。楼梯拐角下是一个很大的厨房兼餐厅，宴请几个客人还算气派。

二三楼的楼梯拐角各有亭子间一个，三楼紧挨亭子间的三角地带，是供佣人使用的小洗手间。三楼房子两间，大间可通阳台，阳台上有地下工作者经常用来通风报信的盆栽植物，那是与"香烟"、"长衫"一样经典的道具。如果情况突发、国民党特工前来抓人，如果时间来得及，那盆植物通常被推下阳台跌得粉碎或不翼而飞，前来联系工作的同志也就不会自投罗网，并可及时将情况汇报上级，或设法援救，或组织同志们隐蔽。

小间在二楼洗澡间的上方，约六至八米，有窗临后门的小街。

胡秉宸姨父的那栋花园洋房，距他这栋姑苏民宅风格的小楼不远，可他再也没有前去探望。是啊，什么都会过去，包括他曾经为之欲生欲死的情爱。

这算不上是胡秉宸负情负义，生活之涛正是如此无情地淘尽千古风流。

只是到了老年，本以为过去的一切却不期然地显现，在"过往"冷不丁的袭击下，胡秉宸竟有些许的怅惘，就让活动在文化艺术界的吴为替他寻访表姐绿云的下落。

吴为问："想不想再见见她？"

他却回答说："不，不想。"

打听来打听去，曾经在他生命中留下深刻痕迹的表姐却不知所终。

革命即将胜利，胡秉宸和白帆的关系却再次亮起红灯。

有时他半倚在二楼洗澡间那只美国造的浴盆里,盘点着他和白帆间的一笔笔旧账,推算着白帆在他和另一个男人之间的房事日期,以确定杨白泉到底是谁的儿子。这种盘点和推算绝非妒忌而是不甘——在表姐绿云那一回合上对白帆无条件投降的不甘;对卓尔不群的自己,居然被白帆这种极无品位的女人戴上一顶绿帽子的不甘……

一切虽已云消雨散,毕竟旧地重游,断梦残烛,难免发思念故人之幽情。盘点起这些旧账,更会念起为他地下工作提供诸多方便的姨夫和表姐,往往发出一声叹息,与白帆分手的打算也就再次泛起。

上海战役打响之前,中央却指示上海地下武装不搞起义,胡秉宸的思路与之不谋而合。应该说胡秉宸不是一个"左"倾机会主义者,他认为武装起义的条件并不成熟,蒋介石是时坐镇上海,上海市及其外围共有国民党兵力几十万,而由他指挥的枪支不过几百,力量如此悬殊的武装起义难以取胜。然而他却没有预计到,这一纸命令将使他这个地下武装的领导人在一定时间内找不到自己的位置,几乎被搁置起来。

上海于一九四九年五月二十七日解放。

那天凌晨,上海市内已经听到炮声,地下党组织派胡秉宸去和解放军接头。

虽然解放军已经进入苏州河南,国民党军队却还占据着苏州河北,从上海大厦居高临下封锁着白渡桥。

当胡秉宸接受这个任务的时候,没有人向他交代如何渡过几十挺机枪封锁的苏州河,到了河那边找谁,以及有没有可以帮助他的人……

就是在这种情况下,胡秉宸只身渡过苏州河,并与解放军接上了头。

"你是怎么找到解放军负责人的?"除了吴为,几十年来从未有人问过胡秉宸,他是如何完成这个任务的。

胡秉宸回答说:"那还不容易,哪儿有电话线哪儿就有级别比较高的领导人。我顺着电话线走,一找就找到那个团的团长……"这让吴为更加敬仰不已。

只有她那样的脑袋,才会问出如此幼稚的问题。她怎么不问问胡秉宸,在与死亡的多年周旋中,他是否感到过艰难,感到过孤独,感到过孤掌难鸣?是否有过被遗忘的伤感?……

而后胡秉宸来到地下市委指定地点,与其他地下工作同志会合,从此地下工作转到地上,地下党以及胡秉宸的地下工作岁月,至此成为历史。

胡秉宸也就带领手下人马,担当起保卫新上海的任务。

不久之后,应变任务渐渐减少,接收工作走向正轨,胡秉宸领导的地下武装也就完成了历史任务。他们摘下了臂上的袖标,交出了自己的枪支。

其时百废待兴,上级领导不分昼夜地异常繁忙。说起来让人难以置信,他们像是忘记了这样一位得力干部和他手下的核心成员,任他们撂在那里,不说安排任务,就连一个前进方向也不曾指引。

屡建奇功、艰苦卓绝、长期工作地下的胡秉宸及他领导的核心成员,此时却不知如何插进地上那支排得密密实实、浩浩荡荡、滚滚向前的队伍了。

前不久还是"天将降大任于斯"的胡秉宸,满腔的革命热情和满身的革命能力也就不知如何发挥,只好上不着天、下不着地地悬挂在了半空。

好在胡秉宸既是顽强的也是机动灵活的,自力更生地把自己和手下人放在了某个岗位上。

从胡秉宸的安排就知道,他对"形式"的意义了解颇深。

好比行头,从来不是细枝末节。地下时期越隐蔽越好,顶好比老百姓还老百姓;如今转向地上,就得让人一眼看出是共产党,而且是颇有来头的共产党。

但是被革命搁置一旁的胡秉宸无处去领解放军军装,只好弄来一堆国民党军装,撕下领章、肩章,要大家(包括他自己)各找一套合身的穿上——尽管那套不伦不类的军装使他们看上去很像国民党俘虏或起义部队。当胡秉宸将国民党军装这样改头换面的时候,真有点虎落平阳的悲凉。

即便穿着那套改头换面的"军装",胡秉宸仍然显得英姿勃勃,就像他常说的那样,"不论处于何等艰难境地,自己不能先垮。只要自己不垮,最后总能找到解决问题的办法",然后就领着这支奇装异服的队伍,向一家大饭店奔去。

他不知从哪里听说,上级领导正在那里召集接管干部会议。他们是不是接管干部?没人明确。可是他想,不管是不是,反正去定了,如果他们再不记着自己,怕是没有人会记着了。

大饭店在旧日的上海非常著名,曾几何时,那里正是胡秉宸与表姐绿云一夜销魂之地。唉,想想也不过是几年前的事。

七

表姐绿云,本是胡秉宸最看不起的、二房那位胡秉安的未婚妻。胡秉宸从没想要挖胡秉安的墙脚,更何况胡秉安对他还有救命之恩。

一切都是命运的安排。

几年前,胡秉宸奉上级之命前往上海,动员一位与胡氏家族有着密切关系,又在社会上举足轻重的人物支持革命,上海之行自然落脚在姨父家里。

约会那天,胡秉宸请表姐绿云陪同前往。

虽然女人常常被社会和男人视为祸水,就连开明如胡秉宸者,与吴为婚后一旦发起威来,也会对吴为发出这样的千古指责。可是女人往往又是革命活动的最佳掩体,好比很多革命者都会有个假太太,有时还会弄假成真,从革命同志变为革命伴侣。

进入那栋花园洋房之前,胡秉宸再次留意了周围的情况。进入花园洋房之后,除了玄关那里坐着一个黑头黑脸的男人,没有其他异常,但他还是警惕有加。好在约会之前早已来此观察多次,知道二楼阳台下就是花园后门,后门又通向四通八达的小街。

刚坐下不久,突然外面有个女人喊:"冲茶!"黑头黑脸的男人立刻闯了进来,按着腰上的大板带,一言不发地看着他们,胡秉宸也噌的一下站了起来。

绿云表姐就像训练有素的地下工作者,马上靠在胡秉宸肩上,莺声燕语道:"四爹爹哎,我们下个月八号就要订婚了,你一定要来参加我的订婚式哦!"

事后回想起来,连胡秉宸都怀疑,画画的表姐果真只是个画家吗?

四爹爹一脸茫然,绿云的未婚夫明明是胡秉安,转眼之间怎么就变成了胡秉宸?不过到底是场面上的人,忙说:"恭喜,恭喜。一定要去的,一定要去的。"又转过脸去对那黑头黑脸的人说,"这里没你什么事,下去吧,没人唤你不要上来。"看上去像是四爹爹的保镖。

回家路上,表姐偏着头斜睨着胡秉宸说:"说吧,怎么谢我?"偏偏不是一柄在握、满眼阴气,两片眼皮刀片似的夹着他,从此就得如履薄冰,天天想辙。

表姐的话让他不无眷恋地想起多年弃而不归的旧时家园,以及胡家女人可人又可意的大家风范。换了白帆,绝对不是这句台词。胡秉宸立刻知道,对于他的上海之行,不必费尽心机地再想托词,只须按照表姐这个调子继续周旋就是。

他垂下头,从表姐敞得很开的西式领口处,瞥见一道纵深走向的凹处。他的思绪随着那道纵深走向的凹处继续深入,一时竟没有应答。

表姐绿云轻推他一下,这才偃旗息鼓停止他的追击。对着谈不上沉鱼落雁,一颦一笑间却风情流溢的表姐,他不禁将假就假地对她耳语道:"此情此意,怎一个谢字了得?"

这句话,要说说得妙,也是真妙;要说说得不妙,也是真不妙。两个人突然就有点尴尬。

尴尬只是一瞬间的事。尤其那个时代,就连党内,指手画脚他人私生活的也不多见,何况是在一个上上下下、前后左右鞭长莫及的地方。

胡秉宸不知不觉就循着老路,找回自小就熟悉却又久违的关于女人的感觉,重新进入他们那个阶层的情爱程序,略为不同的是他陷入了真爱。

真是情人眼里出西施。表姐看上去很像四十年代著名化妆品"蝶霜"的那位形象大使,后来嫁给梁实秋的广告明星韩菁清女士,说她们是孪生姐妹也有人信。

那一次,胡秉宸在上海的停留并不很久,就在那不多的日子里,他似乎补足了几年的亏空,重又恢复为至情至性的胡秉宸,却又不是从前的简单拷贝,就像一棵经过多次四季轮回的树,树倒还是那棵树,到底已经不同。应该说,他已经是个更加成熟的情爱消费者。

他们常常出入不论当时还是二十世纪末都得归入时尚消费的咖啡馆,尤其到了二十世纪末的中国,不但时尚,甚至隆重得像是洋化洗礼。胡秉宸回避了位于北四川路和窦乐安路交叉处的"公啡咖啡馆",那里是地下党的一个活动点,连后来被称作文化革命旗手的鲁迅先生也常在那里抛头露面,很招人眼,于公于私都不方便。他选择的,大都是文化人和进步人士不常光顾的咖啡馆。

或在夜幕下紧紧偎依着,漫步在人们至今引以为荣,以为有了它就能和巴黎一脉相通的梧桐树下;或到霞飞路国泰电影院,观看首轮好莱坞的煽情电影……

谁也想不到,他的最爱是愚园路口百乐门舞厅,明知那是对美国方式因陋就简的模仿,但一进门厅就身不由己。一路蜿蜒曲折、交错而去的灯光,并不急于诱人坠入柔靡,暗金色的沉滞背景,无处不在地应允着对斑斓的调和。

当胡秉宸拥着表姐绿云丰腴的肢体,踏着"香槟酒,满场飞,钗光鬓影晃来回,你徘徊我也徘徊,害得我今晚不得安睡。他们跳我也会,跳得比他们更够味……"或"夜上海,夜上海,你是个不夜城;华灯起,车声响,歌舞升平;酒不醉人人自醉……"的节拍,在底部装有五彩射灯的玻璃地板上滑来荡去的时候,犹如两条多姿多彩、游浮在水晶宫里的热带鱼,那才是"酒不醉人人自醉"……但他并没有忘记革命,也没有忘记他此行的使命,他只是醉了。

沉醉是灵与肉的一种短时间自由自在的轻风飏,那一会儿什么也不必想,什么也不必承担,一切暂且远离……远离并不等于消失,就像是沉积在杯底的香茗,那杯茶的味道如何,还得由它决定。

舞过之后他们没有回家,而是来到一家大饭店,在号码412的房间一夜销魂。

胡秉宸一生见识过的女人不少,抛开初到延安一见钟情的四川美人,不论他的第一任妻子白帆还是第二任妻子吴为,都不能与表姐绿云同日而语。不同的女人就像不同品牌的咖啡,差别之微妙除非品尝无可言喻,绝不可仅以"咖啡"统而言之。好比与白帆,那是性力的拼搏、较量,直到最后在酣畅的高潮中同归于尽。而吴为在床上的表现则是阴阳怪气、云山雾罩、真真假假,让他不知所云。不论哪一个,只能满足他的一部分。

和表姐绿云,那是世界上的唯一一把钥匙对世界上的唯一一把锁,这把唯一的钥匙和唯一的锁,在欲火的冶炼中熔化,而后又凝成一坨铁锭,再也分不清哪儿是钥匙哪儿是锁。

离开上海时,看着表姐绿云越来越远的曼妙身影,胡秉宸决心结束与白帆那个仅仅是生理层面的组合。

即便重又回到时刻面对生死之择的重庆,胡秉宸也不能忘情和表姐绿云的那些夜晚,作为一个老谋深算的资深地下工作者,甚至随身携带表姐绿云一百多幅玉照,返回重庆那个多事之家。

直到那时,已经不老不少的革命者胡秉宸,还保留着一块自留地,仍然把男女之间那点子事与婚姻质量以及浪漫情怀扯在一起。

正像本书第一部中所说,吴为总是把男人的职业和他们本人混为一谈,把会唱两句歌、叫做歌唱家的那种人当做音乐,把写了那么几笔、出版了几本书叫做作家的那种人当做文学,把干过革命、到过革命根据地的那种人当做革命……

…………

吴为则既热爱革命,又热爱音乐,又热爱文学。综观她这一生所选择的男人,差不多都和这种爱屋及乌的情结有关。《尚书大传·大战篇》有"爱人者,兼其屋上之乌",于她则是"爱乌者,兼其屋下之人",或双相通用。

她的热爱要是再多,怎么是好? 那么她这一生更是非常、非常地热闹而麻烦了。

恐怕胡秉宸也有同样倾向。与绿云表姐的情爱,是否掺杂着对往昔生活情趣、方式、品位的追念? 对文化艺术心存过多的奢望和虚荣? 如果表姐绿云不是略有名气的浪漫画家,仅仅是个性感的女人结果会怎样?

吴为和胡秉宸情爱的对象到底是什么?!

表姐绿云十分伤情地向渐行渐远的胡秉宸挥着手套,也一清二楚这段插曲已经进入尾声,当火车消失在远处的时候,也就同时收拾起她的伤情。

"望穿秋水"只能是传统女人的情爱状态,比如说叶莲子。

时而飒爽英姿出现在高尔夫球场,时而一身泳装出水芙蓉,时而高骑马上策鞭疾驰的时尚女人……很少会"望穿秋水"地等待一个哪怕是血写的允诺。

不是表姐绿云水性杨花,而是家族历史早就让她明白,人世本就是一张瞬息万变、风云突起的麻将牌桌,未来更是靠不住、押不得的,也无从押起。表姐绿云在三十年代就有了"不在乎天长地久,只要暂时拥有"的超前意识,那时就"酷"到现而今小男女们望尘莫及的地步。

何况未婚夫胡秉安自缅甸来电,近期就要回到上海,待他归来即刻筹办他们的婚礼?

但是表姐绿云的无名指上再也没有套上结婚戒指,那枚订婚钻戒孤独地闪烁了一段时间,就悄无声息地飞落首饰盒。

是否胡秉安得知了她和胡秉宸的私情?无人能言其详,只知道胡秉安不辞而别去了香港,此后再也没有回到上海。

表姐绿云照旧打她的高尔夫球,照旧出水芙蓉,照旧策鞭疾驰,照旧出席上层社会的 party,前呼后拥着众多的仰慕者。后来又学会开车,驾一辆彼时名车雪佛来,载一路欢声笑语……

多少次几乎为革命舍弃头颅的胡秉宸,却无法舍弃与表姐的情爱。

白帆和胡秉宸的同居关系本就没有法律保障,比起表姐绿云,白帆的女人手段也非常贫乏,但有个"中统"父亲以及国民党后勤少将姨夫的白帆,毕竟比世家出身的胡秉宸更具政治亲和力,或者说是政治上的一种"阶级烙印"。

她搬出领导进行干预。领导并没有使出组织处分那个有力的杀手锏,而是晓以神圣的革命大义,还有地下工作严酷的组织纪律。

对于革命者胡秉宸,只有亮出这样的大义才能扑灭他那一腔恋火,才能让他像杀死自己那样杀死他和表姐绿云的情爱。真是血糊拉拉、生拉硬拽地把他对表姐的情爱从心中割舍。不像几十年后与吴为的情爱,有那么多个人利害让胡秉宸难以权衡。

吴为后来能够尽心尽力地为胡秉宸寻找表姐绿云,完全是为他这种几近自杀的牺牲所感动。

应该说,与表姐绿云的情爱,才是胡秉宸一生中灵肉结合得最为完美的情爱;又因为没有完成,使保鲜技术无能为力的爱情保鲜,终于得到了解决。

八

当胡秉宸和他那一干人马来到饭店时,偌大饭店竟空空如也。电梯停止运行,连一个服务人员也看不到,像一个壮汉突然倒地死亡,让他们猝不及防。

胡秉宸只好带着那些人,沿着曲曲折折、光线昏暗的楼梯向上猛跑,当他经过412那间客房时,甚至没有在那个号码上留下一瞥。

他们跑了一层又一层,找了一间又一间,一直跑到楼顶,也没有找到那个接管干部会议的会场。不知胡秉宸记错了地方还是大会已经开毕,总之,他们像孤儿一样,不知所措地站在楼顶的大堂里。

不知是胡秉宸耳旁还是他的心里,突然轻轻响起两个字:"跟上,跟上!"让他一个激灵,猛醒过来。

自参加革命以来,胡秉宸从来没有计较过、从来没有想过、从来没有打算记住过、从来没有在意过自己为这个革命做过什么奉献过什么,只知道一门心思付出,而且桩桩任务力求做得尽善尽美,万无一失。

但在这一瞬间,"履历"却突现出它的意义。

"履历"是一种记载,记载是为了说明。说明是为了什么?胡秉宸还不甚清晰,但至少应该证明他是这伟大革命队伍中的一员,尤其在革命大告成功的时刻。

他突然开始想,他为新中国的到来做了什么。如果连你自己都没记住自己做了什么,更不要指望他人为你记住。胡秉宸没有站在那里懊丧不已,转身带领他的人马去见更高层的领导。

在一栋巨型建筑最为宽敞的一个房间里,他们找到了那位高层领导。虽然门口设有专岗,岗哨却没有十分在意这一群奇装异服的人。

大白天的,办公室里还亮着电灯,隔壁房间不时响起电话接线员的呼叫声和打字机的哒哒声。领导背着手站在巨型写字台后,看上去很像苏联早期电影里的革命人物,很"地下"地苍白着、瘦削着,嘴唇薄而无色,胡子、头发毫不修饰地蓬乱着,说明着已久没有良好的睡眠和饮食。他表情严酷、目光犀利、拒人千里,少语、精明、警觉地打量着他们,在白日里有些病态的灯光辉映下,如一块可惧而不可亲的坚石。

巨型写字台上,满是纸张、铅笔、报纸、文件,还有一个地球仪和一个插满长长短短烟蒂的烟灰缸。胡秉宸一干人就站在那张写字台前,领导没有请他们坐下的意思,而是一副分秒必争、速战速决的模样。

冷傲的胡秉宸到了这时也只能照单全收。而眼前这间办公室的气魄和威慑力,只有多年后,当胡秉宸坐在部长办公室的巨型写字台后才找到感觉。

胡秉宸说:"我们是来转组织关系的。"顺便说到委派他来上海工作的上级姓名,报告了他来上海的任务,汇报了任务完成情况,有关日后的工作安排却一字未提。他十分明白,组织关系就是含金量最高的履历,组织关系转到哪里,工作自然就安排在哪里。

幸亏胡秉宸在解放大军入城之际,立刻与委派他来上海工作的上级取得了联系。革命胜利之初,一切尚未就绪之前,"上级",就是一张有效的通行证。

领导看了看胡秉宸。以胡秉宸的身份和职务来说,到这里转组织关系应该说是合乎级别待遇的,也就不再多说什么。因为食指和中指夹着香烟,就用拇指和无名指从一堆乱纸里抽出一张纸条,草草写了几个字后交给胡秉宸,然后就着一脸郑重地思考,一脸郑重地继续吸烟。

出了大楼,胡秉宸展纸一看,与他送到大别山的那条卷烟纸差不多大小,上有胡秉宸等人的名字及行书一行:"均为中共正式党员,现转至你处。"

凭着这条小纸,胡秉宸以及他手下的几个人也就有了新的革命岗位。没人审查,也没人怀疑。

共和国进入经济建设时期,其中一位在填写履历表时请教胡秉宸,这一段历史怎样填写为好。他竟对那位同志说:"就填参谋。"该人从未得到这样一个职务,可也从未有人置疑过这个头衔的合法性。

多少年后,在胡秉宸与吴为那场惊天动地的恋爱事件中,这位"真假参谋"才在白帆对吴为的自卫反击战中成为名副其实的参谋,还为挽救胡秉宸、白帆的婚姻,组织老战友成立了一个"白胡婚姻保卫团"。直到政府某年重新核算工龄以确定老干部的离休待遇时,这位"真假参谋"才忽然对胡秉宸声称,因对白帆有个私生子的隐情和他们的婚姻危机不甚了解,才错误地站在白帆一方,今后不但不反对胡秉宸逃离与白帆的婚姻苦海,还要协调"白胡婚姻保卫团"其他同志,劝说白帆同意离婚等等。

为此,胡秉宸平生第一次为自己的私事,违心地为"真假参谋"写下一具证明。胡秉宸苦笑着对吴为说:"……昨天来了十几位'保卫团'中的一位,因为他有事求我,我签个字他就变成一九三八年参加革命,我不签字他就变成一九五〇年参加工作,每年差几百块钱的离休费哪——不过几百块钱而已。"

如果不是胡秉宸当机立断,他和他领导的那些人十多年出生入死、呕心沥血的革命历史，很可能就在那个不知所从的瞬间抹得精光，连他本人也可能湮没在历史车轮的尘埃里。

组织关系落实后，胡秉宸等人很快被派去接管某个单位。被接管的单位其实很近，步行不过二十分钟，但是胡秉宸坚持要上级给他们派一辆吉普车。

一九四九年后直到二十世纪末私人汽车重新出现之前，汽车始终是一种政治地位、行政级别的证明。而当时所有被接管单位，都会举行盛大欢迎式，汽车，尤其是吉普车，在那种场合，不失为展现政治级别、革命威风的绝好道具。

等了很久的吉普车终于来到，却并不是派给胡秉宸的专车，车上还有其他人。那些人胸前佩戴着"中国人民解放军"的符号，臂上戴着鲜红的"上海军管会"袖标，让身着奇装异服、没有这等装备的胡秉宸，好一阵说不清苦辣酸甜。

浸泡在苦辣酸甜中的胡秉宸，不知为什么突然对一起等了许久的手下人说："你们几个就不要去了。"

在瞬息万变的新形势下，这句"你们几个就不要去了"，不知对跟随他多年的那些人，将发生怎样的影响。

九

直到与史峤重逢，才把胡秉宸从赵大锤的枪杆子下解放出来。

早在重庆时期，史峤就看出胡秉宸与胡秉寰的不同，胡秉宸能有今日一番作为，可以说是意料之中。只是看到胡秉宸，史峤就会有点黯然神伤地想起过往的一切。

同样，与史峤的相逢也让胡秉宸发出时光荏苒的感叹。

那一年，有人在街上见到出狱后的史峤，大家为此紧张、躲避过一阵,过了很久什么事情也没有发生,才放下心来。后来又听说他在重庆略一露面就到香港去了。

史峤到香港后找到党组织,接受上级机关的审查后,又根据党组织的意见来到前线继续革命,实际上是明升暗降。职务对史峤没有什么意义,明明白白的是组织上再也不信任他了。除了长吁一口气继续埋头革命,像史峤这种人还能做什么?

胡秉宸在史峤领导下工作多年,也很赞赏史峤的为人,却并不同情史峤的结局。

身处地下状态,随时随地在生死中穿行,怎么能讲人情?你的人情很可能就是同志牺牲、工作受损的缘由。

李琳之所以得知那个重要的地下联络点,正是史峤的错误。

地下党人的工作生活极其艰难。当胥德章和常梅结婚时,史峤提出至少在他的住地为他们举办一个简单的婚礼,大家也可趁此机会聚会一下,却遭到胡秉宸的强烈反对:"这样集中起来相当危险,也不符合地下工作的纪律,按规定我们只能单线联系。"

按照秘密工作的原则,史峤的住地必须绝对保密,如与下面同志联系,只能在约定时间、到指定地点碰头。事实证明,这一套工作原则在李琳叛变后,确保了他们那个系统的安全。

所以胡秉宸总是对吴为说:"我是在十多年严格的地下工作中成长起来的,不习惯于事先马虎放纵,事后懊悔着急。一辈子有过多少千钧一发、独入虎穴的时刻,国民党却从来没有抓住我,原因就是严格。"

"秘密工作是严格的概率论关系,要严格按照规律办事,只在非常必要时才冒险,不做不必要的冒险,这就是为什么我到现在还活着。有次周恩来找我谈工作,我掏口袋时顺手掏出一个电码本,那虽是明码而不是密码本,周恩来还是严厉地批评了我：'为什么身上还带着文件？'到秘密机关接头是绝不许可携带文件的，我从此再也不带。"

"地下工作又是艰苦、平凡、日常、绝对细致严密、万万不能失误的组织工作。这个工作需要的是具有特殊潜质的优秀干部，不管隐蔽多少年都能坚持下来，不论有什么苦闷也能待得住，只待有朝一日也许用得着也许用不着的'需要'而穷年累月积累着力量。说不定哪天走在街上，从对面走来一个人与你擦肩而过，突然塞给你一张纸条，任务就来了……"

有一次说到这里，胡秉宸停了一停，他想起那个成了叛徒而又不知所终的李琳，如果李琳不是接错了头……

可谁又能说她的确接错了头？……

风雨苍黄啊，风雨苍黄，如此不清不楚的细枝末节，除了忘却还有什么可说的呢？

"……根本不像一般文艺作品表现的那样只有惊险和传奇，可能有一些，但不是主要的。我们那条线上没有出过什么问题，曾有四个人被捕，除了一个叛变之外其他表现都很好。有个联络点上的同志被特务活埋了，却始终没有泄露地下党的机密。"虽然胡秉宸事后花了不少钱，通过关系将那位同志的尸体收回，买了一口不错的棺材将他安葬，但没有对吴为详谈其形其状，这样残酷的事说都难以说出口，只好埋葬了吧。

史峤算是听取了胡秉宸的意见，但也只是将婚礼改到他们那个地下联络点，大家还是聚了一次餐。

果不其然，这次聚餐为李琳的背叛做了铺垫。胡秉宸什么时候回想起来，什么时候都痛心自己没有把意见坚持到底。

如果不是史峤坚持为胥德章和常梅举办婚礼，胡秉宸根本不可能见到李琳。即便在那个聚会上，胡秉宸的行动也很诡秘，以致事后人们回想起来，都觉得他似乎没有参加那个婚礼。

像李琳那种大而化之的人,更不可能注意胡秉宸是否在场。倒是胡秉宸有点惊讶:地下组织里还有这样一个女人!——一个让他禁不住有点欣赏同时也感到极不安定的女人。

仅这一面,在暗处观察的胡秉宸就发现了李琳的不妥。

李琳的恋爱有点突如其来。

其实在胡秉宸指示常梅与李琳谈话之前,常梅对李琳的"异常表现"就有所察觉,比如李琳的恍惚。

常梅没有约李琳到新华书店或公园那一类进步青年常常聚会的地方见面,而是约她去听川戏。在尖峭的川戏唱腔中,与李琳谈柔软的爱情和坚硬的革命。

由此可以看出常梅的缜密,难怪日后她对白帆做的那个手脚,也就无人可以看透。

常梅约李琳谈话时,李琳和唐敏之不但同居已久,而且已然有了身孕。

有关唐敏之的情况和背景,李琳却是一问三不知。常梅说:"你不了解他,怎么能和他恋爱?而且这样大的事情也不向组织汇报!"

到了这种时候,李琳还振振有词:"我也不知道你的情况和背景是不是?而且不是组织派我去和他接头的吗?再说这难道不是一件非常个人的事?"

常梅没有回答李琳那个谁派她去接头的问题,只说:"既然我们已经投身革命,一切行为就要对党负责。"

"我没有为党的工作负责吗?"

"我们这样的人,是不能随便和组织外面的人建立这种关系的……周围不是有很多好同志吗?"

这还用说?能在如此黑暗看不到光明的时期献身革命的

人,肯定都是好同志。李琳想起常梅的婚礼,到场的可能就是全体同志,而那些男人,个个都可共事,却偏偏没有一个能让她愿意托付终身。

李琳能与代表组织的常梅大唱反调,实在是时间的错误,也是地点的错误,哪怕在革命根据地延安,不听从组织安排婚姻大事的女人也不多见。不论胡秉宸在延安的女朋友还是顾秋水在延安的女朋友,都是由于组织的干预无法与他们缔结良缘。

不知道还有多少人记得一九四一年六月五日那一天日本对重庆的大空袭?时隔六十多年,即便有些老人记得,留在心里的恐怕也只是仇恨和恐惧,谁能料想李琳在那一天经历了什么?

按照组织的安排,李琳应在傍晚某时某分到约定地点与某人接头。她走着、走着,突然就看见制高点的旗杆上,挂起了三角形的绿灯笼,知道此时空袭的敌机已经起飞,但还不太紧张,只是加快了步伐。

不一会儿警报开始拉响,旗杆上三角形的绿灯笼换成一个红灯笼,到了该进防空洞的时候。李琳途中不是没有经过防空洞,但首先得完成任务,还是勇往直前,向接头地点赶。

等她到了接头地点,汽笛同时响彻全城,制高点的旗杆上已是两个红灯笼,敌机迫近!可是接头人还没有出现。她看了看表,距离接头时间还有三分钟,她必需再坚持三分钟。

接头人按时出现,已是三个大红灯笼高高挂,汽笛忽起忽落,路上车马行人突然就了无踪迹。紧接着,三个大红灯笼鬼里鬼气悄然落下,汽笛也立时哑然无声,飞机马达轰鸣。即便如此紧迫,李琳也没有忘记按照组织事先交代的特征,将来人从头到脚一一核对,没有发现异常。又按照事先约定的暗号接对,刚接好暗号,炸弹就在很近的地方落下,随后敌机开始俯冲扫射,因接头地点距市中心十八梯附近那个防空大隧道很近,匆忙之中他们跑进大隧道躲避。想不到几小时后,大隧道就因炸弹命中,致使一万多人窒息,轰动全国。

但如果人们冷静一些,就会发现大隧道虽被炸塌却无大碍,既没有炸死也没有炸伤哪一位。

可当炸弹就在头顶开花时,谁还能保持冷静?人们像网中之鱼,拼个鱼死网破地奔向隧道出口,并在出口挤成肉团,以致隧道大门无法开启。许多人死在不断拥来的人群挤压践踏之下,据随后的新闻报道,死伤共有一万多人。

李琳他们因为最后进入,地处隧道出口,空气比较充分,又被人群挤在门角之后,那一处"台风眼"反倒使他们免受挤压。更还有唐敏之,用后背和双臂奋力撑挡着汹涌而来的人群,否则像李琳那样一个袖珍女人,恐怕再也不可能从门角后走出。

事后李琳问及唐敏之为什么在那危情时刻奋力救她,他也说不出道不清其中缘由。

如果那一天没有日本人的空袭,按照地下党的工作原则,他们本可以在交接之后各走东西,不再相逢,也不会知道彼此姓甚名谁。

日本人的空袭把他们挤在了一起,更有唐敏之的英雄救美,他们只好有了联系。

唐敏之没有什么特别引人之处,不过是那个时代读书人的样子:小分头,白衬衣,西服裤,当然,胳肢窝底下常常夹本书。唐敏之夹的那本书与进步青年常常夹的《士敏土》《母亲》《铁流》什么的无关,大部分是些可读可不读的闲书,不知这是一种更为安全的保护色,还是他胸无大志。

也许李琳觉得地下党的环境太过拘谨,不希望每天二十四小时都处在监督之下，哪怕那是善意的，哪怕那是出于革命的需要。她愿意投身革命，却不打算在革命中失去自己，特别是失去自己的私人空间。

像她这样一个穿着白色连衣裙，骑一辆英国凤头女式自行车，在南方郁郁葱葱的树荫下如一只白蝴蝶般飞来飞去的女子，对革命和个人的位置根本不可能有一个合理的摆放。如果让她经历一下一九四二年的延安整风或一九四九年以后的政治生活，肯定再不会强调什么私人空间。

他们的爱情模式也没有什么特别之处，只是比起白帆和胡秉宸的同居或常梅与胥德章的婚姻，多了那么一点情调。比方相对小酌一杯，或手牵手到公园花前月下一番，或唱和几句诗赋，非常的布尔乔亚——李琳这样的女人就喜欢小情小调，不喜欢大风大浪。

问题的严重性以后才得到暴露。常梅有一天突然对李琳说，唐敏之可能不是她该接头的那个人。

李琳想：这到底是谁的错？更不解的是，即便唐敏之在轰炸中的匆忙回答被她错当暗号，为什么接头暗号以及一切细节都与组织的事先交代无异？还有，是不是应该由她来考虑、负责唐敏之根本不是来接头的人，而是紧急警报情况下，一个向大隧道寻求避难的行者？

…………

常梅切断了与李琳的单线联系，并将情况汇报胡秉宸。胡秉宸立刻做了相应部署，一旦有情况发生，不会造成更大损失。

像一切患有爱情病且病入膏肓的女人一样，直到被捕，李琳才想到唐敏之的可疑，因为除了他们两个人，没有一个人知道他们的住所。

难道他早就盯上了她,只是在紧急警报时才得到接触的机会?

可谁能肯定是唐敏之把他们的地址告诉了国民党特工?

她想起常梅在川戏馆的谈话,自己果真错了,她不太喜欢的常梅却是对的。你不喜欢一个人不等于她不正确,这就是李琳靠在牢房墙上想到的,可是已经来不及了。

直到那时,李琳都相信自己不会当叛徒。

然后就是审讯,前两次审讯李琳都挺了过来,到了第三次,特务们开始踢她的肚子。

当那幼小的生命因忍受不住摧残,在她体内翻腾起来的时候,她听到了他或她的哭号。

李琳受不了了,她可以忍受酷刑,但她征得那尚未出生的生命——他或她的同意了吗?她有什么权利代替他或她做出决定,像她那样参与某种事业,为某个主义献身?她没有。

李琳只好交代。

到了这个时候,她更觉得唐敏之的可疑。除了他,谁能知道她怀孕的事?

可是又有什么证据说唐敏之是个眼线?

十

李琳终于成了叛徒。

这时党的秘密工作原则起了作用。幸亏胡秉宸从未与她有过直接联系;地下党也从未交给她重要任务,她也就无从知道重要线索;更不可能知道胡秉宸所建立的地下交通网。

不过她参加过胥德章和常梅的婚礼,猜也能猜到举行婚礼的地方是地下党的一个联络点。

那个不起眼儿的小饭馆，的确是史峤领导下的一个极为重要的秘密交通站。在胡秉宸胆大心细的操持下，从未引起国民党特工的注意。现在，胡秉宸经营多年的这个联络点就毁在李琳——实际上是史峤的手里。

正在此时，联络点通知有个交通来了，并且带来重要情报。

即便情况危急，史峤也不能放过这个重要情报。每个时代有每个时代的领导特征，那个时代的领导就是身先士卒。结果是不但史峤被捕，联络点上的同志也同时被捕，最后被特务活埋，却始终没有泄露地下党的机密。

联络点被毁，说明特务目标十分明确，胡秉宸马上想到是李琳被捕叛变！

史峤怎么样？不管胡秉宸平日对史峤多么崇尚、信赖，他也不抱任何侥幸的幻想。不要说史峤，即便死心塌地爱着他的白帆或他的亲娘老子被捕，也别想让他放弃警惕和设防。

胡秉宸意识到，整个地下情报交通系统处在严重的危急之中，立即通知所有同志并组织紧急撤退。他首先考虑的是电台，迅速将电台工作人员撤至延安。

大体安排就绪，只是还有两件事没有落实——

一个负责电台收发的牧师坚决不肯撤离，一再傻头傻脑地坚持着："真正的共产党员是不会出卖我的。"

这位顽固坚持"真正的共产党员是不会出卖我的"牧师，让胡秉宸伤透了脑筋。既不能强行撤离又不能放任自流，万一牧师被捕谁敢担保他不出问题？！即使不叛变，这样的傻头傻脑怎能应付奸险狡诈的审讯？于是只好委派牧师一个无足轻重的任务，让他远离重庆，傻头傻脑的牧师才揣着那个任务高高兴兴上路了。

事后证明，牧师对"真正的共产党员"估计不错。

李琳叛变,能出卖的只是那个联络点。国民党特工捕获史峤,应该说是机会使然,如果没有那个突如其来的交通带来重要情报,史峤是不会被捕的。

掌握整个情报交通系统的史峤,显然并没出卖任何机密、任何人。因为自他被捕后,再也没有同志被捕,地下工作也没有遭到任何破坏。国民党特工掌握的线索,只好在他那里中断。

后来上级机关花钱找门路,终于将史峤具结保释。

此外就是胥德章前去执行任务尚未返回,胡秉宸担心胥德章不能及时得到紧急撤退的通知,难免不出意外。眼下情况危急,他决定亲自出马前去拦截。

他神速来到另一个地下联络点,一个"鸡鸣早看天"的小旅店,有点像《沙家浜》里阿庆嫂的那个茶馆,老板也是寡妇,能力上与开茶馆的阿庆嫂不相上下。

晚上,胡秉宸刚和几个住店人在同一只巨大的木盆里洗过脚,就发现气氛紧张起来,说不出什么明显征候,只觉得老板娘看他的眼色有些特别。以他多年的经验来说,"危险"这两个字绝对是一种物质,一种可以嗅得出气味的物质,而不是一个苍白无力的形容词。

还发现有人在旅店门口转来转去,甚至听见用枪托砸地的声音……

胡秉宸反复回想自己的一举一动,最后认定自己没有暴露身份的可能,沿途也肯定没有人跟踪,当地更不可能有人发现他,于是他断定有人认错了人。这种五色杂陈的地方认错人的事经常发生,这种情况下最好装做什么都不知道,免得把与己无关的事扯上身来。于是他上了那张公用大木床,钻进一条又硬又厚木板样的公用棉被,倒头就睡。不一会儿,两个年轻汉子就睡在了他的两侧,把他紧紧地夹在了中间。

这种"鸡鸣早看天"的小店,就是这么个住法。好几个人在同一只大木盆里洗脚,在同一张大木床上睡觉,同盖一床被……不论世家出身的胡秉宸多么不习惯这种睡法,他也不能拒绝。

两个汉子有意这里挤他一下,那里挤他一下,显然想摸一摸他身上有没有枪。

第二天早晨起床后,在旅店门口转来转去的人和身边两个壮汉却不知去向,好像与晨雾一起消散了。

按照原来计划,胥德章应该在这天早晨到达这个联络点,但他没有如期到达。加上昨夜的情况,胡秉宸紧张起来。

他决定到县城探探虚实。迎面撞上一个翻译官或叫做汉奸的那种人。就像后来在电影上常见的那样,推一辆自行车,上身一件黑色对襟短袄,里衬一件白色对襟内衣,下身是打着绑腿的黑色缅裆裤,腰里别把盒子枪。

那人一眼看到胡秉宸这张陌生的脸,马上将他拦住,盘问有无"良民证"。

胡秉宸说:"有。"

就在胡秉宸慢慢吞吞往外掏"良民证"的时候,突然看到胥德章沿着县城那条街,从对面晃晃悠悠走来。

原来胥德章返回时途经一座历史名城,想着任务已经完成不妨凭吊一番,所以没有按时到达联络点,当然也没想到胡秉宸会前来拦截。

胡秉宸反应异常之快地摸着自己的衣襟,高声说道:"不好了,不好了,我的金砖丢了,那可是我跑生意的本钱!"希望就此引起胥德章的注意,抓紧机会赶快离开。

胥德章听到了胡秉宸的吵闹,一看形势,立刻明白胡秉宸为什么高腔大嗓,但怎么也想不出胡秉宸到这里干什么,又怎么被汉奸抓住。面对此情此景,胥德章判断眼下没有可行的营救办法,痛心自己什么也不能做,只能装做不相干的样子绕道而去。

胡秉宸回转身去朝来路张望,一副寻找失物的模样,又拔腿向来路跑去,将汉奸的注意力引向自己。见胡秉宸要跑,汉奸喊道:"站住,不然我要开枪啦!"

原本可能是例行公事的盘查,不一定要采取什么行动,但胡秉宸这通不知真假的金砖丢失案以及逃跑企图,让汉奸非常恼怒,果然没有发现背后的胥德章,对胡秉宸吼道:"跟我走一趟!"

当胡秉宸被关进牢房时,他想得最多的是胥德章是否安全到达联络点并离开了此地,相信他的情况胥德章会迅速通知组织……然后开始考虑对策,门却砰的一声开了。

先进来一伙密侦队的汉奸特务,劈头盖脸给他一顿乱揍,然后就是搜身。他身上那些蒋管区新发行的,一元等于法币二十元的保值钞票"关金券",着实让汉奸特务们欢喜了一阵。

随后来了个日本军曹,开始对胡秉宸进行审讯。

日本军曹并不坐在桌子后面,而是一边审讯一边绕着他转,出其不意就掀起胡秉宸的长袍下摆,妄图从他的立姿上寻出军人的蛛丝马迹,幸亏他的两腿自由散漫地叉着而不像军人那样绷得笔直;或骤然掀掉他的礼帽,查看他的额头有无戴过军帽的痕迹;或喝令他伸出手来,查看他的手指、手掌,有否使用武器或劳动过的迹象……凡此种种,白脸书生胡秉宸一概全无,始终咬定自己是商人。日本军曹一无所获,便叫人把他押到牢房关了起来。

一直隐蔽在后的寡妇此时只好出面。这女人非但谈不上俊俏,甚至可以说是非常丑陋,按照二十世纪末的说法还非常骨感,可在那时骨感还未走进时尚,所以没有任何女人的武器可以凭仗。她居然在封锁线上开店、跑生意,而且干得不比男人差,该是何等功夫!说到营救胡秉宸,花钱就是,上上下下打点一番于她该是驾轻就熟。特务汉奸们在日本人面前给胡秉宸来了个形式上的过堂,就"取保释放,随传随到"了。

她亲自来接胡秉宸。胡秉宸刚跨过牢门她便就地烧了一堆纸,又让胡秉宸从火堆上跨过,一直前行不准回头,说是这样才不冲犯狱神,不会再坐牢。胡秉宸一一照办,没有敷衍,诚心诚意。

胥德章还在"鸡鸣早看天"等他,他们一同回到重庆,一同隐蔽下来。

胥德章从未对胡秉宸说过因凭吊历史名城,不能按时到达联络点惹下的祸。

幸亏胡秉宸被营救出来,如果救不出来呢?想想都后怕。越是后怕,他越不敢对胡秉宸说出实情。

很长一段时间内,胥德章对这位老同学充满感激、感动和敬仰,甚至胡秉宸迟迟未能发展他入党,他也没有心生芥蒂。

死亡、艰难险阻算得了什么?难的是每分每秒都得提着一口气的日子。这种日子一过就是十几年,什么时候才能松口气?谁也无法回答。

那时连胥德章的梦都是黑的。

楚霸王只不过遭遇一次"四面楚歌"就拔剑自刎,而他们则是长年累月的"四面楚歌",长年累月地住在无墙的牢房里,且没有一毫屏障可以间隔,一不小心就会赔进他人或自己的生命,或党的事业!这个分量不好掂量啊。

那时候革命前景并不十分看好,也没有必然成功的保证,为革命做出的任何牺牲都不具有"投资"性质,绝对没有打下江山,"股份升值"的指望。

"党员"两个字是高度浓缩、高度凝结的崇高誓言。除了更多的负担、更危险的工作、更无条件的服从……什么也不意味。

胡秉宸不发展胥德章入党,只能说他胥德章付出的还不够,除了继续奋斗、努力争取,没有什么可说的。

直到一九四九年后,"党员"这个称号才渐渐"增容",它不仅仅是高度浓缩、高度凝结的崇高誓言,更是信任的基石,由信任而任用,由任用而地位、而待遇、而级别……实非他们当初的想象。那么入不入党、党龄长短,也就凸现出特别的意义。

胡秉宸为什么压了多年不批准胥德章入党?胥德章有什么突出的缺陷吗?

按照胡秉宸的说法,一九四二年后中央有个暂停发展党员的政策。

可是这粒不经意掉下、被他们暂时忽略不计的种子,却在当初无法想象的情况下发了芽。不过也不值得大惊小怪,冰冻几千年、毫无生命迹象的种子,在适当培育下都能发芽,何况这样一粒种子?

胡秉宸险些为胥德章丢了性命的往事,自然也就随风而去。

胥德章不但没有心生芥蒂,还一厢情愿地以胡秉宸为知己。哪怕当时常梅的兴趣在胡秉宸身上,胥德章也没有嫉恨于心。

直到胡秉宸选定白帆,并在同居当天晚上,从他们房间传出那一声巨响之后,胥德章才作为胡秉宸的递补,被常梅接受。

胥德章甚至感谢那声巨响,为他炸开了常梅紧闭的门。

而那一声巨响,却把常梅的心不是炸开一条日后可以弥补的裂缝,而是炸为再也不能补缀的碎片,就像无法修复的粉碎性骨折。

那天晚上,常梅一直在等着一个她也说不清楚的验证。她不死心地站在院子里,等待着,辨听着,可没想到等来的是这样一声巨响。常梅恨恨地想:白帆,你是不是太过分了?你怎么能把床都折腾塌了?你在向谁显摆你的得意、你被操的快活?

无人可以想象,胡秉宸和白帆将床板折腾塌了的后果;无人能够知晓,那声巨响对常梅的伤害。只能从几十年后,有关白帆的一次政治审查中猜到一些什么。

"审干"运动中,白帆当年的台湾之行无人证明。由于地下工作单线联系,派遣白帆前去台湾执行任务的领导人又在解放战争中牺牲,这个问题只好"说不清楚"。彼时担任会计工作的常梅,完全可以从领取差旅费这一线索帮助白帆说清楚。可是已经牺牲的领导人既然不能证明他曾派遣白帆去台湾执行任务,也就不能证明他让常梅支付过白帆的差旅费,是真正的死无对证。

这个问题只好"挂"了起来。因为这个"说不清楚",出生入死的革命老干部白帆,直到离休前才得到一个区区行政十四级的"照顾"。比起这个副局级待遇,白帆更心疼的是她政治上的清白,可是死无对证的她只好继续"挂"着。

不能说常梅的牺牲不大,她为心里那个一藏几十年的爱情牺牲了她的良知。她为此哭泣过,痛苦过,犹豫过……特别像她这样一个不论与谁共事,都会赢得"你办事我放心"这种评价的人,她那一颗颗眼泪,是无法用正常的戥子来称量的。

她只能这样振作自己:"挂"起来算不得什么处分,与叛徒、奸细之类的敌我矛盾毫不沾边,顶多影响使用、提级。"挂"起来有点像在银行挂失,一旦存款折子失而复得,本息照付——所不同的是,白帆的存款折子永远找不到了。

白帆更不知道,如果几十年前的那个晚上她和胡秉宸不那么折腾,以致把床都折腾塌了,并在砸向地面时发出那声巨响,也不会落下一个"挂"的结果。

爱，是不能忘记的。

国民党特工很快释放了李琳。

人们有理由猜想，国民党特工这样快就释放李琳，最大的可能是希望她再次混入革命队伍，继续为他们提供情报。

如果这样设计，未免太愚蠢了——他们也不想想，李琳还能再次混进革命队伍吗？但有一点毫无疑问，国民党特工无时不在监视着释放后的李琳。

地下组织也在寻找机会，准备除掉这个叛徒。在严酷的革命时期，为保证革命工作的顺利进行以及同志们的生命安全，他们不得不以这样的形式书写一份革命教科书，以惩戒那些叛变的人，警戒那些可能叛变的人。

在国民党特工部门和地下组织的双重监视下，出狱不久的李琳像从地球上蒸发了，不但国民党特工部门找不到她，连想要灭掉她的地下组织也找不到她了。

她为什么蒸发？是不愿再与国民党遭遇，还是知道地下组织准备除掉她？或是她看透了什么？或是她觉得已没脸见人？

…………

这个自由散漫、其笨无比的李琳，又怎样在双重监视下消失得无影无踪？

她生没生下那个孩子？如果她还活在世上，又怎样逃脱一九四九年以后笸虱子一样的户口制度和一场又一场政治运动？也许她没有活到那个时候就因病或因天灾而亡？

她毕竟为共产党工作过，接受过应该如何面对敌人酷刑的革命教育，她在余生会不会不断反思：如果没有肚子里的孩子，她会不会坚挺到底？如她这样一只白蝴蝶，未必敢下那个保证。

她当然不知道后来有人写了一本小说叫做《红岩》，也不知道里面有个原版原型叫做江竹筠的革命者江姐,那江姐一定如斯大林所说是由特殊材料制造的。像她这样一个仅仅有着正常生理极限的人,是不可能忍受那种酷刑的。

她可能非常感谢肚子里的孩子,为她的叛变提供了一个比较人道的理由……

她何必参加革命?即便在家里当小姐,也比当叛徒对革命的损害少。

在几十年后的"文化大革命"中,叛徒李琳无处可寻,而那个相信"真正的共产党员是不会出卖我的"牧师,却成为那一叛变事件的主角李琳的替身,惨死在革命小将红卫兵的手中。毕竟牧师过去从事的地下工作与电有关,也算让他专业对口,革命小将们耐心地在他身上一圈圈缠满电线,看起来很像一个人形变电线圈。整个缠绕过程中,牧师一直不停地说:"真正的共产党是不会迫害无辜的!"不知道在接通电源那一霎,牧师是否意识到自己犯了经验主义的错误。

自从李琳被捕后,唐敏之也无踪无影。

或许他担心李琳出卖?

按照当时地下党单线联系的工作原则,他会不会是另一条线上的人物?就连国民党特工还有"中统"、"军统"之分,何况比国民党特工不知高明多少的共产党?

他到底是谁?

对于和李琳那段短暂的爱情,他怎么想?

也许当国民党特工冲上楼的时候,李琳和唐敏之从那脚步声就听出非同寻常,知道大难临头。他们也许打开窗子,窗下就是低矮的屋脊,认为那是一条逃生之路。当他们决定从那里出逃时,李琳却突然将唐敏之推出窗外,随即锁闭了窗户。自由主义者李琳突然决定留下自己作为路障,当她周旋于国民党特工的时候,唐敏之就可能有充分的时间脱身。

要不要责怪唐敏之为什么不回转身来与李琳有难同当?任何人在那种情况下都知道不能作无谓的牺牲,或许他也想着,只有他逃脱才有可能营救李琳。

也许他们后来互相找到?谁知道李琳将唐敏之推出窗外之时,是否与他约定有朝一日到什么地点会合?那么李琳的叛变不仅仅是为了肚子里的生命,还有对唐敏之的爱情,而后他们逃离了中国?在一九四九年以前,这一点不难做到。

至于释放李琳,究竟是国民党特工的一个阴谋,还是唐敏之通过什么手段所做的营救?

或许一切都是动荡年代才会发生的错节?

也许唐敏之跳出窗户逃走的假说根本不能成立……

也许……

随着他们的消失,所有的"也许"都成了永久的秘密。

十一

自史峤离开重庆后,这是他和胡秉宸的第一次重逢。

如果军分区没有派史峤到这个团来检查工作,胡秉宸送来的那份情报还不知会撂到什么时候。

史峤说:"我们那里有电台,可以发送你带来的情报,然后再把你送到大军区。"

于是胡秉宸就跟着史峤到军分区去,不再受制于劳力者赵大锤,生活上也舒服多了,不但有了筷子也有了碗,还吃了两次鸡。

一同吃饭的还有一位随同史峤前来检查工作的政治委员，山西人，延安时期中央党校的总务科长，一路上不停地向胡秉宸吹嘘他在中央党校的岁月，学员们如何认真读革命的书……胡秉宸任他胡吹一气，懒得向他说明自己就是从延安出来的优秀分子。

那盆鸡就放在小桌中间，吃完饭警卫员收走碗筷，鸡骨头就无遮无拦地暴露在桌面上，整只鸡的骨头似乎都集中在前中央党校总务科长、现政治委员的面前。

胡秉宸不客气地说："你看，鸡全被你一个人吃光了。"

面对鸡骨战场，前中央党校总务科长、现政治委员什么也不好说。

第二只鸡的情况有些不同，前中央党校总务科长、现政治委员改变了战术，饭后，桌面上一块鸡骨头也没有。待警卫员擦完小饭桌又将小饭桌搬走后才发现，原来鸡骨头都堆在了前中央党校总务科长、现政治委员的脚下。

胡秉宸又说："看看，地道战也隐蔽不了。"

史峤就看了胡秉宸一眼，觉得胡秉宸比从前话多了。

在路上又转了一个星期，那份情报前前后后就耽误了二十多天，胡秉宸说："什么情报都过时啦！"

史峤显然比重庆时期老练许多，只是苦笑一下，什么都没有说。

转来转去，胡秉宸再次跟着史峤转到了叶家集。他们到叶家集的澡堂子洗了澡，区委书记和区长牺牲在澡堂子里的事，就是史峤告诉他的；至于区长所讲的荤段子，则由前中央党校总务科长、现政委转述。

到达军分区的前一天，他们必须穿过一条大路。侦察员报告说，国民党至少有一个师开了过来，而史峤所带兵力顶多一个连。

幸亏他们还没通过大路,就在附近的山丘后埋伏下来。国民党那支队伍不知怎么走得那么慢,直到天黑才走完,他们这才赶快通过大路。

过了大路就是一个河谷,越过河谷才能到山里,虽然天很黑了,参谋还是说,"快走,不能在这里住下,敌人离得太近,也许后面还有。"

可是史峤说:"你们走吧,我不能走。我要等我的一个侦察员,他是我最好的侦察员。刚才过了一个师的国民党,而且说不定后面还有,我特别不放心。"

看来一个人的脾性是很难改变的——即便经过常梅和胥德章的婚礼、李琳的叛变和史峤本人的被捕。

参谋命令一些战士留下,史峤不同意。他说:"这里听我的,走吧,你们快走吧。"

有必要这样做吗?

不是胡秉宸残酷,不讲同志情谊、不关心下级,史峤的任务是掌握大局,怎能这样事必躬亲?!

战争期间没有什么理由多说,再说胡秉宸不过是个外来人,既然史峤有命令,他也不便再说什么。

只见史峤将腰上的手枪取下,握在手里,就势在河谷伏下身来,再也没有回过头。

作为一个资深地下工作者,胡秉宸在调头前行的最后一瞥中,不仅将四周环境一一刻进脑海,还看到史峤那支手枪玲珑得像个弱不禁风的女人。这让胡秉宸生出莫名其妙的联想。

没想到就此一别,他们还要等上三十年才能再次相逢。

胡秉宸一路顺利到达军分区,明知已经没有意义,还是将情报尽快发送出去。春节也就随之来临,政治部主任还把他找去吃了顿饺子。

之后他被送到大军区。早在胡秉宸出发时军区就已接到电报,没想到几个月后才见到这个送情报的人。至于他从军分区发送来的情报,也因为时过境迁,没有什么意义了。

他将一路情况作了汇报,对几次惊险只字未提,只将没有电台的尴尬和被当做特务全身扒光的情况说了一说,大家哈哈一笑。这就是胡秉宸在大别山区前前后后走了大约半年的结果。

不过胡秉宸总算没有虚此一行,离开大军区时,他将部队南下时从陕甘宁带出的特殊物品携至上海售出。售后所得,不但为抗日活动解决了部分补给、经费,又为没有冬衣的部队筹办了部分棉布和棉花。

十二

单枪匹马的史峤不但没有牺牲,而且等到了他那个最好的侦察员。

第 二 章

一

二十世纪三十年代的中国女人,大多没有走上社会第一线,一旦家庭那根支柱撤离或是折毁,她们不得不被推上第一线、面对社会大战场的时候,大部分显得措手不及、招架无力,以致呈现出千奇百怪的遭际。

包天剑的妻妾毕竟是幸运的,在他投奔共产党前夕都被送往天津,安置在包老太爷的护翼之下,离别前夕,又一一对她们做了具体的安排。

他最先来到三太太那一处小公馆。

看得出,他并没有多留一会儿的打算。好不容易见到父亲的孩子们,绕在他的膝下,揪着他的衣服,叫着"爸爸,爸爸",他也没有在那张红木太师椅上坐下。在这吉凶难卜、不知何时才能重逢的时刻,也没有显出对孩子或三太太更多的留恋。

三十年代初就有了初中学历的三太太,实在明白她不过是包家的生产机器,就连她生下的几个孩子,也不过是包家必不可少的家伙什。既然如此,她也就公事公办,对着每房太太名下都有、不偏不倚的三千块钱生活费说道:"这三千块钱是供我一人开销,还是几个孩子的开销都包括在内?"

三太太的公事公办让包天剑心中非常不顺。这一次远行,从各方面来说都是孤注一掷,倾囊而尽。带着那么多人,还要辗转于不同军事占领区,沿途不知会遭遇什么困难,他不过带着一万块钱。

三太太的盘算合情合理——一个人吃饱全家不饿的大太太和二太太名下也是三千块,这公平吗?战乱什么时候才能结束,这点钱能把一家老小的日子支撑到那一天吗?

即便用来调解妻妾之间的矛盾,看似公正的平均主义也显得捉襟见肘。

轮到二太太,她却对着那三千块钱说:"你出门在外,处处都要用钱,就别给我留了,我在家里怎么都好说。"

直到说这些话的时候,她还不知道与她山盟海誓的包天剑,就在近在咫尺的地方,不但有了另一个女人,还有了他的骨肉。这是包家上上下下包括佣人在内无人不知,惟独对她守着的秘密。

如果二太太知道情况是这样,还会不会这样对待这笔日后安身立命的钱?恐怕难说。

什么事都怕参照,参照既然能对比优劣、决定取舍,同时也就制造出矛盾的由头。包天剑想,二太太、三太太与他的情分如此不同!一把将二太太抱坐膝上,说:"那我就把这三千块钱带上了,现在真是需要钱的时候。不过你要是有困难,就去找姐姐她们周转一下。母亲去世后,她的首饰和钱都在姐姐手里。"

不久之后二太太也是这么一参照,就在包家搅和出翻江倒海的风浪。

从本书第一部吴为的札记可以看到,二太太被安置在那栋由德国设计师设计的小楼里,三太太则被安置在大明公园附近的一处小院里。日后,叶莲子将多次以请教女红为借口到三太太那里去,希望探得一点顾秋水的消息而又不得而归的时候,就会拐进大明公园这个其实算不得公园的地方,一泄她的哀伤与无奈。

这些安排,着实让包天剑费了一些脑筋。
不要以为包天剑有三房太太,就是一个登徒子。
大太太由父母包办,与他本人没有多少责任和关系。
三太太由他人牵线代办,为的是包家后继有人。
二太太不能生养也是事实。即便他自己不太看重这一点,包老太爷那里也交代不了。对包家在继承人方面的要求,三太太不仅达标,而且超标地完成了这项任务,男男女女,品种齐全,但二太太还是包天剑的至爱。

包天剑该算有情义的男人。二三十年代,一个男人娶几房太太正大光明,根本用不着躲躲藏藏,但他不愿伤二太太的心。

二太太得到包天剑如此厚爱,既不因为她是金枝玉叶、名门闺秀,也不因为她有一副花容月貌,反倒是个相貌平平、出身青楼的女子。

当初包天剑一心一意要娶二太太的时候,并没有升任师长的迹象,当然也就没有经济能力为二太太赎身。

二太太不曾在意包天剑日后会不会有出息,慷慨解囊,自己赎身,说:"你要是拿钱买我我还不干呢,只为了咱们之间的感情我才嫁给你。今后只求你真心待我,将来能养活我妈、供我弟弟上学就行了。"

…………

这不过是个狎客和青楼女子间的老故事,在中国历史上曾经并正在上演着许多这样的故事,因此二太太的义举也就没有多少新意。

至于说到感情,包天剑懂得多少"感情"?

"感情"像艺术一样,是有钱还得有闲阶层才能练就出来的技能。而包天剑自小就骑在马上,一阵风来又一阵风去地征战,崇尚的是"枪杆子里面出政权"。

说什么"书中自有颜如玉,书中自有黄金屋"?

错!

对视风花雪月、闲情逸致如粪土的包天剑,不如说"枪杆子里自有颜如玉,枪杆子里自有黄金屋"。

只是比之常来常往的狎客,包天剑可能多了那么一点呼唤女人母性的迂劲儿,多了那么一点让女人误以为是"汉子"的悍劲儿,还有让青楼女子动心的、那点不光是"一夜风流"的投入,在千百万狎客和青楼女子的逢场作戏中造就了那么一点难得的情义。

其实,青楼女子只须心黑手辣做她的皮肉生意就是,绝对不能谈爱情。试问天下男人,有哪个打算与青楼女子建立他的"千秋大业"?给你一个"小",也就政策到顶。

综观古今中外,哪个谈爱情的青楼女子有过好下场?不论《茶花女》中的玛格丽特,还是嫁了冒辟疆的江南名妓董小宛,或是《桃花扇》里的李香君,还有一个什么陈圆圆……

如果一定要说他们的事情有什么特别之处,那就是包天剑将军从来没用青楼上的往事拿捏过二太太。

他倒不像那些风流才子或只有点墨在胸的男人,既识得青楼女子把玩上的价值,又打心眼儿里看不起她们,哪天玩得不开心,免不了当头一喝"你这个臭婊子!"继而揭她们的老底,将她们羞辱得入地无门。

所以胡秉宸和吴为结婚之后,不时对吴为当头一喝"你这个烂女人!"应该说是传统文化使然,实不足怪。

像包天剑这种"胡子"出身的人,不是最该这样糟践女人吗?怪就怪在反倒没有。

二

顾秋水和叶莲子是太年轻了,在这场生离死别中,他们的表现不知该说严肃还是轻率。

离开北平前几天,顾秋水甚至还在他们那个小四合院的南墙外,教叶莲子打过一次枪。

从东北军退役后,顾秋水还留着几支上品手枪,那天拿出一支秀美的、装饰多于实用的勃郎宁手枪对叶莲子说:"这支小手枪留给你,以备万一。"而后领着叶莲子来到屋子后墙外,那里有一截半途而废的房基。

顾秋水说:"这支枪可以连发五发子弹,你只要知道怎么扣扳机就行,往哪儿打关系不大;要是遇见坏人,只要把枪扣响就能把他吓跑。现在你往那截房基上打一枪试试。"

听起来相当容易,叶莲子却不敢扣扳机,顾秋水只好把着叶莲子的手,让她一试。叶莲子扭着脖子,闭着眼睛,靠在顾秋水胸前,朝那截半途而废的房基扣了一下扳机。

"砰——"的一声枪响之后,顾秋水的心也随之放下,好像叶莲子就此可以兵来将挡、水来土掩,可应万难、可应万变。

顾秋水也就用这一发无的放矢的子弹,把叶莲子交代给了一个天下大乱的时代。

无论如何,顾秋水留下的这支手枪和他对叶莲子的临场训练,总算是行前为叶莲子办的唯一实事。

五十多年后,吴为居然找到了这一截半途而废的房基。叶莲子早已不在,奉天军阀时代结束了,日本人来了又走了,蒋介石来了又走了,共产党又来了……这截半途而废的房基,居然还半途而废地立在原地。

三

至于这一支手枪的下落,叶莲子从来没有对任何人说过。

四

如果不是史峤留在河谷里等候他的侦察员,这支勃郎宁手枪绝对不会当众显现。

它又怎样来到史峤手中?

也许在一个月黑风高的晚上,他被敌人追得没了退路又受了伤,恰好叶莲子的家就在附近,他只好潜入这个谁也不会注意的院子,叶莲子把顾秋水留给她的枪转送给了史峤,是希望这支枪在危急时刻对他有所帮助?

也许他旧情难忘,忍不住去看望了叶莲子。对这个本可成为她丈夫的人,叶莲子只有用这支手枪才能表达她对他的安危的极度关注吗?

也许这正是史峤的希望,收下一些与叶莲子有关的什么东西,让它们永远伴随着他?

…………

五

顾秋水离开北平的那个早上,叶莲子虽然泣不成声,却多少有些"少年不识愁滋味",除了离情别绪的单纯哀伤,还不知道生活无着的厉害即将让她叫天不应,呼地不灵。

离别的话早已说尽,他们却仍然觉得还有很多话没有说完。

顾秋水怀抱着他们的小女儿吴为,那一堆对别离在即浑然不觉、熟睡在他怀里软乎乎的小肉团。他还能看见他这块亲骨肉吗?她还不会叫爸爸呢。

一九三七年,叶莲子才二十六岁,顾秋水也不过二十九岁。这相拥相抱哀哀哭着的一家,可不就是两个大孩子抱着一个小孩子?

不论他们如何难舍难分,临了顾秋水还得动身。更有那一声声似有似无、间隔而至、催征似的炮声,不但催促着顾秋水尽快出发,也提醒着叶莲子危险正一步步逼近,每颗炮弹好像都会落在顾秋水身上而不是她或吴为的身上,让叶莲子的心猛地一缩又一沉。

最后的时刻终于来到,顾秋水几次张了张嘴,他有话要说,可又没有勇气说出口,那就是"钱"!

叶莲子和吴为的生计到现在还没有落实也无法落实,于是这个别离更显得千头万绪无从别起。他一个钱也不留撒手就走,让一无所能、举目无亲、无可托靠的叶莲子母女,在这兵荒马乱的时期如何生活下去?

包天剑只知道他的妻妾需要安排,却一次没有问过风雨飘摇中死心塌地跟着他继续闯荡的顾秋水:"你的家眷怎么安排?"

顾秋水理解，包天剑不仅仅需要招兵买马，那也是一份丰厚的投奔共产党的见面礼。不过包天剑还是可以分一杯羹给自己的妻女。

他想到"此一时彼一时"对人的捉弄，无限怀念起那年投考蒋介石炮兵学校不巧病倒南京，包天剑寄给他那锦上添花的一百块钱。如果现在能有那一百块钱，勤俭的叶莲子至少可以对付一年的日子。顾秋水义无反顾地放弃前程，死心塌地追随包天剑，说起来并没有太大的动力，大部分与那一百块钱制造的感动效应有关。现在想来，他把自己的前程卖得实在太便宜了。

早在当初他就应该和包天剑说清楚："你让我跟你离开东北军，算是你的秘书，还是别的什么？我的生活来源又怎么解决？"

可是他不好意思。虽然面对不敌之众单枪匹马的顾秋水也敢拔枪豁命一拼，但那是一时之勇，一旦面对情面他就常常退却。吴为长大以后，全盘继承了顾秋水这点"美德"，不好意思和人谈钱，而且还派生出一个不好意思说"不"的毛病。这点"美德"，不容置疑地证明着她和顾秋水的血脉关系，不论她怎样看不起顾秋水并拒绝这样一个父亲，也是白搭。

如果当初就把这些问题捋清楚，至少不会这样被动。现在他已沦落为包天剑的清客，一个清客，还有什么谈判的本钱？即便沦落为没有独立人格的清客，也还不到完全丢掉自尊，张嘴要钱的时刻。

而且包天剑会怎么想？现在国难当头，很多人为抗日什么都豁出去了，顾秋水居然还能在这种时候讨价还价？

不跟包天剑走又怎么办？回东北军是不行了；像房东杨大哥那样，推个小车走街串巷卖针头线脑？也拉不下那个脸；或到街上卖苦力？又吃不起那个苦；或是心一横留在北平当亡国奴？

他的血还没冷下来……

为了情面,为了面子……总之都是脸上那点事,顾秋水不但放弃了他的前程,也放弃了对妻女的责任。从这点来说,他对妻女的责任感是否还不如叛徒李琳?

叶莲子从来没有问过顾秋水:"你一走,我和孩子怎么办?"

她知道,但凡包天剑能给顾秋水一点钱,顾秋水都会留下,到了这个时候顾秋水还不提这回事,可见包天剑一分钱也没给他。

临行前,顾秋水换上了东北军的旧军装,看上去真是英姿飒爽,可是每个口袋都是空的。只看他怎样搜罗军装上的每一个口袋,就知道他怎样为钱作了难。

联想到顾秋水那张了又张却说不出话的嘴,叶莲子的眼泪就更加汹涌起来。

此时她才想到自己与别家女人的不同。比如说包家的太太们,虽然丈夫走了,跟前还有三亲六故、男帮女佣、金银财宝……别家的女人即便没有这些,也总能占着其中的一样。而顾秋水一走,除了怀里的吴为,她就一样也不样了。

顾秋水明白,叶莲子越是不提钱,就越是知道他的尴尬,她的这份体谅,他将一辈子感激不尽,铭记在心。平心而论,此时此刻顾秋水的感激也好,铭记在心的誓言也好,都没有掺假。至于"后来",就是"后来","当时"并不是"后来"的保证,不论多么惊天地、泣鬼神的"当时",都不能保证"后来"万无一失。

他也设想过带上叶莲子一路同行,可是吴为只有三个月大小,路上将有怎样的艰难险阻?那是部队行军,带着一个女人还算勉强,再带着一个嗷嗷待哺的婴儿可就太不现实。

如果没有吴为,叶莲子的历史可能就是另一种写法。可谁让叶莲子固执地生下吴为,并且极不逢时地把她生在一个风雨飘摇、民族存亡的危急关头?此后她将不得不进入从里到外、全面受创的境地。

最后顾秋水只好说:"实在太难的时候,就上天津英租界包老太爷家去躲一躲,我想包家总会照顾你的……现在也只有依靠他们了。情况好一些我就回来接你们,或是再等几个月,比如说秋后孩子大一点,你来找我也行……"

那时顾秋水很相信朋友,以为朋友都是靠得住的,就像他那样,凡是答应朋友的事绝对不会食言。包括后来在宝鸡经邹可仁把叶莲子母女托付给陆先生,从口头上来说,一环接一环可不都有交代?所差的不过是落实。

这两个从乡下出来,没有根也没有关系的苦孩子,从来不能,也没有掌握过自己的前途。他们的前途不是掌握在他人手中,就是任由这个动乱的社会拨弄,好也罢、歹也罢,全靠撞大运。

这句话让叶莲子立时有了实实在在的希望。从这一天起到秋后还有多长时间?不过三四个月,顶多一年半载,不会更多,她就能见到顾秋水了。

希望是什么?是一半可能、一半不可能,却让人轻易放手眼前。可叶莲子眼下是不得不放手。

或许他们只好这样欺骗着自己。

说完这些没有任何实际意义的话,顾秋水只得动身了。在迈出门槛的时候,他带着一个鼓励的微笑,回头看了她们母女一眼。

后来又后来,叶莲子不知多少次对吴为叙述过她生命中的这个转折点:"他迈过门槛的时候,还回头看了我和你一眼。"

叶莲子抱着吴为站在房子当间儿,一动不动。她不是不想送顾秋水一程,可是不等顾秋水反对,自己先打消了这个念头。

顾秋水要到六国饭店与包天剑会合,那种地方,即便顾秋水也得借着包家的光辉才能出入。为此,她只得丢失和丈夫哪怕再聚一小会儿的时光。

等顾秋水出了大门,叶莲子才抱着吴为撵了出去,泪水涟涟地朝着早就没有人影的胡同,伸着脖子,踮着脚张望……

顾秋水自走出家门,再也没有回过头。虽然征衣上的眼泪还没干,一旦走出那个胡同,也就立刻把叶莲子母女从脑子里抹掉了,抹得干干净净。干净到四年后他们再度重逢前,这两个影子从没有在他的脑海里出现过。好像他从没有过这段婚姻,从没生过一个女儿。

六

认真说起来,叶莲子对顾秋水的爱很可能经不起推敲。

顾秋水并不是叶莲子的第一选择,她曾有过一个最好的可能。

叶志清在北平驻防时,叶莲子窝在深山老林里的外祖父家,突然和她接上了关系。

母亲墨荷被奶奶一把火烧了的时候,与三舅一起来和奶奶理论的还有一个老姨。老姨的儿子这时来到北平,并且考取了B大学。叶志清虽然已是前姨夫,并且参与了火烧墨荷的恐怖行动,但是流亡到北平的东北人,唱起"我的家在东北松花江上",都是两眼泪汪汪,也就前嫌不计,何况比老乡还近着一层。

第一次亲善访问之后,表哥就时时带着一个身材高大的叫做史峤的同学,前来看望表妹叶莲子。

也许第一次的亲善访问,表哥就对叶莲子的处境有了了解。

叶家招待得很热情,让久已没有吃到血肠的表哥大快朵颐。

不过在大家就座之前,当着第一次访问的表哥,叶志清就瞪着眼珠子对叶莲子说:"你看,你看,筷子都摆不齐,养你干什么使?连勤务兵都不如。"

叶莲子头也不敢抬,回身钻进厨房,仰着头使劲眨巴眼睛,紧着把里面的眼泪往回捯,手下还一刻不敢停地张罗着。

父亲越嚷嚷叶莲子越哆嗦,上汤的时候又把汤洒了一桌子。继母从饭桌旁边跳了起来,一边掸她的旗袍一边说:"哎哟,我的新旗袍呀,这可是在'新世界'做的哟!"

叶莲子赶紧拿块抹布跪下就擦。继母说:"我说你,你怎么用抹布擦?这旗袍是丝绸的呀!"

叶莲子拿着抹布跪在地上一时不知如何是好,父亲又叫道:"还不赶快把桌子擦干净,看一会儿流到地上踩一脚。"

叶莲子便又跳起来擦桌子,一面擦一面想,幸亏这一汪汤水还在桌子上待着,没有继续给她招灾惹祸。

桌子上的汤水收拾干净后,叶莲子才喘着气儿,小心翼翼在饭桌前坐下。

其实,从乡下刚刚来到父亲家里的时候,叶莲子总是在厨房吃饭,那时候吃饭对她还是很松弛的一件事。可是继母不同意,她对父亲说:"这像什么话?咱们家的孩子怎么能像佣人那样不和咱们坐在一张桌子上吃饭?"然后白了父亲一眼,"你也不替我想想,让我这个后妈怎么当?"

后来父亲就让叶莲子和他们一起坐上了饭桌。从此她就开始出错,夹菜掉菜,盛汤汤洒。她干脆就不夹菜,不盛汤。

叶莲子抬起眼睛看看表哥,表哥对她笑笑,那一笑让她有一会儿愣神。从母亲家族来的表哥,让她想起两个应该最亲又都离她而去的女人——她的母亲和外祖母。

表哥说了一声:"吃饭吧。"她才回过神来,赶紧对每个人挤出一脸微笑。

继母就说:"莲子,你倒是吃菜呀!"

她本不想夹菜,白米饭已经很好吃了,用不着就菜。可是继母显然希望她做出各种待遇都与正式家庭成员无异的表现,她应该很好地配合。

就赶紧伸出筷子夹菜。一边伸筷子一边判断,哪些菜继母和父亲爱吃或不爱吃,之后才能决定把筷子往哪里伸。

可是她的判断就像她在父亲和继母眼皮下所做的一切,没有一次不错。

好比她要是把筷子伸向一碗熬白菜,父亲也许不经意的一句"好久没吃白菜熬粉条了",就会让她不自禁地缩回筷子,而那不多的碗盏也就变得混杂起来。稳稳神,一眼逮住一小碟酱菜,得了救星似的赶紧去夹,可是等到她再夹第二筷子的时候,便听见父亲轻轻一咳,这一咳让她想起继母爱吃这种酱菜……

夹点什么呢?她的筷子像是停在红绿灯控制失灵的十字路口,因为不能不夹点什么而哆哆嗦嗦、犹犹豫豫。

这时表哥给她夹了两块血肠,"吃吧。"表哥低声地说。

没想到这低低一声"吃吧"的冲击力那样大,让她心潮起伏又不敢抬头对表哥说声谢谢。她埋着头,就着那两块血肠,三口两口把碗里的饭扒进嘴里,然后就离开了饭桌。

父亲问道:"你吃完了?"

她回答说:"是。"

父亲说:"那你就该说,请父亲母亲表哥慢用,我吃饱了。"

她就说:"请父亲母亲表哥慢用,我吃饱了。"

继母回答道:"吃饱了就下去吧。"

她坐在厨房里,听着饭桌上的动静,一等有挪动椅子的声音,就赶快去收拾碗盏。可是直到表哥告辞,她的眼泪也没有停止的意思。还是表哥特地到厨房来对她说:"莲子,我走了,我会常来看你的。"她依旧垂着头,一下又一下用力地点着。

表哥没有食言,在父亲换防河北定县之前,果然常常带着史峤来看她。

B大学永远意识新锐,耳濡目染的表哥自然而然想要帮助叶莲子改变处境。但是革新意识很强的表哥,除了想给叶莲子找个好丈夫,似乎也想不出更好的办法。

穿长袍西裤、脖子上绕一条长围巾的"五四"青年史峤,据说是东北同乡。真是东北同乡吗?她追问过表哥,表哥也不十分清楚,反正"九一八"以后的北平,有很多东北流亡学生。等到史峤不辞而别,她才想起表哥对他这位好友其实什么也不清楚。

看得出,史峤很喜欢稳重端庄的叶莲子。

叶莲子是需要一点耐心才能看出所以的女人。也许他人觉得叶莲子的目光有些呆板、迟滞,可是细心的史峤却看出那是小心翼翼、瞻前顾后,好像不知道该往哪儿落脚,老怕一不小心踩了谁。她的谨小慎微、无所适从的样子,让史峤滋生出许多心情。而天下男人大多都有救美情结,他们的关系可以说是顺理成章地向前而不是向后发展。

"你在哪个中学读书?"史峤问道。那个时期有点文化的青年男女交往,大部分从这个话题开始。叶莲子红着脸无以应对,心虚地想,自己怎么能配得上史峤?

起初叶莲子没有认清形势,以为小学毕业后可以继续读书。

父亲也没说不让她继续读书,只回答说:"咱们村里也就是赵家的老爷们儿上过小学,还跟中了秀才似的。"

继母说:"那莲子可不就是咱村的女秀才了!"

接着,家里的"掌柜"继母就说是没有钱了。一个上尉军需官,怎么连孩子上学这点钱也没有?可是继母说没钱了,那就是没钱了。

自出生后,叶莲子一直处在一分钱的自主权也没有的景况中。懂得自尊的她,更懂得如何节省他人的每一分钱。即便上小学的时候,她也没有买过练习本——把父亲用过的纸敛起来,翻个个儿,用粗线钉一下,就是她的练习本。可惜课本自己无法钉,不然她也会给自己钉出一个课本来。

现在已经无法得知,三十年代初期,读中学是不是很靡费的一桩事。尤其对于一个早晚要成为"泼出去的水"的女孩子。但不论靡费或不靡费,对寄生在叶家的叶莲子来说,肯定都是非分之想。而且在旧时代,凡有继母的家庭,都恰如其分地缺个女佣。

何况连女秀才都是了的叶莲子,还用得着上中学?

"我……没有上中学。"叶莲子羞惭地说。但她也不能对史峤说家里不让她继续读中学,只能含混地把不求上进的责任揽在自己头上。

"求知也不一定非得在学校不可。如果你愿意,我倒是可以帮助你……不知道你爱看些什么书?"

叶莲子说不出她爱看什么书。她的生活是封闭的,除了买菜,做饭,做家务,只能窝在房间里发呆。

史峤便带了进步青年无人不看的《新青年》《语丝》之类的杂志或小说给叶莲子。

但凡有点文化的中国男人,大多有教导女人识字读书之好,"红袖添香"更是闺中一项高雅的乐趣,想必史峤在这一点上也不例外。

就连没有多少文化的顾秋水,与叶莲子结婚初期也把这样一项作为理想家庭不可或缺的内容。他教叶莲子读过《千家诗》《唐诗三百首》,甚至写诗填词。

包括胡秉宸,也不是没有向往过这样一个理想家庭。可是具备高中文化、书法相当老到的白帆,不但不需要他的教导,更对"红袖添香"这等细腻缺乏体会,这可能就是胡秉宸一个"糙"字便将白帆交代的原因。而吴为不但破坏了这幅"红袖添香"的千古风流图,反过来还要对胡秉宸的指教研讨一番、质疑一番、指手画脚一番,这些毛病在他们的恋爱高峰期不是没有显露,但都被胡秉宸作为女人的娇媚享用,岂不知同样一件事,婚前婚后的解释天差地别。

比来比去,只有叶莲子这样的女人最合男人的需要,在与男人的关系上她本该万无一失。意外的是没过多久,她也被男人淘汰出局。

那本是一幕又一幕进步青年恋爱的经典模式,并引导不少女青年从此投向革命,好比小说《青春之歌》里的男女主角卢嘉川和林道静。

史峤也是如此如此、这般这般地对叶莲子宣讲他带来的那些书籍。她似懂非懂地看着,似懂非懂地听着……可惜叶莲子还没来得及接受那些理论而后走向革命,史峤就不知去向了。

其实早在乡下,叶莲子就跟着爷爷读过《弟子规》《三字经》《论语》,包括后来顾秋水教她的《千家诗》《唐诗三百首》,旧体诗文、平仄声韵,滚瓜烂熟、倒背如流,可是面对史峤的《新青年》《语丝》,却毫无体会。

她更喜欢的是《秋海棠》《啼笑因缘》那一类通俗小说,巴不得自己就是其中的一个人物,上演其中的一段。

结局太悲惨？青春是不考虑结局的。

噢，还有电影明星胡蝶主演的电影，瞧她那对酒窝！

……………

有多少胡同里走出的女孩会喜欢《新青年》或是《语丝》？会关注社会和世界的走向？太深奥了，太重大了……那都是为不凡的人铸就不凡一生准备的材料。

史峤也就理解地笑笑。

逢到表哥和史峤来访，他们坐在房间里循规蹈矩地谈话时，继母总是显得很忙，好像所有的事情都在那一天凑上门来，一次又一次进来、出去、拿东、拿西，反倒开导了叶莲子的少女情怀。

史峤十分合乎叶莲子的心意，特别他的泰然从容，让她感到他的长衫下有个如母鸡孵小鸡那种温度的怀抱。自小在陌生人中流落、讨生活的日子，似乎就此可以结束了……连叶志清也很中意史峤。

可不知道为什么，他们的关系进展得很慢，尤其在那个战乱时代。战乱时代就像信息时代一样瞬息万变，如不抓紧机遇，马上就是另一番天地。

他们循规蹈矩、慢慢腾腾，终于走到具有决策意义的那一天。史峤带着叶莲子到东单青年会参加了一个什么聚会，会后带她到了东安市场，问："喜欢不喜欢吃涮羊肉？"叶莲子随着就点点头。

史峤在东来顺楼上要了个雅座。点菜之后叶莲子就端坐那里，看着史峤卷起袖口，微微弓着身子，拿着小勺在二十多个作料碗中挑来挑去，给她配涮肉的调料。

铜涮锅上来了，小火星子噼噗地爆着，真有点过年的气氛。

史峤也不说话，只管把一片片羊肉放进涮锅，又把涮好的羊肉一片片夹在叶莲子的调料碗里。叶莲子说:"你怎么不吃?尽给我夹了。"

他这才放下筷子沉思了一会儿,最后对叶莲子说:"莲子,有件事情早想对你说——当然,我应该先征得你父母的同意,可是……你的情况不太一样,我想先知道你的意思,然后再和他们谈……你觉得和我在一起高兴吗?如果不高兴也不要勉强。如果……"他握住叶莲子的手,"如果你害羞也可以不回答。"

懦弱的叶莲子在关键时刻并不懦弱,在以后亡命天涯的漫道上,将有无数机会证明她在这方面的爆发力。她声音很低却很果断地回答道:"高兴……"

见叶莲子通红了脸,史峤马上拦住她的话,说:"那好,我们吃饭吧。"他吃了很多,还让跑堂儿添了一次酒。

吃完饭天就黑了,史峤拉着叶莲子的手送她回家。他的手大而厚,像一片暖云覆盖着叶莲子。

之后,叶莲子就耐心地等待史峤来和父母谈话。可是史峤忽然就没了消息,问表哥,表哥也说不出所以然。

很长一段时间,叶莲子都以为那天晚上她有什么地方举止失措,令史峤不满意,所以他才不辞而别,一走了之。但她实在回忆不起自己到底什么地方不得体。

她突然一惊,也许他得了什么不治之症,表哥在瞒着她……便鼓起勇气到 B 大学去找史峤。

史峤的莫逆胡秉寰,不得不代替史峤面对这个温婉的女子,除了心中埋怨史峤办事不妥之外,又能怎样?

史峤同样对他不辞而别,他也许比不上眼前这个小女子伤心……可他和史峤毕竟是莫逆,如果莫逆都能这样,还有什么是可信的？

燕去楼空啊……

他不相信史峤是利用他。但胡秉寰作为一个澹泊致学、深藏若虚却又悲天悯人的人物，他的宿舍被史峤们时以谈论佛经、历史或诗社活动的名义，作为聚会场所，恐怕也是在所难免。他们不仅与他谈天论地、索引寻踪佛学方面的心得，有时对他也不甚回避，仿佛他既是他们当中的一员，又不是他们当中的一员。却不知为什么，从来不曾有人尝试动员他参与其中。

对早已将人世看透且无边寂寞的胡秉寰来说，史峤的离别让他再一次感到人生无常，身不由己。

他当然能够想象史峤去向何方，所以更为史峤忧心，如史峤这样一个被动的人，根本不适合政治，不像他的二弟胡秉宸。

二弟胡秉宸如很多人一样，对生活有种主动出击的精神，所以是个大路货。可史峤不是，史峤是被动的，不论什么时候，不论什么事情，都是如此。如果不是这样，他和叶莲子的关系可能早有定论。

即便像二弟那种主动出击的人，难道就能改变命运的轨迹？

二房的一位堂兄，被二弟胡秉宸叫做败类胡秉安的大哥，是黄埔一期的学生，共产党员，参加南昌起义后被派往洪湖苏区，历任要职。

一九三一年，王明当权，下令成立湘鄂西中央分局，毛泽东同乡夏曦任中央代表。三月，夏曦到洪湖苏区之后，以肃反为名，大量杀害红军指战员。他的保卫局局长江奇，指鹿为马，指谁是特务，中央代表夏曦便调查都不调查，即刻便杀。南昌起义后刚刚加入共产党的贺龙，根本没有发言权。

这位时任红三军参谋长的黄埔一期堂兄，被诬为"改组派"，与万涛、潘家辰、柳直荀等三十多人被赶至广场，江奇一声令下,三十多名打手各提硬木棒一根,举棒便打。乱棍之下,鲜血四溅,脑浆迸裂,骨肉横飞,惨叫之声撕心裂肺。

等到后来查清江奇为国民党内奸时,开辟根据地的骨干几乎已被杀光。

荒唐啊,荒唐!

黄埔一期堂兄的墓,据说就在湖北荆州。

二房的人对此讳莫如深。但胡家人人知道,特别是二弟胡秉宸。

他的遭遇并不让胡秉寰感到十分痛绝,在胡秉寰看来,信仰不过是一种疾病,就像爱情。爱情是什么?是每个人一生中必不可免要出的那场麻疹。

胡秉寰只知其一不知其二,几十年后,与黄埔一期那位堂兄一起被江奇乱棍打死的柳直荀,荣幸地进入毛泽东的诗词《蝶恋花》,词中有句"我失骄杨君失柳……"

不明就里的读者,以为柳直荀烈士与毛泽东第一任妻子杨开慧烈士一样,是被国民党杀害的。

而"杨柳轻飏直上重霄九"一句的灵感,不知是否来自柳直荀等烈士临死前的冤叫、惨叫?

这是后话。

史峤难道就抽不出一点时间辞别?即便重任在身,也可以把事情做得更为圆满,何况是对这样一个本就柔弱不幸的女孩子?

也许这样结束更好?早晚会是这个结果,史峤反正已经身不由己。

"进来坐一会儿吧?"胡秉寰对低头站在宿舍门前的叶莲子说。

虽然冒昧到了极点,可叶莲子顾不得了,她非常想要知道史峤的下落,就侧身进了门。

房间很暗,一抹清寂聚聚散散,如几缕沉香缭绕室内,散淡着一种风息浪止的安谧。叶莲子突然有一种靠近史峤的感觉,可她仍然不知如何说起,"我来看看史先生,他……很久没有他的消息,我有点儿担心。"她抬起眼睛,那是久无依赖又逢绝望的眼神。

胡秉宸的心重重往下一沉。

…………

谁也不知道胡秉宸对叶莲子说了些什么。但与胡秉宸会面后,叶莲子的伤痛里多了一些沉思,并且不再企盼与史峤的重逢。

几天之后胡秉宸回了家。

上到母亲房间,叫了声"娘",就站在一边看母亲弈棋,从她手腕上那只颤悠悠的玉镯看出,她对举在手里的那枚棋子犹豫不决。

他看了看棋盘说:"黑子输了。"

母亲随意放下刚才还在犹豫不决的那枚棋子,盯着棋盘说:"自己跟自己下棋,输赢都是自己,说是知己知彼,百战百胜。可我自己怎么胜得了自己,又怎么算是胜了?"

"你怎么回来了?"她抬起头来,看着一袭灰布长衫、身材颀长的大儿子,浅笑了一下。可不,他站在那里,端的就是一个"朴"字。可又不是"朴素"那个"朴",如果非要用"朴素"来形容他,就会缺斤短两。是"古朴"的"朴"吗?也不是。是"朴拙"的"朴"吗?也不是……

整个儿就是一个"简约"。"简约"是美中极品,因为没有半点装饰,只能真刀真枪,来不得半点假。

"看看。"胡秉寰答道,他不知母亲怎么又转而微笑了。

"吃过晚饭了吗?让底下人给你做点儿什么,大概还有隆福寺白魁老号的烧羊肉。"

"不必,我已经吃过了。"

"姑婆来过了,说是请你给金家小姐题个扇面。"

"娘题不是更好?"

"同样是写字,我就是消遣,你就是学养。还是给人家小姐题一个吧。"

消遣!唉,母亲当然有许多消遣之道……这可能就是胡秉寰在决定"回老家看看"之前一定要向母亲禀报一声的原因。父亲在家更好,但是父亲经常不在,他也不必为此特地等候父亲的归来。

母亲不像别的女人,丈夫一旦有了外室,就以吃斋念佛超脱自己的烦恼。她说那是对佛的不敬,她要是念佛就诚心诚意地念,而不是因为走投无路。大概这也是她常常自己弈棋的原因。

"知道了。"胡秉寰没说题也没说不题,"娘,我想回老家看看。"

"不是就要毕业考试了吗?"

他静静地站着,没有回答。

母亲也不再问,但仔细看了看胡秉寰——有点过于仔细了,"走前要不要到疗养院看看你三弟?"老三也是鬼精灵一个,所以得了肺结核而且老不见好。想想几个秉性各异的儿子,哪个都不像是她生的。

胡秉寰想了想,说:"时间不长,回来再去看他吧。"

母亲事后回想起来,越发觉得老大的妥帖沉稳,事情到了眼前也不让她觉得他不会回来了。所以听到胡秉寰失踪的消息,母亲没有过分悲伤,无论胡秉寰选择什么,她都觉得有他的道理,既然如此也就不该有什么遗憾,不过她始终不相信胡秉寰自杀之说。

之后,胡秉寰放下手里摩挲的一枚棋子,说:"娘,您下棋吧,我回房去了。"

"去吧,扇面就在书案上。"

"知道了。"

看着他走向书房的背影,母亲莫名地叹了一口气。

胡秉寰没有拿书案上的扇面,而是把"绿豆眼"带回了房间。

对着那方铭文序跋一概全无,单只刻了一个"茫"字的砚台,他一夜没睡。

他是在审视自己的心吗?他对佛的信仰,会不会如二弟或那些大读书人,不过是对各种时尚的亦步亦趋,抑或自己天性如此?

人生于他不过是流水长东,对兴致勃勃的二弟临了不外乎如梦、如梦,对在肺结核中挣扎的三弟可能是随水而去,他又何必固执于人生是什么?

但求顿悟吧。可是悟什么?悟所谓"是非曲直、生死苦乐"之可信或不可信吗?

他要抛弃的又是什么?

胡秉寰对金家小姐不是没有想法,相敬如宾,举案齐眉,花前月下,琴棋书画……哪个人不向往这样的人间景色?可世道应允了这种可能吗?如果他不能给金家小姐一个保证,就不该把她领进一个不能兑现的希望——好比史峤的身不由己以及他对叶莲子的不辞而别。

父母当初想必也是相敬如宾的,结果母亲还不是这样打发日子?他想起母亲手腕上颤颤的玉镯。

众生皆苦啊,他看不见救赎之道……

胡秉寰又何止心如止水、波澜不惊?莫逆史峤简直让他心如死灰了。

也许不能这么说,李清照有句:"只恐双溪舴艋舟,载不动,许多愁。"胡秉寰这只小船突然下沉,差的其实就是那么一点无法称量、难度轻重的愁绪。

不过谁又能说这就是下沉呢?

他失踪以后,不但家里,连学校也没找到他的片纸只字,可能他临行前把自己所有的文字都付之一炬了。

多年后胡秉宸重归故里,徜徉在人去楼空、败破荒芜的院子里,旧时皇皇家园,只落得角落里的几只花盆。他禁不住去抚摩那几只缺损疵裂的花盆,想不到一只花盆下竟压着这方"绿豆眼"。

谁将"绿豆眼"压在了花盆下?当然不会是将家财席卷一空、嫁作他人妇的如夫人。

又为什么把"绿豆眼"压在花盆下?

花盆下压的岂止是"绿豆眼"啊!

他百感交集地捡起这方砚,不由得迎光摇去,那曾经流光四溢的砚台瞎了,重新回身为一方顽石……

对着那方瞎了眼的"绿豆眼",自以为百炼成钢的胡秉宸,竟被陈年往事那把生了锈的钝刀,狠狠地锉了一下。

不知道胡秉寰与"绿豆眼"在多年前那个通宵的神交中,他们决定了什么,又做了些什么。

七

当吴为还是胡秉宸第二任妻子的时候,有个夜晚,她在梦中急切地呼唤着:"请等一等,请等一等……"听上去不像呼唤一个不相干的人,而是一个久别重逢、失而复得并且不想再失去的人。这让胡秉宸非常不受用,他推醒了她,说:"你是不是做噩梦了?"

她怔怔地说:"不,我梦见一个人,好像是你……"又非常肯定地摇摇头说,"不,不是,虽然相貌与你几乎没有差别——不,这样说不准确,其实差别很大……穿一袭道袍,飘然一杖,行走在层叠的山雾中……"

…………

胡秉宸就想起了大哥胡秉寰。可是他没有追问吴为的梦,也没有与她一起猜测这个与他极其相似的人可能是谁。

大哥失踪后,人人都说他自杀于精神忧郁症。但胡秉宸觉得,即便大哥自杀,也是由于不肯苟同,他是太孤独了。

当时他就别有想法——神思邈远的大哥,是不是断绝尘缘,潜入深山老林修炼去了?

吴为的梦,像是时间突然回过头来,给他补上的一个验证。

可是吴为跟大哥有什么关系?他都没有梦见过自己的大哥,她又怎能梦见他呢?

他突然觉得有点毛骨悚然。

吴为并没有完全说出她的梦。从未对胡秉宸隐瞒过什么的吴为,从此似乎有了重要的隐情。不过真问起她隐瞒了什么,又似乎什么也没有隐瞒,只是常常流露出一副怅怅然神魂不知何处的模样。

八

顾秋水是二道河子木匠的儿子,叶莲子是赤贫人家的女儿,只是机缘使他们离开了土地。要是顾秋水还在二道河子当农民,也许就会娶个乡下大姑娘繁衍生息。不论怎样,总是个当门立户的男人,而不致误入歧途地混一辈子,不是这个人的奴才就是那个人的奴才。

要是叶莲子还在乡下放猪,没准儿会嫁个像二姑父那样的好男人,同样也会脱离那一堆恶亲戚,过上一个能吃饱饭的日子,也就心满意足。

离开土地以后,千不该、万不该,他们又读了一些书。

顾秋水从小就喜欢读书,别人家孩子过年得了压岁钱都买炮仗,他得了压岁钱买书。

当然他读得很杂,不但读过《精忠报国》《七侠五义》,离开土地以后又读了很多小说,最喜欢的作家是旧俄时代的托尔斯泰,读过他的《安娜·卡列尼娜》《战争与和平》,还读过法国小仲马的《茶花女》……不仅满脑子"忠义"之类的江湖义气,还很仰慕"骑士"。

顾秋水是个骑马的好手,但是会骑马且骑得好不等于就是"骑士",就像有张大学毕业文凭并不等于有文化。

除了胡秉宸能读原文的《大卫·科波菲尔》之外,木匠儿子顾秋水和世家子弟胡秉宸对"骑士"的理解,并没有什么原则上的区别。

可"骑士"是西方土地上的庄稼,在中国这块土地上长不出"骑士"那样的庄稼。

所以,顾秋水和胡秉宸只能以对"骑士"的半吊子理解,当个半吊子"骑士",去迷惑那些对"骑士"只有半吊子理解的女人。

顾秋水总是要结婚的。有多少人能豁达到终身不论婚嫁的地步?即便对那些有头脑的人来说,婚姻也是个吸引人的、不可不猜的谜。

读过《茶花女》或是《安娜·卡列尼娜》的顾秋水,还能娶于连长的老婆,绰号叫做"黑牡丹"的那种女人做老婆吗?那样的女人只合用做偷情,娶妻却要娶个只有在他的启蒙教育后,才能开花结果的女人。由此想来,"黄花闺女"这个词,恐怕也是暗藏祸心。

就像多年后胡秉宸对吴为甚为鄙夷但更为向往地说:"……你们单位有个姓赵的女人,男人远远就能嗅到从她身上散发出来的一股味儿,一股不管什么地方,赶紧躺下、就地解决的味儿,真是又浪又贱到了极致。和那种女人能谈情说爱吗?更不要说到婚姻,睡一觉过过瘾是可以的。"

这说明胡秉宸早在美国得克萨斯州立大学心理学教授西恩之前,就发现了女人的体味是她们性感与否的一个重要来源。

吴为就想,自己单位有这么一个姓赵的女人吗?

同样,读过《啼笑因缘》《秋海棠》的叶莲子,还能嫁给那些除了打仗,就是抽大烟、赌博、嫖窑子的军人吗?

小说的危害远远没有被人们所认识。如果观察一下周围的人,就会发现那些不爱看小说的人,日子大部分过得平平稳稳,到头来也会寿终正寝。

日后吴为也犯了她父母同样的毛病,不明白"小说是小说,日子是日子",这个极为简单的道理。

不要忘记,胡秉宸也是爱读小说的。

一九三四年,东北军一一二师换防至河北省定县。

这年早春的一天,一一二师小军官顾秋水,骑着自行车从营地出来,准备到定县城里去。

经过司令部的时候,正巧一个年轻的女人坐着人力车从司令部出来。

顾秋水去县城做什么并不重要,也许就是买点烟草之类的东西。那是一个既没有仗可打也没有什么可以祸害,更没有女人可以调笑的假日。对一个二十五岁、放荡不羁的年轻军官来说,这样的日子是相当难熬的,于是他格外注意人力车上坐着的那个女人。

在他的印象里,那女人虽然坐着,也可以看出身材高挑。那时的女人,很少有那样高挑的身材,让他想到"玉树临风"那一类飘逸脱俗的句子。

可惜城门那里有个下坡,他的自行车闸也不灵,只好随着自行车一溜风地远去。不过这难不住一个对某个女人已经有了兴趣的男人,更难不住像顾秋水这样的男人。

这女人既然是从一一二师的司令部里出来,就肯定是一一二师某个军官的家眷。

顾秋水一直说,那就是第一次看见叶莲子的情形。

可是他错了,他绝对错把另一个女人当做了叶莲子。

那个年轻漂亮的女人,一定是司令部里哪位长官的亲眷,而不是叶莲子。

因为叶莲子根本不可能坐人力车,更不可能到一一二师司令部去。

叶莲子随着父亲和继母进入城市之后,饭是吃饱了,人也长高、长胖了,可却过着另一种一言难尽的日子……

无论如何,人是需要一点花费的。好比已届"花期"的女孩子,每月都需要的那点纸张,可是叶莲子仍然没有一分钱的自主权。

她对金钱的需要既简单又复杂。除了那点最必需的纸张外,比如,还想为继母做点什么;比如,还想自食其力地继续上学。

很难想象她那样迷恋上学是为了什么。远大的理想?她能有什么远大的理想?

也许与史峤的相遇更加强了这个愿望,尽管史峤已经不知何处去。

所幸定县出膏药。

家家摊膏药是定县一景,房东的闺女摊,叶莲子也就跟着摊,摊完了送去领工钱。

第一次领到工钱的时候,手心儿里的热气,竟把那几个无情无义的铜板焐出了些许的温暖。回家路上,叶莲子一面浏览着街旁的摊子,一面想着怎样孝敬一下继母。

快到家的时候看见一个烧饼摊子,想起继母爱吃芝麻烧饼,就买了四个。

卖烧饼的伙计用长长的铁钳子将烧饼从烤炉里钳出,一个个烧饼胀鼓鼓、热乎乎、喜滋滋的。叶莲子担心路上烧饼凉了,就把烧饼揣在怀里,随之胸口也热了起来,以为继母一定也会给她一个如芝麻烧饼这样可亲的笑脸。

她急煎煎地往家走,急煎煎地拍着大门上的门环。里面影影绰绰不知在嚷些什么,没人听见她在敲门。

侧耳听了听,就听见继母在说:"什么十八岁的大闺女?早就二十了,再不把她嫁出去行吗?"

"你让我把她嫁给谁呀?"父亲说。

"王连长呀,不是刚死了太太吗?"

"他净嫖窑子……"

继母大有深意地笑着说:"哎哟,哪个男人不嫖窑子?"

叶莲子虽然不知道这个王连长是谁,但肯定镶着大金牙,梳着大背头,张嘴就是"妈拉个巴子";对女人也只有两手,不是打她们的嘴巴子就是摸她们的屁股。就听从家里牌桌底下不时蹿上来的那声不知真假的尖叫,倚在一旁的太太或非太太的屁股,肯定被狠狠捏了一把。

叶莲子心里一急,就更用力地敲起门来。

继母嫌嫌地问道:"谁呀?"

"我。"她小声小气地答道。

"噢,莲子呀!"声音却是极慈祥的。

叶莲子带着急于献宝的浮躁,一刻不可多待地扒着门缝往里张望,只见继母那总是躲在鼻梁里不肯出来的两个黑眼珠,现在却齐刷刷地向两扇大门掷来。大门外面的她,立刻感到置身于它们的杀伤力下。

怀里揣着的热烧饼,一下就凉透了她的心窝。

一脚迈进门后,却忘了自己急煎煎地敲门是为了什么,一时怔怔地站在那里。

"回来了?"继母问。

这才想起揣在怀里的烧饼,"妈,这是给您买的。"她有点担心继母会拒绝,想想,那双具有极大穿透力的眼睛,是怎样穿透门板又落实到她身上的吧。

可是继母亲亲热热地拍打着那四个烧饼,说:"哟,还热着哪。"转过脸来就刺了叶志清一眼——叶莲子哪儿来的钱?还不是叶志清背着她给的。

叶莲子也就知趣地退了出去。

如果没有过被打入另册、或无权无势、或寄人篱下之类的经验,是不大可能了解"知趣"这种状态的。对于有着这些经验又想保持最后一点体面的人来说,"知趣",真是一块再好不过的遮羞布。

而后就是一个铜板一个铜板为攒学费而奋斗。为了攒学费,叶莲子一次又一次咽下对女学生装的追求。上不了中学,穿一穿那套女学生装也好。她多少次在想象中穿上那件月白色短褂、那条黑布裙、那双白棉纱袜子和那双黑色带襻鞋,或是那件月白色竹布大褂、那双白鞋白袜——别叫旗袍,一叫旗袍就上了档次,就更不能说明叶莲子那点虚荣的渺小。

这套女学生装其实花费不大,可她始终没能穿上,直到出嫁后还让顾秋水给她做了一套,可是那张面孔已经不同。

如今继母将婚嫁提上叶莲子的日程,她的中学之梦只好彻底破灭。

不管坐在人力车上的女人是不是叶莲子,顾秋水正是由于这个误会得以认识了叶莲子。

在浓香四溢的花草堆里,寡淡的叶莲子真像浑吃海喝后那杯解渴的清茶。可是别忘了,清茶不过是清茶,解渴之后,浑吃海喝还是大部分人的最爱。

有人对他说:"……那是师里叶军需官的小姐,和孙连长住一个院子。"

他就骑着自行车来到那个有枣树、柿树,还有碌碡的小院,不把自行车支在孙家窗下,而是支在叶家窗下。在请君入瓮的办法上(不说追求女人),顾秋水和胡秉宸有着同样的天分。

从此,叶莲子的窗下就多了一道风景。这道风景一旦进入一个待嫁女子的视野,就别有深意。

军人会骑马倒没什么稀奇,尤其在"胡子"起家的东北军里;相反,会骑自行车,就非常地时尚。

叶志清既希望叶莲子有一份好日子,也巴不得遵照老婆的意见,抓住机会把女儿打发出去,但却看不惯这个招摇的师里有名的花花公子。据他所知,顾秋水就在托人向他提亲的当儿,还在和项连长的太太偷情。于是叶志清说:"我们家姑娘还小,不急着找婆家。"

顾秋水也看不起叶志清那个小矬胖子——总是眦着一双滴溜圆的眼睛,不但用滴溜圆来证明自己所言所行的金科玉律,还用它为自己的狗屁不通壮胆。

如果叶莲子不是因为还有一难,也许不会孤注一掷。

父母还在壮年,不论夜晚或白天,她都得多加小心,否则就会一头撞见令人尴尬的事情。她不明白,并不穷困的父亲为什么不肯多租一间房子,或许还摆脱不了全家一张炕的老家习俗?

她能躲到哪儿去?怎样才能有一方自己的空间?

父亲和继母绝不会把自己永远留在家里,倒不是她这个负担的斤两问题,那个时代,哪儿有女儿不出嫁的道理?

可是嫁谁呢?她着急,她实在着急啊。

与史峤的那场梦,美则美矣,却是"昨日之日不可留"。

也许等到老大不小,父亲会把她嫁给哪个吃喝嫖赌五毒俱全的军人当填房,好比死了太太的王连长。史峤之后,她怎能甘心那样一个出路?

反正是无路可走,只好碰见谁就是谁。比比那些军人,顾秋水也算是出众……机不可失,时不再来。

盘算来盘算去,叶莲子只好硬起心肠放下史峤。逃亡意识更使她知道应该怎么办,而且一办到底不能拐弯,就写了一张纸条塞进父亲的口袋,很简单的三个字:"我愿意。"

叶志清看到这张纸条,想到了女大不可留的老话,是啊,不嫁顾秋水又嫁谁呢?看看周围的军官,比顾秋水更不像样的很多,又不能回乡下给她找一个丈夫,最后只好同意了这桩婚事。

叶莲子那张"狗急跳墙"的条子,被传说得沸沸扬扬,谁也想不到,少言寡语的叶莲子能如此惊世骇俗。

他们很快订了婚。订婚不久,顾秋水就随包天剑到湖北"剿匪"去了。

在鄂豫皖剿匪总司令张学良的指挥下,东北军一一二师沿平汉铁路布防,意在消灭羊崞洞一带共产党徐海东部。但徐海东部全部转入地下隐蔽,保存实力,暗中发展,根本不与他们接触。

给叶莲子写信就成为顾秋水枯燥军营生活的唯一乐事。他最大的业余爱好,就是把小说名著或是唐诗宋词里的句子改头换面,然后寄给叶莲子或与朋友吟唱。这种偷梁换柱的手艺,顾秋水不但比当时的,甚至比以后从事这个买卖的贩子高明许多。

由于驻在武汉南湖,顾秋水还写过这样一首诗——

> 憔悴扶病一登楼,放眼天南地北头。
> 鹦鹉洲边芳草绿,江山无处可埋愁。

非常的张恨水,非常的文明戏。

如果再仔细搜寻一番,说不定就能在哪首唐代七律或五言中找到他们的孪生兄弟。

那时,他可是风华正茂啊。他有什么愁?他有什么病?不过附庸风雅而已。

换了史峤,绝对不做这样的贩子。

所以说,比之与史峤的邂逅,叶莲子对这场婚姻带有明显的目的性。有一个细节也许能说明点什么——不论婚前婚后,她从未对顾秋水说过"我爱你"这种热情澎湃的字眼。只是后来才把这个偶然碰上的婚姻,渐渐当做一个女人原来的梦,并很实际地将史峤收藏在哪个午夜梦回之中。

相信叶莲子这种嫁鸡随鸡、嫁狗随狗的女人,最终也会习惯地爱上顾秋水,制作出一份相应的情爱。

在吴为看来,叶莲子竟然能为这个相当功利的婚姻自造一份情爱,并为这个自造的情爱痴迷一生是太不值得了。不像她对胡秉宸的爱,不论结局如何狼狈,如何使她难以自圆其说,至少她得到一个求证:如果不和胡秉宸结婚,他将永远是非人间的一颗星。

其实吴为对胡秉宸的爱,不也是一份自造?在一定程度上,连胡秉宸都是她自己造出来的。

不久,叶莲子随父亲调防至汉口与蒲圻之间的咸宁,顾秋水则跟随着包天剑转往蒲圻驻防。这也是为什么婚礼的前一天晚上,叶莲子要随继母先期到达蒲圻,并下榻在蒲圻城隍街马永和客栈的缘由。

一向苛刻的叶志清为叶莲子的婚礼拿出不少钱,并特地让继室带着叶莲子到汉口采办嫁妆。

顾秋水没有与她们一同前往,也没有下榻于同一家旅馆,而是先到武昌住下,与她们约好在汉口会齐。因为他的左脚长了鸡眼,疼得不能沾地,走路一瘸一拐,他不愿在叶莲子面前出丑。到武昌当晚,就到旅馆附近一家澡堂,让修脚师傅将左脚上的鸡眼挖掉,第二天才和她们见面。

这位修脚师傅的手艺非常之好,顾秋水脚上的这个鸡眼,自一九三五年早春挖去从未再犯。有关此行的深刻记忆,与其说是因为婚娶,不如说是因为这个修脚师傅的高超手艺。如果叶莲子非要自作多情,别人又有什么办法?

叶莲子和继母在繁华的、开满小旅馆的民权路找了一家旅馆住下。

第二天一大早,他们就在国父孙中山先生铜像周围,即那简明扼要地概括了国父政治主张和革命精髓的民族、民权、民生三条路上往返来回,购买了毯子、帐子、被子、两只樟木箱子等结婚用品。这是她第一次和一个男人共计未来。她是那样急切,毫不犹豫,纵身就跳了进去。

绸布庄里有现量现做的裁缝。她拉起一块又一块衣料,在身上比来比去,对裁缝说,这里瘦一点,那里长一点……在那里做了三件旗袍(现在可以不必说"大褂"而可以说"旗袍"了):一件浅粉镶深红边的缎旗袍;一件浅灰上有紫灰小花叶,镶浅灰边的绸旗袍;一件浅黄上有灰色小碎花,镶浅黄边的绸旗袍。按照时兴的样子,身长三尺八,领子上横有三个直盘扣,大襟和侧身则为花盘扣。手艺之好,让二十世纪末的女人缅怀追思,望洋兴叹:如今再也找不到这样的好手艺啦!据说二十世纪末有一部香港影片《花样年华》,一度再现这种手艺的辉煌,但也只能作为博物馆的收藏,再不能"飞入寻常百姓家"了。很多事物只属于一段时间,甚至一个瞬间,那个时间、瞬间去了,它们也就随之而去,想挽留也挽留不住。

其中两件绸旗袍,叶莲子选的都是小碎花图案,颜色的过渡也很讲究。

从未有过一分钱自主权的叶莲子,如何培养了自己的审美趣味?只能说源自她的母亲,也就是墨荷的遗传基因。

不管女人的服饰如何变来变去，叶莲子认定小碎花图案不变。

喜欢小碎花图案的女人是柔弱的、内敛的、忍辱负重的、欲言又止的、文雅的、优雅的……可惜，优雅常常只能用来欣赏而不能用来享用。它们没有大红大绿的宣泄、大酸大辣的痛快淋漓、重彩浓墨的立竿见影、大哭大闹的寻死上吊、挥快刀斩乱麻的利索果敢……优雅的女人也就十分脆弱，多半还自作多情。她们会倍加感应人生的种种尴尬和难堪，这样的女人天生是被蹂躏的对象。

顾秋水没花什么钱，只给叶莲子买了一只金手镯和一块手表。

这只手镯和手表，不久之后就发挥了非同小可的作用。

叶莲子和顾秋水的婚礼基本上是叶志清操办的，这倒符合顾秋水的原则："我和女人玩儿从来不花钱，让我花钱的女人，爱的肯定不是我。"

似乎也有一定的道理。

叶莲子在继母陪同下，于婚礼前一天从咸宁来到顾秋水的驻地蒲圻，在城隍街蒲圻镇唯一一家客栈住下。

蒲圻盛产栀子花，据说顺风时香可以飘到咸宁。别人是否嗅到不得而知，想必叶莲子是嗅到过蒲圻的栀子花香的。

婚礼在马耀华转运公司举行。

也许是为了显示自己的派头，顾秋水有意晚到了一会儿。主婚人急得出来进去地转悠，不停地问："新郎怎么还不到？"

事先他们并没有就婚礼的着装进行过商讨，完全是凑巧，顾秋水穿了一套灰色西服，叶莲子穿着那件浅粉带有三道深红绲边的缎子旗袍,脚上是一双粉红绣花缎鞋。

灰色是无私的。它的生命似乎就是为了烘托其他的色彩,为了将其他色彩中那段平庸的光谱化为华美而存在。

原本有些通俗的浅粉旗袍,就因了灰色的烘托,显出意想不到的风雅。

人们交口称赞道:"真是才子佳人,郎才女貌!"

三天以后,叶莲子又穿着这件浅粉色的缎子旗袍,和顾秋水在蒲圻镇"相真"照相馆拍了一张婚照,顾秋水却换了一套深色西服,竖着两只大招风耳站在她的身后。

除了这对招风耳,吴为认为她从顾秋水那里什么也没有得到。

如果真像她想得这么简单,仅仅从顾秋水那里继承了这对招风耳倒也好了。

顾秋水官衔不高,但在师长面前是说得上话的红人,所以贺客盈门。后来房子里容纳不下,仪式改在马耀华转运公司门前一个不大的广场上举行。

不久之后,也就是一九三六年,张学良将军就在这个转运公司对面——老陆水桥旁的木材厂,声泪俱下地发表了抗日救国的演讲。

婚礼按文明结婚那套形式进行,顾秋水还即席发表了一段演说:"国难期间,鄙人虽然结婚不忘救国,决不消沉意志在个人小天地中。也希望叶莲子画直眉毛,涂黑嘴唇,投身到抗日收复失地的战场上来。"尽管狗屁不通,却深得来宾赞扬,不但感动了在场的太太小姐,也感动了背井离乡的军人。

因为驻地在"剿共"前线,一切从简,婚礼没有大办,但也相当风光,当地名菜熏鱼、熏肉、熏鸡、豆皮、苕品、莲藕炖排骨……

摆了五六桌。

因为顾秋水迟到,人们罚了他不少酒,不过他有很好的酒量。

婚礼结束后,叶莲子换上了上有紫灰小花叶的浅灰色旗袍,坐着两人抬的小花轿回新房去。

花轿沿着蒲圻镇狭窄的石板小路,一颤一悠地走着。新房不远,就在西城门内尽靠城墙一座砖木结构的二层小楼上。

从小楼后窗,可以看到西城门外的西门湖和内湖,像陆水生下的两个小女儿,偎依在西城门的两侧。卧室里有一张老式带框架顶盖的红木大床,还有一张八仙桌,两张太师椅。顾秋水的一张单人铁床也搬到了这里,另占一间房子,有时他们像西方人那样分房而居。另一间是书房,房间布置得很雅致。

…………

即便新婚燕尔,叶莲子那双很"毒"的眼睛也没闲着。

她那双眼睛,在墨荷还没咽气之前,就看出墨荷已经"走形",离另一个世界只是一步之遥;而为外祖父报丧的那枚枪子儿,也是冲着她来的。

婚礼之后,叶莲子突然指着那对樟木箱子说:"这对箱子没有选好,那两只鸟好像在斗架,你看它们是不是有点儿'犯相'?"

顾秋水扭头看了看那对樟木箱子,箱子上画着一些树,一棵树上落着一对鸟,实在看不出什么问题,便挑起叶莲子粉嫩的下巴说:"你脑袋里怎么这么多封建迷信?"

婚礼前后发生的怪事可不仅仅这一件。在人们送来的喜幛里,叶莲子发现一幅幛子上写着《滕王阁序》中的句子:"落霞与孤鹜齐飞,秋水共长天一色",以及"秋水先生落霞女士新婚志喜……"

她问顾秋水:"谁是落霞?"

顾秋水说:"可能他们不知道你的名字。不过也许是个玩笑,自以为得意地套上了'秋水'和'落霞'。"

送幛子的人很可能根据顾秋水的名字,想当然地觉得叶莲子的名字就是"落霞"。可他们不明白,"落霞"与"孤鹜"该是多么苍凉凄绝!

而请来为新人铺新床的人,本应是个儿女双全、贤良富贵的女人,可那女人却是个"打八刀"的,也就是和别人毁了婚的女人。

谁把这样一个女人请来了?

婚礼之前,他们实在没有可能将所有细节一一检点,以防患于未然。

为此叶莲子心里发堵好几天——这是不是暗示着她的婚姻不能到头?不过她很快就忘了这件事。

还有她爱唱的那支歌呢?叶莲子不但爱看小说,还爱唱电影歌曲。在她还没认识顾秋水之前,就学会了《秋水伊人》那支歌,没想到果真嫁了一个叫做"秋水"的丈夫。

婚后一天,她不觉又唱起这支歌:

> 望穿秋水,
> 不见伊人的倩影,
> 更残漏尽,
> 孤雁两三声;
> 往日的温情,
> 只换得眼前的凄清,
> 梦魂无所寄,
> 空有泪满襟……

几时归来呀,
伊人哟!
几时你会穿过那边的丛林?
那亭亭的塔影,
点点的鸦阵,
依旧是当年的情景。
只有你的女儿哟,
已长得活泼天真;
只有你留下的女儿哟,
来安慰我这破碎的心!
…………

她不很经心地唱着,唱着唱着,突然回味起歌词,再咂摸一下,就觉得歌词不太吉利,想起从前最爱这支歌就觉得有点怪,刚结婚怎么就望穿秋水了……从此不再唱它。

连顾秋水也想了一想,叶莲子怎么老唱这支歌?好像预兆着什么。

尽管叶莲子忌讳这支歌,可命中注定,她得把这支歌继续唱下去。

他们的生活说得上是欣欣向荣。

小连长顾秋水还养着不少闲人。有个季大爷,原是一一二师前身十二师的一个连长,因为没有文化被整编下来,调到顾秋水的迫击炮连。顾秋水就让他管理枪支弹药,也不把他当兵看待,还叫他季大爷。顾秋水说,人家本来就不是兵。

季大爷退役后,顾秋水看他可怜,就让他顶了一个军士,每个月还有七块钱军饷,让季大爷住在自己家里,每顿饭再给他两盅酒喝,捎带也给他们小家做做饭,帮点忙。

顾秋水对女人很小气,对男人却不,开了饷都放在抽屉里,季大爷买菜买米,用钱自己从抽屉里随便拿取,顾秋水和叶莲子从来没有和他算过账,他们一直相处得很好。

还养了个把兄弟老九,人很聪明,爱打麻将,一天到晚吃喝赌,倒是不嫖。不管媳妇和孩子,赢了钱也不往家拿。老婆拿他没办法,大家让顾秋水出面管管,顾秋水就让叶莲子把老九的媳妇和孩子接到他们小家来住。

顾秋水那时年轻,拿钱不当回事,认为前途远大,有朋友就行。好在他是连长,每月二百多块军饷,很顶用。

落魄后的顾秋水常常回忆起这段日子,悄悄对自己说一声:那有多好啊!

新婚燕尔的顾秋水,常常带叶莲子出蒲圻镇南迎薰门,去游览四方景色,或过陆水、登长山(又曰北赤壁山),凭吊三国遗迹。

长山下有丁鞋塘,相传为周瑜一脚踏成。西侧四百米处有周郎嘴,嘴下有周郎桥,由此可以进入赤壁古战场。

山上有晒骨台,传说东吴阵亡将士遗骨于此晒干,便于回运。

北岸为曹操屯粮之地乌林,即周瑜焚烧曹操的连锁战船之处。赤壁一战,曹操大败,落荒而逃,至谷口,所随官兵只剩得二十七骑……

可惜诸葛亮借东风的七星坛已无迹可寻,后人只落得遐想不已……

意气风发的顾秋水,站在长山山顶,摇首顿足地吟哦苏轼的《念奴娇·赤壁怀古》:大江东去,浪淘尽,千古风流人物。故垒西边,人道是,三国周郎赤壁……

张学良将军的前摄影师是顾秋水的朋友,闲时为他们拍过不少照片。顾秋水特别喜欢荷塘边的一张,他们双双坐在长椅上,他的左臂紧搂着叶莲子的肩,那时叶莲子还是剪发,多年轻啊!这张照片顾秋水一直留着,随着他走南闯北,"文化大革命"一来,只好把照片和值点钱的东西托付给一个工人朋友,"文化大革命"之后打算再取回这些东西,件件都不知了去向。还能说什么呢?

就连叶莲子婚后做的衣服,也都是顾秋水设计的。

有次他带叶莲子乘火车。那天她身穿件米色西装,内衬雪青色衬衣,还结了一个黑领结,下面是条短裙,头戴一顶米色鸭舌帽。这身打扮在那个时代,在一窝子当兵的中间,真算得上奇装异服。

包天剑还以为是哪里来的演员,忙让内弟到普通车厢打听,这才知道是顾秋水的媳妇。从那以后,师里太太们穿衣服都找顾秋水设计。倒不是他偏心,哪位太太也穿不出叶莲子的风韵。

有一次顾秋水从师部回来,远远看见叶莲子站在城门那里等他,旗袍外面套着他的西服背心,高高地站在那里……想,谁教她这么穿的?

偶尔想起婚前的日子,叶莲子觉得她不过是个等着捡剩落儿的人,直到现在,她才有了一个正儿八经的位置,做了一个人的妻子,有了一定的说话权利。而这一切都是顾秋水给她的,她能不爱顾秋水吗?这样的日子,怎能不是叶莲子一生回味无穷的日子?以后,再好的日子也似乎好不过这时。

叶莲子也从未因顾秋水日后对她的酷虐,否认她曾经的幸福。

在这一点上,吴为就没有叶莲子的大气——到底叶莲子与她母亲墨荷那个家族的血缘关系,比吴为更为密切。

一个过于专一的人,久而久之就会向反面转化。人们不再感念专一是种优秀品质,优秀反倒成了一种压迫。

果不其然,顾秋水渐渐看出与叶莲子生活的不能随意。

好比那天他们去郊游,在有山有水的地方待一会儿,又沿着山路向上回旋。暮春天气,空气里有种又热又甜又暧昧的气味,起伏在山冈上的杜鹃花,袒胸露怀地盛开着。裹在宝蓝色薄绒旗袍里的叶莲子,穿行在林的暗影里。

啁啾鸟鸣变得像是暗语,有一声没一声地让人禁不住想想这个又想想那个。顾秋水挨近叶莲子,伸出手臂搂住她的腰,叶莲子的眼睛立刻瞠成两个大问号。

顾秋水凑近她的耳朵,笑嘻嘻地轻声问道:"昨天晚上好吗?"

叶莲子认真想了想,然后"嗯"了一声。但并不是人们通常表示肯定的第四声,而是一个驴唇不对马嘴的第一声。可以理解为一个问号,也可以理解为对床很宽大、被褥很软和、床单很干净、枕头高矮很合适的肯定……总而言之,与顾秋水想要听到的肯定不是一回事。

男欢女爱是需要激发、激活和刺激的。可不论顾秋水说什么,叶莲子就是一个"好"字。要是因为她幼年就被推出生活并被人遗忘,而且一忘二十多年地活到现在,没有看过男欢女爱这本书倒也不甚奇怪,奇怪的是她自己从来没有打开这本书的欲望。一个没有欲望、没有要求的女人,实在太乏味,太不能为男人制造一些点缀了——当然,要求太多太高也不行。

每次回到家里,迎接他的永远是千篇一律的"回来啦?"这样的话等于没说,或比没说更让人觉得没劲。

要是带她出去吃馆子、看戏,酒喝得正好,戏唱得正热闹,她突然就会问:"几点了?"

"九点了。"

"哎哟,都九点了。"好像她有什么要紧事,非得在九点之前办妥不可,否则就耽误了。

过不了一会儿又问:"几点了?"

"九点二十。"

"哎哟,都九点二十了。"一副对时间痛惜得不得了的样子。

"有什么事吗?"开始顾秋水还问一问。

"没,没有。"

果真没有就别再问钟点了吧。《苏三起解》刚唱到"三堂会审"她又问了:"几点了?"

弄得他酒也喝不痛快,戏也看不安生,只好回家了事。

回家干什么?对着干坐。

如果说起过去,刚被胡作非为、寻欢作乐的往事激发起来,她会突然来一句:"季大爷说明天要买鸡。"或是"今天的鱼咸不咸?"

和她调情呢,也接不上茬儿。好比顾秋水说:"上哪儿串门儿去了?你也不惦记我,我还等你吃饭呢。要不是看你漂亮就打你一顿了,可我舍不得打你。"

叶莲子听了也就是笑笑而已。虽说女人有张好脸就行,其他方面可有可无,可也不能"无"到这种地步!

给她介绍一些同僚的太太,让她出去打打麻将,去了一两次就不再去。

她们不是没有训练过叶莲子,今日教了"对对和",她就只管碰下去,三个"一万"、三个"红中"、三个"白板"⋯⋯明日教她一个"一条龙",她就忘了"对对和",只会一、二、三、六、七、八、二、三、四地吃下去⋯⋯

打完牌总会去小吃,豪爽的于连长太太付了账,叶莲子就非要还回自己的那份儿不可。

叶莲子从不惹是生非,但常常让人感到不自在。她让人感到不自在,并不是因为她做了什么,而是用她的不做什么去打搅别人做的什么。好比这一碗汤圆、一块米糕,值几个铜板?吃的就是随意和太太们的小亲小热。

要么你来做东,要么受之坦然,偏偏叶莲子要还她那几个铜板,把小亲小热的气氛弄得像锅夹生饭。

于太太万事如意,如意惯了,就见不得让她觉得不自在的东西。这东西不管是物或是人,她就要调教调教。于是于太太忍不住要对不但败了她的兴,也败了大家兴的叶莲子来点什么:"这几个小钱儿也值得这么推来推去?非得还钱才叫还账?你回头再请我一次不就得了。好吧,好吧,我收下了,可别为这俩小钱儿闹得你几宿睡不着觉。"

一时间大家停止了说笑,闷头不响地吃了起来。

叶莲子既不管自己是不是犯了太太俱乐部的规则,也不在意于太太说了些什么。她看了看牌价,还是如数把那几个铜板放在了桌上。

第 三 章

一

五十年代初,顾秋水终于结束了自一九三五年底而始的清客生涯,有了一份正式工作。以为上无片瓦下无寸地、一穷二白的自己,如翻身解放的贫农(连下中农都划不上),理所当然是新社会的一名主人。说到他们那个党在抗日、解放战争中的贡献,无论如何也算有功之臣,他作为其中坚,新社会自然有他一份;又以为自己总算到过延安,就有了一点模模糊糊的政治资本……岂不知"曾经"是靠不住的,同路人的位置有待进一步认识,有关贫农之说也驴唇马嘴对不上茬儿,更忘记他在延安时就入了另册,面对非黑即白,又如何解释他那五色斑斓的历史?……

所以没有被打成右派之前,顾秋水不但精神昂扬、衣着光鲜,完全没有夹着尾巴做人的政治觉悟,甚至还不识时务地扩散着一股以当时标准来看很浓也很腐败的膻气,整个儿一个"旧社会"——

好比脚上那双三接头、棕白双色的镂花皮鞋;

还有那与"老区"习俗背道而驰的臭讲究,将衬衣下摆束在裤内,而不是散在裤外;

一身"美帝"军服或一身英式休闲装,都是从拍卖行或地摊上廉价买来的。彼时北京隆福寺满是拍卖这种货色的摊位,昔日富贵人家开始靠搜罗家底,变卖各种百无一用或价值连城的用品度日。后来国门开放,才知道那就是国外说的"跳蚤市场";

头上抹着发蜡,且抹得很厚。正像"老区"乍到"新区"人所调侃的:"就是苍蝇挂着拐棍儿上去也得打滑!"非常的贴切、形象;

或挎着女人的膀子(五十年代初,北京还残留着没有得到彻底改造、让男人挎着膀子的女人),摇头晃脑地招摇过市——其实顾秋水并不摇头晃脑,却总给人以摇头晃脑的印象;

以他当年在延安受到很多女人向往的资历,甚至不自量力地追求过一位貌美体丰、从解放区来的年轻"老干部"。他忘记了一九三九年的延安,不但是"团结一切可以团结的力量",甚至相当委曲求全。而一九四九年以后又是什么年代?!结果可想而知,没有把他打成坏分子就算他运气……

那么远在一一二师供职时,就让张学良的少将政治部主任应得田看不惯的那种夸夸其谈、乱指点江山的毛病呢?也没有得到丝毫的改观。

在一九五七年的反右运动中,几十万没说什么的人都被打成了右派,像他这种夸夸其谈、乱指点江山的人被打成右派,不是该着又是什么!

顾秋水从不具备胡秉宸那样的远大目光和即便一个针眼儿那么大的窟窿也不会忘记填堵的缜密作风。

他是白白去了一趟延安,而且费尽周折。姑且不谈这段不凡经历的实际效益,至少可以总结出一番安身立命的经验教训,在尔后变幻莫测、跌宕起伏的生涯中,那将是多大一笔无可估量的精神财富,说是政治财富也无不可。

总而言之,他把本该留在一九四九年那个门槛之外的东西,一一带过了门槛。

这在当时饱涨的革命氛围中,非常地异己、腐败。而且,试想,一个如此散发着"旧社会"膻气的人,在周遭的革命气氛并以效仿革命气氛为荣的人群中,更是多么的丑陋、荒唐、滑稽、可笑。

顾秋水自己却不以为然,不但感觉不到这种"腐败",尤其是"异己",于他是多么危险,反倒自以为"鹤立鸡群",感觉良好。

差不多五十年后,也就是二十世纪末,顾秋水浑身散发着的这种很浓也很腐败的膻味,才在中国重新发扬光大。不论"美帝"旧式新式军服或休闲装或西服革履,还是发蜡或三接头或描眉画眼等等,又成为时尚男女的必修课;男女们不但可以在公众场合勾肩搭背,甚至可以耻骨抵耻骨地"桑巴"……对"旧味儿"的临摹如能达到以假乱真的地步,更是"段数"极高的时尚。

而世家出身、一直以"英国品位"修理自己的胡秉宸却跟不上形势了。他的"英国品位"如流水经年拍击的岸,渐渐模糊了早年清晰的边缘,与他所有的失落汇总为惨痛而又远非惨痛的恨意。这也许就是他晚年每每看到凭空乍富的新贵总是嗤之以鼻的原因吧?

至于五十年代相当"腐败""异己",散发着"旧社会"的膻气,让人很不受用的顾秋水,到了二十世纪末,看上去已经像是一个经营不善的乡镇企业家了。

顾秋水不解:世道怎么转了一个圈儿又回来了?最后悟出,

人这一生差的其实就是那么一个"点儿"——赶在那个"点儿"上,就是顺风顺水;赶不在那个"点儿"上,就是船毁人亡。

东单西北角的拐弯处曾有一个跳舞场,三十年代是北平有产阶级一个消闲的去处,一九四九年以后改为青年电影院。二十世纪末,一个财大气粗的港商又在那里掘地三丈,一座"蔬菜大棚"更是在昔日东单跳舞场的旧址上腾空而起。那块划着多少红男绿女心痕的地界,也就被埋葬在"蔬菜大棚"之下。

五十年代初期还很光鲜的顾秋水,时而经过青年电影院,也就是当年的东单跳舞场,常会驻足而思。这里正是他和包天剑奔赴革命圣地延安的始点,也会想起那个风流倜傥、与包天剑经常出入此地,后来又牺牲在渣滓洞的王副军长,还有解放初期死于贫病交加的包天剑。然后发一通"光阴啊,光阴"的感慨,依依不舍地离去。同时不自量地思忖着自己与包天剑的不同,以为天下从此太平,他也就此过着不错的日子。好像共产党的天下也是他的天下,至少在如此阔大的地面上,无论如何会有一小块地方,足以放下他那两只尺寸不大的脚。

像很多人一样,他高兴得太早了。那不过是个"间歇",就像一个乐句后面的休止符、地头上的那顿晌午饭、老虎打的那个盹。

一九三五年包天剑自东北军退隐后,虽把时光消磨在了麻将桌或跳舞场上,但并不等于他没有企盼过一条出路。

当然他也不会像进取之人或绝对没有出路的人那样,去积极地寻找出路。包家在东北的不动产虽然丧失殆尽,但至少在一段时间内,还能像荣国府那样"饿死的骆驼比马大"。

不要指望一个有饭吃,哪怕暂时还有饭吃而又没有进取理想的人，像一个有进取理想或绝对没有饭吃的人那样，对这个世界的不公正，对"平分秋色"，对一个合理的未来有那么多期待。

马克思主义之所以能在二十世纪初一呼百应、所向披靡，正是因为二十世纪初没饭吃的人太多，有饭吃的人太少。如果等到下一个世纪，当资产阶级终于懂得了那个道理——大家都得有口饭吃，而且还得是不错的一口饭，自己才有更多赚头的时候，马克思主义也许只须作为一个学派，在大学的哲学或经济学课堂上被学者们探讨、争论一番。这可能就是共运从来不把希望寄托、扎根在那些有饭吃的人身上的缘故。

包天剑出生在一个戎马倥偬的家庭，从小看的就是打仗、杀人、流血……甚至从小耍的玩具都是长长短短的枪，即便亲朋之间，哪句话不对付也能马上拔枪相向，自出生起，只好别无选择，终生从事打仗这个职业，除此他还会干什么？既然什么也不会干，从东北军退隐下来只好打麻将、跳舞或是打网球了，虽然哪样也没玩到家。也不必到家，到家总是辛苦的，浅尝辄止最好。

一年多来，王副军长没有白白陪着包天剑于国难当头之际，夜夜笙歌、纸醉金迷地泡在东单跳舞场或麻将牌桌上。

温良敦厚的王副军长只是在等待时机。

世界上什么东西最有耐心？狩猎中的猫或猫科动物。

猫科动物的生理特征是不受黑夜限制的双眼辨别力，惊人的速度，充满警觉、敌意以及对家庭的忠诚。

除此，恐怕只有二十世纪初的革命党人，在完成上级交付的任务时才能与之相比。

但时机总是不太成熟。

一九三七年"入伏"前的北平却比"惊蛰"还有看头，不但龙又抬了一次头，大虫小虫也随着又"咕容"了一次。

前线吃紧,上档次的饭馆生意反倒兴旺起来。在局外人看来,那些饭局子似乎全都乱了章法,人员组合十三不靠,内里却是锦绣文章。

那天,久已无人问津的包天剑,突然收到一个饭局的帖子。自九一八事变后这样的帖子越来越少,至七七事变前几乎绝迹,所以他接到那个帖子时有点激动。

但这次出行,却让包天剑非常败兴。

饭局上,意外见到那位被宋哲元将军免职、久未露面的亲日人物,更没想到此公"人气"飙升到炙手可热的地步,随后席上有人风言风语此公可能重新出山。包天剑心里一惊——还没正式交手,北平就已落入日本人的掌握之中!

随后又发现,那几尺饭桌,简直就是一九三七年春夏之交的华北战场。

他一面猜想是不是有人写错了帖子,怎么请他出席这样一个饭局,一面不声不响地看着那些各怀心思、忙不迭地重新排队、急于向准新贵争取"印象分"的人们。

还不无酸楚地想到,眼下各路"豪杰",论势力、财富、地盘、武器、强弱,哪个是东北军的对手?可自东北军失去自己的地盘后,这些虾兵蟹将就只拿眼角来夹他们了。

这些从不入眼的虾兵蟹将,如今好歹还待在自己的地盘上,还有个关起门来掖掖藏藏不受他人监视的暗处。他呢?

没人向他劝酒,也没人向他敬酒,他自斟自酌地坐在那里喝了一会儿闷酒,忽然想何苦在此受人冷落?遂带着旋风呼地站了起来,没和谁打招呼就离席了。

没人发现他的离开,即便有人发现可能还会这样想:走了就走了,难道还让人像从前那样供着不成,早不是过去的日子啦!

出得门来,司机董贵忙跑过来,说:"哟,这么会儿工夫就吃

113

完了?"

他说:"回家。"

虽是坐在自家的汽车上,可他老是觉得像只丧家犬在当街跑来跑去。

北平还没沦陷呢,他就先成了"亡国奴"。

日本人很快到了卢沟桥,包天剑也到了必须做出抉择的时刻。

他不可能留在北平当亡国奴。他就是想当亡国奴,到了如今还有什么可以奉献给日本人作为交换的条件?不说买一个地位,就是买一个平安也难。

在一场"最后的探戈"之后,王副军长适时透露,时局虽然险恶,但也不是没有出路,共产党早就有意帮助东北军打回老家去,作为包天剑的莫逆,他愿为此竭尽全力。

九一八事变后,不论日本人怎样逼迫,东北军的"家长"之一——尊崇忠孝节义的包老太爷,也不肯出来当汉奸,只好率领着包氏家族过起家大业大坐吃山空的日子。

抗战胜利后他们的生活更是无法维持下去,几乎到了讨乞的地步。包老太爷最后宁肯自杀身亡,也不能看着号称"东北王"的包家沿街讨饭、丢人现眼,这是后话。

何况包氏家族是爱国的,东北军中那些优秀的男儿更是爱国的。

最跟着瞎起劲的是穷光蛋顾秋水。打回东北于他有什么好处?除了因人成事,只缘他比包天剑多接受了那么一点进步思想。

在东北大学任军训教官期间,顾秋水有了接触学生的机会,从学生那里开始了对革命的初级理解,也不过就是看了几本

《铁流》《恰巴耶夫》之类的小说。时尚是大部分人的不懈追求，谁又能说革命不是一种时尚？那么走向革命的准备不必非常充分，一本进步小说足矣，甚至一句精彩的话。人类历来喜欢格言、警句、座右铭，也不断致力于格言、警句、座右铭的制造，以便挂着格言、警句、座右铭的拐棍，下定决心，不怕牺牲，在各种攀登上排除万难，争取胜利。如此说来，读过若干进步小说的顾秋水，应该算是准备充分，又因为喜欢夸夸其谈、现趸现卖，很多人竟以为他是共产党了。

二

无论如何，包天剑和顾秋水在北平沦陷之前能够投奔共产党，应该算是有办法、有出路的人，而且还是个光明的去处。

那些既没钱逃离，又无缘结识可能引导他们走向光明的"王副军长"的平头百姓，只好留在敌占区当亡国奴，不但随时可能被日本人杀头，更想不到日后还要为在沦陷的北平有过一份糊口的职业，比如小学教师、小报记者、茶房等等，与那些确在日伪时期有过勾当的人，一锅煮地交代在日伪统治时期的"勾当"。

即便无由纠缠于"勾当"之说，也得归类在"留用人员"一栏，永远以待"控制使用"。"控制使用"，裁决了他们最终的前程，不论日后他们如何努力，也不可能改变这种状况。

多少人发出过"吾生亦早"的悔恨。"生不逢时"使他们不得不生长于旧社会，不得不赶上抗日战争，不得不留在北平当亡国奴，不得不为糊口在敌伪统治下有过一份职业……

顾秋水的房东，卖小线的杨大哥，就不得不这样留在了北平，日后他追求进步的儿子为此多年没能入党。杨大哥的儿子问道:为什么那些大地主、大资本家出身的人都能成为党的领导,我爹只有几间房,我入个党都不行?

问谁呢?

包天剑一行很快到达太原,经地下党联络,会见了彼时在太原指导工作的周恩来。

周恩来对他们说:"东北军和八路军血肉相连。西安事变后蒋介石把东北军整垮了,我们有义务帮助你们重新组建一支新型东北军打回老家去,新东北军将是共产党领导下的抗日军队。"

这番话,像一指头点在了东北军的命穴上,对失去家园、地盘的东北军,简直具有起死回生的作用,它所引起的爆发力是可以想象的。

但是包天剑也好,他最得力的清客顾秋水也好,完全忽略了周恩来说的是"新东北军"。

那个"新"字,不但不会为"东北王"和他们的家族收复失去的天堂,还将进一步摧毁他们的天堂。

"新东北军"将不再是哪个家族的旧军队,而是共产党领导下的"新式"军队,为劳苦大众解放而战斗的军队。

尔后他们遭际的一切,所谓共产党"出尔反尔,反复无常",完全可以归结为他们对这个"新"字没有吃透。

难道日后牺牲在渣滓洞的王副军长,事先没有对他们宣讲过共产党的基本纲领?

即便王副军长对他们宣讲过共产党的基本纲领,对一只"丧家犬"来说,恐怕也只有往这条路上遛遛再说。

一只"丧家犬"在哪儿不是遛?有谁见过一条有谋有算、有目的的"丧家犬"?如果还能有目的地谋划什么,还叫什么"丧家犬"？有人能够收留就是机会难得,还能得寸进尺地谈什么"条件"？

直到几十年后,顾秋水在与胡秉宸那次唯一的交谈中还说:"当初我们之所以投奔共产党,本想是依靠共产党的力量,恢复、保持一支独立的东北军……"

胡秉宸不耐烦地打断他:"根本不可能！除非你不把武器、钱财、弹药、人员交出去,只是在政治倾向上依靠共党,并且还得待在他们鞭长莫及的地方,否则绝对会被共产党分化,瓦解,吃掉。如此凭空飞来的一块肉,掉在谁嘴里谁不把它吃掉？而且为什么不把它吃掉？"

胡秉宸一口一个"他们",好像他不是一个"老共";好像几十年前他在地下工作时期不曾同样如此分化、瓦解、使用、吃掉过其他方面的力量。

比较起来,毛泽东就显得坦荡不讳,对那些同路人先后宣布过"团结、利用、改造"的原则,随着时局变化进而为"限制、利用、改造"的政策,至于那些不曾或不肯吃透政策的人,勿谓言之不预。

随后他们向周恩来提出了几项要求:一、扩充兵源;二、与八路军同样着装、同样待遇,战士每月军饷一块;三、对收编部队进行培训并派指导员。各项要求都得到了周恩来的同意。从这几项要求来看,他们已经先把自己当做自己人了。

共产党与国民党彼时开始合作抗日,蒋介石将八路军升级为第十八集团军,朱德任总指挥,彭德怀任副总指挥,三个师建制,贺龙、刘伯承、林彪各率其一。

周恩来当即决定成立第十八集团军第一游击纵队,包天剑为司令,原东北军某师师长为副司令,顾秋水为十八集团军第一游击纵队参谋长。

他们士气高昂地从太原出发,开赴晋东南长治一带八路军前方总指挥部报到,并准备在前方总指挥部的帮助下,具体落实周恩来的几点批示。

但他们还没到达长治就接到前方总指挥部命令,让他们前去河北邢台附近水川一带,收编溃军万福麟部。于是他们画在军事地图上的那个直行箭头就此拐了一个弯儿。这个弯儿对今后有什么影响,要在以后方见分晓。

日后包天剑回忆起这档子事,总是说:"共产党究竟好意还是恶意,都很难说。"

在水川一带,他们收编了热河督办万福麟部武装齐备的七个连、千余溃军,而后将他们带至辽县刘伯承驻地进行整顿训练。刘伯承给他们发放了棉衣,包天剑个人又拿出三千余元,给他们发了军饷。

第一游击纵队虽然还是一个理论上的概念,包天剑却把那个理论上的第一游击纵队司令很当回事。

他认为第一游击纵队扩编不能完全靠在八路军身上,还应积极发挥主动精神。在他看来,搞好一支军队无非就是人员、银两和武器。从北平出发时不过带了一万块钱,收编万福麟部花费三千多,加上出发不久舍给某省溃军几千遣散费,一万块钱也折腾得差不多了。于是军事地图上的那个箭头,心血来潮继续偏移,留下纵队副司令,他带着顾秋水,到武汉筹集人员、银两和武器。

他一面在武汉招揽抗日干部,一面收罗东北军旧部,包括王副军长的营底,加上东北军一〇五师的帮助,还有他自己的全部营底,计有步枪三百支、轻重机枪十余挺、迫击炮四门、路易士机关枪六挺、几十万发步枪子弹、各式手枪四木箱(如六轮、八音)、一百多支马拐子(也就是二十响,枪管二尺多长的马枪),另有一百支二十发的捷克式自动步枪是包老太爷旧日从捷克购来的,连发手枪一百支乃包天剑手枪连所用……此外还得到东北救亡总会三千块钱和十多匹军马的资助。

正打算将这些人马、军械、银两运往晋东南前方总指挥部时,第一游击纵队副司令突然来到,告知蒋介石的四川军和他们收编的万福麟部火并起来,收编部队已被川军击溃,但具体情况不详。

第一游击纵队遭到的第一个犹大应该是这位副司令,其实蒋介石的四川军和收编部队在他离队后方才开火。

那本是乱世英雄称霸天下的时代,各路草莽大多来自农村,即便没有读过文学作品《水浒》,可宋江本就是他们当中走出的佼佼者,宋江被招安的"正果",更是草莽们的理想模式,一旦有了些许资本就要向当朝淘换个位置,这位副司令也不过如此。所谓狡兔三窟,左右逢源。

包天剑当即派顾秋水去前方了解情况,相机收容溃军,设法再将军队整编起来,并与刘伯承研究如何善后。

收编后的万福麟部本来就不巩固,此番更是乘机拉人上山当了土匪,本来就是溃军,什么干不出来?!

剩下的残兵败将和包天剑带去的一部分干部,被刘伯承收编归了八路军。

可是顾秋水刚到侯马就遇上前方大撤退,阎锡山一直退到黄河,那是华北全部抗日力量的大撤退。他长叹一声:华北完啦!

他只好折回汉口,包天剑经请示后取道西安,由西安八路军办事处林伯渠先生安排转赴延安。

这一笔势在必行,可又有那么点随意。

三

当顾秋水走出武汉八路军办事处时,与走进武汉八路军办事处的胡秉宸擦肩而过。

顾秋水怎能料到,半个多世纪后,他的女儿吴为,会与这个擦肩而过的人上演一场大戏,并在此人手里结束一生的求索。

胡秉宸到八路军办事处是有紧急情况汇报。

胡秉宸在校宣布投笔从戎之后,当即就有几个同学,包括胥德章,前来与他联络,希望大家结伴,一同奔赴抗日前线。

上海周边已为日军占领,他们扮作难民,搭乘尚未与日本宣战的英国船只先到南通,而后再到南京。

南京已是陷落前夕,党政机关都在撤退,只有一支广西军队与撤退人流方向相反,开往城内。那是一支非常奇怪的队伍,长而沉默、一身单衣短裤的士兵,没有一个背着枪。这些既要抗日而又没有一支枪的士兵,无视一旁背道而驰的撤退,相信蒋介石委员长马上就会发给他们一支士兵该有的枪和可以御寒的军装,并不知道蒋委员长早已逃离南京,他们将要赤手空拳保卫南京。

在溃散的人流中,胡秉宸一行碰到一位服务于国民党空军的同学,同学说恰好有列火车开往武汉,如果想走赶快跟上。

武汉当时是全国政治文化中心,抗日救亡运动轰轰烈烈。红军改编为八路军之后,中共在武汉成立了"八路军武汉办事处",地点就在武汉日租界大石洋房四层楼内。

几个年轻人跟上就走,更有一位,激动之下当即追随空军同学参加了国民党空军。抗日战争结束时,国民党空军发生过一起轰动全国的事件,一架B24飞机起义到了延安,这位激动之下当即参加国民党空军的同学,便在那架B24上。可到延安几天他就变了卦,非要离开延安不可。那时的历史舞台才是百花齐放,无论多么离奇的脚本或角色间不可言喻的转换、背反,都有大显身手的机会。

一下火车,胡秉宸和胥德章说是要上厕所,请同行的田放在某根电线杆下等候。谁知那个古今中外百约不爽之地突然失灵,当胡秉宸和胥德章走出厕所时,电线杆下却没有了田放,不知道是他们记错了电线杆还是田放移位,总之找了很久也没有找到。

当然他们也没有过于焦急,反正大家已经到了武汉,相信总能相遇。

随后他们就提着简单的行囊来到一处广场。正值《大公报》一位著名记者在广场上演讲,胡秉宸和胥德章都拜读过这记者热情澎湃的文章,不待演讲完毕,一向不易冲动的胡秉宸却冲上前去,向他倾诉抗日决心并希望得到他的帮助。记者当即为他们写了一封介绍信给周恩来。

他们拿着这封信到了武汉八路军办事处。接待他们的人是一位年轻、高大、英俊、地位很高的军人,答应尽快为他们安排去延安的事情。

等待去延安的日子里,有人告诉胡秉宸,田放目前在武汉一个无线电训练班当教员。真是"众里寻他千百度,那人却在灯火阑珊处"。

胡秉宸立刻去无线电训练班看望田放。

有了薪水的田放,请胡秉宸在武汉大智门附近的菜根香餐馆午餐。

田放不明白他们为什么会离散："……我在那根电线杆下怎么等也等不来你们，又不敢离开，一直等到天黑，连我也内急起来，只好到厕所去方便。明知你们早就离开了厕所，还是在厕所里找了又找……只好先找小店住下，第二天又到火车站找你们，还是找不到。在报纸上看到这个为抗战培养报务人员的无线电训练班，心想只要抗日就行，不如先来应聘，一边干着一边继续寻找你们。"

胡秉宸问："你具体的工作是什么呢？"

田放说："为他们调试电台。"然后附在他耳边悄悄说道，"别听报纸上吹的那一套，这里名义上是无线电训练班，实际是个特务机关，复兴社的背景，头子是魏大铭。它的前身就是早先设在上海戈登路的那个野鸡学校……前不久训练主任还打算奸污一个女学生，她不干，上吊死了。不少人开始外逃，有四个人逃了出去，又被魏大铭抓回来枪毙了，其中有两个可能你还认识，是咱们学校上两届的。我因为是技术上的主力，暂时是逃不出去了，不过我不会放弃寻找逃跑的机会。"

胡秉宸听了一惊，好险。

饭后，他们各自回到下榻的地方。可是胡秉宸没有闲着，而是马上赶到八路军办事处，把田放反映的情况汇报给负责接待他们的那位军人。

那位领导人说："再去找找你那个同学，让他弄部电台给我们。"

依了胡秉宸的托付，田放果真给他弄了一部小电台。

田放和胡秉宸都是大学足球队的队员，田放是中卫，胡秉宸是前锋，二人在球场上一直配合默契。这部小电台，无疑又是田放给胡秉宸的一记妙传。

这对优秀组合并未到此结束。

当胡秉宸辗转到重庆从事地下工作时，在武汉一不小心掉进虎口狼穴的田放也调至重庆，成为国民党"军统"特务机关电讯系统的一名高级工程师，因为复兴社本就是"军统"的前身。

一九四〇年国民党第二次反共高潮前夕，十月前后，上级领导要求胡秉宸查清国民党"军统"机关设在重庆的电台位置、技术装备情况。

这项任务非常棘手，不深入"军统"去摸，根本不可能知道。

他只好去找田放。此时已是"军统"电讯系统高级工程师的田放，深受"军统"重用，对胡秉宸的背景也十分了然，他若产生卖友求荣的邪念……可这也是完成任务的唯一途径。

胡秉宸打探到田放的住处，又摸清了他的出入规律，趁他在家时闯了进去。

见到胡秉宸，田放欣喜而热情，看不出什么不祥的征兆。因为家里还有其他人在场不好多谈，胡秉宸说："好久不见，咱们是不是找个地方好好叙叙？"

田放毫不犹豫地答应了。

那个晚上，胡秉宸还原旧时装，在镜子前踱来踱去，一一审视着自己的衬衣、领带、背心、西服、袜子、皮鞋，不禁发出一声墨痕断处的轻叹。是惋惜？是赞赏？是告别？是重逢？是"人面不知何处去，桃花依旧笑春风"？真是无以名状。

没想到，在大三元酒家与堂兄胡秉安狭路相逢。两个人毫不躲闪地注视着对方，可又并不趋前相认，并且谁也不为他们敌意的对视和沉默感到些许不安，就像一对剑客只能倒在剑下却不能躲避。

胡秉安仅仅扫了一眼，就扫出胡秉宸的狼狈。在他人看来，胡秉宸那套穿着可能中规中矩，可什么能逃过胡家人的眼睛？光线暗，看不出西服的领口袖口是否磨损，但显然已经泛色，而且式样过时;至于领带更是不伦不类。还有那些最能暴露穷酸的细节,好比那双皱皱巴巴裹在脚上的袜子……啊呀呀,真是惨不忍睹。不知胡秉宸从哪里凑来这套衣服装点门面,真是难为他了。已经调过头的胡秉安忍不住又回头看了看胡秉宸,无论如何还算仪表堂堂……这套软塌塌的旧西服居然能戳起来,还不是因为衣服里的那个人。这哪里是胡秉宸穿衣服?这是衣服穿胡秉宸啊!怪的是胡秉宸竟然把这些破烂穿得有滋有味,真是辱没胡家门庭。胡秉安不禁暗叹一声:唉,花架子,整个儿一个花架子!胡秉宸,不论你多么争胜好强,如今你不过是个地摊上的二手货了。

与胡秉安遭遇让胡秉宸想到了于工作的不利,他现在只好铤而走险,不论是公是私都不能走开。

二房的胡秉安可以说是胡家的败类。

开银行,假倒闭,将储户的钱全部黑吃,胡秉宸奶奶的钱还不是这样被他骗去?

沿海港口被日本人先后占领,与外商贸只剩下中缅公路这条通道,胡秉安又在中缅公路上大发国难财,从仰光将内地奇缺的通讯器械、西药、化妆品、高级衣料、玻璃丝袜等等,经昆明、贵阳运到重庆,一本万利脱手转卖。沿途私搭"黄鱼",兼带贩卖烟土……因为与龙云的秘书长勾结,还可以弄到官价外汇和贷款,加上军队押车,更是万无一失。

说不定今晚吃到的海鲜,就是胡秉安的公司从印度飞越驼峰运来的。

胡秉安那张脸是越来越俗了,瞧瞧,即便在晚餐桌上也舍不得褪下他那身猎装……

胡秉宸越发相信,一个人的面相、气度,绝对会随着不义之财的积累、蝇营狗苟的行为而变异。胡秉安,你就是在成色九十九的金水里打几个滚儿,也还是一个二道贩子啊!

当胡秉宸这样洁身自好地打量着胡秉安的时候,根本想不到几十年后,他会唆使芙蓉与胡秉安的儿子攀亲;让到香港访问的吴为,为他打探胡秉安儿女的下落,希望他们能邀请他到香港一游;最后竟与胡秉安的后人在内地联手经营起房地产。

日本投降后胡秉安去了香港,靠开赛马场并在赛马上做手脚发了起来,成为香港黑社会的一个头子,逢年过节,香港的舞女、影星都来磕头。

女人要多少有多少,哪个都比表姐绿云出色,更不要说在美女排行榜上独占鳌头的老婆。胡秉安从来没有把胡秉宸对绿云的"入侵"当回事,也没有遗憾过与绿云的分手。女人嘛,好比与燕尾服一同配置的那副手套,虽说不可或缺,还不是说脱就脱,说戴上就戴上!

说到胡秉安的死,可以说是得其所哉。在最后那个生日宴会上,胡家在港所有成员前来祝贺,场面之大之盛,可说香港之最。他放开左拥的美女右拥的老婆,拿起刀子切开了生日蛋糕,放下切蛋糕的刀子就中风倒去,并且是舒舒服服地倒在沙发上,而不是仓促不堪地倒在地板上,姿态安详,衣衫平整,四肢松弛,口眼正位。

弥留之际,胡秉安既没有忏悔一生的罪过,也没有什么不舍和遗憾。

也许在那一瞬间,他想过胡家的历史,想过胡家上上下下的许多人,但不知想没想过他永远的对手——那个身体力行,将纵横上下几十年中国当代史思考了一辈子的胡秉宸。这个胡秉宸到了晚年不颐养天年,行腔照板曼唱"夕阳无限好",反倒孜孜以求著书立说,妄图对中国当代史作一番反思和总结,又因种种原因半途而废,故郁郁寡欢……

即便想到胡秉宸,恐怕也是作为最后一次较量,岂有他哉!在与胡秉宸的最后较量中,胡秉安认为自己至少打了个平手。只见他收剑的时候说:"这辈子享尽荣华富贵,真没白活。"

这是后话。

酒过三巡,胡秉宸抓住叙旧时机,暗示了田放在武汉送给共产党的那部小电台,多少有点似是而非的胁迫。

放下酒杯,田放无言地沉思起来。

方才还如早上八九点钟的向日葵,朝气蓬勃挺着脖子,即刻就如傍晚六至八点的向日葵,心灰意懒地耷拉了脑袋。

胡秉宸想:坏了!

沉默了好一会儿,田放才说:"小老弟,咱们自大学时代就兄弟般相处,在校足球队里我是中卫,你是前锋——一个少见的、几乎能把每一记妙传入球的主力锋线。因为你具备一个优秀前锋的素质:精神集中,严谨不苟,不言放弃,判断准确,临门冷静……同样,这种素质也适用你现在干的这个买卖。我是你球艺的忠实崇拜者,热爱你流畅简洁的盘带、鬼斧神工的过人、神来之笔的爆发、挟雷携电似的射门……可你刚才这么说话,是不是有点儿小瞧我了?

"几年不见你怎么变成这个样子?如果不是因为你一下火车就上厕所而后咱们走散,你可能就和我一起进了这个魔窟,我也可能和你一起听了那位记者的演讲而后去了延安,这真是谁也掌握不了的命运……用不着这样和我说话,也用不着提武汉的事,就是武汉那档子事,当时我也可以不做,对不对?

"如果把武汉那回事比做一场足球赛,我不过又当了一次中卫,小电台就是为你中传的一个球。不必多说了,你我角色早已注定,我会再给你一记妙传,但不是因为你的威胁,而是共产党的确比国民党好,也是我这个中场对这场球赛的最后贡献,因为我很快就会逃离这个魔窟……"

胡秉宸什么话也说不出来,并非因为认识了自己的轻薄,而是无言以对。他想起田放不知多少次的妙传和他平实的球风,如果说文如其人,那么一个人在足球场上的表现也可以说是艺如其人了。

田放将"军统"电讯系统的情况毫无保留地告诉了胡秉宸,详细解释了"军统"侦测共产党的三个定向台:一个设在重庆,一个设在桂林,一个设在兰州,从这三个定向台的交叉点,可以测知中共指挥机关的活动地点和电讯联络情况,因为电讯系统的专业人员,只要一听无线电的发报手法就能区别敌我。

这的确是一记绝版妙传,田放提供的情况无人可以做到,任何人提供的只能是残缺不全的局部。

一九四〇年田放给胡秉宸的这记妙传以及他们这对优秀组合,对当时抗日战争以至后来解放战争的胜利究竟起了多大作用,那就无人可以知晓了。

不久之后田放果然逃往美国,又于一九五二年极其不易地冲破美国移民局的阻挠,重返解放后的新中国,在胡秉宸麾下当了一名电讯专家,并在一九五七年被划为右派。

划为右派的田放,想起对他深有了解的胡秉宸,以为胡秉宸总可以对那些不实之词做个否定的证明。可是当他走到胡秉宸的家门前,正要举手敲门的时候,不知怎么想起了他们当年在大三元酒家的这场谈话。他放下了举着的手,转身离去。

作为田放的直接领导,胡秉宸自然审批过本单位的右派名单,在田放的名字上也曾有过瞬间的犹豫,但他终于什么也没有做,放过了那张名单。

不能说胡秉宸恩将仇报不肯营救田放,作为一个"老共",

胡秉宸考虑到,即便田放逃过右派这一劫,还有"军统"那段历史呢?即便他胡秉宸能为他说清楚,他人又怎能放过并认为他说得足够清楚?再者,谁让他们是老同学、老朋友!如果他们不是老同学、老朋友可能还好说一些。谁让田放命中注定是他的中传?这场足球赛又什么时候才能结束?

二十年后田放右派平反,当他们再见的时候,胡秉宸实实在在尝到了什么叫做"不屑一顾"的滋味。他们不但终止了优秀组合的关系,也从此断绝了一切尘缘。

根据田放提供的情况,胡秉宸又打通了几个有关的社会关系,便以胡宗南部工程师的身份为掩护,以购买同样机型看货为由,用了几个月时间,将"军统"设置在重庆的所有电台亲自跑了一遍。

这样危险的工作胡秉宸自然不能交给他人去办,而且这个艰巨的任务也只有他才能胜任。

正像恋爱初期他常对吴为说的那样:"……和你一样,我也喜欢'献身'这个字眼儿,这是人类最可贵的精神之一。民意党人、十二月党人包括跟他们一起到西伯利亚去的妻子,还有那些辛亥革命的先驱,都应该说是献身的人。列宁把十二月党人说成是反动的、不科学的,很不公正。

"我有很多缺点,但决不逃避危险和困难,在过去那个历史条件下,我只能成为一个共产党员而不可能成为别的什么。如果在别的——比如现在这个历史条件下,我会成为一个什么样的人就不得而知了。"

当然也不排除胡秉宸对冒险的偏爱。冒险似乎是他的一种天性,在冒险中他感到其乐无穷。

当年他和吴为无处可以幽会,不得不在小胡同里窜来窜去,不管天气多热,还得像地下党时期那样,用一顶帽子半遮着面孔,以免被人认出。可也会出其不意,把吴为猛然拖进一栋正在修建的大楼,在一根根水泥柱子的中间,抱住吴为狂吻一通。特别在美术馆两扇没有观众的画屏中间以及楼梯拐角处来个突然袭击,速战速决地印上一吻。他觉得这比正常状态下的接吻更让女人迷醉。可是吴为却说:"不要以为你干得很好,人们会从画屏底下紧挨着的四条腿,立刻明白你在干什么。"

她总是这样大煞风景。

这些令他十分得意的小冒险,却让吴为委屈不已。难道他们只能在竖着一根根水泥柱子,满地是横七竖八的铁管子、碎砖头的工地上,偷偷摸摸谈情说爱吗?

胡秉宸甚至查看了"军统"设在嘉陵江南岸,与蒋介石的黄山别墅相距不远的一个重要侦测台。

陪同前去的小工程师战战兢兢地说:"那个地方非常机密,至今连美国人也没有进去过。"

胡秉宸说:"你看,我们买主当然要先看看样货才能购进是不是?再说胡宗南部也不是外人……"

侦测台里装备着八十台美制收报机,日收报能力为六千份,可是那些报务人员消极怠工,每天只收三千份也就算了,收到后即送往市内"军统"总部破译。

在那次卷毯似的调查中,胡秉宸还发现,上清寺去化龙桥方向沿嘉陵江左岸的岩石上,有一块极少被人光顾的平地,"军统"正是在那里设置了一个与敌伪挂钩的电台。为维护蒋介石"抗战领袖"的形象,即便在"军统"内部,那也是极少数人才知道的机密。任何与敌伪勾结的蛛丝马迹也不愿留给世人的蒋介石,无论如何也想不到,有个叫作胡秉宸的人,在一个叫作田放的"军统"帮助下,破获了这个绝顶机密。

其实胡秉宸早已超额完成组织交给的任务,完全可以心安理得地打道回府,可他还是决定一闯这个虎穴。

对胡秉宸来说,除共产党员的责任之外,输赢难卜的悬念也是魅力所在。

综观人间所有事物,都是冥冥中不知谁在操纵的游戏,结局往往出人意料,胜败由不得自己,也许该输的却赢了,该赢的却输了。

当他完成任务并怀着庆幸心理走出那个电台时,却迎头碰上胡秉安和"军统"一个主管电讯工作的高级官员。因为电台的某一机件运行出了故障,卖主胡秉安自然得承担售后服务的责任。

那一瞬间,胡秉宸想,他输了这场游戏。

只有一件遗憾,就是他获得的这份情报就这样白白丢失了,连他本人怎样从地球上消失的地下党也未必知道,除此他连想也没有想过还有什么值得留恋的人或物,比如说白帆。

在这万古不灭的瞬间对峙中,胡秉宸的眼仁儿从黑色变为黄绿,又从黄绿变为铁灰,在这些颜色快速转换的同时,冷厉和狠断也同时注入他的双眼,他的灵魂也在此时缓缓升腾,最后凝炼为人之精华。

不论对女人或是对革命事业来说,一个崭新的、魅力无边、光芒四射的胡秉宸,就在这一瞬创造出来,那正是信仰之魂造就出的人中精品。

此后,积胡秉宸一生的修炼、一生的功力,也没能超过这一刻的幻化。

如果说过去的胡秉宸只能用一个"俊美"了结,那么这个与死亡面对面的遭遇战,就为他进补了凛然、毅然、决然,他的面貌甚至精神,也在这一刻从俊美蜕变为英俊、坚卓。

这正是后来有个叫做吴为的女人迷恋的根本。

没想到,永远的对手胡秉安,却让给他一步活棋。他走过来对胡秉宸说:"看过设备了?希望没有什么大问题,现在我得先陪买主到现场看看,回头再听你的意见。"又转过身向"军统"那位主管电讯工作的官员介绍说:"这位是我的堂弟,电讯方面的专家,我把他请来看看,是想听听他的意见……他看过之后我心里就有底了。"

胡秉宸就举起手来向"军统"敬了一个军礼。"军统"看了看简直像双胞胎那样难分彼此的胡秉安和胡秉宸,将信将疑,胡秉安怎么能把堂弟请到这样一个非同小可之地?他知道胡秉安不过是个商人,商人并不知道这一处电台的真正用途,再说他也不能不相信与他有长期合作关系并给过他许多"好处"的胡秉安。最后想到,除了胡秉安,外人哪儿知道这一处诡秘之地?胡秉宸不是胡秉安招来的又能是谁?只好对胡秉宸来此察看设备的理由不再怀疑。

陪同胡秉宸前来的小工程师更是摸不着头脑,明知有误也明哲保身不肯多说,恨不得尽快了结这悬系一线的局面。

当他们走近并互相拍打着彼此膀子的时候,胡秉宸发现自己竟比不上胡秉安的那份从容。他不得不佩服胡秉安的应变能力,当然也就是不得不佩服胡家男儿的能力。可以说他们二人的表现都无愧于胡家男儿,除了胡家男儿,谁能将这个场面应对得如此大放异彩?

对这个逆转,胡秉宸并没有多少感激之情,更多的感觉是侥幸。他怀着一份不愿、不得不、又不甘心接受胡秉安这份施舍的心情,离开了那个凶险之地。当他走出一道道封锁之后,心脏才异常剧烈地抽搐起来。

胡秉安为什么这样做?也许良心发现,想起了诈骗奶奶的那笔昧心钱,也许他们的血缘起了作用。

胡秉宸当然也想到了他们之间的骨血关系,可也就是想想而已,并不妨碍他日后坚挺、长驱直入胡秉安的未婚妻——表姐绿云那块未开垦的处女地。

说到义薄云天,胡秉宸莞尔一笑,他早就不是与胡家大院合辙合韵的那个胡秉宸了。

正如几十年后,当他的对手旨在直捣他的老巢,拿他的情人吴为开斩祭旗的时候,他不也是和一个叫做杜亚莉的女人在后方寻欢作乐,从没感到将吴为一人丢在前方有何不妥吗?并且一直珍藏着杜亚莉的情书以及非杜亚莉的那些情书,还时不时拿出来检点一番,就像一个将军检阅他的战绩。

吴为没有白帆侦察方面的训练和本领,如果她早就能够截获胡秉宸这些"赃物",还会有那样的高风亮节,无怨无悔地在前方为他流血牺牲吗?

如果杜亚莉的成就高于吴为,胡秉宸最后的取舍究竟是谁?都很难说。

当胡秉宸动身西去的时候,武汉八路军办事处负责人也为胡秉宸写了一封举荐信。

胡秉宸带着著名记者和武汉八路军办事处负责人的举荐信,一路顺风地到达西安,并将两封信转呈周恩来。

人还没到延安,就为急需通讯设备的共产党贡献了一部小电台的胡秉宸,显然得到周恩来的另眼看待。当然,周恩来也顺便看到了胡秉宸身旁的胥德章,却没有留下更多的印象。

为此，胡秉宸奔赴延安前夕，周恩来又亲自为他写了一封介绍信。

这一封信，为胡秉宸日后的发展奠定了磐石般的基础。

不能不说胡秉宸一生吉星高照，天时、地利、人和，似乎都为他准备妥帖，为他做好铺垫而存在，而出现。让人不得不感叹上苍给他的那份厚爱。

有这几封信护航，胡秉宸本应有个繁花似锦的前程，可事情并不那么简单。

四

一九三九年以前去延安比较容易，到西安八路军办事处搭上一辆便车就可顺利到达；一九三九年之后，情况才有了变化。

当毛泽东跋涉二万五千里，终于在一九三五年到达延安并在那里安营扎寨时，绝对没有人会预见到那块丁点大的地方，在改写中国当代历史上的特殊意义，就连毛泽东自己当时也未必明了。

到达陕北的毛泽东只剩下八千多人，西路军主力也不过两万多，曾向山西运动寻求发展，被阎锡山击退；又令四方面军西征，去那无水无粮的宁夏建立根据地。指挥过四渡赤水的毛泽东命令西路军一会儿打到西一会儿打到东，一九三六年，徐向前终于西征失败，几被马家军全歼。

关于西路军的失败，多少年后徐向前说道：在西路军被打垮之前，我所收到的电报、命令，都是从中央毛泽东那里来的，从没收到过张国焘的命令。

蒋介石怎么也想不到，在这种情况下，毛泽东还能绝处逢生。

困守后方卧薪尝胆的毛泽东却因祸得福。

不论从背后袭击日本人或袭击国民党,都袭击得有声有色,并且在这种声东击西、神出鬼没的运动中,神出鬼没地发展壮大。

共产党与国民党合作抗日后,抗大学生几个星期就毕业一批,毕业一批送到前方一批,数量非常之多,势力扩充极快,有些做军队工作,有些做地方工作,敌后几乎都成了共产党的势力。此番更是不费一枪一弹就到了山西,阎锡山此时只好照单全收。

到了这时,国民党才看出些眉目。

一九三九年后,国民党就开始拦路扣人,再到延安就不那么容易了。

在国共两党联手对日的双打中,毛泽东提出游击战,避免和日本人硬拼,有人将此理解为心怀叵测是非常错误的。当时共产党只有几万人马,前方不过三个师,又没有多少武器装备,怎么打？一打就打光了。

八路军副总司令彭德怀,热血沸腾之际带着打了百团大战,为此挨了毛泽东的批,批他的百团大战暴露了共产党的实力。其实说是"百团",也未必就真是整整一百个团,但影响确实不小。

那么一九五九年彭大将军在庐山上的遭际也就不足为奇。可以说,命运早在此时就暗示了它的轨迹。

百团大战后,八路军再没有和日本人大规模交手,也没打过什么像样的战役,大部分是在敌后活动。在那些地区,军队给养、粮草、弹药和医药都很困难,作战是极其艰苦的,当然不能进行大规模的阵地战,只能伺机袭击,取得局部胜利,集小胜为大胜。以致几十年后,影视界刮起拍摄抗日大型战役题材之风时,却无从下手。

这虽让热爱战争题材的影视界人士无从着手,却为共产党日后夺取天下积蓄发展了力量。

也就难怪二十多年后,毛泽东他老人家在一九六四年七月十四日那一天对日本社会党领袖佐佐木更三说:若无日军大举侵华、八年抗战后的疲敝,中共便无法夺得政权。

该算是毛泽东式的幽默!

无独有偶,胡秉宸也曾说过蒋介石"攘外必先安内"这一方针也还是一盘棋,可是这盘棋没有下到底,没有安好内又去攘外了,结果败在共产党的手下——可以看做是胡秉宸对毛泽东老人家那份幽默的心领神会。

最终落荒而逃、苟安一隅的蒋介石,更残漏尽之夜,难免不追悔许多可能挽救党国命运的大政方针没有坚持到底。

很多时候,两强相遇拼的不尽是真理,恐怕还有谁敢把命"玩儿"到底的心理素质。

奔向延安的道路,是如此直白地揭示着人们常常挂在嘴上,实际上又不十分考虑的一种东西。汽车几乎没有停止过颠簸,乘人不备突然将人抛向车顶,脑袋理所当然地就撞在车篷上。幸亏有那个连接上下身的"轴承",也就是叫做腰的东西缓冲,当臀部落回原位时,不过被坚硬的车座猛挫一下,跟着全套内脏也就猛地往上一颠。可是热情高涨的人们一路连笑带唱,就连五音不全的胥德章也张着大嘴在唱,唱了《胜利进行曲》又唱《兄妹开荒》,唱完《兄妹开荒》又唱《延水谣》……歌声跟着臀部和全套内脏的上下挫动而挫动,却是阳光灿烂。

人们不知道看没看见清凉山或宝塔山就喊了起来:"看哪,

看哪,那就是宝塔山!山上还有宝塔嘛,那边肯定就是清凉山啦!"

胥德章用胳膊肘捅了捅胡秉宸,风华正茂的胡秉宸的确也想跟着热情热情,可他就是喊不出来。

熟悉历史的胡秉宸,只是沉默地观察着这个小城,像个点心盒子似的让人送来送去,一九三六年还是东北军驻地,后来说送就送给了毛泽东。

为什么有史以来它就是陕北的一个重镇?相传北汉降宋名将杨继业杨老令公就曾驻守于此,以抵抗北方契丹的进攻和威胁。

至于"座襟三山,一带延河"的宝塔。传说为一女子而建,《太平广记》有云:"昔延州有妇女,白皙颇有姿貌,年可二十四五,孤行城市。年少之子,悉与之游,狎昵荐枕,一无所却。数年而殁,州人莫不悲惜,共醵丧具为之葬焉。"

按照《太平广记》的说法,这该是一个放荡纵淫的女人。可黄土高原却将她包容在自己博大的怀里,塬上的人又共同捐凑"丧具"安葬了她——不但安葬了她,还为她建起这座塔,祈愿她来世有所皈依。

到延安不久,胡秉宸就独自到延河对岸的宝塔山上走了一遭,塔内黑黝黝、空洞洞,连一行诡谲的文字也没有找到。

跟着他看见了一个口号:"集中是目的,民主是手段"。

这个口号实在不值得大惊小怪,比这个口号更能说明一个政党性质的口号千千万万。可对胡秉宸来说,却是惊鸿一瞥,他突然觉得以前对共产党的了解都算不得了解,只有从这个口号开始,他才真正踏上了中国的共运之旅。

等到黄炎培先生访问延安时,听到毛泽东与黄炎培的那番对话,胡秉宸就更加迷惑不解。

黄炎培先生说:我生六十年,耳闻的不说,就亲眼所见,一人、一家、一团体、一地方及至一国,都不能跳出"其兴也勃焉,其亡也忽焉"这个周期率的支配。大凡初时聚精会神,没有一事不用心,没有一人不卖力。也许那时艰难困苦,只有万死中觅取一生。继而环境好转,精神也就渐渐放下,有的因历时长久惰性自然发作,并由少数演变为多数,到风气养成,虽下大力也无法扭转,且无法补救。也有的因区域一步步扩大,有些扩大是自然发展,有些则为功业欲驱使强求发展,到干部人才渐见竭蹶、难于应付,环境越加复杂起来之后,控制力不觉趋于单薄。一部历史,"政怠宦成"的有,"人亡政息"的有,"求荣取辱"的有,总之,没有能够跳出这个周期率的。中共诸君从过去到现在我是略略了解的了,就是要找出一条新路,跳出这个周期率。

毛泽东则回答说:我们已经找到了新路,就是民主。只有让人民来监督政府,政府才不敢松懈。只有人人起来负责,才不会人亡政息。

那么,民主到底是手段还是目的呢?

就像吴为入学那天,一进大学校门就看到"做党的驯服工具"那个口号一样,连身体都像块铁似的硬了起来,怎么也不能接受、说服自己是个"工具",怎么也不能将"人"的现实虚拟处理。

像胡秉宸和吴为这种执拗的人,某种思绪一旦开了头就会继续下去。

也就难怪,几十年后在"大革文化命"的那场运动中,谈起"睡在身边的赫鲁晓夫",两人一拍即合。

因为带着周恩来的介绍信,胡秉宸一到延安就品尝了革命的等级,住进了陕甘宁边区政府招待所,在那里等待分配工作。当时延安还很匮乏,除了伙食、勤务兵、婚嫁各方面的供应或限制,没有更多的、用以区别等级的标志,住进边区政府招待所,确是等级不低的待遇。

不但包天剑和顾秋水到延安后的际遇与他无法相提并论,就是胥德章以及那些投奔革命的青年到延安后的际遇,也很少能与胡秉宸相提并论。

在招待所,他迎头碰上一个平生从未见过的美人,一个来自四川的革命女青年。

他们一见钟情。也许无所事事,也许那女青年果然美若天仙,胡秉宸几乎在那场欲火里化为灰烬。

尽管日后回想起来,那场恋爱除了无法遏制的床上欲念,并没有给胡秉宸留下多少值得回味的地方。但想起不得不将爱人拱手相让的往事,还是耿耿于怀。

其实,他一直要求于女人的无非就是床上的游戏。那么对胡秉宸时而强调女人品位或情调的要求,不妨看做是主菜前面用以开胃的头菜。

再说事情一旦成为过去,当初清清楚楚的动机忽然就朦胧起来,这就是那些陈年旧事歧义越来越多的原因。

然而他们不能结婚。当时延安规定女人不限,男人结婚必得遵守"二五八团"的规格,缺一不可。

胡秉宸是一门也不门。

四川美人很快就和一个符合"二五八团"的长征干部结了婚。

等到延安成立女子大学和自然科学院时,胡秉宸就对新成立的女子大学极为不恭地说道:"这一来'二五八团'们可就有了挑老婆的好去处。"

据说这位四川美人的长征干部从前方回来时给了毛泽东一张名片:少将旅长某某某。被毛泽东骂了一顿:到我这里说什么旅长!

胡秉宸听了一乐:"二五八团"倒是"二五八团"了,就是脑子不够使唤!

延安所有活动都在组织的"组织"之下,可有一阵居然冒出一些民间活动,如马列学院办了一个可以自由撰稿,叫做《评论员》的墙报。还有一份青联出版的《延河轻骑》,对延安生活的弊端多有尖锐的评论。享誉几十年也受难几十年的《三八节有感》,就发表在《延河轻骑》上。

也许已然处于等级的享用中,胡秉宸对那些民办刊物兴趣不大,他感兴趣的只是那些报刊对"延安婚姻"的批评。大批知识女青年的到来,先是引爆了离婚地雷战,一些老干部的婚姻就像蹚上了地雷阵,东炸一声西炸一声,纷纷与陕北老婆或红军老婆离婚,之后又立即展开迎娶女学生的闪击战。那些女学生也如胡秉宸的四川情人一样,纷纷抛弃没有地位、权力的男朋友,嫁给了有权有地位的高级干部。

于是有人对胡秉宸说:"要是知道延安也有这样的事,我根本就不来了。"

胡秉宸听后却没向上汇报。

还有那个很有学识、留学德国的朋友,因在上海地下党工作时曾被"中统"逮捕,如《四郎探母》那出戏里的杨延辉一样,用了一个假名,假降,方才出狱。

当然他也可以像后来的小说或电影里写的、演的那样,等待党的营救,再不就通过狱中内线,将消息传送出去,静候党的指示等等。可是党并不知道他被逮捕,他也不知道谁是狱中的内线……到了延安之后自然受到批判。又因性格过于耿直得罪不少人,始终不甚得意。

如果你的朋友不甚得意,总应该去看望一下,这也是古已有之的规矩。胡秉宸那时还不懂得一旦什么人不再得意,即便亲爹也要脱钩,最好是落井下石。这次看望,让胡秉宸挨了好长一段时间"整"。古已有之的规矩从那时起,就已成为作不了数的老皇历。

引子却是他用老曲子开了个玩笑,他嘻嘻哈哈地唱道:"黄河之滨,冻死了一群中华民族倒霉的子孙……马马虎虎、吊儿郎当是我们的作风……"被人汇了报。

这和原版的歌词"黄河之滨,集合着一群中华民族优秀的子孙……团结、紧张、严肃、活泼,我们的作风……"不但相距遥远,简直就是背道而驰。

背道而驰是什么? 是反动。

胡秉宸不服地遍查延安文字,觉得很多都是有章可查的旧瓶新酒。怎么到了他这里连玩笑都不行?

他惊讶区区小事,也能做出这样大的文章,然后开了窍。"汇报"实在是需要学习的重要科目。但他并不懊悔不曾早日得到高人的指点,这种事只能靠自学成才,不能指望他人传授。

胡秉宸又总结出,挨"整"一般都是从这种不起眼儿的小事开始。你以为不过如此的时候,枪子儿可能已经为你准备好了。

如同顾秋水和包天剑将军到了延安,最先遭遇、最不能忍受的就是"汇报"一样。"连咳嗽一声都有人汇报!"顾秋水如是说。后来他们又从延安返回花花世界,不能说与此毫无干系。

…………

等等等等,如此如此。到了后来,即便胡秉宸有周恩来那封介绍信护航,头上的光环也渐渐失色。理工科的学生胡秉宸自然明白,世上没有永动机。

到达延安后,胡秉宸和胥德章很快就进入了第一期陕北公学高级班,班上只有十几个学员,大多是大学生,还有留学生。

让胡秉宸感到又一个不适的是没有换洗的衣服,更谈不上洗澡,上课时看看周围那些记笔记的手,又黑又皱又脏,厚厚的泥垢结在手上,就像鱼鳞。他那双有点女相的手,更是惨不忍睹。

讲课的教员多半到苏联留过学,教员凯丰就是其中之一,又是"二十八个半"中的一员干将,回到延安仍然高举坚决维护王明反对毛泽东的旗帜。有次胡秉宸和同学在窑洞前议论凯丰课讲得不好,正巧被他听见。

教员们上课骑马而来,夹着五六本摞在一起半尺多厚的精装硬壳书,张嘴就是列宁怎么说——"请大家翻到《列宁全集》第×页",接着又是马克思怎么说——"请大家翻到《马克思选集》第×页"……

胡秉宸听得不耐烦就提问:"如果电车算先进事物可是群众非要砸,共产党员应该采取什么态度?"

教员反问胡秉宸:"你说应该采取什么态度?"

他回答说:"我认为应支持群众。"全班同学大笑,很多人认为这个问题非常幼稚。

不知他这个回答是不是受了恩格斯的影响?恩格斯本不同意"巴黎公社"起义,因为各方条件并不成熟,但当工人行动起来后,也就积极参与并支持了他们的行动。

吴玉章当时正在给学生讲群众运动,可是他也没有对胡秉宸的问题做出回答,只是笑笑而已。

然而胡秉宸的工作极其认真负责。如日本飞机空袭,他总是跑到山上打钟报警;没人干的事不分技术还是苦力,都是他的活儿;除了白天干活,晚上还常常装配军用电台,或校验机器,或查哨,或给新战士上课到深夜。

但这并不能说明什么。胡秉宸即便不到延安参加革命,不论干什么,都会是一个出类拔萃的人物,即便让他去跳芭蕾舞,相信也不会逊色于顶尖的芭蕾皇帝布拉施尼可夫。

所以他到延安不到六个月就入了党。与胡秉宸同时到达延安的胥德章就没有这样幸运。他不大服气地对胡秉宸说:"我在大学的时候比你进步,还是地下学联代表;你那时候什么也不参加,算是落后青年,怎么反倒比我先入党?"

对胥德章的疑惑,胡秉宸未置一词。

在学校时胥德章确实比胡秉宸进步,可是和地下党并无直接关系。而且胡秉宸估计这与胥德章初到延安、在填写那许多不得不填写的表格时,下笔千言、离题万里有关。他不仅填写了自己担任地下学联代表之前参加过复兴社,也将父亲的头衔无一遗漏地举列,先是国民党的一个什么部长,后来又当了汪精卫的一个什么部长。幸亏表格上的栏目太小,不然连父亲几岁断奶、几岁遗精都得一一填写上去。

那时候他们谁也不懂得不必要的话少说或不说在日后的意义,以为事情一旦说清楚,也就完结。

该着胡秉宸不能平庸,他的再一次机遇来自通讯系统一个姓朱的副局长,这个副局长在老婆探望之后突然逃跑。胡秉宸震惊于一位堪称革命楷模的老八路怎么会叛离革命,他甚至能设想自己逃跑,也不能设想朱局长逃跑。胡秉宸还感到异常愤怒,因为整个八路军内部通讯情况都在这个副局长的肚子里装着,他的出逃造成的损失可想而知。胡秉宸当即给上级领导写了一份报告,高瞻远瞩地提出需要培养自己的技术力量。

胡秉宸的建议得到了领导的重视,并让他从此担负起通讯系统的一个重要职务。

延安的工农干部极多,难免有人对知识分子"看不惯""不放心"。胥德章恰巧碰上这么一位,这个领导总是意味深长地对他说:"你应该到外面锻炼锻炼。"

于是懂技术的名牌大学的大学生胥德章,却不能留在人才匮乏的延安,最后跟着胡秉宸到了重庆。

不过谁又能说这不是胥德章的幸运?他要是留在延安,能熬得过一九四二年吗?

五

包天剑一行在东北军刘多荃军长帮助下,以东北军的名义向铁路部门申要了三节车皮,将全部军械从武汉运往西安。

人员及轻型武器留在西安,装有大型武器的三节车皮,开往东北军骑兵军军长何柱国的咸阳留守处,进入火车岔道,作为何柱国的军需物资封存车上,派有卫兵看守。

何柱国曾任张学良将军侍从官,张学良将军待他不薄,后来蒋介石许了他一个省长也就成了蒋介石的人。可是包天剑没有别的办法,非指望他不可,因为携带这些武器前往延安肯定会被国民党扣压,只能日后通过何柱国想方设法运到延安。

在西安八路军办事处得知,包天剑一行离开汉口次日,策动他们投奔共产党的王副军长即被蒋介石逮捕,后来牺牲在渣滓洞。

他们带着四箱手枪奔赴延安,行至距延安七八十公里的甘泉,由于路面翻浆,汽车不能行驶,只好徒步。四箱手枪存放甘泉八路军某连连部,留下顾秋水一人看守。半个月后路面情况有所好转,顾秋水才将这四箱手枪运至延安。

顾秋水到达延安时,包天剑和随行人员已入延安中国人民抗日军政大学学习。

那些用铁片窝的圆盘子,还有盘子里盛的干豆角、黄豆芽、炒辣椒,倒也难不住包天剑他们。

毕竟城里还有个小馆,小馆里卖有肉片烧豆角、鸡蛋炒饭,西红柿炒鸡蛋更是不错。

除了包天剑顾秋水一行,小馆很少有人问津,彼时大家都没钱,所以顾秋水常被抗大女同学拉去"打土豪"。兜里还有几个钱,又是第一游击纵队参谋长,看上去比土八路有些滋味的顾秋水,简直成了护花使者。女人们对他也都兴趣有加,不知是否因为少见或根本没有见过贵族,都把顾秋水叫贵族,怎知道这个贵族却是个假冒伪劣。但是除了浪漫成性的刘采云,没有哪个女人对他认真,假戏真做不过为了蹭个下小馆的机会而已,谈及婚嫁,自然还是"嫁汉要嫁司令员,轻裘、白马、勤务员"。

说起来实在令人汗颜,与那些真正为生计所迫不得不对男人巧笑倩兮的女人相比,一个肉片炒豆角或西红柿炒鸡蛋,就能让一些革命女青年对顾秋水这个军阀的乏走狗、老走狗不但秋波频送,甚至为嘴伤身。可这并不妨碍她们日后道貌岸然地斥责成了"包二奶"的女人或建立在金钱基础上的两性关系。

让包天剑沮丧的是不断发生在自己人中的灰色事件。

有个团长,抗大毕业后派往前线,只因为没有马骑,忍受不了徒步行军之苦,没到前线半路上就跑了。

与顾秋水同在抗大学习的一个团长,受不了三五九旅南泥湾式的开荒劳动,走了。随后两个营长也跟着溜了。

说是受不了筋骨之苦,其实是看不到前途。所谓前途,就是共产党将来能给他一个什么官职。猜不透,更等不及。

最让他们不能适应的是"连咳嗽一声都有人汇报"。如果包天剑和顾秋水想说点什么,就得趁到城里下小馆的路上解决。就连对小馆里的堂倌都不能掉以轻心,谁知道是不是共产党的探子?

…………

一期期学员转眼就从抗大毕业,学员们从抗大毕业后就要上前线,上前线就得带武器——取回存放在咸阳的大型武器,便提到日程上来。

派谁去?其他人没有那些可以利用的社会关系,学生出身的又干不了,只好派顾秋水。

于是顾秋水不得不到偏关,请求驻守那里的何柱国,以向偏关运送物资为名,从咸阳派出汽车,将包天剑留在咸阳的大型武器运往延安。因为向偏关运送物资必得经过延安,那些武器在延安卸下该是顺理成章。

出发时顾秋水根本不知道偏关在哪儿,什么手续也没有,只带了一个八路军臂章,就跟着做买卖的驴驮子,见村进村,见店住店,出延安往北奔榆林。驴驮子连地图都没有,也不知道路线,只能按大致方向前行,所幸顾秋水当过军人,尤其在夜晚,可以依靠星象不时校正前进的方向。

过榆林后顾秋水离开了驴驮子,独自一人在沙漠里走了两天,每天急行军一百八十里,伴随他的只有自己时现时隐的影子。

正是暑天,特别是太阳当空,连影子也缩进脚掌的时候,只剩下没完没了的干渴。放眼四顾,黄沙漫漫,哪里有水?他渴疯了,明知无望,却禁不住挖井那样在沙地上刨了起来。没刨多久就没了力气,十个手指也磨破了皮,体内最后那点水分似乎也在疯狂的刨挖中蒸发净尽……就在干渴得头顶冒烟的时候,他刨的那个坑里居然慢慢渗出些水来!顾秋水扑身在地,像一只饮水的牲口那样,一头扎进那个不大的沙坑,怀着对干渴的仇恨,舔吮着沙坑里的水。

不知道是真是幻,那掺着沙子的水,竟如琼浆玉液。

从理论上来说,坑里渗出的水应该清凉才是千真万确。不过他的幻觉也不为怪,那从沙漠深处渗出的水,能说不是沙漠弥足珍贵的精血?

顾秋水不但被干渴折磨得头上冒烟,也从此仇恨上干渴,并添出毫无节制饮水的不良习惯。但对他的沙漠孤行,却无怨无尤。

行至绥远一带,顾秋水看见了长城,或不如说是看见了长城隐约在沙漠中的残骸。

顾秋水有时相当多愁善感,不知读者是否还记得当年他爱恋叶莲子的时候,写给叶莲子的那首酸盐假醋的诗——憔悴扶病一登楼,放眼天南地北头。鹦鹉洲边芳草绿,江山无处可埋愁。

这样一个顾秋水,面对长城的残骸怎不兴叹?

自出世那天起,它可不就束手待毙,被这无定、无由、无来、无度、无骨的沙漠旷日持久地随意揉搓、折来折去……它的血肉早已被岁月和沙土吞食,剩下的不过是伟乎其大的脊梁。

谁能见到它死亡(又是如此窝囊)的过程?世人看到的只是那个被他们叫做"悲壮"的结局。

顾秋水突然对沙漠顶礼膜拜起来——有什么武器,能体现这样一种于无声处将不论多么伟大的生命蚀灭的阴鸷之力？

零落在沙漠中的墙砖如长城散落的遗骨,拂去墙砖上的封沙,砖上既没有烧铸窑匠的姓名,也没有契明来历、身份的文字。它们和那条隐约在沙漠中的脊梁骨一样,既没有得到过文人骚客的吟唱,更没有得到过显扬,连一茎细草的点缀也没有,就这样默默地,无怨无悔、枕戈待旦地守卫在遥远的边关,永远等待着一声再也等待不到的军令。

狂风骤起,沙漠的褶皱如波涛般地汹涌起来。失水的沙漠竟如暴雨,如海涛般地轰鸣着,呼天抢地地倾诉着对水的思恋,诅咒着水的悭吝。

暴躁的狂风终于息怒了,汹涌的沙漠之涛重又凝固起来,暴雨、海浪之声也渐渐消沉下去,本该奏出号角之声的沙漠,反倒十分不合衬地呜咽起来……

当比长城还伟大的太阳,最后也不得不坠入荒漠时,狼们开始了夜的咏叹。

它们就像听到了口令,噪声四起,顾秋水陷入了狼群的包围。作为一个军人,他连一件贴身的武器都没带。延安的子弹是金贵的,每颗子弹都必须拿到前方去,他只好赤手空拳面对不知多少只隐在暗处的狼。他甚至无法确定将自己的后背朝向哪一方,哪一方似乎都是它们的眼睛,在暗夜中冥火似的流闪。但是包天剑的那些武器合该贡献给共产党,身负重任的顾秋水,才免于将自己的血肉之躯贡献给狼。

在一个没有星光的夜晚,顾秋水迷了路,荒原上甚至没有一盏灯火,何谈人家？

当地人都住在叫做"下沉窑"的窑洞里——在平地上挖个

凹陷的方形大坑,再向四壁横掘出窑洞。窑洞冬暖夏凉,窑门上下有碗口大的风洞,四季敞开,空气对流。

进入那个大坑要经甬道,沿很长的槽形坡道下行,待豁然开朗之后才到达类似南方民居天井的院子当中。那片开阔之地做晒场轧碾之用,略有倾斜以利排水。塬上干旱少雨,如遇暴雨,雨水将顺着微微倾斜的地面和沟线,流入十几或是二十几米的渗水井中,积蓄起来,用以备旱,饮用水井另辟在门侧的窑洞中。

如此,夜行的顾秋水当然看不到灯火,找不到人家。直到他一脚踩空掉进沟里,摔到柴垛上,才听见狗叫,才找到人家。在窑洞里过了一夜,吃饱喝足之后,按照老百姓的指点才走到神木。

何柱国在神木有个后方办事处,这才打探到何柱国驻在那个叫做"左云右玉"的地方。"左云右玉"听起来何其美妙,这种本该留在天堂的地方,怎么会落入这荒凉所在!

听说顾秋水一天可以行军百多里,那个后方办事处又让他带了不少文件给何柱国。

顾秋水在何柱国那里住了一宿,当夜两人吃了一顿饭,喝了一瓶白兰地,指点了一番江山,回忆了东北军的当年……之后何柱国慨然应允将包天剑留在咸阳的大型武器运到延安,临行时何柱国又给了顾秋水五十块钱,说:"延安很困难,这点儿钱可以下下小馆儿。"

回到延安后,这笔钱很快就被人——特别是女人,"打土豪"吃光了。

他带着何柱国签发的如结婚证书那样大的一本护照,上面写有什么部、什么官衔、什么任务、往何处去……走上回程。在那个各种杂牌军的混杂地带,何柱国签发的这个护照非常有用。

回程容易多了,第二天顾秋水就到了八路军的一个联络站,这时又掏出八路军的臂章,对八路军联络站说自己是抗大学员,来此公干。联络站一个小伙子为他找来一头驴作为交通工具。顾秋水是马上高手却不会骑驴,刚骑上去就从驴背上出溜下来。牵驴的小伙子吓了一跳,不知摔了什么大官。

他骑着这头驴到了黄河,一过黄河就碰见某军团的汽车,打听到是回西安,就决定搭那辆车回去。不一会儿有个小军官上了汽车,一上车就把他往车下轰,问他:"你上哪儿去?"

他说:"西安。"

又问:"谁让你去的?"

顾秋水说:"军长。"小军官一听是军长,也就不再问长问短。他就这样连蒙带唬乘汽车回到了延安。紧赶慢赶,连抗大的毕业典礼也没赶上。已经毕业的学员,正翘首以待顾秋水弄回的武器上前线呢。

在延安女友刘采云眼中,顾秋水简直就是孤胆英雄。来回行程千余里,费时二十多天,经清涧、绥德、神木,渡黄河,过偏关,走长城,途经沙漠,时值炎暑,千难万苦找到何柱国,并得何柱国慨然应允,将武器从咸阳运到了延安。

可对顾秋水来说,这一行谈不上什么英雄意识,也没有把握一定干好,更不是为了向共产党表忠心。来延安几个月,顾秋水已然觉出共产党没把他当自己人,他也就没把共产党当自己人。

他干什么都是听天由命,尽力而为,也不曾忘记自己一辈子都是他人的走狗——既然是走狗,就得让主人觉得有用,否则主人就会把你一脚踢开。

不久包天剑就把顾秋水带到小馆,对他说:"……我们的人越来越分散,大家好不容易在哪个大型活动见了面,泪汪汪什么也不能说……"

顾秋水比包天剑清醒冷静,说:"你想抱着咱们那团人搞独立王国,是根本不可能的。"

使他丧失理智的事发生在第一游击纵队即将开赴前线的时候,顾秋水向队领导提出带上他的女友刘采云。

当时,延安的规矩,每个大队都有一名文体干事。顾秋水那个大队的文体干事不好好干,顾秋水只好代他参加文体工作会议。开完会后,负责文体工作的刘采云追上已经走远的顾秋水,要和他研究研究文体工作。顾秋水说:"我不是文体干事,只是替他来参加这个会。"

刘采云歪着头,秋波漾了又漾,说:"你就是担负起这个工作,又能给你添多少麻烦呢?"

从此他们就开始了往来。

刘采云虽是共产党员却是富家子女,某大学英国文学系学生,完全有机会、有可能到经典伦敦度过一生,但她突然被日本人当街打了一记耳光。这样的反差对一个富家子女极难忍受,于是这记耳光就成了她的人生转折点,一气之下奔赴延安。

北平的学生到延安并不难,日本人虽然占领着北平,但离城不远就是八路军的天下,门头沟就有游击队,而国民党也有一股势力活动在北平地下。

奔赴延安的路上,刘采云的男朋友又不幸被她最要好的女朋友挖走。她伤心欲绝地来到延安,没想到在延安却常常可以遇到北平那些 party 上的旧人,真像是各路子弟又聚合到延安开 party 来了。

因为有文化又会演戏,便负责起文体工作,与人接触的机会也多,且都是各个单位很"文艺"的那些人,轮空的刘采云到了女性匮乏的延安,竟成了恋爱专家。

顾秋水把和大学生刘采云的关系看得很正经,也很当回事,所以他和刘采云没有发生过性关系,尽管当时很多人因"二五八团"的限制或其他什么规矩的限制,不得不到野地里去解决这类问题,而顾秋水却没有这样做。

他之所以要求带刘采云上前线,是生死与共的意思。

领导问:"你们是什么关系?"

他说:"我们是恋爱关系。"

领导想都没想,一口回绝道:"不行,你不可以带她上前线。"

顾秋水又问:"为什么别人可以带女人上前线?"

领导没有回答,只是眼神怪异地看了看他。

这副眼神当即让顾秋水冒了火,他反唇相讥道:"既然不同意我带她上前线,何必还问我们是什么关系?是过瘾还是怎么的?……不管到了哪儿,男人在鸡巴上的待遇应该是一律平等的……"

之后他又找了各级领导,可是没有一个支持他和刘采云的恋爱,更谈不到批准他把刘采云带到前线去。

于是他就到处说怪话,到处骂娘:"我从小就当兵,懂得军队里的规矩,要是上级军官毫无道理抽我一个嘴巴子,我也不会有二话。可是男人睡女人的权利却不该分等级,就算我是一个老军阀,我的鸡巴可不是老军阀,它凭什么不该享受操女人的平等待遇?"

可能因为他是老东北军,所以才没有整治他。

刘采云也是一哭二闹三上吊。恋爱状态中的女人一般处在逆反心理的巅峰,这种情况下,越是正面劝阻越是适得其反,反对那个爱情的最佳办法是为那把爱情煽风点火。

可是领导没有闲心跟她玩这把游戏,简单明了地拿出杀手铜——刘采云是共产党员,如果不听党的劝告,前程就会断送在和顾秋水的恋爱之中。但对刘采云这种浪漫的人来说,这一手似乎不太管用。只好把她送到某地去受训,行动快速诡秘到谁也说不清她的下落。为此顾秋水甚至不怀好意地到处张贴寻人启事,可是直到离开延安,他也没有联系到刘采云。

他痛苦地以为刘采云已经不在人世,以为刘采云的爱无比忠诚,只因共产党不拿他当自己人,于是他的爱、他的鸡巴也都入了另册。

他们演出的这场《梁山伯与祝英台》轰动了整个延安,特别是顾秋水的那些怪话、那些寻人启事,连胡秉宸都有所风闻。胡秉宸甚至借故来到刘采云的单位,一睹当代"祝英台"刘采云的风采,之后大失所望地对人说:"不过尔尔。"

胡秉宸怎能想到,几十年后这位"梁山伯"竟然成了他的岳父,并与他有一席长谈。

其实刘采云比顾秋水这个登徒子还要快地走出了这个爱的迷魂阵。

新年就要来到,负责抓文艺的上级领导需要了解由刘采云策划、为迎接新年而准备的大型晚会情况,而负责抓文艺的领导出乎意料地潇洒倜傥。

刘采云最后与主管文艺的领导人结了婚,头生儿子取名狄更斯,后生女儿取名勃朗特,总之是不能忘情英伦,可能与当年读英国文学系有关,却再也想不起自己曾为之"一哭二闹三上吊"的顾秋水。

若干年后他们还有一次重逢,但是他们已经不能认出彼此,更忘记了曾为他们的爱情舍生忘死。

不过说了归齐,顾秋水也早就忘记了叶莲子。也难怪,他与叶莲子的婚姻多少带有因陋就简的性质,人往高处走,水往低处流,叶莲子只好成为"过去"。

临出发前,周恩来给他们讲了一次话,讲到八路军和东北军的关系,讲到革命团结的友谊,鼓励他们杀敌抗日,打回东北老家去。

在延安养病的抗大校长林彪也写了书面讲话。

顾秋水带着一颗忿忿不平的心离开了延安,来到边区司令部的驻地。

第一游击纵队党代表即刻与有关方面研究了扩充东北军的问题,得到了有关方面的同意,可是仍然没有人负责落实。

包天剑想,当初周恩来先生在太原说得好好的,答应扶持东北军,时隔一年多,第一游击纵队仍然是一个理论上的概念。

原来他们跑来跑去都是蒙着来的!一笔笔糊涂账究竟是谁的责任?连包天剑自己也说不清楚了。

不知为什么他就不能直接与有关方面商谈,非得通过纵队的政委?如果他能直接与有关方面商谈,是不是会好一些呢?

这都是马后炮了,包天剑反正是没有直接参与这个与东北军的生存息息相关的商谈。

于是包天剑打算返回后方延安,希望在周恩来先生和毛泽东主席那里得到求证和明确。

包天剑要求顾秋水随他一同返回延安,但顾秋水厌倦了,再也不想追随包天剑没头苍蝇似的东撞西闯,蒙来蒙去,只想借此机会,借包天剑那点尚未贬值的影响离开延安,至于去哪儿他也不知道。

然而禁不住包天剑苦求,顾秋水只好随行。这一次江湖义气的结果,日后险些为他自掘坟墓,而他和包天剑的缘分也就到

153

了头。

离开边区前,顾秋水很有组织纪律地找政委谈了一次话。政委说:"估计包天剑回延安也解决不了什么问题,并且可能不回来了。如果那样,希望你做做包天剑的工作,一是不要当汉奸,二是不要投靠蒋介石。"

对这个任务虽然把握不大,但顾秋水说:"一定凭良心,尽力办。"

离开边区时,包天剑只带了一个卫队排,即他带到延安的四十名军事干部,每人携带一支自动步枪、一支连发手枪。顾秋水只携带了一支八音手枪,其余的武器、人员、马匹,全部留在了边区。

途经山西赵承绶防区,赵承绶极力劝说包天剑不要回延安,加之随行的四十人中有个王团长,此人极富煽动性,不但其他人的情绪说煽就煽起来,连包天剑也难逃他的影响。王团长认为,即便回到延安,扩充东北军的问题也不一定得到圆满解决。

趁赵承绶请他们到驻地吃饭之机,包天剑借用赵承绶的电话,与绥远的何柱国取得了联系,何柱国请包天剑速到他的后方办事处神木面谈。

于是包天剑修正了回延安找周恩来、毛泽东求证的路线,向神木而去。

由于当时通讯不便,他们改变路线的决定,前线也好、延安也好,很难掌握得一清二楚。即便掌握得一清二楚,这四十个人又值得花费多少心思?有多少比这四十个人还重要的事情亟待解决?

到了神木,见到何柱国,所谓面谈也没有谈出什么惊人之语,无非是游说包天剑到重庆去。

其实何柱国在接到包天剑的电话之后,马上就打电报给蒋介石的军政部长何应钦,何应钦表示欢迎包天剑去重庆,并且保证其人身安全绝对不会出问题。

随行的王团长此时终于彻底暴露出反共面目,极力煽动包天剑到重庆去。

不论顾秋水对共产党有什么意见,但他认为包天剑这样干非常不妥,为此找包天剑长谈了一次。顾秋水说:"第一,何柱国煽惑这件事是为了向蒋介石邀功请赏,好像是他把你从共产党那里拉回来的。西安事变时候他就背叛少帅投靠了蒋介石,现在又用你来请功。第二,蒋介石最不讲信用,何应钦的担保更靠不住。第三,你去重庆即便没危险可也没前途,现在你是一个本钱也不趁的人了,蒋介石怎么能重用你?所以我的意见是:一、我们还是去延安,周恩来满口答应我们建立一支新式的、革命的东北军,不能说话不算,一些细节也不难解决。如有困难解决不了也不要提什么分外要求,可以提出送你到苏联学习两三年,理由是政治思想水平太低,先学习学习本事,提高提高政治水平和思想觉悟,干革命的日子还长着呢。二、如果还不行,那时再走。统一战线政策允许来去自由,他们不会太难为你。来去要光明正大,这样中途不辞而别实在对不起周恩来先生,也对不起东北救亡总会的一些老朋友,大家对我们的帮助很大,期望也很高。反正无论如何不能去重庆,不要对蒋介石抱什么幻想。最后实在没办法,可以到香港或到欧洲游历,这一点你在经济上也不难办到。"

包天剑听后没说什么。顾秋水想,他本是一个不善辞令也没有主见的人,容他想想再说吧。其实包天剑去重庆的决心已下。

他把从边区带出的那点人马枪支留给了何柱国,心想何柱国到底还是东北军骑兵军军长,还抗日。哪里知道何柱国很快就完蛋,包天剑留下的枪支想卖也卖不出去,最后落到谁的手里也就无从得知了。

交出那些人和武器后,在东北军里混了多年、武器从未离身的包天剑,至此成了名副其实的光杆司令。

轰轰烈烈奔赴延安的一行人,此时就剩下了包天剑和顾秋水。

顾秋水最后还让各人将自己的枪支擦亮,当人们将擦过的枪支放到枪架上后,一排排枪就像参加葬礼那样庄重。

他独自在那些武器面前站了很久,这哪里是枪,分明是长歌当哭的男儿啊。他忍不住从枪架上取下一支自动步枪,抚摩着乌亮的枪身说道:"这种自动步枪,全国都没有啊!"

以后他就是退出戎马生涯,也还会在梦中听到这些枪支的哭泣。醒来之后,看看睡在身边一茬又一茬的女人,深感连一个可以说说枪支是如何哭泣的人也没有,只能对着黑暗悄声自语:"你知道枪支如何哭泣吗?你又知道什么是真正的男儿汉吗?"而在没有女人共枕的时候,他可能会情不自禁地号啕:"我的儿子,我的儿子啊——"

他原本期望过一个儿子,像这些自动步枪一样禁得起风雨,禁得起拳打脚踢,与他同舟共济,使他如虎添翼的儿子,可是叶莲子偏偏给他生了一个女儿。

顾秋水错了,他无从了解,也不愿了解,吴为虽然身为女儿,可她的一生就像这些自动步枪一样,不但禁得起风雨,更禁得起比拳打脚踢还残酷的日子。

包天剑带着顾秋水,乘何柱国的汽车,与何柱国一起从神木到了西安。

到西安后,共产党没找他们,国民党没找他们,胡宗南也没找他们，不论哪一方政治势力都把他们忘了。

留在神木的人很快四分五裂，王团长并没有跟随何柱国，而是投奔了南京伪政权的鲍文岳。鲍文岳给他在山东章丘县弄了一个县长的位置，当了一两年县长，弄了几个钱回到北平，花十条金子买了一所四合院。一九四九年解放后企图偷越国境，被解放军抓获后又释放，在北京一个电子管厂当了工人。工人成分不但使这个反共老手免除了各种政治灾难，"文化大革命"时期甚至成了专政知识分子的工人宣传队队员。

有一个下场很惨，到地方土匪武装那里胡吹，说自己在南京有关系，能弄来多少多少武器，结果被土匪活埋。

还有个营长，岳父大人是阎锡山的高级顾问，通过岳父在阎锡山那里弄了个小官，抽上了大烟，再也不讲抗日，也不再讲反共。

…………

何柱国到西安后先期飞往重庆，不久包天剑接到何应钦电报，也就与顾秋水搭机飞往重庆。

到重庆后与东北军的一些旧人重逢，包天剑又支上了麻将桌。

何应钦将包天剑到达重庆的消息报告了蒋介石，蒋介石不计前嫌召见了包天剑，按规定只谈五分钟，实际上却不止五分钟。召见回来，他对顾秋水说："就是蒋介石一个人在说。"却没有告诉顾秋水蒋介石都说了些什么。

顾秋水想，可能挨了骂。

蒋介石果然把包天剑说了一顿："共产党是很会骗人的。我在苏联的时候比你还相信共产党，比你接受共产理论还早。你是上当受骗了……看在你父亲的面子上我原谅你……"

包天剑这才算是过了关。

过了一个多月,蒋介石又请包天剑出席了一次宴会。经人疏通,蒋介石最后给了包天剑一个军委少将高参的闲职。包天剑原是中将,这下等于降了一级,使他大为丧气。

顾秋水劝解道:"你不想想,你这样倒来倒去,搁在谁那儿谁不杀你?说来说去蒋介石还算大度,没有杀你就是好的了,还计较什么升降?也许他有意留个后路,老太爷不是还在天津日伪区?说不定将来就有什么用处。"

不久包天剑听说特务头子戴笠要找他,吓得失魂落魄。借此机会,顾秋水又向他进言:"重庆是待不下去了,不会有好结果的。还是设法去香港吧,要走赶快走,晚了恐怕就走不成了。"

包天剑马上弄来两张飞机票,和顾秋水一起飞到了香港。

蒋介石后来也没过问这位军委少将高参哪里去了,显然根本没有把他当回事。

在顾秋水和胡秉宸那次会面中,胡秉宸却这样解释戴笠的事:"戴笠找包天剑是为了拉拢他,分化东北军。"

顾秋水也好,包天剑也好,他们的延安之行本无悬念。但是他们自己给自己制作了一个悬念,自己给自己设置了一个误解,不管结局怎样,都应该由他们自己负责。

第 四 章

一

他们谁也没有料到,一九三七年八月底,平绥、平汉、津浦铁路就被日本人占领,南北交通很快就断了。

叶莲子这才尝到了什么叫做出其不意,对埋伏在今天和明天进出口的不测,严重估计不足。也就难怪吴为在进入梦境前,总会怀着某种期待,对"明天"探头探脑地窥测,从未设想过伴随明天而来的也许是当头一棒。家风如此。

她对交通的理解也很具体,所以有个疑问老也不能释怀。那条铁做的路,上面还能跑那铿锵作响、威风凛凛、说轧死人就轧死人的火车,怎么说断就断了?

现在顾秋水是欲归不得,她是欲往不能了。这条不能"交通"的路,轻而易举就把她和顾秋水天南地北地隔在了两处。

顾秋水一去音信全无。

善于理解的叶莲子对自己说,"那边"不好寄信过来。可是那点左藏右掖的钱,却不善于理解地越来越少。如果说骤然离开顾秋水时她更多的困难来自精神,那么现在她就非常物质地感到人海茫茫,四不着边,没抓没挠。

夜晚那张床更像一叶孤舟,即便紧贴着墙也是靠不了岸的。不要说亲戚朋友,连那些不肯善待她的人也没了,和现在一比,乡下的日子可不就是小风小雨?她检讨起来,不见世面是不可能知道自己有多么不知足的。

墙根的蟋蟀开始叫了,出其不意、舒缓有致地,一张一弛、拉弦似的,然后是突然的沉默,暗藏着小小的较量。什么地方不好待?偏偏喜欢墙根这种地方!毕竟还有蟋蟀在鸣叫,特别在夜间,就连不常想到春华秋实、风花雪月的人,也不得不因这一张一弛拉弦似的鸣叫浮想联翩。而一天天的时间,也就在它们的紧拉慢提中过去了。

老槐树上的树叶子也渐渐掉光,只剩下插在树杈上的鸟窝。白天鸟儿们飞出飞进,倒也热闹;等到夜深下来,鸟窝里也就没了动静。可总有一只鸟儿蹲在窝外,似睡非睡,一旦有个风吹草动,就拍着翅膀起来巡视一番,那是雄鸟,守护着窝里的雌鸟和它的鸟孩子呢。是啊,有个男人守着,家里人睡觉都安生。

转眼到了冬天。

冬天的夜晚是为谛听准备的。叶莲子搂着吴为,缩在硬冷的被窝里,接收一墙之外来自各种频道的夜声。

仓促、隐秘、试探、漂浮、犹豫、践踏……的脚步好像不是过行墙外,而是悬行在她们的头顶。冷不丁的一声枪响、不清不楚瘆人的喊叫,穿凿过冬夜的冷峭,如背后来的冷枪,让她无从估计又无从防备,意料之中又突如其来地袭击着她。

叶莲子就想,幸亏顾秋水走了,她的日子再难也有所值。

偶尔也有轻佻男女的笑声,醉酒人踉跄的脚步、含糊的酒话、惊天动地的饱嗝……又让她觉得这个冬天的日子,并没有因为顾秋水的离去或日本人的到来有所不同。

"硬面——饽饽!"的叫卖声,被寒峭的北风撕扯得断断续续,找不到归宿似的擦着胡同两边的山墙,东扑一下、西落一下,最后只好在一处墙角旮旯蜷缩下来。

在北平众多随季变换、包罗万象的叫卖声中,叶莲子单单留住了似乎只在冬季夜晚出现的"硬面——饽饽!"而略去了那些具有歌唱性质的吆喝:滋养健身的"萝卜赛甜梨——"据说吃了那萝卜再喝杯热茶,医院就得关张;夏日正午,在荡悠着"吊死鬼儿"的老槐树阴凉下,听着都爽人的那嗓子"凉粉儿——";年节前后扛着条板凳的"磨剪子,磨刀嘞——""锔盆锔碗锔大缸嘞——"……

房东杨大嫂说,有个街坊半夜三更打完小牌,饿了,到街上买个硬面饽饽,饽饽拿到手,一抬头,发现卖饽饽的没有下巴,"遇见鬼了不是?"杨大嫂说。

"硬面——饽饽!"的叫卖声,也这样进入了吴为只有七八个月的生命。尽管以后她再也没有听到过这种叫卖声,可是逢到冬天的夜晚,尤其在最为寒冷的某个冬夜,这个叫卖声就会不期而至——从她的第一个冬天一直响到她最后一个冬天。

叶莲子多次讲到的这个没有下巴、叫卖硬面饽饽的人,都不如这个找不到归宿、风中之絮般扑来荡去的叫卖声,说紧不紧、说松不松,说忘记却又记着、说记着却又忘记地牵着吴为的心。如果她一辈子快活不起来,如果她一辈子把自己的日子和他人的日子搅和得一塌糊涂,真不能一味怨天尤人。

有多少次,吴为想对她的至爱胡秉宸说一说这个至关重要的叫卖声,可一涉及这类话题,也算伶牙俐齿的她就显得期期艾艾。也许作为作家的她对此也无能为力,也许胡秉宸嘴角上那一丝不以为然的笑意让她却步,欲言又止。不要说胡秉宸,哪个人听了吴为的胡言乱语不觉得她是在装神弄鬼?

等到清早起来,叶莲子就对着一天天见少的银两发愁。

她早就退租了其他两间房子,只留下一间,仔细收好和顾秋水的琐琐碎碎。在收拾那些东西的时候,她没有显出太多的伤感,坚信它们早晚会重现旧貌。尤其顾秋水从旧货店买来的一块桌布,白色,四边镂绣着葡萄和葡萄藤叶的纹饰,让她摩挲再三。

即便后来飘零天涯,叶莲子也没舍得把这块来历不甚合意的桌布扔掉,不论身归何处,一旦能有几日盘桓,便旧梦重温地把它铺在或木质粗糙、或摇摇欲坠、或腿脚不全的桌子上,哪怕最后流落在黄土高原的破窑里的时候。

她实在不明白,那块破旧的桌布,为那本就破败的窑洞,又在那块来历不明的没落上增添了多少破落!

离开土地之后,木匠的儿子顾秋水,很快就掌握了城市生活的小情小调——

也不破费,不过一块桌布;

一个从旧货店买来的小摆设,几件一旦成为二手货就便宜得像是白捡的贵重衣物,尽管那些东西的出处,让墨荷的女儿叶莲子有些莫名的尴尬;

几枝就近从包家院里采来而不是买来的鲜花……

物美价廉地使他们的日子同样物美价廉起来。

所以吴为出生的那天早上,顾秋水从包家院子里采来一把紫藤,并不意外。

叶莲子是个计划性很强的人,读者可能还记得,她从小就知道怎样运筹自己那点口粮,知道怎样才能使那点口粮的效益发挥到极致。好比如何对待正月十五以后从供桌撤下、分配到她名下的那个白面馒头。

所有用不着的破烂都被叶莲子收起,一捆捆分门别类用绳子捆好,必要时拿去换盒火柴也是好的。炉子只在做饭的时候点燃,叶莲子不怕冷。穿着指甲盖大小的棉花疙瘩絮成的棉袄,也能扛过东北老家冬天的叶莲子,还有什么样的寒冷能难倒她!

吴为却不识时务地哇哇大哭。

叶莲子只好把顾秋水的时尚画报杂志《良友》《万象》之类用来溜了窗户缝,又把被子、棉衣,凡能用来御寒的东西都裹在吴为的身上。一到刮北风下大雪的日子,她就抱着吴为坐在床上,一动不动,生怕把自己身上那点热气动散,她还要靠着那点热气暖和吴为呢。有太阳的时候,就赶紧抱着吴为到南墙根晒太阳,一边摇着吴为,一边瞧着那半截墙基发愣——顾秋水把着她的手,朝那半截墙基打了一枪的情景历历在目。

见她孤单,街坊邻居没话找话地和她聊聊,她也只能羞涩地笑笑。

明知包家人都到了天津只留下门房,有时忍不住还是去隔壁瞧瞧,毕竟包家院子多多少少装着与顾秋水——自然也是与她有关的日子。

还没等她张嘴门房就说了:"您猜怎么着……到现在他们连我上个月的饷还没发呢,压根儿就没见他们老包家来过人。"她要听的是这个吗?!

…………

她更算计着每一个铜板。喜欢干净的她,连衣服也不能常洗常换了,一挑水就是两枚铜板,能省就省,就是吴为的尿布没法儿省着不洗。

整整一个冬天,就连北平穷人家都离不了的大白菜,她也没敢买一棵。有一天她实在馋不过,好像不吃那棵白菜简直就要她的命,起身就往菜铺子走去,一边走一边想,今天就是典房子典地也要吃上这棵白菜。可是到了菜铺子门口,她的决心一下又没了。她在菜铺子门口转悠了半天,看着菜铺子门口扔的白菜帮子,心想:何必买呢? 不如捡些白菜帮子。多少次她都要蹲下去了,可她的自尊心在她脚腕子后面直愣愣地戳着,让她的腿打不了弯儿。

她只得横下一条心去打问白菜的价钱。

一说,不过几个大子儿。那她也觉着贵,问:"还有便宜点儿的吗?"心下寄希望于扔在店铺门口的白菜帮子,总可以作为一个底线吧。

有资产的掌柜却无法和无资产的叶莲子沟通。一块银元能换四百六十个铜子儿,如果这女人连几个大子儿都嫌贵,怕是一个银元也不趁了。他就说:"总共几个大子儿您还嫌贵! 您要是嫌贵,不如把那几个大子儿留着自个儿花。"他又太有职业道德,压根儿想不到将扔在门口的白菜帮子卖给她,掰下扔了的白菜帮子能算白菜吗?

让掌柜的这么一说,叶莲子马上不馋了。好像刚才那一会儿她不过着了魔,现在又清醒过来了。

她就那么喝了一个冬天的棒子面粥,在粥里撒点盐面,连根儿下饭的咸菜都没有。

二

换了吴为,就会毫不犹豫地蹲下去捡那些白菜帮子。

在叶莲子祖孙三代人中,吴为是对自尊最为忽略的一个。她的很多错误,放在叶莲子或禅月身上都不会发生。

不知能否从墨荷嫁叶志清、叶莲子嫁顾秋水这两桩婚事中找到蛛丝马迹？对墨荷那个家族的血脉来说，这两桩婚事就像反复往里对水，到了吴为这里稀薄寡淡得已经能照出人形了，而且是一个佝偻的人形。这种猜测不是毫无根据，用不着攀附就能在顾秋水那里摸到吴为的劣根。

比如那顿嗟来之食，什么时候想起，什么时候都让吴为觉得自己一派大将风度。

那本是一顿极平常的家常饭，一菜、一汤。菜是大头菜炒青豆、肉丁、豆腐干，汤是西红柿鸡蛋汤。

面对那一菜一汤，吴为的意志就像面对爱情一样薄弱。

夹菜的手颤个不停，老也夹不住那些被切成小丁的大头菜、肉丁、豆腐干，更不必说青豆。

可又不能显出情急的样子，让主人看出连这样的饭菜她也久已没有吃到。

她提醒自己不要老盯着桌上的饭菜不放，也不能直愣愣地盯着主人的脸，一言不发只顾咀嚼。还要从这些很费心力的自控中分出一些心思，想想她是不是已经谈过了新上演的电影，如果谈过，现在就应该改谈某个人的葬礼……面面俱到，无一遗漏，换了谁都得顾此失彼。

这顿饭吃得好累啊，她的额上，渗出一颗颗稀汤寡水然而颗粒饱满的汗珠。

吃着、吃着，吴为突然发现，不但女主人早已放下筷子，就连男主人，连他们气壮山河的儿子也放下了筷子。她只好放下饭碗，佯称已经吃饱并做出饱得不得了的样子，在如此勉为其难的局面中，还能为自己的贪馋铺垫出过硬的缘由："我最爱吃这种家常菜，几乎有两个多月没有吃到家里做的菜了。这次出差时间太久,老在食堂吃饭,食堂能做出这种味道吗？饭店也做不出来……"

她看出女主人脸上掩饰得不甚高明的怀疑,想表示又不便表示的怜悯,还有,富裕人家对打肿脸充胖子的穷朋友情不自禁的傲岸……

爱好和饥不择食显然是两回事。

帮女主人清理厨房及清洗餐具的时候,眼睛又禁不住在这与食物关系最为密切的地方睃着,果然发现厨房窗台上放着一大盒风干的煮黄豆,颗颗豆子风干得比未曾煮过的还要坚实。

"这些豆子是怎么回事？"吴为的心思又抑制不住地活动起来,像是无意地打问着。

"原来打算煮五香豆,结果发现豆子的品种不好,吃起来有些苦味儿。"

"扔了怪可惜的,还不如让我带回去喂鸟。我住的那个招待所鸟很多,每天早上窗台上都有几只鸟在唱。"她没有忘记为自己贪馋设置的理由被女主人一一拦截的窘迫,可她能让久违荤腥的口腹无动于衷吗？

不论从哪方面来看,吴为都是坠入滚滚红尘的大俗一个,能指望大俗们拒绝哪怕芝麻大的诱惑吗？更不要说到其他的诱惑,比如说爱情。既然不能,只好破釜沉舟。

"好呀,我也觉得扔了可惜,所以就摆在这里,正不知拿它怎么办呢。"好乖巧的女主人！

每当室内无人,吴为就紧闭房门,用上下两行臼齿研磨那些坚实的黄豆,将两腮的咬合肌累得酸疼。每每吃完一把豆子,舌头就像被磨掉一层皮。

豆子的品种果然有问题,味道又苦又涩,但她硬是坚忍不拔地把那盒豆子渐渐消灭,一面咀嚼一面鼓励自己:"我这是在吃蛋白质呢。"

真是屋漏偏遭连阴雨。

吴为一直认为那个小偷是个有良心的读书人,换了别人一定会把她藏在书里的钱一网打尽,因此对那小偷除怨恨之外还有一点感激。

她的被窃,应该说是缘于对小偷的误会和不敬,以为小偷大都好吃懒做、不劳而获,这样的人哪里会翻书?把钱藏在书里该是万无一失的高招。

这个算式也很简单:

出差三个月共带生活费九十元,平均每月三十元,每天一元。

被人偷去一半,每日生活费只剩下五角。米饭或馒头二分钱一两,每天至少七两。二七一十四,还剩三角六分钱。妇女卫生用品、卫生纸、牙膏、肥皂这些开支无法省略。

除了吃饭,人是需要吃一点菜的,就像人是需要一点精神的。

问题是这个菜怎么吃?如果在家还好办,再接再厉喝棒骨汤就是。可是出差在外,只能没有退路地吃食堂,除了早餐那二分钱一小碟的咸菜,哪家食堂还有五分钱一份的菜?!

她也不能向叶莲子呼救。为了出差,她已经带走全家月生活费的三分之一,如果告诉叶莲子,叶莲子就会从她和禅月的份额中挤钱给她,那么每到吃饭的时候,她们也得像她这样面临算账的难题。

常年的贫困,本就没有填平补齐六十年代初期全国人饥荒落下的营养匮乏症,不过一个多月的酱油拌饭,就把吴为拌得两眼发黑,两腿发软,晕倒在地。当人们把她平放在长椅上的时候,她觉得身子薄得和长椅贴在了一起,揭都揭不开了。

医生检查之后说:"没什么,是严重贫血引起的晕厥,多吃些有营养的东西就好了。"

多吃些有营养的东西!

这九个字怎样一清二楚地钻进她的耳朵,就怎样一清二楚地钻进围在她身边那些人的耳朵,她只好继续闭着眼睛,拒绝从晕厥中清醒。除此,还有什么更好的办法回避那尴尬?

人们终于窥见了吴为尽力掩盖着的、没有指望的生活。

吴为从来不在机关食堂买饭吃,"太贵了。"她想。

从家里带,糙米饭,还有咸菜炒肉末。咸菜里寥若晨星的肉末,肩负着一家三口的营养重任。

夏天凉着吃,冬天就把饭盒放在办公室的暖气片上。饭盒底部总能得到一些温热,至于饭盒上部的温度,只有到了胃里才会有所感觉。她从不把饭盒拿到食堂,请食堂大师傅蒸馒头的时候放在笼屉里捎带热热。她有自知之明,一个身份低贱、臭名昭著的人,顶好不要再自取其辱,别人赏给你的还嫌不够吗?

心情好的时候,她会抚摸着自己的胃,对胃的体谅与合作充满感恩之情,长年累月的冷饭吃下来,不过不大舒服,并无大害,大害要在她上了年纪以后才能找上门来。

除了游行、集会那些无法回避的场合,吴为吃饭总是背着人,就像当年叶莲子一到吃饭的时候就插门一样——谁也不知道那个看上去很体面的叶莲子,背着人喝了一个冬天的棒子面粥,连根儿下粥的咸菜也没有。

起始,游行、集会,吴为只带一个馒头、一块咸菜,到了现场发现无隅可向,不论转到哪个方向,哪个方向都是眼睛。闹得平时和她说话都觉得玷污了自己的纯洁、贞节、道德的人,也来关心她的营养和健康。那年头怎么那么多游行和集会啊!

以后再有游行或集会,只好买个维他命面包。那种面包很松、很软,色素多得使它看上去不像面包而像毛泽东转送给革命群众的芒果。她把这个道具,在那些关心她的营养和健康的人们眼前晃了又晃,然后带回家去给禅月。

"里面有维他命 B_6。"吴为怀着对维他命的神圣敬意对禅月说。

与韩木林离婚时,吴为也不问问叶莲子和禅月的意见,就断然决定放弃抚养费。不但不要抚养费,连韩木林给禅月那七十块钱象征性的补偿也退还给他了。在她做出这一自尊自爱的清高决定时想过没有,她和叶莲子两个人加起来不到一百块钱的月收入,怎样维持三口之家?她只想为自己的自尊自爱负责,怎么不想想为叶莲子和禅月的生存负责?!她好不自私啊!

吴为其实是个非常自私的人,为了自己那点面皮,连对母亲和女儿的责任都可以置之脑后。不仅如此,叶莲子、禅月,还有她的私生子枫丹,都为她更大的自私受尽世人的凌辱。

如果没有叶莲子于穷困中练就的本事,这种穷日子可怎么对付啊!从发挥余热这方面来说,晚年的叶莲子并不失落,不像有些离休干部,一旦从岗位上退下来,就得精神忧郁症。叶莲子只是有时转不过今夕是何夕的弯儿,愣怔之中竟以为又回到了几十年前。

禅月在他乡落叶生根之后,某个冬天的晚上,坐在壁炉旁再斟上一杯葡萄酒的时候,偶尔会想起她的小姥姥叶莲子,没有别的,差不多都是在无尽的穷困中,如何变无为有、变少为多的奋斗。

禅月把叶莲子叫小姥姥。

没上学以前,禅月常常跟着小姥姥去买菜。

就是寒冬腊月,她们也会几小时、几小时地站在肉案子前头,耐心地等着卖肉师傅把猪骨头剔下来。她们买不起肉,她们买得起猪骨头。

菜场里的穿堂风又腥又硬,地上满是湿漉漉的黑泥汤。

在肉案子前排队等买猪骨头的,差不多全是衣衫褴褛的老太太。可是叶莲子不,即便穿着补了八块补丁的衣服,她也用烙铁熨得平平整整,也把吴为和禅月的补丁熨得平平整整。

卖肉的师傅一看她身上那八块平平整整的补丁,就客气地说:"您再来点儿猪皮吧,猪皮也是七分钱一斤。"人人见了叶莲子都很客气,见了吴为却不一定。这可能就是人们常说的"人人心里有杆秤"吧。

叶莲子就感激得红了脸,连声说:"谢谢,谢谢!"

那是多么美好的时代啊,猪棒骨七分钱一斤,两毛多钱就能熬一锅又浓又香的汤。

"下点儿白菜,连汤带菜全有了,够咱们吃上一个礼拜。"

这样的汤,她们喝了一锅又一锅,可是并不长胖。

从菜市场回家后,叶莲子就蹲在地上,用一把破斧头将一根根猪棒骨敲碎,那才真叫敲骨吸髓。

那把斧子锈迹斑斑,刃上豁着大大小小的口子,砍不了几下,斧头就会从斧把上飞甩出去。好在叶莲子的力气不大,斧头甩得不远。她一面砸猪骨头,一面叮嘱等在身后的禅月:"站远一点儿,看砸了你的脑袋。"

被叶莲子砸酥的猪棒骨,露出了白色的骨髓。

"骨髓对小孩子的发育有好处。"叶莲子一根根捏过禅月豆芽一样细弱而弯曲的手指。禅月不只手指是弯的,胳膊也是弯的,从胳膊肘那儿向外撇。

棒骨在煤火上慢炖几个小时后,再经叶莲子用筷子从一根根棒骨里将骨髓坚决彻底地捅出,才算物尽其用。叶莲子那双手的每一条纹路里,常常嵌着猪骨油,用碱水洗了又洗,还是洗不干净,好在没有人吻她的手。手上也净是毛刺,用来给禅月挠背倒是很舒服的。

她挑着一块块骨髓对禅月说:"喏,吃吧。香吗?"

"香。"禅月啃完骨髓,对着已然被叶莲子掏空的棒骨,再进行最后一次清理,将那棒骨嘬得再也嘬不出一点油水为止。

听着禅月把骨头嘬得吱吱乱响,叶莲子深为满足,忘记了吴为小的时候她对主人的剩菜倾注过同样的热情——在那些剩菜倒入阴沟之前,如何眼疾手快地拣出其中的骨头,要是上面再残留着一些肉,就算得上收获颇丰。每每吴为沉醉地半合着眼睑,下斜的眼睫毛上滴滴答答着小兽般的贪婪,满腮油光地啃着那些骨头的时候,叶莲子就会想起《一江春水向东流》那部影片。男主角张忠良抛弃了妻儿老母,三代人走投无路,女主角李素芬沦落到当女佣的地步,她觉得李素芬就是她的拷贝,替她说尽无法言说的苦情。尤其影片中的那个经典镜头,让她揪心揪肺地疼——奶奶捡出主人剩饭中的骨头,喜滋滋地拿给小孙孙。将骨头啃得津津有味的哪里是小孙孙?分明是吴为。

但是给禅月敲骨吸髓的时候,叶莲子已经告别了《一江春水向东流》式的眼泪,轮到吴为来诠释这个旧得不能再旧的主题了。

偶尔叶莲子也会对卖肉的师傅说:"买两毛钱肉,肥瘦。"说完就像许给禅月一个愿,笑眯眯地看着她。

禅月从叶莲子的笑意中看出,小姥姥平生无大志,一生最大的理想就是没钱也得把她们拉扯大。从前是拉扯妈,现在是拉扯她,所以顾秋水就把姥姥甩了,说:"和这种胸无大志的女人怎么谈话?"

两毛钱,还要有肥又有瘦。

叶莲子把刀在瓦缸沿上钢了又钢,刀越快肉丝切得就越细,肉丝越细菜盘子里就能处处见肉。

瓦缸里有她自制的腌雪里蕻——先把从地里割下的雪里蕻在秋风里吹两天,再用粗盐轻轻揉一揉,然后放进瓦缸。一层雪里蕻,一层盐,一层花椒;再一层雪里蕻,一层盐,一层花椒……

雪里蕻炒肉丝是叶莲子的看家菜,两毛钱肉丝,根根肉丝上有肥又有瘦,根根让叶莲子炒得灿烂辉煌,肥的部分晶莹剔透,瘦的部分红紫干香。

这样细的肉丝,叶莲子还能一一拣出,放在禅月的饭尖上。

后来她们有了钱,禅月带叶莲子去吃馆子,叶莲子就点雪里蕻炒肉丝。

跑堂儿的说:"没这个菜啦,您哪。"

叶莲子说:"从前有。"

跑堂儿的说:"您老,现在都什么年月了,您还点雪里蕻炒肉丝。这种菜上得了台面吗?咱们这是中外合资企业。"

"您再重新点个菜吧,点您爱吃的。"禅月说。

叶莲子摇摇头,她不会,她就知道雪里蕻炒肉丝是最好的菜肴。再让她发挥一下,顶多说出一个东来顺的涮羊肉,那是半个多世纪前史峤带她去过的地方。

等到吴为起个大早去东来顺站队,禅月陪着叶莲子大老远赶到东来顺的时候,叶莲子却对着满桌子的调料和羊肉片说:"这可不是当年的东来顺啦!"

是啊,早就不是当年她和史峤的东来顺了。

有时候,冬天,禅月从异国他乡打电话来:"姥姥,您还腌雪里蕻吗?"

叶莲子说:"不腌了,腌不动啦!"

禅月盼着西瓜上市,老农赶着马车往城里运西瓜的日子。

天还没亮,她在梦中就听到马儿迈着不慌不忙的步子,走在残留着夜爽的晨曦中。

叶莲子一大早就带着禅月守候在卸西瓜的马车下,一直守到太阳老高、老毒,老农们吃足饭、吸足烟、歇够脚的时候。

卸瓜人站在马车上,传球似的把西瓜一个个往下扔,她们的眼睛,就随着飞来飞去的西瓜转得脑仁儿发涨。汗水在禅月的小脸和叶莲子的老脸上恣意纵横,简直就和卸瓜人一样劳苦。

"噗——"车下的人没有接住,西瓜掉在地上,裂了。裂了的西瓜先尽卸车人吃,可卸车人总有吃不了的时候,吃够了就卖给她们,两毛钱一个。

摔裂的西瓜得赶快吃,放不得;放得住的西瓜她们买不起。

禅月就喜欢听那声"噗"。

常常也有碰见高手的时候,一车西瓜卸下来,一声不"噗"。这时,就像有什么重物压在了叶莲子的脑门儿上,脑门儿上那些地盘还算宽敞的褶子,就挤得无处可去了。

可她很快就会重新打起精神,说:"明天咱们再来。"

明天再来还捡不到这种便宜的时候,她就会到商店买一个西瓜。

禅月这时就扯住叶莲子的手,说:"姥姥,我不想吃西瓜,我要吃冰棍儿。"

冰棍不过五分钱一根,还有三分钱一根的呢。

叶莲子和平时不同,这时她就不肯迁就禅月,不过付钱的时候,总要反反复复数上几遍。

叶莲子重操旧业,制豆腐乳,晒黄酱,腌韭菜花,发豆芽,蒸各种包子,做各种衣服、棉鞋、单鞋……应有尽有,丰富多彩到还有什么不能自制的呢？

吴为和禅月对豆腐乳的期待，从叶莲子蒸豆腐的时候就开始了。

蒸好的豆腐一点热气不能走地包在小棉被里发酵，等它们长出长长的白毛后就放进小瓦罐，浇上一点劣等白酒、一点花椒，再放上很多盐后密密实实封起来，过一段日子就能吃了。

难怪后来吴为一看见那些瓦坛子、瓦罐子就会驻足。

叶莲子过世后，吴为以为照着这些方子也能自制点什么，却根本制作不出那杰出的味道。

叶莲子背着吴为卖过血，还像建立千秋大业那样豪迈地微笑着。护士们就想，好体面的老太太，为什么出来卖血呢？

无论如何得给吴为买件大衣。北风峭利得能剐人肉，吴为上班连件棉大衣都没有，只穿件小棉袄，缩着肩膀，斜着身子，在北风里小跑，冻得像只夹尾巴狗。

每个月还应该给禅月存五块钱，一年就是六十二块，到她长大就能有五六百了，那不是很大的一笔钱吗？禅月可以用在想用的地方，算姥姥送给她的成年礼。

为了保证禅月每天有个水果，叶莲子走遍小摊寻访处理的水果。哪怕那苹果只有鸭蛋大，哪怕那苹果有些地方腐烂了，但便宜多多。腐烂的地方可以挖去，不能说它烂了一点或小得像鸭蛋就说它不是苹果。

这样的苹果买回家里，再进行一次筛选，大一点的给禅月吃或让禅月带到学校，免得同学笑话她寒碜，小得不能再小的留给自己和吴为。

为了省电，她们只用瓦数很小的灯泡，那些苹果在瓦数很小的灯光下就更加青涩，青涩得发黑。连对那些苹果确信不疑，不能说它们烂了一点或小得像鸭蛋就说它们不是苹果的叶莲子,有时也觉得那不是苹果,而是影片《地雷战》里的土地雷。

即便如此,叶莲子还是声音很低也很郑重地对吴为说:"你吃。"

吴为说:"妈,您吃。"声音也很低,很郑重,好像在进行圣典,不敢随便造次。她从很小的时候起,就知道吃是很神圣的事。倒是后来有了一点钱,反倒吃得很随意,失去了对吃的虔敬。

那些苹果既不酸也不甜,它们的滋味要么还没长出来,要么就永远长不出来了。但是她们带着少有的奢侈和虔敬的心情,将那苹果慢慢吃下,并满足地想她们是在吃维他命 C。

…………

遗憾的是叶莲子太老了,医院不要她的血。

逢到禅月生日那天,叶莲子就让吴为到最讲究的点心店,给禅月买一次蛋糕。叶莲子不去,她觉得自己寒酸,见不得那样的场面。她选出吴为最好的衣服,烫得平平整整,让吴为换上。出入那家点心店的都是有钱人家,吴为不但不能显出寒酸,还得显出是进出那种地方的常客。

吴为买不起一个生日大蛋糕,只能买几块小蛋糕,但谁能说那不是蛋糕呢?

当服务员用夹子,而不像其他商店服务员那样用又黄又脏的手指捏点心的时候,看上去是多么高不可攀啊。当几块蛋糕装进白净纸盒的那一会儿,吴为随之会有一种干干净净、向上浮升的感觉,甚至暂时忘记了贫穷。

禅月非要与她们一同分享,至少每人尝一口:"妈,您吃!""姥姥,您吃!"

她们犟不过禅月,只好用嘴唇抿一抿。可是禅月用力把蛋糕塞进她们紧咬着的牙缝,蛋糕渣儿扑簌簌地掉下来,掉得她们心疼。她们把手掌放在下巴底下,接下那些蛋糕渣儿,再小心翼翼舔进嘴里。那些看起来不少,到了嘴里就像一根羽毛那样只有感觉、少有实体的蛋糕渣儿,却被她们咂摸出无穷的滋味。

　　禅月舍不得快嚼,生怕那几块小蛋糕一会儿就嚼完了。

　　当吴为和叶莲子眼睛一眨不眨地看着禅月一小口、一小口嚼着那几小块蛋糕的时候,吴为就暗暗发誓,总有一天,她要让禅月和叶莲子尽情地嚼,肆无忌惮地嚼,想嚼多少就嚼多少,想嚼多快就嚼多快。

　　有次叶莲子和禅月经过一个小饭馆,看到饭馆在处理剩菜,就说:"等等,让姥姥瞧瞧。"

　　禅月说:"不,不瞧。"

　　"多好、多大一碗菜呀!"叶莲子说。可是她拧不过禅月。而眼瞅着那些蛋白质或脂肪不能为禅月和吴为贡献力量,是多么可惜。

　　回到家里,叶莲子一转身又出去了,那些剩菜勾着她的心。她买了两碗,回到家里一看,里面还有不少肉块儿呢,真是物超所值!否则,什么时候才能下这样的狠心给禅月做顿红烧肉?不是说她们买不起,只是不能丁年吃了卯年粮。不顾后果猛吃,到了月底揭不开锅怎么办?

　　说什么墨荷家的血脉?穷到这步田地,什么血脉也顶不住劲了。尽管她不断地说服自己——这是花钱买的而不是从人家泔水缸里掏来的,心里却清清明明是怎么回事。

　　这时禅月走进厨房,一看叶莲子兴奋的眼神心就凉了,说:"姥姥,您还是买那剩菜去了!"气得小脸煞白,好像叶莲子做了什么丢人现眼的事。可她又不能责怪叶莲子,只好说:"姥姥,我不吃,要吃您自己吃。"说完连饭也没吃就上学去了,叶莲子的努力又有什么意思?

面对那一锅热好的剩菜,叶莲子想,难道她愿意这样吗?禅月还小啊,要是她长大了,有了儿女,又没有钱,眼看着儿女受苦,还会这样清高吗?

有了这样的生活根基,也就难怪禅月从不张嘴向家里要什么。

不是没有人用"嫁汉嫁汉,穿衣吃饭"的理论劝说过吴为,为吴为寻找过出路。其中不乏级别相当,也就等同于有了社会保障的干部,还有一位妻子病故、没有子女,新婚姻绝不会受历史婚姻威胁的物理学专家。谁都可以为她们祖孙三代提供一个不再受穷受窘的生存条件,但是吴为不能。为了胡秉宸一场即兴的爱情小品,她不但把自己,也把自己对叶莲子和禅月这一老一小的责任搭了进去。

其实也用不着后悔,说不定他们也会像胡秉宸那样,哪天不高兴了,难免不对吴为大吼一声:"你这个臭婊子!"

伴随穷日子的,只有她对胡秉宸那份无着无落的爱。

后来的后来,她看到美国三四十年代的两部电影,一部由茨威格的小说《一封没有寄出的信》改编,一部叫做《后门》……就像当年叶莲子看《一江春水向东流》那样,在电影院里哭得死去活来。

实在苦得难熬,就像《一封没有寄出的信》,写一封得不到回信的信:"……这儿有个人走路的样子真像你,不过他没有你的神韵……"

后来的后来,胡秉宸说:"你有困难为什么不告诉我?如果告诉我,我无论如何都会想办法帮助你。"

她听了之后不但心满意足,也再忆不起那些日子的艰辛。或恍惚中觉得,那样的日子即便有过,也是靠在胡秉宸的肩头一步一步走过来的,更忘记了胡秉宸为洗清自己当众给她的侮辱。

禅月说:"这还用得着您告诉他吗?想都应该想得出来。"

三

凡天底下能省钱的办法,叶莲子都想起来了。直到吴为当了作家,不必再为钱发愁之后,她也不能从这种状态里走出。她是穷怕了。

她无时不在思考着日后的出路,连乞丐的讨乞声也渐渐入了心:"行行好吧,太太——小姐——有那剩饭剩菜赏我点儿吧——"有天早晨出去倒垃圾,胡同口就横着一个"倒卧",不知哪位好心人还给那"倒卧"盖上了半截破席,只露着一双没穿鞋袜、冻得疤疤癞癞的脚丫子,脚上糊的泥厚成了泥壳……叶莲子手里的簸箕就咣当一声落在地下——没准儿有一天她们也会沦落到这步田地。

也听说过舍粥的事,一大早抱上吴为赶到后海广化寺的舍粥棚,不无艳羡地看着那些打粥的人。粥很稠,比她喝的粥可是稠多了。一个小叫花子打完粥,当即捧着破海碗,呼噜呼噜喝个精光。叶莲子心疼地想:哎哟,那么稠的粥回家对点儿水能对付一天呢,他就这么不吝惜地全喝了……

舍粥棚让她感到些许安慰,盘算着到了一钱不剩的时候,不妨到这里来打粥。其实,她和赤贫又有什么不同?不得温饱,没有收入。这时,她听见有人在唱顺口溜:"火车一拉鼻儿,粥棚就开门儿。小孩儿给一点儿,老头儿、老太太给粥皮儿,搽胭脂抹粉的给一盆儿。"看来,打粥的计划怕是还得仔细考虑考虑。

有天包家的司机董贵突然来了。叶莲子忙着端凳子、生炉子,说:"这么冷的天还劳您来看我,真过意不去……等我给您烧口热水喝。"

看看这个家徒四壁、没了男人可靠、无比荒凉的家,连撮"高末儿"怕也不会有了,难怪她不说沏茶,只说给他烧口热水喝。怕她难堪,董贵只好找句废话来说:"顾太太,您还好吧?"

叶莲子说:"谢谢您了,我们娘儿俩还挺好。"声音清清平平,眼里却是群山层叠。跟着两只手划拉了一下,好像泛指身边拥挤不堪,其实除了一张床和一张桌子什么也没有了的家当。

叶莲子是一一二师最贤惠的太太,到了这个地步还好强地撑着,不求人也不诉苦,就连对他也不,他和顾秋水不是哥们儿吗?

董贵说:"顾太太,包家的人都到天津去了,顾连长又是跟包家人走的,您的日子难得过不去,他们总该有个照应。我家马上也要搬到天津去,以后北平就没有一一二师的人了。顾连长走的时候也托付过我,不知道您愿不愿意跟我们到天津去……总比您一个人孤单单在这里强。"

她用湿漉漉的眼睛望着董贵,说:"真不知怎么谢您。"

董贵就把叶莲子和自己的家眷一起带到天津去了。

叶莲子也在天津河南中国地那个院子里租住了一间房子,和董贵家门对门。每天一开门就能看见董家的人,心里踏实了许多,钱虽然还是没有,可不那么害怕了。

吴为一开始记事就记住了天津河南这个贫民窟,那低洼、潮湿而窄长的院子,与董贵家面对面的那间房子,还有炸蚂蚱的香味。半个多世纪后吴为还能画出那院子的方位、地形。顾秋水说:"一点儿不差。包师长家在租界地,租界地不让进武器,他就把武器卸在天津河南的中国地,一个叫西洼或是东洼的院子里。院子低洼,很窄,我到那里找过人,所以有印象。"

再伟大的天才也不可能记住他一岁时经历的事情,混沌如吴为者却记住了,且记住了一个个要点。如果分析那些要点,就会发现与吴为本人关系并不大,而像冥冥中的什么人,在她那里为叶莲子设置了一个笔记本。自那时起,叶莲子的每一笔苦难,都记在了那个本子上。那厚厚的本子让吴为永生不得安宁,好像不是顾秋水或这个世界欠了叶莲子什么,而是她欠了叶莲子什么。

四

有董贵一家的照应,叶莲子安心多了,可也有了另一个难处。

因为和老董家门对门地住着,董家嫂子随时可以过来串串。她最怕吃饭的时候让董嫂撞见。

"吃了吗?吃的什么?"董嫂常常关心地问。

于是每到吃饭时就插上门,以防董嫂看见她顿顿空口喝棒子面粥,面临揭不开锅的局面。

董家虽然也不富裕,不能像天津人那样喜好美食,不是烙饼熬小鱼就是红烧肉,或是包饺子……可粗茶淡饭还是有的。

渐渐地,董嫂还是看出了破绽,有时蒸了白面、玉米面的两面馒头,就让孩子送过来两个。

叶莲子总是推说不要,董家人也不说什么,放下馒头就走。

董家人走后,叶莲子就把馒头举在吴为鼻尖前,让她吸吸馒头的甜香味,再好好啃上几口。她们已经好久好久没有吃过馒头了。

只有十个月的吴为就知道抱住馒头往叶莲子嘴里送,嘴里还含混不清地说着:"妈,妈——"

叶莲子一把搂住吴为,把头埋进她的怀里,将一串串无声的眼泪擦在她柔软的小肚子上。一个十个月的孩子,怎么就知道这是家里久已没有吃过的美味?怎么就知道让妈妈先吃?

直到弥留之际,叶莲子还认为她一生中最为幸福的日子,是婚后头两年与顾秋水一起度过的日子。其实在她一生中,最爱她的人是吴为。

再看到董家吃饭,叶莲子门一锁就躲了出去。

她抱着吴为在街上遛呀、遛呀,走过一条条小街,遛过一个个门脸,窥测着那些个小门小户里实实在在的日子——

哪家的小媳妇出来在货郎担子上买了针头线脑;

那一前一后的一男一女,大概是走亲戚的小两口;

谁家的狗?也不看着,踩着她的脚后跟凶叫,吓得吴为哇哇哭;

有个男人急煎煎地走在路上,是往家赶吧?家里的人等他吃饭呢、爹妈、老婆孩子什么的。都走过一程了,叶莲子又回过头去望望,看那男人是不是进了哪门哪户……

…………

过来一个货挑,她有心给吴为买个梨、买个水萝卜或别的什么,自打吴为长牙会吃东西以来,什么也没给她买过——想想就要揭不开锅的日子,又硬着心肠走过去了。

也不知道怎么回事,这个地界那么多货挑,过去一个又来一个,好像她非得给吴为买点什么不可了。

叶莲子叫住一个货挑,那是个能说会道、走街串巷、遍数社

181

会筋脉的小老头儿,一眼就打量出叶莲子的里里外外。

"买点儿什么给孩子,您哪?"

叶莲子含蓄地笑笑,她能买什么给吴为呢?

看看货挑这头的点心,太贵了;又转过头去看那头的鲜货,太贵了。样样都那么贵,不论买点什么,都赶上买棵白菜了。

小老头儿说:"来点儿饼干吧,这么大孩子正是长牙的时候,吃饼干最合适了。再不就买个水萝卜,您娘儿俩吃。刚长牙的孩子啃啃萝卜也好……"

他越说,叶莲子就越不好意思,她指不定买不买呢,不值得这么费劲地招揽。

他越说,叶莲子就越不知该买点什么,越不知该买点什么就越感到窘迫。

小老头儿不再多说。这肯定是好人家的女人,却落到比他还不如的寒碜。货挑上的东西本就不值几个钱,她还这么不能决断。

谁说无言的等待不是一种压迫?叶莲子非得买点什么不可了,看准最便宜的棒棒糖说:"就买块棒棒糖吧。"

小老头儿收了她的钱,却从货挑里拿了两块棒棒糖给她。

她说:"不,我买一块。"

小老头儿说:"那块算我送给孩子的。"

叶莲子红了脸,小老头儿这是周济她哪!

平白无故怎能接受他人的施舍?若回说不要又驳了人家的面子,负了人家的一片心意,只好再给小老头儿一个大子儿,说声"谢谢您的好意!"抱着吴为赶紧走了。

吴为用两只手抱着棒棒糖,自己吸吸溜溜嘬一口,再往叶莲子嘴里送一口。叶莲子不嘬,她就拧来拧去地叫道:"妈妈——"

现在,只剩下这十个月大,靠大人照料的孩子反过来照料自己、体贴自己了。

叶莲子拧不过吴为,只好嘬一口。她和吴为就这样在大街小巷里转来转去,抱着棒棒糖,你嘬一口、我嘬一口,然后再抹一下眼泪,算计着董家吃完饭才往家走。

日子越过越艰难了,转眼到了一九三八年春末,偏偏吴为又出了麻疹,叶莲子没有经验,还以为她患了感冒。

董嫂过来一看,说:"哎呀,这孩子出麻疹呢。你看看,连眼睛里都是疹子了,赶快给她捂上,不能受风,受了风就不好办了。"

叶莲子懂得太晚了,吴为可能还是受了风,发着烫人的高烧却不哭不闹。吴为从来不是个听话的孩子,可是一旦生病或是遭遇大事,反倒比什么时候都安静。过不了几年,人们更会在另一场大难中,见识五岁左右的吴为那令人难以置信的镇定。

叶莲子只好变卖结婚时顾秋水送给她的那只手表,不到绝路的时候,她是不会卖这只表的。

到了当铺才知道,那只表不过是个样子货。样子货是给人看的,真到卖钱的时候却值不了多少钱。十足的顾秋水作风。

拿着那点钱,她才能带着吴为求医。

听说法租界有个好大夫,叶莲子终于懂得出麻疹不能受风,用小被子裹着吴为,从河南中国地到法租界去。她雇不起洋车,也得节省每一个大子儿,谁知道给吴为看病需要多少钱?

开始没觉得吴为有多沉,只顾急着往前赶。越走越沉,原来裹得紧紧的小被子也越走越松,差不多拖到了地上。被子绊了她的脚,差点让她摔一跤。她惊出一身冷汗——可别再摔了孩子!

到了这种时候,就看出从小没吃过一碗干饭,如今又喝了一年棒子面粥的厉害了。

越到后来她越得时时停下,蹲在地上重新裹紧吴为身上的小被,用牙齿叼着被子的一头,两手匆忙地裹紧被子的另一头,还暗暗提醒着自己:"可别受风,可别受风!"

她走一步就念叨一句,还有多远,还有多远呢?实在抱不动也走不动了,真是一根电线杆、一根电线杆地往前挪啊。

将近三十岁的叶莲子,即便有病也没有看过医生,以为只要钱花了,又有法国租界的大夫诊治,吃了法国租界大夫的药,吴为很快就会好起来。

可吴为就是高烧不退,呼哧呼哧喘息着,隔着被子都能感到她冷不丁的一个抽搐。叶莲子把手伸进被窝摸一摸再摸一摸,吴为身上的肉是越来越少了,到了后来,连裆都瘦抽抽了,连最不容易见瘦的屁股都瘦没了,连眼睛都不睁了。只有鼻子两翼,展飞似的一夸一鼓、一夸一鼓,十分卖力。

看着吴为扇动不已的鼻翼,生过四个孩子,也照料过四个孩子出麻疹的董嫂说:"可不得了啦,这是'扇脉'呢。不行了,这孩子不行啦!"

叶莲子那原本秀美的脸,立刻被老天爷这一拳头砸变了形。她向董嫂转过脸去,嘴里喃喃地说了些什么,可是董嫂和董贵都没听懂她说的是什么。

她那歪歪扭扭的下巴,着实让董贵心酸,就说:"别着急,我知道近前有个老中医,听说很灵。我去找找他,事到如今,死马当活马医吧。"

算是吴为孽缘未尽,吃了老中医的药,慢慢缓过来了。

后来吴为常想,当时叶莲子干吗非要拉着她,不让她走呢?要是让她走了,不但她好了,叶莲子也好了。

吴为这一病之后,叶莲子再也沉不住气了,她不再躲在屋子里,时不时就抱着吴为到董家串串。把吴为往董家炕上一放,吴为就乖乖地在炕上爬来爬去,自己跟自己玩,从来没有尿过董家的炕。

那时的吴为根本不尿床,尿床是以后的事。

叶莲子不声不响地等着,看准董嫂不再忙活的时候才开口说道:"您说,我们南南她爸什么时候才能回来呢?"

董嫂知道什么,又能回答一个什么?也不懂得去包家问问,一问也许就能问出所以然。

叶莲子也不一定期待一个回答,她只是受不了独自心焦。

说罢又有点后悔,这不是腻烦他人吗?便做出一个笑脸,不好意思地说:"瞧,我净拿这些事难为您。"

为了表明不会再腻烦董嫂,她摇着怀里的吴为唱道:"云儿飘,星儿耀耀。海,早息了风潮……爱奏乐的虫,爱唱歌的鸟,爱说话的人,都一齐睡着了……"可是唱着唱着,又哭了。

董嫂嘴里虽然劝慰叶莲子"人活一世哪有不着急的",晚上却对董贵说:"放在谁身上谁不急呢?没钱过日子呀,就是省着花也不行啊!你没看见吗,她连窝头都吃不上。我看她们娘儿俩是没法儿过了。"

董贵说:"是啊,她还以为打仗是一两天的事,只要挺过这一阵子,顾连长说话就能回来呢。"

董嫂说:"包师长把人家男人带走了,包家问也不问他家里的,顾太太是老实人,又不懂得去找包家。这样下去哪儿是头?你得和他们老爷子说说,不能眼瞅着她们娘儿俩饿死吧?"

董贵就去见包老太爷。说:"顾连长跟着包师长走了,他的家眷没钱过日子呀,您老看怎么办呢?"

包老太爷在东北军里是出名的仗义之人,很痛快地答应着:"当然应该管,等我进去对大奶奶说一声。"

吃斋念佛的大奶奶回说:"一一二师的人多了去了,您管得过来吗?"

包老太爷从大奶奶房里一出来,口气就变了。

董贵想,这就不对了,一一二师的人都有官有职,人家找包家干什么?顾秋水不同,是包师长把他带离了军队,说秘书不是秘书,说听差不是听差,前前后后三年多,现在又把他带走了,人家太太孩子饭都吃不上了,怎么能不管呢?

一看没了希望,董贵又去前院找二太太。

董贵从小跟着包家,知道上上下下人的品行,比来比去,还是觉着二太太对人有些同情心,也是在包师长面前说了算的人。

包老太爷为几个儿子各盖了一所宅第,儿子们的宅第相通又不相通,各有独立小院,各个小院又都通向老太爷的大院。

出身"胡子"的包老太爷,造的房子却很西化,连地下室佣人的厕所也是抽水马桶。

五十多年后吴为旧地重游,这些房子还很结实地活着,只是被人糟蹋得面目全非。住客换了一代又一代,却没有一户与包家有关。她看着一张张陌生的脸,凄然地想,住客啊,你们为什么与这栋小楼毫无关系?

人们冷而不善地注视着吴为,有人问道:"你是来收回产权的吧?"

吴为说:"我哪里有房产?我是这里佣人的孩子。"

二太太这才想起顾太太近几个月给她写的信,字写得不错,信上写着每月的开支,房租、米、面、油、盐什么的,婉转说明了自己的困境。于是她说:"既然我丈夫把人家男人带走了,咱们不管不像话。让她们娘儿俩过来吧,起码吃住不用开销了。"想了想又说,"不必对她多说什么,就让她住佣人的地下室吧,饭也跟着她们一块儿吃。"

董贵想,这不成了包家的佣人了?人家正经还是连长太太呢。又想,不管是不是佣人,总比揭不开锅强多了,现在只能这样。

叶莲子就这样来到二太太家。

刚到来时二太太还算客气,高兴的时候,还能给吴为一块点心。吴为哪里吃过点心?为这个,一岁多点的吴为,就知道眨巴着小眼睛,讨好地看着二太太。

二太太喜欢孩子,特别吴为刚学走路,摇摇晃晃像个小鸭子。每天吃过晚饭,二太太就在院子的沙堆旁逗着吴为学走路。

她蹲在一头,让吴为站在另一头,招着手对吴为说:"过来,过来呀。"

没想到下面的佣人比上房的主人还像主人,温妈先就给叶莲子来了个下马威,指着叶莲子带来的两个皮箱说:"哎哟哟,这哪儿是来服侍人的,瞧瞧您的大皮箱,我还以为是哪家少奶奶来串亲戚哪!"

刘妈就说:"温妈,别那样儿,谁没有个为难的时候,人家要是不难能走这一步?谁知道谁将来怎么样,给自己留个后路吧。"她还常常劝解叶莲子:"往开了想,天无绝人之路,别在乎那些人,你吃的又不是她们的饭!"

为这几句话,叶莲子挂念刘妈一辈子,老对吴为说:"绝望的时候,哪怕几句安慰话呢,也让你觉得有了活头儿。"

二太太的日子也渐渐不如从前。到了后来,二太太辞去了打杂女佣,打杂女佣的活儿就由叶莲子接替了。

从此温妈更为嚣张,她看出叶莲子和她一样,也是个有了名分的女佣。

都说叶莲子的男人是包师长的秘书,跟着包师长干大事去了。秘书是什么?看样子和马弁差不多,要不二太太能那样对待他的家人?佣人不像佣人,朋友不像朋友的。既然二太太待她佣人不像佣人、朋友不像朋友,温妈还有什么顾忌?

温妈看不上叶莲子。

除了刘妈,叶莲子很少和人过话,明明是个佣人,看上去却和真正的佣人不同。

一到晚上,几房佣人聚在一起打麻将的时候,瞧那个叶莲子,像个太太似的不卑不亢地瞪着灯,要不就对着墙想心事。她的不言不语,倒让哪儿、哪儿都去得,哪儿、哪儿都说得上话的温妈,觉得自己更像个佣人,或本就是个佣人。

偶尔吴为在梦中发出一两声哭泣,温妈就会恶声恶气地对叶莲子说:"为什么不看好你的孩子?吵得我们不能睡觉!"

叶莲子不敢说什么,只能把吴为搂得更紧一些,小声对她说:"好乖,别哭了,别哭了。你听人家说咱们了。"

…………

温妈的话,句句像在抽打一条落在水里的狗。不是所有的狗都会游泳,有的会游有的不会游,偏偏温妈爱打的是那不会游泳的狗,可从来没有人听到过那只狗的哭声,不知道一只狗其实也会哭的。

在众人面前,叶莲子反倒是微笑着的,她的微笑是裹在寒碜外面的尊严,就像没落世家的人,不论潦倒到什么地步,出门也要换件长衫以维持昔日的体面。那件长衫也许千纳百缀,但不能说它不是长衫。既然保持着长衫的身份,也就可以和其他长衫相提并论。

与其说叶莲子的微笑是那件维持体面的长衫,倒不如说那微笑是别样的乞求和告饶,求人别往长衫底下看,别看出或揣摩出长衫底下辛辛苦苦掩盖着的寒碜和窘迫。

当她已经不在人世之后,吴为每每想起叶莲子,浮现的常常是这副笑脸,而不是遭灾受难的模样。遭灾受难的模样,与她们种种不能与人言说的窘迫,似乎被叶莲子尽力掩藏起来,连吴为都不尽知晓。

干完活,叶莲子就神色迷离地缩进一角,如窗帘后的一个影子。偶尔有人从她面前经过,多半也不会把她当个活物那样给她一瞥;即或有人给她一瞥,很可能也是因为她那落寞孤清中渗出的寒气,让人感到冷冷一袭。

对有些人来说,纯粹属于个人行为的哭泣,也不能如己所愿、自由自在地发挥。那么除了两汪眼泪什么都没有的人,那眼泪还能说是属于他的吗?真正的一无所有啊!

从那时起,吴为就是想哭,就是想笑,就是哪儿疼,就是想撒尿,就是饿,就是哪儿痒痒想挠一挠……也要先看看他人的脸子,才能决定她能不能哭,能不能笑,能不能撒尿,能不能说饿,能不能挠痒痒……要是他人不高兴,门缝夹了手指头也不能哭,憋得快尿裤子也不能尿,肚子饿得咕咕叫也不能说饿,痒痒得难熬也不能挠……不然妈妈就要因此受煎熬。

到了这种地步,还能想出什么法子不让人挤对?

法子还是有的。

那就是不等人家挤对,自己先把自己挤对了,而且一挤对就挤对到山穷水尽,一丝一毫挤对的余地也不留给他人。

于是退让、忍让、讨好他人,成了她们最根本的处世态度。实实在在以牺牲自己最迫切的一份需要,来满足他人并不十分必须,甚至多占一份的需要。以致她们后来在与人相处时,不管有求或无求于人,甚至对有求于她们的人,还都像寄人篱下时那样委屈、"克扣"着自己。

这也造就了她们过度的敏感。在她们将自己挤对得一点余地不留之后,谁若不给她们一点面子,仍然继续挤对她们的话,她们就会为之拼出孱弱的小命,如运载火箭"……五、四、三、二、一"地将日积月累在心的羞辱,在最后的"一"后发射出来。

这就是为什么与胡秉宸结婚以后,吴为还总像个小妾那样讨好他周围的人。

即便对胡秉宸的秘书也是如此,看着她对秘书那副逢迎的样子,胡秉宸讪笑着说:"'唯女子与小人为难养也'这个道理你懂不懂?怎么一点儿架子也不会拿?你越这样他们越是蹬着鼻子上脸,越不尊重你。"

更不要说对他的女儿芙蓉。茹风说她"简直到了阿谀奉承的地步","你是不是对他的爱受宠若惊?否则你的很多行为不好理解",还老是心意绵长地提醒她:"有一个人你得尊重一下,她就是吴为。在这个世界上,除了你还有谁能想到她呢?"哪里知道这种待人处事的态度来自她们的幼年,吴为自两岁左右到包家开始,叶莲子则始自五岁丧母之后。时间未免早了一点。

吴为刚会咿咿呀呀说话,就能像模像样地跪在地上,和叶莲子一起为楼梯和地板打蜡了。

她的小脸儿还没长开呢;她的小鼻子、小眼儿、小嘴巴不过是一个又一个圆,还套在婴儿的混沌里没有定型呢;她的小脊梁骨也还没长硬、长直呢……

她的小身子匍匐在地上,活像个小刺猬。她的筋骨是初生的筋骨,禁得起一再的折腾,既不腰酸腿疼也不呼哧带喘,前途远大着呢。

继叶莲子之后,吴为能拳打脚踢地撑起孤苦无告的叶家家门,正是因为有这样的"童子功"垫底,不论干什么都能全力以赴,包括对情爱有去无回的豪赌。

干着,干着,吴为仰起汗津津的小脸儿对妈妈说:"妈妈,妈妈,温妈妈是大老虎。"

叶莲子笑了:"她打呼噜呢。"

吴为又说:"还吹糖人儿呢,噗——噗——"

她有时还说:"妈妈,妈妈,太太给我糖吃了。"谁都不能把二太太叫"二太太",只能叫"太太",连吴为都知道。

叶莲子说:"你说谢谢了吗?"

"谢——谢——"

"好吃不好吃?"

"好——吃——"

……

可惜除了深感安慰,叶莲子并不十分明白,吴为才是她生命之旅中最为忠诚的伙伴。

有饭吃的日子过了差不多一年,一九三九年夏天,海河决口。

大管家通知佣人们自寻活路。

上上下下的佣人呼啦一下没了踪影。他们都是有家可归的乡下人,回到乡下别管能否躲过水灾,一家人就是死也死在一起了。

只有刘妈,临走时爱莫能助地看了叶莲子娘儿俩一眼,张张嘴又闭上,有点不安地低头走了。叶莲子想,到了这个节骨眼儿上,刘妈又有什么法子?能想着看她娘儿俩一眼就很不错了。

先是从阴沟嗞嗞往外冒黑水,到下午三点左右,大水就漫淹了天津,死尸漂浮,马路行舟。晚上大水就涨到三楼,再向窗外望去,就是"一片汪洋都不见,知向谁边"了。

人们被水撵着,从二楼跑到三楼。

包老太爷租来几条大船,吩咐各门各户带上细软避到北平去。

人们在叶莲子母女面前跑来跑去,全像没看见似的,虽然叶莲子抱着吴为就直杵杵地站在众人眼前。

平时见面也能笑着说句"顾太太,吃了吗?"的人,这时候也像不认识了,紧闭着他们的嘴。

经常给二太太开心解闷的小可怜吴为,更像个被人玩腻、丢弃一旁的玩偶。两岁多点的吴为,虽然不懂大水涨到三楼的厉害,却被人们非同小可的状态吓住,知道此时此刻哭不得也笑不得,更不能奶声奶气地叫一声"太太!"尽管二太太最喜欢吴为这样叫她,尽管把二太太哄高兴的时候,二太太还会给她一块点心或是两块糖。现在她只能怯怯地偎在叶莲子怀里,用眼睛巴巴地看着那些翻脸不认人的人。

末了,人们终于打点好行装,登上那几条船。

到了此时,叶莲子还不能明白,还用眼睛拽着人们的背影,以为谁能回头看她们一眼,也许就会有人发发善心,说:"哟,还有顾太太她们娘儿俩呢,带上她们吧。"

怎么能有人回头!

那就大喊一声:"求求你们带上我们娘儿俩吧,别丢下我们孤儿寡母不管哪!"

她又张不开嘴。自墨荷去世后她就被安置到这种位置上:遇到灾难、不幸、死亡……的机会,她肯定是第一个;逢到快乐、幸运、活下去……的机会,她肯定是最后一个。连她自己也习惯了,一旦到了这种抉择关头,像自幼年而始那样,只能别无选择地逆来顺受。

再不,像别的佣人那样一走了之,找个地方躲起来。她上哪儿躲?哪里是她的家?

或是也租条船躲水去。她有钱吗?这时候租条船就像买条命,命有多值钱,船就有多值钱。

……………

应该说叶莲子并未遭遇坏人,她遭遇的只是一个只能顾自己,顾不了他人的天下大乱的时代。

人们坐着船走了,生生把她们母女扔在了孤楼里。

前前后后大院套小院的几栋房子,刚才还是人来人往,百十口子,人声鼎沸,一下子就浸透了死气。

黑水带着玩世不恭的嘲笑,不紧不慢地一寸寸恣意上漫。水里漂浮着茅草屋顶、家具、木头,甚至还有猫狗和耗子,它们攀附在漂浮着的屋顶或家具上,在黑水的一个小酒窝或一个小褶皱或一个小牙缝里,徒然地折腾,束手无策地哀鸣……

天渐渐黑下来了。

叶莲子抱着吴为僵立在冥茫之中,爹着头皮,静听死亡蹚着黑水到处搜索。

吴为小心翼翼地哭了起来,在抽泣中断续说道:"妈妈,妈妈,肚肚饿,饿……"

叶莲子这才猛醒。开走廊的灯,不亮。再开楼梯上的灯,不亮。又到主人的房间试试,还是不亮——啊! 没电了……

旋即又是一惊,厨房在楼下,楼上哪儿有吃的呢?

她把吴为放在地板上,让她坐下,说:"好乖,听话,不许动,一动就找不到妈妈了,妈妈给你找吃的去。"

摸到楼梯口,扶着扶手一脚一深地向楼下走去。还没到二

193

楼,一伸脚,一只脚顿时被凉水拔住,趁着天光往下一看——

与她们无数次亲密接触、被她们无数次抚过的每个台阶、每寸地板、每方空间,此时却变做黑黝黝的一张大嘴,这张大嘴可以毫不动情、连骨头渣都不剩地将她们一口吞没。

赶快回转身来,还好,吴为一动没动在原地坐着,叶莲子只好硬起心肠哄她说:"别哭,你是妈妈的乖孩子。等天亮了妈妈就给你找吃的,现在什么都看不见哪,是不是?"

吴为懂。

夜更深了,水的呼啸,风的呜咽,乘风乘水断续而至的哭声……汇成索命的阴号,横扫过天又横扫过地,让人毛骨悚然,不寒而栗。就连吴为也害怕得紧紧搂着叶莲子,再不敢做声。

长大以后,一旦大难临头,吴为耳边立刻就会响起这种阴号,真切得可以将她淹没,再一丝不苟地将她窒息。对于"灭顶之灾",恐怕再没有人像她这样有着常人不能体验的感同身受。那丝丝悠悠、汩汩上涨的水声,更会在所有的声响中突现出来,尤其让她感到恐怖。

此时有什么东西向窗边游来,叶莲子激动地想,难道有人来救她们?

她紧贴窗口,直勾勾地看着那东西慢慢游浮……渐渐游到窗口,果真是个人,现在看清楚了,是个白糟糟的尸体,不知在水里浸了多久,比正常人体胀出许多。最可怕的是他脸上的神态……突然,那白糟糟的尸体嗖的一下在水中立了起来,肿胀的脸紧贴着窗上的玻璃,如果没有玻璃挡着,怕是要从窗户跨进来了。

那白糟糟的尸体上上下下浮沉在小楼的四周……叶莲子在原地连连左转右转,又无助地向大门望去……门房的轮廓在泛光的黑水中浮沉,看大院的老更倌还在吧?可是,就算她能呼天抢地,就算老更倌能听见她的呼救又有什么用?他们当中隔着几丈深的黑水……她是求救求不得,想逃逃不得,想躲躲不掉啊!

比四面楚歌还让人绝望的四面尸体啊!她调转身来将脊背紧顶墙壁,先变四面尸体为三面尸体。那从背后袭来、恐惧中最为恐惧的恐惧,似乎被拦腰阻断,然后紧靠墙壁出溜到地上,佝偻着身子,用她的身体遮挡着吴为,再一头向下扎去,闭上眼睛听天由命了。

如此,她的心口就紧紧贴住了吴为的小身子。她感到了吴为那颗虽然还小却跳动清晰有力的心脏。有个活物在陪伴着她呢!

许久不见动静,叶莲子才慢慢抬头向窗外望去——那脸竟消失了。

天刚蒙蒙亮,叶莲子就到处找吃的。

开始她还很有信心,想着无论如何总能在三楼哪个房间找到饼干、点心之类的东西,可是怪了,偏偏没有。

随着一个又一个空筒子、空罐子以及各种空器皿相继亮相,不过一天时间,叶莲子嘴里烂得一点皮都不剩了。此后,只要着急上火,她就满嘴烂得掉皮,直到去世前两年才不治而愈——也许知道生命一日一日远去,灾难再也没有机会与她较劲了。

上哪儿能给吴为找口吃的?要是大水十天半个月不退,她们母女还不饿死在这楼上?

所以当她找到一饼干筒面粉,又找到一个煤油炉子的时候,不禁喜极而泣。

赶紧取些面粉,对些水(幸亏德国人建的小楼每层都有自来水),勾了面糊在煤油炉上烧烧喂吴为。

叶莲子常常怀着感恩的心情,想起这一饼干筒面粉,如果没有它,她们早就死在那场水灾里了。

　　…………

　　此情此景,吴为就是到了老境,一旦想起也会老泪不止,意绪难平地踱来踱去,自言自语叨叨着:"太让人伤心了,实在太让人伤心啦……"

　　二十多天后,大水退下,主人们回来了,佣人们也回来了。

　　没有一个人问问轻瘦如烟的叶莲子和吴为:你们娘儿俩怎么过来的? 害怕了吗,有吃的吗? ……

　　这场大水灾,似乎只是叶莲子和吴为的大水灾……

　　日子又如常地过下去——

　　楼上四间卧室、楼下客厅、餐厅每天都要打扫。叶莲子是好强的人,她不能让人从她打扫过的房间或桌子、椅子、床头、窗台上再摸出灰尘来;

　　每天照例换下的大大小小六床被单、罩单、枕头、衣服,需要洗涤;

　　自然也要熨烫这些洗过的衣服和被褥,到一九四〇年离开包家的时候,她在包家洗涤、熨烫过的衣服、被褥,怕也高过一座山了。就是到了老年,吴为熨烫衣服的手艺也赶不上她,一板一眼得像是刚从商店买回;

　　间或还要给楼梯和地板打蜡。

　　二太太又想出做鞋的主意,限时限晌要她做完,好像有人真等着穿。

　　鞋底厚得真难纳啊。叶莲子把锥子在硬处钢了又钢,在蜡烛头上抹了又抹……每往鞋底上攮一针,身子和脑袋就一并使劲地俯向鞋底;攮进去还不算完,更困难的是把攮进鞋底的针再拔出来,她用牙齿咬着刚从鞋底冒出来的针尖,来回甩着她的脑袋往外狠拔……叶莲子赶呀赶呀,胳膊都累肿了……

逢到有点空闲,叶莲子就抱着吴为到附近的大明公园去。

说是公园,其实也没什么景点。不过是个空阔的场子,中间是足球场,周围是跑道,跑道四周是看台,看台后面是些高大的树。偶尔有几个外国人远远地在场子当中踢足球……这样一来,叶莲子就觉得大明公园是她们娘儿俩的公园。

人活在世总得给自己找到一个立脚之处,她们的立脚之处就是大明公园。

叶莲子在没有观众的看台上坐下,吴为这时不哭也不闹,静静地坐在那里接受足球文化的熏陶,而国人还要等几十年后才能为足球疯狂。

坐着、坐着,叶莲子就无声地哭了起来。

在她们的大明公园,她想哭多久就哭多久,想哭多痛快就哭多痛快,没人会看见她的眼泪,她可不是到家了!

她的眼泪伴着她愁苦的叹息,一滴滴掉进吴为的脖子里,暖暖的、痒痒的,顺着吴为的脖子往下爬行,然后渐渐变凉。吴为一动不动,也不对叶莲子说起这些。

这些走投无路、无依无靠的"苦雨",点点滴滴灌溉着吴为。在这样的雨露滋润下,能指望吴为成长为一棵出色植物吗?休想!

她们就这样坐在看台上,在柳树春风、夏雨白云、缤纷落叶、雪花翻飞的轮回中,苦撑着她们的日子,转眼吴为到了三岁。

如果跪在楼梯上打蜡的时候,碰巧二太太从楼上下来,吴为就会仰起小脸,对二太太讨好地笑笑。

小小的她就很明白,二太太高兴的时候,就能给她几颗糖或一块点心,就能对妈妈好颜好色地说几句话……吴为能够看出什么颜色是好颜色。

二太太要是不高兴,她就会躲在一旁翻来覆去看自己的小手,好像小手上有什么值得研究的东西;又赶紧低着头往叶莲子身边紧靠,把已经够小的身子缩得更小,小眼睛眨巴眨巴地斜着二太太的脚,以便给那双脚让出更宽的通道。

不论吴为怎样拒绝做一个奴才,从两岁开始,她的脊梁骨就弯了,从此再没有直过。从两岁开始,人人也都成了她的主子。她不但是奴才的女儿,分明也是了一个小奴才。不论谁给她一点点关爱,也许是无意,也许根本不是关爱,她都觉得那是赏给她的而不是她应得的。而且等不及来世,恨不得今世就"变做犬马当报还",全部、马上、匆忙地献出自己,让施舍的人觉得她好一个"贱"。

即便诀别了那个楼梯,她还是不自觉地缩小再缩小着自己在空间的位置,以便给他人让出更宽敞的通道。

同时还有那么点不能免俗的、对赏赐的巴望,并贵有自知之明地、很"贱"地把巴望定位、局限在守望他人淘汰的一根骨头、一点破烂上。

其实她所有的胡作非为,一些小事上的声色俱厉,包括她的张扬,不过是色厉内荏的小技,以掩盖她对弱肉强食法则的恐惧,以抵抗自己的奴性、抵抗她对奴性的嫌恶与恐惧,企图向自己证明,它们从来没有在人格上、精神上对她构成过威胁……

如果问是什么造就了吴为,这楼梯无疑是造就她的第一下凿子。正是它,决定了吴为的生命基调和走向,她的人生其实从两岁时就开始破损。

这真是没齿难忘的楼梯。

正是顾秋水,在她两岁多的时候,把她扔到了这个楼梯上。

所以她对顾秋水的仇恨,是他人——包括叶莲子,都不能理解的。

胡秉宸就曾问过她:"你对你父亲是不是太狠了?你还算个作家,怎么就不能理解男人喜新厌旧的毛病?"

她说:"我不狠。喜新厌旧有什么?那本是人之常情,管什么男人或女人。我恨的是他为什么不负一点儿经济上的责任?他又不是没有钱,他买套英国西装就是七十块,而我和母亲六块钱就能过一个月……哪怕他每个月给我们十块钱,十块,只要十块,我的人生也不至于从两岁就开始往下栽,也不至于这样奴颜婢膝,一辈子在与他人,特别在与男人的关系中犯'贱'。更不要说还有他的暴力做参照,哪个人给我个笑脸都让我觉得遇见了救世主……你说说,难道我的一生,连一套英国西装也不如吗?……"

这样说来,吴为和胡秉宸的关系多半也得由她自己负责,追本溯源,得由顾秋水负责。如果她不是一开始就把自己定位于低三下四的小妾,而像白帆那样具有平等,甚或高人一等的意识,即便最后被胡秉宸抛弃,即便胡秉宸为制造离婚口实对她极尽折磨,也不会对她造成那样大的伤害。

五

穷其一生,吴为都在想方设法报复把她推向这个楼梯的顾秋水,又始终为找不到有如手刃他的快感而耿耿于怀。

叶莲子一开门,先看到的是一双脚。这双脚没什么特别,穿一双中国男人穿了几十年也没有改变过的"三接头"……裤脚却各色地翻起一道卷边。那时,人们节俭得早就省略了可能省略的一切,包括男人裤脚上的这道卷边,改革开放之后另当别论。

时隔几十年,叶莲子还是一下将目光拉到这道裤边主人的脸上——果然是顾秋水。

现在叶莲子也可以用顾秋水当年对她说的那句话来回报他了:"你怎么来了?"可她自甘放弃了这个绝佳的机会。

顾秋水说:"传达室说吴为出国了。我说,我来看看她的母亲。"甚至没等叶莲子说"请进",就仍然像这个家庭的主人那样进了叶莲子和吴为的家门。环顾着这个与他风格完全不同,也没有了他位置的家,那一点故作的佻巧,不由得就转化为一点由衷的酸妒。

叶莲子平和地坐在他的对面,那是几十年凄风苦雨熬煎出来的平和。顾秋水感到了它的重量,只好收起他的不实,从实招来:"我想看看吴为和我的外孙女。"

到了下巴和脖子已然与感恩节那只火鸡相差无几的时候,顾秋水忽然想起世上还有自己的一些骨肉。

这只感恩节的火鸡虽让叶莲子顿感流年似水,一切也都随之而去,然而毕竟还有被流光遗落在岸旁的丝丝缕缕……

等到吴为出访归来,叶莲子说起顾秋水的来访:"……我赶快把他打发走了。"

"为什么?"

"无话可说。"

"无话可说?您从没对他说过您为他受的那些苦,现在还不该和他好好谈谈吗?他老是说和您没有共同语言,对他说,这就是你们的共同语言。"

"婚都离了几十年,还说那些干什么?"

"他不该好好反省反省吗?怎么可以那样对待咱们孤儿寡母?就是对待一个路人也不能见死不救啊!"

"他知道你现在很顺利。"

"哼,知道就好。"吴为想象着顾秋水坐在她们家里的样子,忽然明白,她之所以能够从社会底层挣扎出来,向老顾复仇,应该说是一个重要的动力。

她断然拒绝了顾秋水的请求。

一九五二年的一天,已升任为校长的秦老师,深感棘手地把叶莲子请到办公室,拐弯抹角地说着:"叶老师,学校、教师、学生对你的教学都很满意,吴为也上了中学,听说你们没有申请助学金……你还是那么要强。"

一九四九年后他们反倒生分起来,因为都是从旧社会过来,难免有人说是串联,只能各自镇定平和,兢兢业业地做着一份工作。

"现在生活安定了,物价也很稳定,不给吴为申请助学金我的工资也够用了。"

"可能还是清苦一些吧。"

"比从前好多了,你记得四九年以前……"

"当然。"秦老师怎能不记得!叶莲子那时真的不具备一名教师的资格,他是亲历亲见叶莲子如何靠查《辞海》的办法,一步一步成就为一名优秀教师的。

因为穷得连盏油灯也点不起,叶莲子每晚都留在办公室里查《辞海》,把吴为一个人丢在山门洞里。小小的吴为,默坐在山门洞里不知想些什么,一坐就是一个晚上,或早早就独自睡下,不知星光能否给山门旁她们那间小屋一些光亮……却从未奢求过大人的呵护,像不像只狗崽子那么禁活、禁折腾?

有时候《辞海》也查不明白,就只好向他人讨教,为此没少被他人奚落。每当被人奚落的时候,叶莲子就固执地沉默着,不哭也不反唇相讥……

现在她们母女生活刚刚平稳,叶莲子刚刚喘了口气,就来了这封信。

真像有点残酷。顾秋水通过公安部门费了不少周折找到叶莲子,不过是为了与她办理一个正式的离婚手续。一九四九年以后,不羁如顾秋水者也明白了必须照章办事,再不能像从前那样随心所欲——即便对叶莲子这种可以随便踹一脚的女人。

"你的身体也比从前好多了吧?"

"是的。"

"吴为上学还好?"

"唉,还是那么淘气,不好好念书。"

秦老师笑了,"女孩子,长大就好了。现在还有什么困难吗?"

她认真地想了想,"不,没有。"

不过一瞬间,叶莲子就把她的生活想完了。如今她的生活就是工作,有工作就有工资,有工资她们母女就有饭吃,吴为还上了学……

唉,她看上去是一副没有一点儿准备的样子,"这儿有一封信……"叶莲子抬起眼睛,额上的横纹深了起来,"顾秋水同志来的。"秦老师继续说道。

叶莲子从来挺得笔直的身体一下倾斜过来,像出土文物那样少有生动的脸,让人难以置信地突然千变万化、风雷激荡起来,这倒促使秦老师尽快将真相说明,"他希望和你办理一个正式的离婚手续。"

她像是没有听懂,用她的脸和肢体而不是语言,请求再次确认。于是秦老师又把话重复了一次,这一次他觉得容易多了。

叶莲子的脸上又是一阵疾风骤雨,之后便麻木下来,像病入膏肓的人,经过一番回光返照终于接受了死亡,"唔,我……"她原想说我同意,想想又说,"我能不能和他当面谈谈?"

是啊,难道顾秋水就想用这一张薄纸,把叶莲子打发了吗?秦老师说:"也好。很快就放寒假了,你不妨到北京去一趟。"

大年三十,叶莲子带着吴为上了火车。车厢里几乎没有什么人,人们早就回家团聚去了。

吴为一上车就横躺在车座上睡着了,睡得很沉,见不见这个父亲对她毫无所谓。

叶莲子的心绪很乱,一会儿觉得也许可以捡回从前的日子,一会儿又想起过去种种以失败告终的努力。

临上火车前,她在小镇理发店烫了头发,对着镜子不断审视自己,觉得自己那张脸还有希望。接着又想起顾秋水常说的:"你不过是个漂亮的瓷美人儿,虽然漂亮,却不招男人待见。"

怎样才能招男人待见?

她想起阿苏。

远离了过去的日子,在求生奋斗中又渐渐开阔了眼界,叶莲子不再生恨于阿苏,而是研究起阿苏的成功。

是啊,阿苏并不要求一个婚姻,也不在乎一个名分,也就是说,不会成为哪个男人的负担。没有了道义、责任、良心、经济约束的寻欢作乐,是多么纯粹的寻欢作乐,这种只收进不付出的交换,哪个男人不喜欢?

…………

举着一张一路风尘、仍然不让男人待见的脸,叶莲子到了北京前门火车站。仍旧没有人接,与当年千里寻夫的香港之行,何其相似乃尔。

可是这一次容易多了。吴为又高又大,根本不像十一二岁的孩子,扛起她们的行李就走,噔、噔、噔,问东问西、闯来闯去,事事不用她操心。

然后就到了电车站,吴为一手扶着肩上的行李,一手拉着叶莲子上了车,还给叶莲子找了个座位。

"是这趟车吗?"叶莲子犹犹豫豫。

"是。"

"该下车了吧?"

"您就坐着吧,一共七站路呢。"

只要电车一停站,叶莲子还是禁不住问:"该下车了吧?"

吴为就说:"七站哪,妈。"

"行李,看着行李,别丢了。"塬上的日子,已然把叶莲子改造成一个完完全全的乡下女人。

"我踩着行李上的提手呢。"

过一会儿又问:"行李呢?"

…………

下了电车换汽车,吴为领着叶莲子拐来拐去,好像知道该往哪儿走。

吴为自己也奇怪,北京不过是她的出生地,就是在梦里她也没有回到过北京,现在怎么就知道应该往哪儿走?莫非在离开北京的十多年中,她的魂儿仍在这里生活、成长?

现在是吴为领着她了。那年去香港找顾秋水,在徐州上火车因为一手抱着吴为、一手提着箱子,几乎上不了车厢的台阶。日本人嫌她行动慢,照她后背就是一枪托,她跌倒在车厢的台阶上,吴为的头磕破了,鲜血直流,她也跌破了膝盖……不知不觉间她们就换了位置。

叶莲子有点气喘,吴为问:"妈,您累吗?"

"不。"她不是累,她是心慌。

走在那些似曾相识的胡同里,看着那些熟悉又不熟悉的灰墙、小四合院、迎门的影壁……那时,她不过是个什么都不懂、坐守空房、一心一意等着丈夫回来圆梦的小媳妇,现在虽然已是小学教师,可还是带着他们亭亭玉立的骨血,来圆一个夫妻梦。

很久才找到顾秋水供事的机关。想起那年去香港,叶莲子又有些怕了,顾秋水当头一句"你怎么来了?"把她呵斥得体无完肤,到现在那伤口也没长好。她就对吴为说:"你先进去吧。"

"你就是南南?"顾秋水着三不着两地说着毫无意义的话。

不是我是谁?吴为肆无忌惮地打量着、研究着顾秋水,活像颗定时炸弹,不知什么时候或什么地方就会给他来个爆炸。

这就是她的父亲吗?瞧他那个样子,整个儿一个旧社会。

在黄土高原上成长起来的吴为,却清清楚楚知道顾秋水的"旧"和书香门第无关,而是各种半吊子凑合起来的"旧"。因为是半吊子,便有不到位的鄙俗。她感到了羞耻,这样一个鄙俗、与新生活格格不入的侏儒,居然是她的父亲。比较起来,吴为宁肯喜欢那些解放干部的粗布衣袜和土头土脑的清新。

她的面孔被冷风吹得通红,低头瞧瞧脚上那双叶莲子为她千里寻父,亲手缝制的新上脚的棉鞋,牛气冲冲地一把摘下头上的棉帽子,顶着一头的汗气说:"我妈还在外头等着呢!"

吴为要是不摘帽子,真像个男孩,和留在他手里那张五岁时的照片很不同了。

有人在耍空竹,嗡嗡的,忽强忽弱。也有乒乓的炮仗在响,旧历年节的声响应时应晌——来到。叶莲子想起了还没有吴为的时候,只是她和顾秋水两个人的春节。

这次顾秋水倒没有说"你怎么来了",似乎一九四九年把一切都晃荡了一下,都重新捏咕了一回。

他们彼此生分地客气着:"来啦,路上顺利吧?"

"挺顺利,就换了一次车。"顾秋水看看叶莲子满头如绵羊尾巴紧紧卷着不放的小发卷,怜悯地皱了一下眉,领着她们就往屋里走。

吴为大刀阔斧,横冲直撞地走在前面,两条胳膊甩得很快、幅度很大,像个挑夫。顾秋水当然不知道,吴为从十岁起就替他担负起家中的体力活,比如,将重量四十斤的一袋面粉从塬下扛到塬上。如果她不担负起男人的体力活,难道让体弱多病、一走三晃荡的叶莲子担当吗?

顾秋水不知怎么就有了相逢下马威的感觉。当吴为用一双杏眼无言地望着他的时候,少年的眼神里居然有种居高临下的怜悯、讥讽和审判。顾秋水不觉一惊,忽然就觉得遇到了对手,而且是个不能小瞧的对手。

顾秋水带着她们下馆子,逛东安市场、隆福寺。当他们坐车经过东四一条胡同的时候,叶莲子直瞪着眼睛对吴为说:"你就出生在那条胡同里。"

吴为回过头去,对那条一闪而过的胡同看了一眼。那条胡同和北京所有的胡同一样,并没有引起她更多的注意,还要等上几十年,她才懂得珍惜那条一闪而过的胡同。

对于这次会面,吴为认为最重要的任务就是寻找机会报复顾秋水,以回答他送给她的那份如何将她造就为一个奴才的培训。

旧货摊上摆着美国兵橄榄绿的棉猴、美制窗帘、旧家具、衣料、旗袍……这些东西的主人或已远走高飞、归无来期,留守的佣人便想发个小财;或是没了生计,只好变卖这些东西维持日子。

顾秋水在一个地摊前站住,给叶莲子买了一双高跟旧皮靴,其中一只靴底已近磨穿,顾秋水说:"掌个掌儿,还能穿一阵儿。"

吴为想:他是没钱还是对付母亲,还是欣赏那烂靴子的式样?吴为到底有墨荷那个家族的血统,想逃离那个家族的趣味、传统都不行。

叶莲子却高兴得不得了。她不是高兴得到一双烂靴子,而是觉得顾秋水这一买,又买回了他们之间的旧关系。

那双烂靴子显然让叶莲子爱不释手,可就是不穿。不论多么穷,她也穿不得这种来自旧货摊上的烂靴子,但有一点可以肯定,她那一圆夫妻梦的企图是越来越强了。

如果顾秋水知道这双旧靴子竟带来这样的结果,肯定不买了。

叶莲子把缝在棉袄里的钱都掏了出来,对吴为说:"你爸上班去了,你带妈妈到东安市场去一趟好吗?"

叶莲子在东安市场买了案板、菜刀、漏勺、擀面杖、锅、碗、瓢、盆……一共花了二十多块钱,几乎倾尽所有,但她毫不心疼。她拿着钢精锅左看右看,对吴为说:"瞧,这样的锅做出来的饭怕也白出许多。"

她们从没用过这么漂亮的锅,她们用的是又黑又重的生铁锅。

吴为看着那些炊具,想,她们那个破家,配使这些玩意儿吗?

她们那个家好破啊!坑坑洼洼的土地,不论床脚或桌脚,都要用砖块垫来垫去才能找平;两条板凳搭上几块木板的破床;顾秋水当年丢下的那个旧皮箱就放置在一条长凳上;两把旧凳子;两张旧课桌,一张用来给叶莲子备课改作业,一张用以摆放油、盐、酱、醋、案板、碗盏……不过妈妈难得高兴、难得花钱,而且一花这么多。

吴为抱着那堆东西,眼睛却瞟着一家家商店的橱窗,在一家橱窗里,她看见了一把提琴,标价二十五元。吴为并不想学琴,但是她要让顾秋水给她买这把琴。

十一二岁的吴为,她的报复、破坏是那样幼稚,那样低级。就为这个,她也盼望自己快快长大,相信对老顾的报复届时也会随着成熟起来。

回到住处,叶莲子就把那些东西往顾秋水的屋子里一放。吴为这才知道,一切是为了顾秋水。她声色俱厉地大吼一声:"妈!"

叶莲子什么也不说,只用一双大眼睛期待地看着顾秋水。

事到如今,非摊牌不可了。顾秋水给叶莲子沏了杯茶,端到她面前,说:"坐吧。"

她说:"我不能喝茶,一喝茶就睡不着了。"

他看了看叶莲子那双大眼睛,的确是双喝了茶就睡不着的大眼睛。一旦叶莲子又要吊在他脖子上,连她那双漂亮的眼睛,顾秋水都恨得不能再恨。

顾秋水自己也非常奇怪,为什么叶莲子那又黏又沉的爱,只能激起他嗜血的渴望而不是爱的回响?他真想像从前那样踢她、踹她几脚,骂她个狗血喷头,把她往死里揍,可他刚张嘴说到"有些话我不得不说……"就变成了歇斯底里的号啕大哭,倒好像吃了很多苦的是他而不是叶莲子,今天终于有了一吐苦水的机会。

哭着哭着,顾秋水也不知道自己是为什么而哭了。是想把一辈子的委屈在这一刻哭尽,还是哭他没有值得回忆的过去?反正是越哭越痛。

叶莲子从未见过顾秋水哭得这样肝胆欲裂,以为患难夫妻,劫后重逢,难免想起过去种种不尽如人意之处,反倒劝慰起他来:"算了算了,都过去了,只要今后……"

哭归哭,叶莲子这个"只要今后"立刻让顾秋水从对前半生的挽歌中惊醒,"我要说的是我对不起你们,我有罪,可是我再不能和你破镜重圆了。求你饶了我,原谅我,和我离婚吧。你是个最好、最好的女人,可不是个让男人爱的女人,要是咱们再生活在一起,我还会恨你、揍你的。"

见顾秋水哭得这样惨烈,叶莲子心疼得张口结舌,话都不会说了。比起顾秋水肝胆欲裂的哭泣,自己受的那些苦算得了什么!要是与她破镜重圆竟使顾秋水痛苦如此,也就免了吧。

叶莲子干脆没有了主意,没有了自己,也忘记了自己到北京来干什么,手忙脚乱地说:"你要怎样就怎样吧。"

接着她就在顾秋水早已拟好的离婚协议书上签了字,并且力求工整,因为签字的手颤抖不已,她生怕签出来的字歪歪扭扭,影响离婚协议书的效用。

签完字便觉大势已去,叶莲子提出:"我想明天就走,顺便回老家看看。"

"多住几天吧,还有好多地方没去玩儿呢。"顾秋水此时的挽留诚心诚意。

就在叶莲子签字前的一秒钟,顾秋水还觉得她是个死缠男人不放的贱女人,而一旦不再是他的妻子,便立刻觉得她是令人无比尊敬的、再不是让他想踹几脚的伟大女性。

"不,不去了。"叶莲子恍恍惚惚,自己是不是说了话,说的什么,她都不清楚了。

第二天一上火车,她才突然醒了过来。这次真是一去不复返了,不是火车一去不复返,而是几十年的旧梦,真正一干二净没了牵挂。她觉着心里很空。她爱过、守过的这个男人,从此与她毫无干系了,哪怕是他的酷虐、他的侮辱、他的狠毒,也与她毫无干系了。她痛哭起来。

吴为转过脸去,既同情也气恨叶莲子没有出息,她实在看不出这个猥琐的男人有什么值得爱的。她并不知道,几十年后,自己也会对着胡秉宸拷贝眼下这一套。她又扭头看了看行李架上的那把小提琴,心想,这远远不是她的报复。

应该说顾秋水比胡秉宸行为方正。自他们离婚后,他再也没有招惹过叶莲子,而是让叶莲子彻底死了心,安安静静走完她的后半生。

胡秉宸与吴为离婚后,却不止一次郑重其事地对吴为说:"凡是我曾经拥有的一切,任何男人都不能碰。"然后贼兮兮地笑着补充道:"特别那个关键部位,更是重中之重。"

吴为回说:"你以为我还是四十年前那只向你摇尾巴的狗?"

胡秉宸从未领教过吴为这副无赖嘴脸,担心她果然会将自己忘记,便想方设法将吴为从一个"下岗妻子"向情人的角色转化。

闹得白帆又要打上吴为的门。胡秉宸居然甚为得意地告诉吴为:"现在我连上厕所白帆都要在外面守着,到机关看文件她也要跟着,不管我在机关里待多久,她都坐在汽车里等着……生怕我到你这里来。"

对于这场几乎跨越半个世纪的"马拉松恋爱",吴为终于打扫得"落了片白茫茫大地真干净"。她无情无义地对胡秉宸说:"我再也不会为你担当任何责任了,你应该把实情告诉白帆,不论几十年前,还是这次你对她的叛变,哪次都不是我的责任。如果你还是没有勇气说出真相,她再打上我的门胡闹,我就要打电话报警。"

对吴为雷厉风行的作风,胡秉宸深有体会,马上用莫要"自取其辱"的古训说服了白帆。

可胡秉宸还是三天两头来找吴为。为了让他结束这种害人害己的胡闹,吴为只好对他说:"请不要再来找我,我有男朋友了。"

"什么?!你真是个无情无义的女人,这么快就有男朋友了!"

"别客气,没有你快,跟我离婚不到一个月你就和白帆复婚了。"吴为为自己反应之机敏而欢欣鼓舞。人一旦走出迷途,真是要风风来,要雨雨去,这才是从必然王国到了自由王国。

"不行,我非去看你不可。"

"对不起,不方便。"

"为什么?"

"他随时都会来看我。我不喜欢像你那样,从来脚踩 N 只船。"

"哪儿来的浑蛋?小心他骗你的钱。"

吴为放声惨笑,本想说,胡秉宸,比钱更值钱的东西都被你骗得一干二净了,我还有什么丢不起的呢?话到嘴边又咽下去了,直到现在她还是不忍把他剥得体无完肤,只轻描淡写道:"我还有什么值得骗的呢?"想想不甘,为了让胡秉宸更不受用,又刻意描写一番:"再说他比我有钱多了,我也从来没有受到过男人这样的呵护,真没想到一生快要完了的时候还会遇到这样一个男人……"

可谁能说与吴为离婚后的胡秉宸,对吴为没有一点恋恋不舍的真情?而吴为的无情无义,不是由大爱而生的大恨?

当顾秋水的最后一任妻子,又通过叶莲子替顾秋水求情,让吴为带着禅月去看望他的时候,吴为又是一个"不!"

"他病了,也许……"

"不!"吴为的声音更高了。她生气,生叶莲子的气。顾秋水想怎样叶莲子就怎样,是他老婆的时候为他活着,不是他老婆的时候还得为他活着。叶莲子自己不恨那个狗男人倒也罢了,还不让她恨。

她却不想想,自己比叶莲子还不如——至少叶莲子在当了顾秋水的老婆之后才开始为顾秋水活着,她呢,还没有当胡秉宸老婆之前就为胡秉宸活着了。

她怎么不先生生自己的气!

在吴为与顾秋水的有数交往中,他们甚至可以说是做了朋友,可她始终没有忘记报复他。在她找不着机会报复他的时候,他们就是朋友;一旦有了报复他的机会,绝不留情。

想着顾秋水躺在床上如何企盼不到她和禅月的情景,吴为竟也有了嗜血的快意,从这一点来说,她不愧是顾秋水的女儿。

可是在她发疯前的绝望中,以为凭借他们身上流着同一的血脉,总可以在顾秋水那里找到一点牵住她的力量,甚至为此到顾秋水居住的小城去了一趟。

在二太太那个楼梯上就立志报复顾秋水的吴为,现在却要到她的敌人那里寻求一免疯狂的救赎之道,可以想见这条救赎之道于她是多么残酷!可以想见濒临发疯的吴为,她的绝望是怎样的绝望!

但是他们仍像仇敌那样不能对话,并且在他们最后的会面中,吴为终于找到报复顾秋水的、与手刃无异的办法。

也可以说他们在最后一次会面中,同归于尽了。

不能完全说是顾秋水绝了她的退路,而是这个仇恨她从未释怀,它们只好跟着她一起发疯,一起灭亡了。

第 五 章

一

上上下下都感到这天的气氛有些怪异,中午都过了,还没有人吩咐开饭。

二太太房子里静悄悄的,就是她平时起来晚,也该招呼刘妈准备梳洗了。只有自鸣钟的声音间或报告着时间的意义,它颤抖而悠长的尾音,响得也有点蹊跷。

温妈后来说:"那天一早我就觉着乌鸦叫得个怪,连朝着它啐了三口唾沫,也没破了这个邪……"

厨子老魏等得很急,他做的那道香酥鸡再不上桌子可要过火候了。他出来进去往楼上看着,嘟嘟囔囔地说:"我这个厨子真不好当,菜上早了不行,上晚了也不行。您倒是正点吃饭呀,我们也好有个准头儿,回头还得说我做得不行。"

正说着,温妈从小学接了包立回家,包立进门就嚷嚷:"我饿了,我饿了。怎么还不开饭?"

见没人答应,径自进了厨房,见到香酥鸡上去就掰了一只鸡腿,老魏拦也不是不拦也不是,央告他说:"我的大少爷,你妈还没吃呢。"转过脸来又对温妈说,"劳您驾上去瞧瞧,这是怎么回事,要是不在家吃饭也说一声,我们佣人也好行事。"

温妈拿糖地说:"现在求着我了,昨儿晚上打完牌,让你给我们姐儿几个下碗馄饨你都不干!"说归说,她还是上楼去了。

温妈先是站在二太太卧室门外,说:"太太,我们回来了,小少爷嚷嚷饿了,您看要不要吩咐大师傅开饭?"

没回声。温妈提高嗓门儿又问了一遍。

屋里还是没人答应。温妈先是探开一窄条门缝,接着两只手并排推了个大开,一脚迈进二太太的卧室——

只见床上被褥乱作一团,大柜小柜门都敞开,里面的衣服或掉在地上或搭在柜门上,皮鞋、绣花鞋东一只西一只,不成双不成对地散了一地。她就床前床后、岔声岔气地喊起来:"太太,太太……"

然后她冲到门外,对着楼下的佣人们喊:"可了不得啦,太太没了,太太没了……"虽然她心里已经明白二太太卷逃了,可她不敢那么说。

楼下的人一听以为二太太过世了,忙忙跑到楼上,一看屋里的情形也就明白。刘妈就说:"赶快禀报老太爷吧。"

包家闹得翻江倒海也没找到二太太,又不便登报寻人,只好花钱雇了私家侦探,很快就知道二太太跟小叔子包天心一起走了。

直到包天心在报纸上登了一份与家里断绝一切关系的声明,这场风波才不了了之。

温妈一边说一边咬着水萝卜,吭哧、吭哧,好像给她那些话伴奏,"我早就看出来有事,你们瞧她这一年净做大红缎子旗袍,净买大红缎子绣花鞋。四十多岁的人了,干吗?"

又说:"有次我到上房送点心,就瞅见小叔子躺在嫂子怀里,打那儿以后二太太对我就特别好,打碎那个花瓶也没说我,只让我以后当心点儿。"

一会儿一个水萝卜就咬完了,然后就打带有萝卜味儿的嗝儿,"吃了萝卜喝热茶,气得大夫满街爬。"温妈说。她不缺热茶也不缺水萝卜,茶叶都是从上房偷来的,水萝卜是跟厨房大师傅要的。

二太太的热闹过去了,人就越来越散。包立回到了亲娘三太太那里,老魏也辞掉了,没了主人,大师傅还给谁做饭?

温妈能说会道,伺候包老太爷去了。其他人纷纷离散,就剩下刘妈和叶莲子看房子。叶莲子心里明白,看房子用得着两个佣人吗?

叶莲子能在包家讨生活是二太太做的主,又在二太太手下干了两年多,好像就是二太太的人了。就说她不是二太太的人,就说看在包天剑把她丈夫带走的分儿上,包老太爷或大太太、三太太也不能为了安排她就把干得好好的佣人辞了……

叶莲子更卖劲地打理着这栋没了主人的房子,心想也许她的忠心能感动包老太爷,留给她,也就是留给她们娘儿俩一口饭吃。

二

二太太脱离包家后,自以为靠着在社会上闯荡多年的经验和不算愚笨的头脑,还有手里那些说多不多说少不少的钱,总能找到独立生活的办法。

到上海之后先是顶下一处房子,当起了二房东。因为没经

215

验,顶房子付的钱又没有要收据,出租时也不懂得写下疏而不漏的契约,遇上不三不四的房客,房租根本不能悉数收回。物价狠得下心飞涨,她却狠不下心涨房租,试着涨了几次房租都遭到房客的抵制,那些房客全都久经房业沙场,她这个房业新手怎能纠缠得过?她所谓在社会上闯荡多年的经验,不过就是青楼里练就的那些本事,那种本事在尔虞我诈的商海里就显得捉襟见肘。二房东干不下去只好退房,因为没有收据,顶房子的钱也就白瞎了。

有个房客介绍她往返于上海、嘉兴间,跑香烟、布料生意,赚个地方差价,从包家的二太太到二房东,再从二房东到跑单帮,她是一落再落了。

现在谁也认不出这个满身风尘,手提肩扛几个包袱,见了稽查就躲的女人是包家的二太太了,躲不过就得被稽查全部没收。对一个曾经生活在德式小洋楼里的女人来说,这种生活是太辛苦了。

又听信他人的话,将最后一些钱在嘉兴买了一百八十亩地转租。

今天刚从乡下一无所获地回来。原因是那些佃农比她还穷苦,她又没有"黄世仁"的心黑手辣,只好"颗粒无收"。看来只好把地卖掉,她是连当地主的本领也没有的。

钱也就这样折腾光了。

除了卖身她又有什么别的本领?就是卖身,现在也是人老珠黄不值钱。

哪里是出路?此时此刻,她连出家的心都有了。

屋外的年节气氛更让她觉得孤身女人闯荡江湖的不易,但她并不哭泣,也不一个劲儿地吸烟,只是阴沉着脸子躺在床上想心事。

如今连向人倾诉一番也是不能的了。包天心在香港读书,即便他们有时通信,她也从未对他说过这些。何况有些事可以对人言,有些事不可以对人言。不能对人言并非因为关系远近而是无济于事,那些注定由你消受的事必得由你亲自消受。

即便如此,日暮途穷的二太太每月照旧给包天心寄些钱,不多,也就是十块左右,足够支付他在香港的食宿,包天心因此一直以为二太太的日子还混得下去。

包天心在二太太心目中虽不是大丈夫却是个好人,为表示清高,离开家时连手上的白金戒指也摘了下来,还在报纸上登了一份脱离家庭关系的声明。

初到上海时,她在银行租了个保险柜,存放她的首饰和现金,用的时候就请包天心去取,从来没有发生过意外,他要是拆白党,早把她的保险箱拿走了。

可他是少爷的命,比她还没有社会经验,更没有什么社会关系,他的社会关系都是包家的社会关系,一旦脱离与家里的关系,那些关系也都跟着脱离了。

人一不痛快就会想起很多事,而且是不幸的事。

先是没赶上好父母,父亲是个非常窝囊的人,母亲看不上他的窝囊,三天两头和他打架。父亲在男人中也算少有,竟让母亲打跑了,从此音信全无,再也没有回过家。

之后母亲又找了一个男人,这是一个高瞻远瞩的男人,在他的策划下母亲逼她当了妓女,成了他们的一棵摇钱树。那一年,她才十六岁。

有个在盐务局当差的男人要娶她,母亲却借这个机会狠狠敲了那好心的男人一把,也不管这样一来是否会使她从良的机会告吹。母亲振振有词地说:"不是我心狠,我还指望女儿过日子呢,她走了谁还能养活我?"

217

跟着丈夫到了南方,才知道家里还有一位大太太。大太太对她还不错,那是知书达理的人家,知道应该怎样行事。谁想到丈夫得了痨病,死了。

大太太自己也失去了生活的依靠,还怎么善待她?她心想出嫁时母亲捞的那笔钱肯定还没花完,只好拿着大太太给的最后那点盘缠回老家找母亲。

回到老家时,母亲却说那笔钱早就花完,她还得出去当妓女。

就这样又碰上包天剑,不过那时候包天剑还不是师长,家里虽然有钱,自己手上却没多少。

包天剑一定要娶她,她说:"你要是拿钱买我,我还不干呢。咱们是你有情我有意,只要你真心待我,能养活我妈、供我弟弟上学就行了。"

包天剑明媒正娶地把二太太迎进了门。她倒是豁达,说:"我就是当二的命,谁让我和你有这个缘分呢。"

包天剑很尊重也很信任二太太,不但全部家当交她掌管,家里家外的事也交她大拿。

可她不能生育的事让包天剑为了难。包老太爷又一再提醒他不能后继无人,虽然包家上上下下百十口子人,可他总得有自己的亲骨肉,就这样娶了三太太。他觉得对不起二太太,也就没敢往家里安排,在外面给三太太置了个小公馆。

要不是包家奶奶过世,二太太在挽幛的子孙排名榜里看到一个陌生的名字包立,还一直蒙在鼓里。

包立是谁?问起家里人,家里人都支支吾吾。

可家里百十口子人,人多嘴杂,二太太要是有心打听是包不住的。

这才知道包天剑在外面有了三太太还有了孩子,她闹了起来,包天剑只好承认。

二太太要求把三太太打发走,包天剑说:"孩子都有了,怎么打发呢!我不是对你负心……"他不敢说后继无人的事,怕伤了二太太不能生养的痛处。

二太太也知道这是她最站不住脚的地方,"是,我明白,谁让我养不出儿子?当初你我指天指地发誓又有什么用?说什么你情我意,到头来还不是母随子贵?算了,不说了……这样吧,把这个包立抱来过继给我,送三太太走人。"

包天剑哼哼哈哈地应着。

包立从小公馆抱过来后,二太太非常宠爱。因为只有几个月大,必得雇奶妈照看,没文化的奶妈二太太还不相信,从医院请来个特别护士。小衣服一买二十多件,小孩子家正是猛长的时候,有些衣服穿都没有穿就小得不能穿了。在这种养育下,包立不论将来上学或是做人,只能落入"劣"等。

叶莲子来到包家时,包立已经七八岁了。

他常常一把抢下吴为的小饭碗,说:"你凭嘛吃我们家的大米子儿?"

吴为就瘪着嘴垂头而立。

包立要的是吴为的啼哭,吴为不哭他就气得跳着脚说:"小要饭的,小要饭的!"

包家的剩饭一桶一桶往阴沟里倒,怎么就容不下吴为这一小口饭?

一到吃饭的时候叶莲子心里就念叨:包立千万别到下房来,让吴为吃顿囫囵饭吧。可是包立上蹿下跳、东跑西颠,谁能防得了他?

不知道什么时候,包立就拿着水枪站在了身后,非让吴为陪着他玩。吴为要是不陪他玩,他就拿水枪往吴为脸上滋,滋得吴

219

为睁不开眼。

眼巴巴在一旁守着的叶莲子就赔着笑脸拦阻:"小少爷,小少爷,太太叫你呢,太太叫你呢!"

这样一来,吴为就更不陪包立玩了。越是不陪他玩他就越气,气不过了伸手就打。

包立往吴为脸上滋水叶莲子还能忍,要是大打出手她就无法忍了,一把将吴为护在怀里,包立的拳头就只好落在她的身上。她是佣人,能对主人的孩子说什么?只能用两只眼睛恨恨地盯着包立。

温妈就说:"让小少爷打几下怕什么?"

叶莲子说:"谁家的孩子不是孩子,干吗让人家打着玩儿?"

温妈不温不火地说:"谁让你是佣人呢。"

她说:"我是佣人,我孩子不是佣人。"

"是佣人就不该带孩子,主家让你带孩子就不错了,你还不让人家小少爷打几下?瞧你的眼睛,瞪得像个老爷,你要是有老爷的命也行,偏偏地没有呀!"

刘妈就说:"说的! 要是你的孩子,你乐意让人打吗?"

叶莲子过世后,吴为也去找过三太太,巧遇包立从台湾回大陆探亲,看上去很是遭遇过的样子,往昔的嚣张、跋扈,似乎也被拦腰横砍,谨慎而又阴沉地坐在灯光照不到的暗影里。

一九四九年政权易手前夕,包天剑不是不想远走高飞,可是他们已经穷困得凑不上盘缠。这个行伍出身不善思索的人,竟像预言家那样看到了自己的大限,惶惶然对三太太说:"要是不走,下场就太惨啦!"

三太太冷嗖嗖地笑笑:"你到底明白过来了!"

此时只好让包立先走,说是他们的盘缠慢慢再想办法。其实心里再明白不过,所谓"慢慢再想办法",不过是人们坠入深渊前那绝望而又不甘的最后一瞥。

包立上路时只能带几箱衣物,其他什么也没有了。到台湾后先在舅舅家落脚,而后进了中学。人到没钱的时候,除了爹娘老子,很少有人再顾念你这个社会关系,舅舅待他自然一天不如一天。他只好搬出去,靠变卖那几箱子衣物念完高中,又考上了航空学校,后在空军服役。靠着空军往来便利做了些生意,才有了稳定的生活。

回到一别几十年的北京真是百感交集,对着三太太又是涕泪交流,又是磕头下跪……他不是不知道,一九四九年后生母三太太在毛衣厂织毛衣,兄弟姐妹或在菜站卖菜,或在工厂当小工……一家人生活十分拮据,可他就是一分钱也不往外拿——也许不能怪他不讲骨肉之情,他是穷怕了。

总而言之,他过去怎样折磨吴为,现在生活也就怎样折磨着他。

包天剑走后,二太太生活并不很宽裕,但她从没找过包老太爷,只靠变卖首饰度日。首饰本是玩物,怎能以此为生?而且上当铺的心情好受吗?让人知道包家太太上当铺,算怎么回事!

她也一直以为包天剑把三太太送走了,没想到三太太没走。

不久三太太就对包老太爷说包天剑留下的三千块钱花光了。也不知道真假,包老太爷惦记自己的孙儿孙女,决定每月再贴补三太太一百块钱生活费。但是没人敢去送这个钱,怕二太人知道,她的脾气人人了。

只好把这个活儿派给包大心。他倒没有什么顾虑,反正可以趁上下学时把钱给三太太送去。

那是包天心第一次看到三太太。觉得她人很年轻也很清秀,却不知她那么精明。与外部世界相比,三太太的段数也许不能算高,但在直来直去、一根筋到底的包家人中,她的精明就显得一枝独秀,万事顺遂。早在包天剑意气风发投奔共产党之始她就说过:"瞎折腾什么?包家的气势自打'九一八'就完了,咱们走着瞧,没什么好结果。"

尽管三太太给包家生儿育女,可她根本看不起包家,嫁给包天剑更非所愿。

这也许就是她一有机会就划拉钱的原因?

包老太爷过世后,包家大院自是飞鸟各投林。

院中那几栋由德国工程师设计的小楼,几经易手,最后都变做本书第一部中所描述的情形。

包天剑一房搬回他们北平那所宅子,因为没有谋生手段,三太太只好买一辆卡车让董贵跑运输。解放前夕,时局不定,商家格外谨慎,家家紧缩银根,卡车也就少有大宗托运,自然也就没有挣到什么钱,为此三太太十分迁怒于董贵。

一九四九年后包家只得将佣人遣散。董贵从小跟随包天剑,本该对他有个妥善的安置,可是三太太不管。包天心对她说:"人家跟了你们一辈子啊!"

她说:"谁不愿意做个菩萨,可我这一家子人吃不上饭谁管?"

包天剑刚一咽气,三太太就高瞻远瞩地卖房子,当初四十多根条子买下的房子,如今只能卖到十几根。就是这样买家还说:"太太,您也不看看时局,我都不敢担保这是不是一步臭棋,说不定这十几根条子全折了。"

三太太说:"不敢和那些王府比,这样的房子在北平可说是一等一,您花十几根条子就享用这样的房子还说什么呢?"房子真是好房子,便宜也是真便宜,可买主没有估计到,他最后赶的这趟车,日后将在他的阶级成分上发挥何等的作用。

按照法律,这笔钱三太太应该和大太太平分秋色,即或三太太孩子多,按人头分也行。可是包天剑还没入殓,三太太就把娘家人叫来,说是包天剑生病时借了娘家两根金条。其实包天剑生病用钱,都是母亲故去后存放在几位姐妹那里的钱。

三太太又请包天剑的朋友帮忙,说是包天剑什么钱也没留下,抛下她一个人带那么多孩子今后怎么活?看在可怜见的孩子分上,请对包家人说包天剑在世时借过你几根条子未还。

就这样,三太太先从卖房钱里提了几根金条,余下的钱又按人头分配,大太太最后只分到几两黄金,她又没有一点生计,只好改嫁。

大家闺秀三太太运筹帷幄的能力,显然比闯荡过江湖的二太太高明多了。

而后包家人只能靠卖金子或卖东西过日子,一套带大理石的红木椅子和茶几才卖十五块,买家还不愿意要。三太太的条子没多久也花光了,只好到毛衣厂织毛衣。一九六六年"文化大革命"伊始,三太太被红卫兵小将打得皮开肉绽,在街道监督下劳动改造。天津的包家大院被造反派没收,包家人全被赶进了叶莲子住过的地下室……

当皮开肉绽的三太太一笤帚一笤帚打扫着胡同的时候,也一笤帚一笤帚打扫着往事的尘埃,等到打扫干净,事情的本质就无比清楚地凸现出来。三太太终于明白,她不过是一个陪葬品,在包家开始走向衰落、灭亡的时刻来到包家,既没有享受过情爱也没有享受过荣华富贵,比起二太太,她才是两手空空一样没落着。她更常常想起那个从来没让她称过心,从来没干过一件正经事的包天剑在一九四九年解放前夕说的话:"要是不走,下场就太惨啦!"那大概是他唯一正确的选择,但却未能实现。

包家是个大家庭,人多嘴杂,事情总有包不住的一天。

二太太得知三太太不但没有被送走,比之她的生活还多出诸多特殊照顾,心里很不平衡,就追问包天心。包天心说:"人家有儿有女,不管怎么行?你住在包家大院,有了问题自会有人照管,这样比起来,她的困难是不是比你大?"

二太太又追问三太太的地址,包天心没有告诉她。她说:"我不是要和她吵架,而是要把她接到家里来,那不是可以节省一些开支?"

包天心说:"你脾气那么不好,要是出了王熙凤和尤二姐那样的事怎么办?"

二太太虽是青楼出身,却不大在乎钱。不大在乎钱的人,多半会在其他方面不依不饶,比如说感情,这很可能与她从小没有得到多少关爱有关。

很少得到关爱的人,大都属于情感反应不太正常的"高危人群",一旦得到哪怕如一滴眼药水的关爱,都能在那滴眼药水里翻江倒海,兴风作浪。反过来说,一旦感情上沦为赤贫,也有"穷极生风"的可能,特别在男人背叛之际,总会追悔自己曾经的投入,完全没有了当初的自我牺牲,从而走向另一个极端。

在这一点上,应该说二太太和吴为非常相近。

几天之后她对包天心说:"你二哥失信于我,我和他的感情看来是到头了。既然事已如此,我要走了。"

包天心和二太太一起出走,原因是多方面的。

可以说是受了新思潮的启发,也可以说是追随富家子弟出走的时尚,还可以说他一心只想离开那个勾心斗角、没有文化的大家庭。姐妹们都没上过学,家庭又封建,这让有了点文化的包天心深感郁闷,而同学的家庭大多是职员,虽说经济条件中等,但是非常温馨,每每到同学家探访都让他心生渴望。

母亲虽然爱他可是已经离世,不论需用什么钱都得向姐姐们讨要。她们又捏得很紧,花一块,要一块,给一块,这更让他感到没有母亲的悲凉。

厨子做了什么好吃的,二太太总会对包立说:"去,叫你小叔叔来吃点儿。"都不是什么山珍海味,但他觉得二太太比姐姐们还关心他。

他也受不了包老太爷的大葱蘸酱。一家子人围在大桌上吃大葱蘸酱,无非是走走天伦之乐的过场,下了饭桌各自再到外面下饭馆。

也许还因为和二太太有些投契。不过男女间的投契与男女间的私情,区别从来就不明确,不然走就走,还在报纸上登什么与家庭脱离关系的声明?

有一次乘火车从北平回天津,车上日本人很多,包立因为坐在车门旁,小手扶着门缝,有个日本人关车门时夹了包立的手,把手夹流血了。二太太站起来,一把揪住那日本人的领子不依不饶。当时日本人还算讲理,让车上的卫生员把包立的手包扎上了。

另一次乘火车包立睡着了,车上有人大声说笑,包天剑发了火,冲着人家嚷:"你们这样吵,把我孩子吓着啦!"

二太太当时就说:"你孩子有什么了不起?这是公众场合,你有什么权利干涉人家说笑?"

都是青年学生感兴趣的场景。

其实包大心没有必须离家出走的原因,只是他赶上了一个离家出走的时代。他既没有包天剑收复东北王国的雄心,又没有胡秉宸的伟大理想,只能跟着那些不清不楚跑往内地或香港的同学赶一回时髦,离开这个他也说不清楚到底哪儿不合心意的家庭。

当他向姐姐索要路费不得的时候,二太太说:"你要是真想走,我帮你。"

于是他们一起到了上海,而后他又转道香港,读书去了。

二太太突然中断了对包天心的经济援助,给她写的信也被邮局退回,信封上盖着"查无此人"的邮戳。这一来包天心的流浪生活便无以为继,只好写信给姐姐。包天剑这时已然回到天津,包天心能不能回家要看他的态度。包天心和二太太是不是私奔、情奔不好说,但他们确是一起出走的。

包天剑能说不让包天心回家吗?他在外头混不下去,做哥哥的不让他回家,于情于理都说不过去。

以浪子回头定位的包天心,似乎并没有充分吸取教训、改邪归正,仍然是大少爷一个,整天骑一辆"三枪"跑车,车把上挂个镜子,飞轮上缠着五彩毛线圈,花里胡哨,招摇过市……

一九四九年北平解放前夕,包天剑让包天心尽快逃亡。经过上海、香港之旅的包天心,再不向往流浪的时尚。经过延安之旅的包天剑就语重心长地提醒他:"你要是不走,思想上就要有所准备,运动可是一个接着一个。"

骑着花里胡哨"三枪"自行车的包天心说:"我没干过共产党忌讳的事,不在乎什么政治运动,反正是干活儿吃饭,有什么了不起的?"

不就是吃苦干活吗?他又不是没有吃过苦,比如在外流浪的日子。可没想到的是不能说真话了,这比吃苦还让他受不了。

一九五八年"大跃进"时厂长说产量可以翻一番,计划科长包天心说:"从我们的设备来看根本完不成。"

厂长很不高兴。包天心想,你不高兴顶多不让我在这儿干,我还可以到别处干去。以为江湖上的规矩"此处不留爷,自有留爷处"的生命之树长青,最后只好落得看大门的下场。

二太太想到出走前给母亲买的那一处房子,该是天不绝人?她回到了北平,在那处房子落下脚,有时经过隆福寺,偶尔也会想一想,包天剑那所宅子就在附近。

母亲死后,二太太又把小四合院卖了,在白塔寺附近买了两间铺面房,开个小铺卖牛奶,日子勉强维持。

一九四九年后改卖鸡蛋为生,买了二百多只鸡养在两间房子里,到处都是鸡和鸡屎。可是鸡蛋卖不出去,过着吃了上顿没下顿的日子。又来了场鸡瘟,鸡都死了,东西也都当光卖尽,最后沦落到以糊纸盒为生。又因为从没干过这些事所以干得不好,街道上的干部、胡同里的居民也看不起她,还有人叫她"小老婆""老妓女"。生性高傲的她也就孤身进出,与谁也不来往,正应了"心比天高,命比纸薄"那句话。

日后重新落户北京的叶莲子,常常想起给过她一线生机的二太太,希望再次聚首以报答一二。有时提着水桶到西单为禅月买活鱼的叶莲子经过白塔寺,就是不知道这个咫尺天涯的地方住着她念念不忘的二太太。

包天心参加工作后月工资约七十块,在北京这个不算大的圈子里,很快就得知二太太的情况,从此每月周济二太太三十块钱。

只有这样他良心上才说得过去,因为他在外面那两年全靠二太太供养。

包天心的太太柴米油盐全不管,从不过问他的收入。她结婚时什么陪嫁也没有,只从娘家带来一架破钢琴,便两耳不闻窗外事,一心只弹破钢琴,不论谁到包天心家串门,都是只听琴声不见人。都说包天心的这位太太有点傻,也许她心里暗笑,还不知道谁傻!

只有包天心常去看望二太太,他们沽一壶散酒,摆一碟煮花生,什么也不说,只是低头喝闷酒,可也从不喝醉。包天心或留下一些钱,或留下一些物,便无言而去。

三

伴着叶莲子新新旧旧、一个个不知何时才能了结的忧愁,秋天又一天天近了。

那天打开箱子给吴为找冬衣,一挪箱子,从箱子后面掉下一个白纸包,打开一看,里面有二十四块钱和一封信。信封上写着:叶莲子亲启。

拆开信封先看落款,才知道是二太太写给她的信。

信上写着——

"……我很伤心,包师长负了我,这个家我待不下去了。我走之后这儿的人就更欺负你了,找顾秋水去吧,别傻等了,他在香港呢……

"钱是留给你的,不多。我这一走,不知是吉是凶,所以不能给你多留……"

叶莲子这才知道顾秋水到了香港!

二太太怎知道顾秋水到了香港?当然是包天剑来了信。包天剑能给家里来信,顾秋水怎么就不能给她来封信?让她在这儿死心塌地地傻等,还老担心顾秋水不知她到了包家,回到北平找不着她。

可她马上责怪自己不该这么想,兵荒马乱的年头,顾秋水在外面出生入死,不来信一定有他的难处。

他走的时候不是说过"等我回来"?既然让她等,她就等,现在回不来,天下太平了一定会回来。

这个相当模糊的信息,却让叶莲子马上觉得有了奔头,不再觉得包家这口随时都会丢失的饭像从前那样危及她们的生活了。

她赶快告诉了董贵。

董贵私下对他老婆说:"这是怎么回事?怎么到现在顾连长也不给他家里来封信?也不说把她们接去,就这样把她们娘儿俩甩给包家了?难怪包家对她们娘儿俩越来越不像话,简直比对下人还不如。"

董贵老婆说:"男人老在外面待着又不给家里写信,算怎么回事?你有难不怕,得给家里捎封信,兵荒马乱的,你是死了还是活着,总得让家里人知道是不是?"

不过这些话他们不当着叶莲子说。

他们商议了好久,犹豫了好久。

包家这口饭显然维持不了多久,到了该想条后路的时候了。

真要说走,叶莲子也非常害怕。她从没独自出过远门,就是来天津也由董贵带着,更不要说去香港那样远的地方。

董贵思量着说:"这二十四块钱,也不够到香港去的盘缠呀……"

叶莲子说:"我倒还有只金镯子。"

董贵说:"那也差得远……要不先到顾连长老家住住?你是他家的媳妇,他们家总不能不管,同时也给顾连长写封信,看他回信怎么说。"

叶莲子马上给顾秋水和顾秋水的老家写了信。

一九四〇年夏天,顾秋水的二弟到天津来接她们娘儿俩。

叶莲子拿着二太太留下的二十四块钱,一鼓作气、没头没脑地投奔了二道河子婆婆家。

见到婆婆,叶莲子就像终于见到亲人,甚至觉得和远方的顾秋水都靠得更近了,进门就跪下磕头,叫了声:"妈!"

婆婆淡淡地说:"噢,来了。"好像她们不是第一次见面,而是十分不和谐地一起生活了多年。然后婆婆看看吴为,问道:"几岁了?"

叶莲子说:"告诉奶奶,几岁了。"

吴为说:"三岁半。"

婆婆说了句"个子可不小",就没话了。

婆婆整天坐在炕上盘着腿吞云吐雾,小老太太精瘦,方脑袋,不爱说话却爱骂。炕上有猪又有鸡,来来去去。她口沫飞溅地骂了猪之后骂鸡,骂了鸡之后骂天气,骂了天气之后骂庄稼,骂了庄稼之后骂在远方的儿子:"你这没有良心的东西,净顾自己在外头过好日子,不顾家,不顾爹娘,不顾妻儿……"

骂完远方的儿子又骂儿媳:"嫌鸡上炕?鸡不上炕上哪儿?自打一有鸡,鸡就上炕。小丫头长虱子怪谁?怪鸡?怪猪?猪不进屋进哪儿?这么冷的天,你当就你们知道冷猪就不知道冷?我和它们睡了一辈子也没长虱子,看把你们娇气的,有本事找你男人去。"

骂完媳妇骂孙女:"你给我住手,拔鸡毛干什么?啊?看把鸡拔得嘎嘎叫。鸡蛋呢?鸡蛋哪儿去了,啊?你这个小挨刀的,打了?啊?我揍死你,看你还淘不淘?"

她绷着薄薄的嘴唇,使劲拧吴为的耳朵。

鸡也不会还嘴,猪也不会还嘴,天气也不会还嘴,庄稼也不会还嘴,远在外地的儿子也不会还嘴,儿媳妇也不会还嘴——只有吴为大叫大跳,又轰鸡又轰猪,还跟着她说:"你这个小挨刀的……"

婆婆说:"你给我揍她,往死揍!"

婆婆说:"有你这么护孩子的吗?这孩子长大还不上房揭瓦祸害人!"

吴为也说:"……祸害人。"

"你看,你看,话还不会说就会顶嘴了。"

不知道婆婆哪儿来的一肚子气。猪也没气着她,鸡也没气着她;公公一天也不说一句话,和猪、和鸡差不多;叶莲子也没话——只有吴为说着天上地下的孩子话。

婆婆说:"这孩子真像她爹,将来也是个惹是生非的家伙。十六岁上就跑了,一去不回头,连信也不打一封,不问问他娘他爹死啦还是活着,你倒是说说自己是死了还是活着也行啊!我还当他死了呢,也忘了我还生过这么一个儿子……不承想就塞给我个媳妇和孙女……"

说着婆婆的眼睛向叶莲子一刺,那目光一定非常锐利,要不锐利就没法穿过糊在眼睛上的那堆眵目糊。

然后把三尺长的烟袋往炕沿上敲了敲,就像兵营里吹了熄灯就寝号,敲完烟袋一眨巴眼,两道锐利的目光就被她关进了眼皮,立刻就睡着了。

她一睡着就不能骂人了,院子里安静下来,甚至有点寂寞了。连猪连鸡都不叫了,好像全想趁她不骂人的时候赶紧歇口气。叶莲子这时候就驾轻就熟地熬猪食、剁鸡食,这套技能她从小就熟悉。

她一面用柴火棍搅和着大铁锅里的猪食,一面怔怔地想,她真的去过那么远的地方吗?

进过城,看见过汽车、火车、洋房、自来水?

生过孩子,结过婚?

只有虱子才能把她从愣怔中咬醒。原来她走了那么多路,不过是绕了一个大圈,又回到原来的地方。

婆婆醒了。婆婆睡觉就和鸡婆一样,鸡婆一蹲就睡着了,一眯瞪就是一觉。婆婆也是一会儿一眯瞪,一眯瞪就是一觉,醒来就嚷嚷:"人呢,人都哪儿去了?"

"我见您睡着了,就去熬猪食了。"

"谁说我睡着了?谁说我睡着了?"

吴为说:"奶奶睡着了。"她嘟起嘴学奶奶打呼噜。

"胡说八道,你们别以为我睡着了,你们干的什么事全在我眼皮子里装着呢!"

吴为想,奶奶的眼皮一定很大、很大,可以装下很多东西。

跟着院子里就热闹起来,猪们又开始到处乱窜,鸡又开始斗架或者下蛋。

公公说:"别往心里去,她要不骂人干什么呢?这也是她的活计。"

怎能不往心里去?儿子们全都散了出去,家里又没地,全靠公公给人打木器过日子。乡下人谁老打木器?城里人打木器也犯不着寻访这个穷乡僻壤的乡下木匠。

他们也穷啊,就是他们有收留她的那份心,也没有那份力。

晚上,每当叶莲子挨着鸡婆们睡下,听着鸡婆们在梦中咕咕、嗅着鸡婆们的秽气,就会想她和吴为连鸡婆都不如……鸡婆还能给婆婆下蛋呢,她们不但不能下蛋还得吃婆婆家的口粮。

可是等她带着吴为决定离开婆家时,老太太的脸却抽巴了,小发髻在她的脑袋上一摇一颤地抖着,"兔崽子,只管撒种不管养……六亲不认哪!"

当吴为说"奶奶再见"的时候,婆婆脸朝炕里歪着,也没转过脸来看她们一眼。

她们就这样地离开了二道河子。

公公送她们上火车站。穿过高粱地时公公说:"你大伯就是在这块高粱地里让日本人活埋的……老二呢,却给日本人干活儿,就是一家人长短也不齐。"高粱还是那个高粱,看不出埋过活人的样子,没多长个穗儿也没少长个穗儿,"你男人呢,说是干着反对日本人的事……"神情之淡就像说着别人的事而不是自己儿子的事。

叶莲子说:"爹,您回去吧。"

"路上不安静,我得把你们送到火车站。来,让爷爷背一会儿。"

他背起吴为,往上颠了颠,吴为两只厚厚的手就热烘烘地勒着他的脖子,他有了贴着自己血脉的一种感动。

可是她们这就往火车站去呢,火车一会儿就要把她们拉走了,儿子在的那个地方和天边一样,孙女一走也和去了天边一样。一个山屯里的老人,觉得凡是屯外的地方都和天边一样了。

他又想,儿子也好孙女也好,一旦到了外边就和自己没关系了,自己就像没有过这么一个儿子和这么一个孙女。

人生在世,虚虚实实,一晃就过、一晃就过地倒腾着多少人和多少事。

可他也没对叶莲子说,要是在外头混不下去就回来吧。

直到火车开了,冒着一串白烟越走越远,他才往家返。又走过那高粱地,他才想起刚才还背着孙女呢,一转眼就成了过去。

叶莲子回到天津后,董贵说,还是到香港去找顾秋水才是正经。

是啊,包家是回不去了,就是能回去也不能回去了,一个女人怎么不靠自己丈夫老靠他人过日子?要是她不知道丈夫的下落还好说。

又没钱,再不去找顾秋水,只有上街讨饭了。

董贵担心得不行,柔弱的叶莲子怎么上路呢?出了事他怎么向顾秋水交代?

叶莲子却铁了心,说:"我行。"事到如今,不行也得行了。

董贵老婆说:"唉,换第二个人都不敢去,就是男人也不敢。"

而且他们一直没有收到顾秋水的回信。

董贵左想右想:"还是一步步来比较稳当,先到江苏淮安落脚,那是一一二师驻地,你父亲还在那里,看看情况再做到香港去的打算。就是去你父亲那里一路也很危险,一个孤身年轻女人带着个三岁多的孩子,又没个伴儿,还要经过日本敌占区、汪精卫的敌伪区……"

叶莲子头也不抬,还是那句话:"我行。"

董贵先去打听南下路线,然后前前后后对叶莲子交代了几遍,在哪儿下车,在哪儿换车,换什么车,到什么地方找什么人联络,最后联络人会送她到一一二师的驻地……叶莲子一遍又一遍默记在心。

又帮叶莲子卖掉仅存的镯子。这只金镯子自顾秋水走后叶莲子就没有戴过,只在夜深人静吴为睡着之后,才拿出来套在手腕上细细端详,这一端详就像和顾秋水相会了一番……为了千里寻夫,现在只好把它卖了。

卖了镯子,董贵又带她到银行兑换了通行于各个占区的货币,买了火车票,送她们上了去徐州的火车。

董贵是一千个、一万个对得起顾秋水的嘱托了。

叶莲子从来没忘记过董贵对她的关照,常常对吴为念叨董贵一家的情谊,可是他们从此一别再没见过面,虽然二十年后也就是七十年代,他们都住在北京西直门附近。

本以为解放以后是穷人的天下,可是他们又有了别的烦恼,在几十年的风风雨雨中,他们不得不丢掉人和人之间那份温馨,去奔他们的日子。

直到叶莲子去世后吴为才找到他们,董贵和他的妻子都还健在。

吴为一进门,他们就老泪纵横地说:"你妈太不易、太不易啦,你能长大也是太不易、太不易啦……"

他们相对无言,只能不停地流下浓缩着他们一生辛酸的泪。

回家之后,吴为激动地对胡秉宸说到与董贵的会面,胡秉宸只待答不理地点了点头。

到徐州后没有当即转往淮安的汽车,叶莲子母女非得在徐州过夜不可。

虽然北平和天津也是日本人的天下,可还不像这里,如此赤裸地对人诉说着亡国的惨状。每栋烧焦的房子都像一颗死去的头颅,黑洞洞的窗户像大张着的嘴,凝固着临死前的呼救和死不瞑目的控诉。侥幸留下的半堵墙壁,像一本被枪弹翻阅过的书,每一个弹孔、每一处焚烧的地方都是劫难的字符。最让人恐惧的是被日本人强暴后又杀死的女人,她们阴户里插着木棒或是铁具。

日本人的的确确是有创造力的民族,凡是人类无法想象的残暴的生命杂耍,都被日本人发掘得淋漓尽致,也许连希特勒都不如日本人那样,能把杀人变成一项精雕细刻的手艺。

235

叶莲子像是等过鬼门关,抱着吴为,提着一个小箱子,排在出站队伍中一步步往前挪。

眼见一个独行青年男子被拉出队伍——那时,独自进入敌占区的男人或女人都会被日本人怀疑为奸细。随着一声枪响,鲜红的血美如诗画飞溅开来,洒落在四周束手待毙的人群中。

叶莲子一把将吴为的脑袋按进怀里,又闭上了自己的眼睛。吴为不哭,小小的身子却猛烈抖动着。

日本兵声色俱厉地对她说:"快点,快点!"她努力想要迈出沉重无比的脚,可没等她迈出自己的脚,日本兵的枪托就重重地打在她的背上,手里的箱子也就掉在地上,里面的东西撒了一地。她放下吴为,手脚并用,忙把散落在地的东西扒拉到站口外,然后再往箱子里捡,要是丢了这些必要的衣物,她们就真是饥寒交迫了。

吴为也蹲了下来,一边胆怯地用小眼睛瞄着日本兵,一边帮叶莲子往箱子里捡东西。

幸亏有吴为,日本人才不致怀疑叶莲子是奸细,只对摊在地上的箱子看了看就放行了。

叶莲子惊魂未定地走出车站,明知应该赶快逃离这个虎口,可不知何去何从,哪里好像都是魔窟。往东走几步退了回来,往西走几步又退了回来……除了从车站陆陆续续走出的人和不时在街上游荡的饿狗,满街没有一个活物。

望望从站里出来的旅客,各个都像死里逃生的灰狗,夹着尾巴,贴着墙根嗖嗖地、溜溜地疾走,想找个人打听一下都不好张嘴。好不容易看到一个没把脑袋扎进胸口的旅客,便赶快上前打探住店的事。

那人把她带到附近一家小店,还帮她提着箱子,只是一路无话。

她千谢万谢,那人还是无言地苦着脸,走了。

嘴上总是叼着香烟的汪伪军军官在小店里走来走去,一面喷烟吐雾,一面吆五喝六地使唤着他们的马弁或是店小二,好像这里不是小店而是兵营。店后的灶膛里抠着湿柴火,店面里的烟气更加混浊,大白天也看不清人们的嘴脸,又在人们脸上添上如许的狰狞。

叶莲子的目光小心翼翼在烟中搜索,希望看到一个女人。可是除她和吴为,即便有个把女人往来,也是卖春的女人。

向店老板租房时,旁边一个伪警官说道:"听说话,你是东北的口音。"

她不敢说是也不敢说不是,只是歪着头求助地看着店东。那伪警官挺有人情味儿,说:"咱们是老乡,老乡见老乡,两眼泪汪汪呀。"不过再调转头来脸色就酷了起来,"你一个人能大老远的跑到这里,也真不简单……"

已经站在老虎嘴下的时候就是害怕也没有用了,叶莲子只有听天由命垂头而立。还好,他没有再刁难就走回自己房间去了。恰巧在叶莲子隔壁!

到了晚上,小店更是热闹而不是更加安静,她那间小房前后左右住的都是汪伪军官,各房之间只隔一墙薄板,四周的酗酒声、麻将声、狎弄声,声声入耳。其中倒是有许多东北口音。

偏偏有人对着墙板怪声地咳,叶莲子甚至看见一只眼睛,在宽阔的墙板缝里闪烁又闪烁。

看遍窄小的房子,再低头看看自己的手掌,苦于想不出办法挡住外面的世界,只能用椅子把房门毫无意义地顶了又顶。这就是她面对一个凶险世界所能想出的保护自己的办法。这办法以后就成了她的常规武器,用来对付无数可怕的夜晚。

唯恐有人进来闹事,叶莲子一夜没敢合眼,连吴为都敛声屏气,睁着惊恐的眼睛,倾听着四周的动静。

也许正是一点乡情,那些当兵的才没来刁难。

第二天登上去淮安的汽车,同座的正是那个自称老乡的伪警官。他说:"你到淮安去对不对?"

叶莲子只好点头承认。

"干吗去?"

"找我父亲。"

"你父亲在那边干什么?"

"经商。"

"东北人这时候到淮安经什么商!"

说到这里,他似乎没有再逼问下去的意思,而是往椅子背上一靠,开始闭目养神。叶莲子的心跳得又快又响,她真担心一旁的伪警官听见,可又无处逃遁,只有假作镇定,直挺挺地坐着。

伪警官很快下车了,临下车前低声对叶莲子说:"我知道你去淮安找什么人。你说你父亲在那里经商,不对,淮安以北驻的都是抗日东北军。你可要多加小心,前面还有好长的路呢!"

对着那个远去的背影,她默默地说了声谢谢。

一下汽车就到了东北军的地盘淮安。可是距董贵告诉她的那个联络点还有十几里,只好雇辆人力车,按董贵说的路线,向淮安附近一个小镇而去。

拉车的是个身强力壮、脸色阴沉的小伙儿,没穿上衣,肌肉强健的后背在阳光下闪着生机勃勃的光泽。

即将收割的秋庄稼已经高过腰际,行走在庄稼围屏的土路上,就像被埋葬在庄稼地里。叶莲子左看右看,希望碰见一个行人,可是没有,一个也没有,太阳底下只有他们三个人,四周静得都能听见庄稼成熟的声音。吴为也在她的怀里睡着了,经过一路折腾,现在就是在她耳边打雷,她也醒不了了。

路也好像越走越背,越走越像是往回而不是前行,她也不敢问,问又有什么用?天这么高,地这么远,哪儿能够得着、抓得着一缕安全?

走到一个僻静之处,拉车的不声不响将车停下,并回头朝她望着。叶莲子心都提到嗓子眼了,她垂下眼睛看看脚下的皮箱,期望这只皮箱能在关键时候起点作用。

拉车的说:"歇歇脚,那边地里有口井,我去喝口水。"说罢,就丢下她们走了。

她缩头缩脑坐在车上。庄稼地里一片此起彼伏的虫鸣,似暗藏杀机,又似暗藏着激战前的骚动不安。

很长时间也不见拉车人回来,叶莲子更加焦急,似乎时间拉得越长阴谋酝酿得越大。

终于听到背后渐走渐近的脚步,她绝望地想,来了,来了,可又不敢回头张望。她的两眼在太阳底下发了花,一阵阵黑雾也随之在眼前浮升滚腾。

拉车人转到她的面前,看出她的恐惧,冷冷笑着把手里一个甜瓜递给她,说:"想必你们连饭也没吃、水也没喝吧?这个甜瓜你拿着。"

叶莲子不敢接也不敢不接,尽量往靠背上缩着身子。

拉车人也不强让,顺手把甜瓜放在叶莲子脚下的踏板上,拉起车又往前走了。

当越来越多的树、越来越多的房子出现时,叶莲子才知道她多虑了。

付钱时拉车人冷冷地接下钱,没说个什么就走了,把叶莲子尴尬地丢在那里。

她们终于找到了联络员的家。

结婚时叶莲子曾想,她是再也不会回这个家了,可是才过五六年,她就回来了,而且落魄成这个样子。

结婚时的风光已成旧事,师里人无不称赞的"郎才女貌",这样快就残败凋零,天各一方。叶莲子一眼就认出,继母穿的居然还是参加她婚礼时做的一件旗袍,而自己的风采不但早已消散,嫁衣也早就进了当铺。

"回来啦。"继母说。对着这样落魄的人真就没法儿客气,然后看看吴为,"这就是南南?"

"叫姥姥。"吴为吓得紧往后捎。

"认生呢。"叶莲子忙说。继母并不在意,叶莲子本不是她的女儿。

"路上还好走吧?"父亲比她没出嫁之前客气许多。

"好——好走。"

在父亲的眼里,叶莲子再不是那个瘦弱的乡下小姑娘而是个成年妇女了。可幼年时就铸在她身上的畏瑟不但没有消逝,反倒在那懵懂之上又增添了一种颇为明确、自觉、沧桑的畏瑟,让叶志清一阵悲从中来——不论怎样,父亲还是父亲。

"老顾家真行,自己家的媳妇却一推六二五。"继母从髻子上抽下簪子,一边挖着耳朵眼儿一边评论着。

"是我自己要走的。"

"想必也是待不下去吧。"继母一针见血地说。

叶莲子求救地望望父亲。父亲说:"把行李放下,先去洗把脸,再煮点儿东西吃吧。"

吴为就贴着叶莲子的腿出去了。

她们的脚后跟刚擦过门槛,就听见继母对父亲说:"你打算怎么办?"

父亲说:"给她男人写封信吧。"

"莲子不是说到婆家之前就给他写了信,怎么老不回信?你指望那个拆白党能来接她们?我早就看出他不是个东西,没和莲子结婚前就跳郭连长家的墙,一边打牌一边和李营长的太太吊膀子。"

父亲的目光频频向外扫去,他怕叶莲子听见,她这会儿是山穷水尽哪。

"你当初为什么不说?"

"你们家莲子闺女做得不耐烦了嘛。"

叶志清有点不悦,"莲子不是那样的人。"

"忘了她塞在你口袋里的字条了?"

父亲没的说了,无形中就有些埋怨叶莲子,若是听他的安排,就不会落到这个局面。什么局面?他也不清楚,叶莲子也没跟他说,不过看还看不出来吗?

继母就说:"说话得公平,她是不是有点儿自找?不过呢,既然是自己家闺女也不能不管,还是想个办法吧。唉——"这一声长叹真是苦不堪言,苦如叶莲子还叹不出这样一声叹息呢。

一一二师里有顾秋水的许多朋友,叶莲子一到,顾秋水最好的把兄弟、排行老七的于高祥就抱起吴为问大家:"你们看这孩子像谁?顾秋水!不用说,一看就是他的闺女。"

顾秋水从没给叶莲子写过信,倒是接长不短地给于高祥写信,所以到了一一二师,叶莲子立刻就得到了顾秋水的确切地址。

吴为吃得很多,叶莲子忧愁地看着她吃下一碗米饭又吃下一个鸡蛋,想着以后她要是天天这样吃起来怎么得了。

吴为很久没见过鸡蛋和米饭了,所以吃得很慢,好像在延长享受一个转眼就会消失并且再不会有的梦境。

叶莲子一再朝上房望去,生怕继母这时到厨房里来,吴为还没吃够呢。

小孩子真不懂事,吃个半饱就可以了,她却非要吃个肚儿圆。可叶莲子又巴不得吴为多吃一些,对穷人来说,吃饭真是世上最费思量的一件事。

吴为吃完一个鸡蛋又说:"妈妈,我还要。"

叶莲子拍拍她鼓起来的小肚子说:"你饱了。"

"妈妈,我还要。"

"不能再吃了。"

"再吃一个,"她伸出小手指,又像恳求又像保证地说,"妈妈,一个!"

"不行。"叶莲子斩钉截铁地说,"你吃饱了。"

吴为尖声哭了起来,而且哭得很响,叶莲子马上捂住她的嘴。婆婆虽然爱骂人,只是骂骂而已,没有什么实际意义。老包家深宅大院,上房听不见下房的动静。这儿虽然没人骂吴为或她,可老觉得有个无形的钳子夹着她,这钳子其实夹得不重,既不痛也不痒,就是老窝着她,让她不能伸直。

吴为哭得额上冒汗,青筋暴起,声嘶力竭……为什么?不过为了一个小小的鸡蛋,又不是天上的星星和月亮,又不是大海里的珍珠、石头里的金子。

这样一想,叶莲子似乎有了勇气,又从柜橱里拿了一个鸡蛋给吴为。

吴为不哭了,安静地等着叶莲子为她剥去蛋壳。

她接过叶莲子剥好的鸡蛋,一小口、一小口安静地咬着,睫毛上挂着泪珠的眼睛紧盯着手里的鸡蛋,眨都不眨。

看得叶莲子心里一酸,可她不能掉泪,吴为哭起来的时候有她呢,她哭起来有谁?

掉下一块蛋黄,吴为伸出小手指头去捏,却捏碎了。那块蛋黄变成更小、更小的碎渣,小得都品不出鸡蛋味了,可吴为还是一点一点捏进了嘴里。

紧跟着就是继母整天说不是丢了这个,就是丢了那个。偏偏人家一说丢了什么叶莲子就禁不住脸红,连后脖颈都红得无法见人,好像是她偷了那些东西。

她痛觉自己的无能、窝囊,既不能一跺脚离开,又不能不脸红。

一个多月过去,顾秋水还是没有回信。继母猜到他可能在外头有了别的女人。男人都是这样,你紧盯着他,他还出事呢,不要说这样大撒手地一别三年多。得赶快把这娘儿俩送走,顾秋水要是真在外边有了别的女人,把妻儿往他们这里一撂,可就没头了。

可她并不说出自己的猜测,只对叶志清说:"不如把莲子送她丈夫那儿去,让他们小两口儿团圆吧。现在兵荒马乱,她还年轻,出了什么事咱们不好向女婿交代。"

父亲说:"这可要一大笔路费。"

继母说:"她说手里还有些卖镯子的钱,剩下的你当爹的还不应该给添上?"她算过账,就是添上这笔路费,也比没年没月把这母女二人留下合算。

"去信也不见回信,搬家了?人死了?连于这样冒蒙省去了,要是找不着人怎么办?连回来的路费都没有……她还带着孩子呢,那可让她如何是好?"

"于高祥说的地址能有错吗?"

继母又对叶莲子说:"他到现在还不回信……我看你顶好带着孩子找他去。我是说,你们守在一起总是好些。"

继母说得对,不能再傻等顾秋水的回信了,她这就去找他。自生下来也没清楚过的叶莲子,一下清楚起来。

她不管顾秋水回不回信,是不是搬了家,死了还是活着,就是死了她也要看一看他的坟头,更不想万一找不着连回来的路费都没有。

已是满眼萧瑟的十月末,不但叶子开始发黄,江水开始发黄,连秋风也日渐地黄了。

叶莲子匆匆忙忙抱着吴为登上小轮船的时候,父亲突然流下了老泪——这一路有太多的风险,叶莲子毕竟是自己的骨肉啊!

"到了镇江别误了去上海的火车。到上海后就按着我给你的地址去找赵营长的哥哥,他在日本军营里做事,可是,是这边儿的人。他会给你买张到香港的船票,也会给你办好去香港的手续。"

他们父女间的感情,到了此时才略见分晓。可他们又不能不远远地分离着,就是她不去找顾秋水也是嫁出去的人了,就是不嫁出去他们也不可能长相守着。

看着渐渐老去的父亲,叶莲子想,这一去,不知何日才能相见了。

十八九年后叶志清一家迁往他乡,途经叶莲子工作的小城,下车看望离别多年的女儿。

正是三年饥荒时期,叶莲子不知怎么弄到一小碗肉,恭敬地放在父亲面前。叶志清还像从前一样,不知道为了什么小事吹胡子瞪眼。

吴为忍不住说:"姥爷,我妈从小就没少受呵斥,如今她也是五十岁的人了,也该歇歇了是不是?"

吴为刚从大学毕业,分配到母亲工作的小城,算是组织上对她这个独生女儿的照顾。

其实北京各单位需要的大学毕业生名额很多,只不过她无法说服自己,去和班上的党支部书记进行一个交换。

大学自解放区搬迁而来,每个班级确保共产党支部和党支部书记制度,书记由调干同学担任,领导班上同学的学习、生活、思想,握有毕业分配去向的"生杀大权"。

如果吴为同意这种交换,就能留在北京,但她振振有词地说:"为了爱情上床是风流,为了交换上床是下流。"

那么她后来为了调回北京,嫁给根本不爱的韩木林,难道不是交换?

不是掌自己的嘴巴又是什么?

不是下流又是什么?

只不过那是一个有法律保证的交换,听起来堂皇一些。

如果她当初同意这个交换,后来也就不会有私生女枫丹;那么也就不会因为她更大的自私,让枫丹、禅月和叶莲子跟着深受其害。

上床一睡,毕竟比有一个私生子简单多了。

叶志清用他很大的眼珠子看了看吴为,什么也没说,从此结束了他吹胡子瞪眼的历史;又看了看"也该歇歇"的叶莲子,奇怪这十几年不见,女儿怎么就苍老得和自己差不多了。

叶莲子轻轻地斥责吴为:"怎么跟姥爷说话呢!"可吴为的

245

话分明让叶莲子想起过往的一切，既庆幸自己已从里面走出又惋惜它们已然过去，对父亲反倒有了青春年少时所没有的依恋。

到了现在，他们才觉得彼此像是父女了。可惜叶莲子和父亲这一面之见竟是永诀。

他们是白做了一世父女，等到他们开始珍惜这份亲情的时候，却什么也没来得及说，什么也没来得及表示，就永别了。

一路上仍是满目疮痍、满目萧条，不要说没有了树、没有了房子、没有了人，连鸡鸭猫狗都没有，如同到了世界末日……

岸边，离小轮船不远的地方，一个日本兵正在把一个不会游泳的人，一次又一次推下河去。可是那人并不呼叫，只是在水里无声地挣扎着，好不容易爬上岸，又被日本兵推下河去……日本兵终于玩腻了，一刀把那人的脑袋削进水里，又把尸体推进河里才结束游戏。

好在幼年的吴为不像后来那样让人厌恶，虽谈不上美丽，却让人一看就发出欢喜的微笑。她们能够顺利到达上海，可能与此有关。

到了上海，满眼还是日本人。都说日本是个小国，可哪儿来这么多日本人？从天津到徐州到上海，一路都是，好像全体日本人都搬迁到了中国。

出了上海北站，叶莲子给吴为买了个烧饼。正在低头付钱，就听得吴为一声惊叫，回头一看，吴为手里的烧饼被人抢走了。

当叶莲子为那个被抢的烧饼痛心疾首之时，胡秉宸正和表姐绿云从四爷爷家出来，漫步在霞飞路上。

如果胡秉宸和吴为不是几世情缘，又为什么总是前前后后在许多地方擦肩而过？

叶莲子既无仇恨也无报复之念,只是目不转睛地盯着那个抢烧饼的人——拐着八字脚,穿一身蓝布短衣,一头短发像比叶莲子和吴为受到更大惊吓地竖在头上,一边跑一边大口咬着烧饼。她想:你就是抢也不挑个人,我要是有钱,能只买一个烧饼吗?

继而又想,不抢她抢谁?谁都比她不容易抢。一看就是个该挨抢的人,一看就是个举目无亲的外地人,一看就是个不会还手的人……

她咽下自己的饥饿,又在心里埋怨道:你就是抢了烧饼也要好好享受一下它的美味,不能这样狼吞虎咽糟蹋那个来之不易的烧饼啊。

她只好再给吴为买个烧饼,把钱往怀里揣了又揣,然后把吴为更紧地抱在怀里,以防烧饼再次被人抢去。

叶莲子一路行来,一路打听。满眼都是没有生计、衣衫褴褛的穷人,游荡在街头巷尾,好像街头巷尾里藏着解救他们的机会。

不难,很快就找到了赵营长的哥哥。赵先生也没有多问,看过叶志清的信,干练地为叶莲子和吴为办好了去香港的一应手续。

离开上海那天是个晴朗的日子,让叶莲子心中充满憧憬。

他们坐着人力车,经过沿黄浦江而建的百老汇路。马路另一侧多为西式建筑,其中有许多店面、钱庄、饭店和旅馆……

不论街上的热狗、美容、咖啡店,还是文明婚礼的照片,租界地上的手摇电话亭,印度巡捕,坐洋车的西洋男人,中英文并茂的先施、永安百货公司,或是贴有"先施牙膏"和各种广告的双层、单层有轨电车……叶莲子不曾留下一丝艳羡,她的目标在正前方。

倒是黄浦江上的涛声、沙船上吱吱扭扭的摇橹声、轮船的汽笛声、人力车的铜铃声以及外滩上的钟声,让吴为心中似有所动。

过外白渡桥往北,就到了杨树埔的公和祥码头。

叶莲子不明白,为什么不坐更便宜的有轨电车?可也不便多问,只能跟着赵先生走。

该乘什么车赵先生有数。他当然不能带着她们坐有轨电车——谁知道日本军营会不会派人跟踪?为省几个车钱让他们怀疑他来自平民的身份?

分手时叶莲子笨拙地说:"真不知道怎么谢您才好,才好……"

赵先生皱着眉头眯着眼睛,瞟着舱里舱外往来人等,好像太阳晃得睁不开眼睛。他又看不出嘴唇嚅动地低声叮咛道:"没开船之前一定要谨慎小心,就坐在船舱里不要出去。罗斯福号虽然是美国轮船,可……谁知道会不会有意外?有人问什么不必多说……"他说这些话的时候,并不对着叶莲子,只一味不舍似的抚摩着吴为的小脸,好像对这个从见面起看也不曾看过一眼的孩子,突然地有了感情。

然后他就头也不回地下船走了。舷梯上和他擦身而过的人,一看他那身日式军装,无不像是遭了瘟疫,唯恐躲之不及。

第 六 章

一

直到开了船,叶莲子才算有了安全感,日本人是再不能到这艘船上来杀人了。

吴为欢蹦乱跳地在甲板上跑来跑去,备感放肆的可贵,自她解事以来,第一次不必看人脸色行事。她的笑声全心全意,不管不顾,忘乎所以。这笑声让人先是会心,而后又有些担心。担心什么?说不清楚。

头等舱里有位浓眉大眼的夫人,穿一套白色长裙、白色镂空高跟皮鞋,戴一顶巴拿马草帽;第二天又换了花绸旗袍……常常戴着太阳镜坐在甲板上,闲适地看书、看报或是看海。

吴为从她面前跑了过去……

夫人向这个让人不能不回头的孩子招了招手,吴为面无羞色地走了过去,取下摊在夫人手掌里的糖果,又顽皮地伸出小手拍拍夫人的手臂,给她一个天真无邪的甜笑,还说:"谢谢。"

吴为自小对女人就有到位的鉴赏,她喜欢女人,特别是有品位、有气质、有风度的女人,如果顺其自然,她很可能是个同性恋而不是异性恋者。好比对待这位夫人的态度,特别是用小手拍拍她手臂的举动,很难说不包含着一种天成的招逗。可是上帝在捏咕她的时候,手指头不知怎么哆嗦了一下,她就此被扒拉上异性恋的苦旅。

"小朋友,几岁啦?"

吴为伸出四个短而粗的手指,又加上一个胖巴掌,"四岁半。"那双还没长成的小手,看起来也很男相。

"你叫什么名字啊?"她问吴为。

"难难。"

"什么,有叫这种名字的吗?"夫人环顾四周,像在找人问个所以。吴为还说不清楚四声,难怪让人不解。

跟在一旁的叶莲子解释道:"是东南西北的南。"

"她是在南方出生的?"

"不,在北平。"叶莲子客气地微笑着,但那微笑是距离的、维持的,掩盖着受过惊吓伤害的畏缩和戒备。她的脸同时就被罩在了微笑的后面。

"噢,北平,我去过。"夫人这才开始打量叶莲子。

这时的叶莲子,已是杂陈百味腌制过的叶莲子,这种腌制既毁坏了许多,也为她早年那一览无余的美丽,增添了难言的风韵。

"我的一个亲戚就住在东绒线胡同,离故宫不远……你们住在什么地方?"她却有明显的南方口音。

"东城,东四牌楼附近。"

"只有你们母女二人到香港去?"

"是的。"

"你先生呢?"

"我……我们正是去找他的。"叶莲子的心事就忽隐忽现在脸上,眉心显出苍凉的皱纹,一抹深色的暗影浮过她的双眼,连眼白都跟着一起暗了下来。可她马上闭紧了嘴,点点头,调过身去追赶吴为。

那夫人就想,这女人定有大难。

风浪说起来就起来了,看上去庞大无比的罗斯福号,被海浪拨弄得六神无主,立刻如玩具那样,不堪实践的检验。

叶莲子感到天旋地转,禁不住呕吐起来。到了船上,她才知道餐点已包括在船票里,她像所有乘客一样,有吃饱的权利。可是如此美味的免费餐点,全让她吐出来了。最后吐得没有什么可吐,只好吐苦水。她不无惋惜地苦着脸想,吐得可是真干净!

风息浪止后,就快到九龙了。这时叶莲子才觉得自己的确冒昧,她甚至没有写信告诉顾秋水,就敢捏着从于高祥那里得到的地址——也不想想这个地址是否可靠——不知天高地厚地闯来了。到香港后能不能找到顾秋水?找不到怎么办?本来就没有多少钱,买了船票以后更是所剩无几,既不会说,也听不懂广东话,打工都是问题……

叶莲子的不留后路,是否别有动机?

似乎冥冥中有人暗示,如果写信告知顾秋水她的到来,那她就根本不能成行。

但她又心生忐忑,这样揣度顾秋水好像是背叛了他……过不了多久她就会知道,这种暗示不是无中生有。

船靠码头之前,叶莲子匆忙地换上了二太太赏的那件镶黑缎边的黑旗袍。

叶莲子拉着吴为跟着人群急急下了船,一脚踏上那繁华之地,随之也就领教了繁华的凌轹。

繁华是什么?繁华是吞噬,是无从落脚,是险恶的阻隔。从那一刻起,吴为抵触了繁华。

除了脚下那只不但不能给叶莲子什么帮助,还需要她手提肩扛的箱子,比照满耳聒噪的大呼小叫,她和吴为是太冷清了。

倒是请人看过手里的地址,人们抑扬顿挫地对她哇啦哇啦指点一番,她却没有听懂,仍旧万事不知地混沌着。太阳很毒地晒在码头上,她却冷汗直流。

人们渐渐离去,拥挤的码头疏朗起来,叶莲子还是不知道往哪儿迈脚。

这时,船上相遇的夫人在亲朋的簇拥中走了过来,问道:"你丈夫没来接你吗?"

叶莲子摇摇头,模样恓惶得让人心里一堵,说:"他不知道我们来。"

夫人想,这就是了,难怪叶莲子让人一看就觉得发沉。她笑笑说:"这是九龙,还没到香港呢。别发愁,我家有汽车来接,可以把你们带过去。不过你有你丈夫的地址吗?"

"这倒有的。"

夫人看过地址,知根知底地说:"噢——风云杂志社,很进步的一家杂志,很多知名人士常在上面发表抗日救国的文章呢。你丈夫在杂志社里做什么工作?"

叶莲子感到难堪了,"不知道。"

夫人又想,这就是了。她不无关切地问:"可你知道他一定还在那里吗?"

叶莲子不置可否地点头,又摇头。

"先去再说吧。"她伸出一个手指给吴为,吴为就紧紧地握着,然后她领着她们母女向汽车走去。

风云杂志社很快就到了。叶莲子下车打探,夫人吩咐司机等着。

门房说是有顾秋水这么个人,让她等着,待他前去通报。

叶莲子红着脸,丢掉矜持,三脚两脚跑回街上,隔着车窗对夫人说:"找到了,太谢谢您了,要是没有您,真不知怎样才能找到我丈夫。"

很快就有一个男人从门道的暗影中走来。夫人朝那走动在暗影中的男人瞥了一眼,意味深长地对叶莲子说:"找到就好,多保重!"然后就吩咐司机开车走了。

叶莲子望着远去的汽车,不无遗憾地想:要是夫人等到顾秋水对她说声谢谢再走,该多好!

坐在汽车里的夫人想:那男人显然就是她的丈夫,酸气十足。不是穷酸,很多人也穷,可并不一定都有这种酸气,好比船上碰到的这个女人。这女人千里迢迢、勇气十足来到这个危险四伏的花花世界,原来为的就是这样一个男人!

刚才她还担心这女人找不到丈夫,现在却并不为她找到丈夫而庆幸。

在叶莲子的香港之行中,这个忽悠出现又忽悠消失、着实帮了她一个大忙的人,什么痕迹也没有留下。

从此无影无踪的这位夫人,却不时地在吴为的记忆中出现,尤其相逢胡秉宸后,更是不断自作多情地猜想:这位夫人会不会是胡秉宸的亲戚?

吴为希望是。她总是一厢情愿地希望,所有的幸运都与胡秉宸,乃至胡秉宸的那个家族有关。

有关这次旅行,吴为记住的只有这位夫人和叶莲子用一条水绿色手帕为她叠制的小老鼠。当她让小老鼠在挠动的手指上爬行时,一不小心掉进了大海,眼瞅着就被绿色的海浪所吞没。

直到四十多岁再次与海重逢之前,她一直以为海是绿的,而不是诗人们常说的那样"啊,蔚蓝色的大海啊!"结果看到的既不是绿也不是蓝,而是沉溺的黑。

想不到在这重逢时刻,让叶莲子最为激动的却是顾秋水的脚步声。

这个让她"望穿秋水",含辛茹苦等了四年的脚步声,此时此刻实实在在、可依可靠、一步一步终于朝她走了过来。

她低头对吴为说:"看,爸爸来了,爸爸来了!"

吴为却带着对夫人和绿色小老鼠的怀念,坐在地上,靠着箱子睡着了。对她来说,这个让叶莲子激动不已的男人,已在一九三七年七月的一个早晨走出了她的生活。除了血缘,他们可以说是毫无关系了。即便日后与顾秋水有过一段段短暂相处的日子,不管顾秋水怎么想,对吴为来说,他们顶多是同一公寓里的房客,不能再多。

当顾秋水来到身边时,叶莲子还是流出了眼泪。等到抬眼与顾秋水相望时,又破涕为笑了。

不论她的眼泪还是微笑,都不得不在瞬间收起。她虽来不及解读那一瞬间在顾秋水脸上滚动过几层信息,但显而易见,绝对没有重逢的喜悦。

面对这样一个油盐不进的顾秋水,叶莲子张皇失措。而顾秋水劈头一句就是:"你怎么来了?"

这让叶莲子更不知怎样回答,就忙着把吴为弄醒,"叫爸爸,叫爸爸!"

吴为就是不肯叫。

她多大了?四岁半了吧。很有主见呢!

顾秋水皱着眉头笑了笑,潦草地逗了逗吴为的下巴,说:"这个孩子,怎么是这个样子!"

平时吴为是个很容易被说服的孩子,现在却不听招呼了。叶莲子继续催促着:"叫爸爸,快叫爸爸呀!"

顾秋水讪讪地说:"算啦。"他早忘记当年离开北平时,曾为怀里那个软和和的小肉团泪流满面的事了。

然后他们就都没了话。一没了话,只好再次抬眼互相打量,他们发现,四年里,彼此都有了很大的变化。

叶莲子柔软的眼波里,有了一种不论抓住什么就咬死不放的固执,也有了一些凌厉——却不是磨刀石上磨出的,而是一千五百多个日夜中,为追寻顾秋水的踪迹,无数次穿越关山、云天、江湖河海磨砺出来的。红颜褪尽,一脸萧索,像一部显而易见的彩色片突然还原为韵味模糊的黑白片。

顾秋水本来还算恰如其分的江湖义气,现在不但发挥到极致,而且"过了唆"、发了酵,像真理跨过一步就会变成谬误那样成了痞气,小有得意之中,难掩着翘首翘尾的骚动。

总之,他们再不是四年前"过家家"式的小夫妻了。

二

这可能是顾秋水一生最为得意的日子。

跟随着包天剑从北平到延安,从延安到重庆,从重庆到香港转了一圈之后,不论情况多么令人沮丧,顾秋水初衷不改,乃至到了香港,还几次三番地与包天剑研讨日后的行动方向——是回东北老家搞地下活动,还是出国游历?

他不厌其烦的敦促,让包大剑深感狼狈。

延安出逃后,包大剑伏倦了一切。不论抗日还是重建东北军,还是打回老家去;不论红粉知己二太太跟着三弟走出家门再无踪影,哪怕人们说他们私奔;不论他的钱财还是人马;不论他的抱负还是他的痴心……对于过往的一切,他连回想都不再回想,连心疼都不再心疼,黄粱一梦还是南柯一梦,任人评说。轰轰烈烈一个声色犬马的人,忽然变做入定高僧。

流亡香港的东北军旧人不少,可是他连见都不见,更不要说大家一起叙旧。即便后来沦落到连填饱肚子都难以维持的地步,他也不向东北军的旧人讨生活。

所有旧关系都干净利索地处理完毕,所以他的困境无人知晓,连顾秋水都不大清楚。

顾秋水本以为,即便包天剑的家当都贡献给了延安,至少包老太爷那里还可一靠。可是包老太爷自"九一八"流亡关内,养着一大家子只能挥霍却毫无创造能力的人,坐吃山空,难以为继,也就难怪每月寄给包天剑的生活费仅够维持生计。天津还沦陷在日本人手里,包天剑又不便回去,只能一天天在香港熬日子。

到了这个地步,包天剑只好不再顾念顾秋水当初义无反顾丢弃军中职务,为他卖命十多年的情分,甚至为了摆脱顾秋水,把他送到姑表弟邹可仁创办的风云杂志社的员工宿舍,为顾秋水安排了一个铺位,自己则另觅一个新的住处。头一个月包天剑还替顾秋水付了十五块钱的食宿费,而后就连人也找不到了。

幸亏有位参加西安事变的东北军少将,也落魄在风云杂志社的员工宿舍,顾秋水从他那里得知了包天剑的新地址,就去找包天剑讨生活。包天剑不给,说:"这样下去不是长久之计,你再想想是不是还有别的活路吧。"

顾秋水说:"我要回内地抗日。"

包天剑却不愿出面为顾秋水写封信,请东北军新首脑给顾秋水一个机会——如果他为顾秋水写这封信,就得为一穷二白的顾秋水负担回程路费。当初不是他把顾秋水带出东北军吗?

有始就得有终。

顾秋水只好向邹可仁借钱,邹可仁哪能白白借给他钱?

既不会说广东话更不会说英语的顾秋水,在香港找工作比登天还难。

他愤怒的不只是被人丢弃,包天剑简直毁灭了他对朋友,对"忠""诚"这些观念的信仰。顾秋水越想越悔,越想越恨,买了把斧子直奔包天剑的住处,准备与包天剑同归于尽。

当他怀揣一把斧子来到包天剑的住处时,却找不到包天剑了,原来包天剑已经潜回天津。这两个曾经同患难、共生死的人,连个结尾也没有,就这样地结束了他们多年的主仆关系。

转了一圈回到家里,包天剑兜里只剩下十八块大洋。

此后包天剑多了一个嗜好,就是对着中国地图发愣,或在地图上画下他的足迹,始终不明白地图上的这个小圈是怎样将他套牢的。地图很快旧了、破了,再买一张新的。破旧的、五颜六色的地图,一张张堆放在房间里,看上去与摇小鼓收破烂儿的仓库几无差异。

回天津后不久,包老太爷就自杀了。

包老太爷不是没有锦衣玉食的机会,日本人找过他好几次,企图就此笼络东北势力。可是日本人怎么逼,包老太爷也不肯出来当汉奸。

最后一大家子人穷得连饭都开不出来,包老太爷宁死也不肯丢人现眼,让他人知道家里败落。以他断事的能力,早已料到包家日后的下场,眼不见为净,自尊地结束了自己的生命。

曾经歌舞升平、人欢马叫的包家大院败破了。包天剑自己那栋小楼更是物是人非,让他不堪回首,便带着三太太和孩子们回到北平,靠变卖家当过着每况愈下的日子。

北平那处房产,多数房子被汉奸霸占,他们只能住在后院几间小屋里,靠打小牌消磨日子。

抗战胜利后这栋房产虽然收了回来,可还是坐吃山空。到了后来,三太太不得不三天两头到董贵家要馒头吃,甚至打牌输了钱也向董贵举借,还一直拖欠着,等到钱不值钱的时候才还。

董贵还不好意思接下。包天剑就说:"拿着吧,再不拿着就更不值钱啦。"

一九四九年后,包天剑很快因病亡故,房子也卖了,当初四十多根条子到手的房子,只卖了十多根条子。

显赫东北几十年的包家王朝,就这样销声匿迹了。

幸好杂志社烧饭女佣阿苏看顾秋水可怜,每日将剩下的饭菜留给他一些,才使他不致流落到讨饭的地步。他像发迹前的韩信那样,只能乞食于漂母。

自然就落入"公子落难,小姐赠金"那样的套子。

阿苏是到香港谋生的乡下女人,这样的女人在香港一般就是当下女,没有更多的盘算,不过在干完每天的工作,杂志社的同仁各回各家后,在空空洞洞的宿舍里与同样寂寞的顾秋水上床而已。他们甚至没有一起逛过街、看过电影,顾秋水在阿苏身上得到的只是享受、呵护而不承担任何责任。阿苏也从没要求过这些,就是没有正式"名分",这样说妾不是妾、说女佣又不是女佣地跟着顾秋水过一辈子也安心安意了。阿苏明白自己的地位,没文化的乡下女人有什么好命?她对顾秋水说:"我就是跟着你当一辈子下女也行。"

对大多数男人来说,这是最为理想的一种两性关系。

而且阿苏并不知顾秋水的底细,还以为他是家大业大的人,他的困难不过是暂时的,将来总有发迹的一天。

悲愤之下,顾秋水将他落魄的经历写了一篇叫做《门客》的小说,居然得到发表,他才发现这也是一个挣钱吃饭的办法。真是挣扎活命中的一线曙光,哪里有二十世纪末小说家的潇洒——"玩儿"一把文学,或挣盒烟钱,再不像吴为那样把文学当个事儿。

从此他便开始写些小说或杂文,登在刊尾或报屁股上。特别是他写的《流亡十年记》,记录了追随包天剑,从九一八事变到香港前后十年的思想历程,深得著名进步人士金奉如的赞赏,便向风云杂志社社长邹可仁推荐。

杂志社也的确需要人手。邹可仁见顾秋水能写点东西,又去过延安、上过延安的抗大,这点资历足以使他成为一个合适的卒子。何况顾秋水七七事变前在东北大学当军训教官的时候,邹可仁同时为代理校长,还算是旧时相识。

邹可仁接过东北王们未竟的事业,又以"民主"为旗帜,组织政党,招兵买马,以收复在东北的势力、财产,重新称王东北。他创建发行的《风云》杂志已是一块相当重要的舆论阵地,又很会拉拢人,形势十分看好。退一步说,即便不能再称王东北,如果组党成功,也算一党一派,不管将来国民党还是共产党执政,都是讨价还价的资本。

这个政客也有他的老练之处,在反右之风始于青萍之末就看出事情不妙,堂而皇之地在一次政治协商会议上机灵地向周恩来总理递了个条子请假,提出要到香港料理家务。因为香港还是英国属地,去香港要通过外交途径办理手续。他的家的确在香港,这个理由很允分,周恩来总理不得不同意,当即在会上宣读了邹可仁写的条子,然后冷峻地巡视着会场,问道:"在座的还有哪位要走?我们可以一起办理手续,还可以派人相送。"

偌大会场噤若寒蝉,鸦雀无声。只有邹可仁梗着脖子,决不收回自己的请求,并终于在反右斗争如火如荼开展之前,逃离开去。

顾秋水就没有这样的高瞻远瞩和幸运,以极右派的下场告终。

八十年代邹可仁回内地访问,再没有人对他说"在座的还有哪位要走,我们可以一起办理手续,还可以派人相送"了,而是住北京饭店贵宾楼,享受着贵宾的待遇。

最受株连的却是金奉如,他那个"政委"怎么当的,居然出现了这样的政治失误?本该有所升迁的金奉如,从此终老在这个"政委"的位置上。

顾秋水于是进入风云杂志社,成了邹可仁口袋里的人物。

当邹可仁把这份恩惠赏给顾秋水的时候,并没有忘记对他说:"这是我们对你的特殊照顾,换了别人,谁也难以得到这个职位。"

进入风云杂志社后,顾秋水不但解决了饭辙,更有了自己也不曾料到的发展。

一九四〇年后,内地许多进步人士、文化名流,由重庆、上海等地相继来到香港,形成一股要求民主、抗战救国的热流,风云杂志社便成为他们的一个文化阵地,正像罗斯福号船上那位夫人所说,风云杂志社在当时可以说是民主、抗日、救亡主张的一个喉舌。

一九四一年皖南事变,该杂志还特地出版了一期《人权》专号,反对蒋介石假抗战、真反共的阴谋和卖国勾当,并由顾秋水主笔,撰写了一篇《人权斗争论》。

顾秋水这篇水平不低的《人权斗争论》,与进步人士金奉如的启发密不可分。

直到二十世纪九十年代,这位自其民主党派创立初期就担任重要职务的金奉如先生去世时,他的真实身份才得以公开,顾秋水才知道他是共产党。尽管几十年来人们有所猜测,但猜测归猜测,不能代替事实。一旦这个猜测被证实,顾秋水还是有种上当受骗的感觉——为什么金奉如几十年来从不公开自己的身份? 即便公开又能怎样呢?

继而又设身处地地想,也许当初就隐瞒着,到了后来反倒不好说了? 而当初又为什么要隐瞒这个身份呢……真是高瞻远瞩啊!

顾秋水怎么想,怎么也不能明白这种隐瞒身份的意图。想着、想着,一惊——类似的事情想必不止金奉如这一档子吧?

对着报纸上的金奉如遗像,顾秋水看了又看,怎么看也是"不像了,不像了"的感觉,不禁回忆起其党创建初期的日子。

当时,邹可仁以"东北同志会"为资本,以北方实力派身份参加了新成立的这个民主党派。"东北同志会"是张学良将军于西安事变前亲自领导组建,成员几乎囊括东北军少壮派的组织。不久以后,邹可仁就被推举为该党领导人之一。

香港的东北抗日人士,为此举行了盛大的庆祝活动。顾秋水花七十块钱买的那套英国西服,正是为了这个庆典。

他也考虑过是不是买套日本西服,每套比英国西服便宜二十多块钱,转而又想,何必在二十块钱上算不过账? 香港是一个处处要人明白它是一个比英国更英国的地方。如果此后想在上层人士中活跃一番,打开局面,怎么能不英国起来呢? 再说他的月工资已有二百多元,市井中五毛钱就能吃顿饱饭,三十个饺子或一碗面,这笔花销应该不算过分的靡费。当然他后来也买了套日本西装,留待平时穿用。

顾秋水是庆典活动的组织者,那一天很出风头,英国造西服尤其为他增辉。

跟随包天剑多年,顾秋水已积累了很多这样的临场经验,对主子又非常忠贞,这一类行政事务,邹可仁既放手又放心。

可是顾秋水已经不是追随包天剑时的顾秋水了,虽然尽忠尽力,却不像当年望着包天剑那样多情地望着邹可仁了。

他那逢迎的眼神后面隐藏着轻蔑,暗暗地说:邹可仁,尽管你穿着名牌,留学美国,就凭你那个四棱脑袋,那截又短又粗的红脖子,怎么看怎么像个东北农村的大车店老板。这样一个人,怎么就能成为中国政坛上的风云人物?

顾秋水觉得,不论邹可仁还是包天剑,都是酒囊饭袋,要能耐没能耐,要胆子没胆子,离了他什么也干不成。

此时恰值罗斯福总统派往中国的特使拉摩尔迪途经香港,滞留香港的东北抗日人士起草了一份《上拉摩尔迪书》,希望通过美国对蒋介石的压力,营救张学良将军。

签名人士有邹可仁、顾秋水……而且顾秋水的签名还很靠前。自一九四〇年八月进入风云杂志社占个铺位,到上书拉摩尔迪,顾秋水真是"柳暗花明又一村",也从一个忠臣不事二主的马弁,成为有可能登上政治舞台的一颗新星了。

但顾秋水始终对金奉如怀有戒心,每每与金奉如共事,都让他想起在延安的日子。他总觉得金奉如身上有一种他既不喜欢又很熟悉的东西,有天忽然明白,那就是一种"延安味儿"。

也许金奉如感到了顾秋水的怀疑、戒备,也许没有。在各个政党之间,共产党一向提倡诚心诚意,开诚布公。不知后来金奉如的秘书介入顾秋水的家庭生活,是否与顾秋水对金奉如,也就是对共产党的隔阂、戒备有关。

顾秋水正要大展鸿图之时,叶莲子来到。

叶莲子的到来,使他想起为人父、为人夫的责任。在此之前,顾秋水几乎已经忘记了自己还有妻女,特别近来,过的简直就是自由自在的单身贵族的日子。

好比在某个机会赏给他的某个英式早餐桌上,他也有了叼着烟斗看报纸的习惯——抽不抽是另外一回事——并且有了好几个真正的英国烟斗,有的是在旧货店里买的,有的是邹可仁淘汰下来的。他也备着 morning glory 烟丝,在某些人面前,该用的时候用上一回。

邹可仁一家偶尔带着他吃顿西餐,他不但懂得了给邹太太拉椅子,还懂得了给邹太太选什么样的面包。侍者送上 baguette (法国棍子面包)的时候,他会隔着餐巾用手背在面包上靠一靠,试一试温度,再让侍者把装面包的小篮子递给邹太太。

对于如何吃面包,顾秋水已经说得头头是道:"刚出烤炉的面包一定要放冷再吃,因为里面还充满发酵的气体,等面包冷下来,里面的发酵气体散尽之后,面包的醇香才能全部发挥出来。当然也不能太冷,以刚刚冷下最好。外皮要薄要脆,内里则须松软有弹性……"

他也会披着灰色开襟毛衣,在邹家跑马地大洋房的花园里摘几朵花送给邹太太,当然不能是玫瑰——邹可仁是留学美国的人,知道男人送女人玫瑰不同寻常的意思。邹太太便似笑非笑地说声"谢谢!"

邹太太是很西化的女人,常常组织跳舞、野餐、party 什么的,和男人的交往伸缩自如,总不会弄到西化的邹可仁颇有微词的地步。

陪邹太太一起上街买东西的时候,顾秋水自会恰到好处地给她拿着大衣,提着大包小包购来的物品,开汽车门、商店门、家门……

顾秋水有足够的聪明,如何做个上流社会的人本就是他的兴趣所在,而且样样做得不着痕迹。尤其"马屁术"已修炼得炉火纯青,秘诀之一就是用无伤大雅的不恭,调剂拍者和被拍者的难堪,既不让自己太过尴尬,也不让被拍者非常肉麻。

马屁如果拍得一览无余,不但让旁观者嗤之以鼻,被拍的屁股也会感到不适,反倒成事不足败事有余,甚至会被马尥上一蹶子……好比对邹可仁那些附庸风雅的诗作,顾秋水从来不是拿来就肯定,而是沉吟良久,反复吟诵,然后指出三分不足七分成绩。他真是没有枉赴一趟延安,至少对这个日后无限发扬光大的"三七开"心领神会。于是邹可仁就觉得那七分成绩真是成绩,以为自己果然满腹诗才,至少在考虑留不留用顾秋水的时候,又为他增加一个百分点。

顾秋水实为刚烈之人,不似有些人天性如此。所以他的马弁做得有点悲壮,马屁也拍得有点悲壮,表现在做马弁和拍马屁这种毫无尊严可言的卑微里,能尽力为自己营造出一点廉耻之心,以抚慰自己的刚烈。

三

叶莲子和吴为的到来,等于宣布了顾秋水单身贵族的破产。

情人变心,还不算十分可怕,因为身上没有责任,不必为推卸责任撕破面具,说走就走,轻装而去,说不定还会"留下美好的回忆";丈夫变了心,那才真叫可怕,如果身上那个责任又赖皮赖脸不肯放手的话,为了卸去身上那个责任,可以无所不用其极。不要说兵痞顾秋水,就是绅士胡秉宸在与白帆或吴为离婚时,同样心黑手辣,只不过上等人、上层人胡秉宸,比兵痞顾秋水多了一些文明的教化。

所以他才会情不自禁地对万水千山而来的叶莲子兜头一问："你怎么来了？"

眼睛很"毒"的叶莲子，事情临到自己头上却变成了"睁眼瞎"，竟然以为顾秋水会为她千里寻夫的壮举大张手臂、欢呼雀跃，没想到却是一句"你怎么来了？"于是她的千言万语、千辛万苦，一下噎在嗓子眼里出不来了，并且从此卡在嗓子眼里，再也没有出来过。

顾秋水无奈地对叶莲子笑笑，表示出对他这份不得已的责任宽宏大量的默认，说："走吧，先找个地方住下。"然后领着他的这份责任离开杂志社，叶莲子抱着吴为紧紧跟上。

顾秋水提着箱子低着头在前面紧走，也没回头看一看抱着吴为的叶莲子能否跟上他的步伐。

叶莲子这时才好在顾秋水身后，放眼打量思念了四个年头的丈夫。

顾秋水越发地潇洒了，脚上穿着棕白两色的镂空皮鞋，极薄的开身毛背心里是熨烫得一个褶子也没有的衬衣。以叶莲子在包家练就的洗烫全活把势，一眼看出那衬衣熨得非常专业，却没有做那大多数女人在这种时候顺理成章的猜想：谁给他熨的？衬衣束在裤线笔直的裤子里，连皮带也"香港"起来，不像从前扎的皮带，是从武装带上拆下来的，总离不了当兵的味道。头发倒还像从前那样梳得溜光，从中间分开，墨黑墨黑的。

如果说四年前不论顾秋水怎样修饰，看上去也不过是包天剑的马弁，现在却看得出是个风华正茂、独立自主的男人了。就看他的步伐吧，虽然还似长期军旅生涯中练就的机械、分明、快慢有致，却多了点任性无序、趾高气扬。

吴为的小眼睛滴滴溜溜地转着，指着街边的食品小摊，咿咿呀呀地说着："妈妈，妈妈。"

顾秋水像是没有听见，一直朝前走着。要是顾秋水不停下来给吴为买点什么，叶莲子也不敢提出给吴为买点什么。她只好一边亲着吴为的脸蛋，一边看着顾秋水的背影说："小孩子没别的事，老想吃。"以为这样一说，顾秋水怎么也得停下来给吴为买点吃的。顾秋水倒是回头看了一眼，但还是没有停下的意思。

叶莲子一面这样说着，一面又为这样解释吴为的要求心里充满歉疚。

孩子可不是饿了！从下船到现在，吴为不要说一口饭没吃过，就是一口水也没喝着。小孩子不像大人，肚子太小，本就储存不了多少东西让时间消耗。

叶莲子左右为难着，一为难，脸上就显出恍惚、尴尬的呆笑。顾秋水就想，怎么从前没发现她这样呆笨！

他们过了大街又穿小巷，然后向山上走去，繁华的香港就在她面前渐渐掀开荒凉的一角。

到了山上，顾秋水又领着她们左拐右拐，最后进了一栋摇摇欲坠的小楼，想必就是他的住处了。不过叶莲子并不在意，什么样的苦日子她没有经过？她只是惊讶繁华的香港，居然还有这样的危楼。

她抱着吴为，跟着顾秋水往楼上走去，一直走到平台。放眼一望，香港尽收眼底。眼底一栋栋密密麻麻的小楼，每栋楼顶都有后加的与棚子差不多的房子，或悬空延伸，或摞了一层又一层，像是孩子的手越搭越高而又岌岌可危的积木。

顾秋水就在这个平台上给她们租了一间"积木"，说棚子也无不可。

不知叶莲子是真没有觉悟还是"鸵鸟政策"，对眼前的微妙形势硬是一个没有感觉，甚至问道："这地方怎么会叫香港？"

顾秋水看不上眼地说:"叫香港就得香吗?"

"呃?"

叶莲子拧着眉毛,瞪着一双顾秋水当初觉得秋水盈盈如今却觉得大而无当的眼睛,显然还是不明白香港为什么不香的道理。

"你叫叶莲子,就能当莲子吃吗?"

"嗯。"好像明白了,再四下里望望,又不解地摇摇头,说,"香港!"

顾秋水就觉得刚才的话白说,这样的脑袋能装进什么?想想和她度过的日子,早该明白她可不就是个想上什么就一门心思、不管对错地想下去,任什么也不可改变的人吗?

把她们撂下之后,顾秋水说:"你们就住这儿吧,我还得住在社里,因为这里离社里太远,我的工作又常常在晚上,还是住在社里方便。"

叶莲子想,真是太远,走了好久、好久呢。她就点着头说:"是呀,太远。"

顾秋水又说:"你们先歇几天,有话过些天再说。"

叶莲子说:"快忙你的,别耽搁了公家的事。"看到顾秋水一副重任在身的样子,心里着实为他自豪。

顾秋水也没有问叶莲子一句,这些年是怎么过来的,有没有困难,一路上可是辛苦或安全,手里有没有钱……撂下她们母女扭头就走了,干净利索,一点也不拖泥带水。

就像离开北平那天一样,又是一个大子儿不留,有关她们母女日后怎么活下去的话也一句不提,而叶莲子也像那天一样,什么也没问,什么也没说。

她并不明白,顾秋水如今的不闻不问,与那时的不闻不问,性质已完全不同。只想:对,他忙。而且他不是说了"有话过些天再说"？只有一点遗憾,顾秋水总该回头看她们一眼……却没有。

顾秋水想想也觉得奇怪,这个四年前让他难舍难分的女人,为什么现在对他一点吸引力也没有了？尽管杂志社的同仁都说,想不到他还有这么一位漂亮的太太……

坐在地上的吴为不安静起来。

叶莲子这才想起顾秋水也没亲亲、抱抱吴为,也没跟吴为说句话……她为吴为感到了委屈,忙哄着她说:"噢,对,对,我们要吃饭了,要吃饭了。"

顾不上安置行李,她先带吴为下了楼,在小街的大排档上指指点点买了两碗盖浇饭。买饭这件小事给了她一点信心,她想,虽然不会说广东话,饭也买来了。

晚上睡下之后,从隔壁传来放屁的声音,一声接着一声,也许什么人有肠胃病。这才发现与隔壁人家只隔了半截墙,如果高一点的个子,伸头就能看到她们的一切日常细节,简直就像住在同一间房子里,好在香港男人个子都不算高。

顾秋水的"有话过些天再说",一过就是十多天。

叶莲子虽然在人生地不熟的香港找不到风云杂志社,却在这十多天里找到了活路。她到商店里指指点点,用剩下的路费买回米面、菜蔬,又过起省吃俭用的日子。

有一天顾秋水终于来了,不像第一次见面那样皱着眉头,脸上甚至还有了些许的笑意。

叶莲子生怕惹他不快,小心翼翼地依着他的眼色行事。

这又让顾秋水发烦,奇怪她怎么变得这样贼头贼脑、小家子气。看看邹太太,什么时候这样对待过邹可仁？就是几个朋友的太太,也不这样贼头贼脑对待丈夫。

叶莲子手忙脚乱地张罗着,看看柜子里什么吃的也没有,就说:"我去买点儿什么。"

顾秋水说:"不必,煮点儿白饭青菜就行。"

叶莲子还是难以决断,不知真就煮点白饭青菜,还是出去买点什么。

顾秋水瞧着叶莲子那无可挑剔的脸,这张脸原该配一副有文化的好脑子,现在,只能漂亮得让他生出厌烦。

叶莲子一边切菜一边胆怯地说:"我看见有人在街上卖饭,生意还挺好……反正我在家待着没事,不如出去卖饭,也是一项收入。"那菜刀也就跟着她的胆怯没了板眼,重一响、轻一响地落在案板上,让顾秋水更加生厌,说:"你还打算在这儿长住啊?"

叶莲子没明白他的意思,自然地应着:"嗯哪。"

一看她那副死心塌地、安营扎寨的样子,顾秋水就想,不如就此跟她说清楚,否则拖的时间越长,这个寨子可就扎得越牢实了,"你刚到的那天,看你一路辛苦没好和你谈。你也知道我是为什么离开北平到延安去的,当然在延安没能如愿以偿,到香港后也吃了很多苦……不说了,说也没用。现在我们的事情比离开北平时倒有了发展,你们到来前,也就是九一八纪念日的那天,我刚刚向邹可仁打了保票,一心抗日反蒋,别无他求。结果你们就来了,让我很尴尬……我的意思是,你不如还是回到你父亲那里去,你带着孩子回去吧。"——冠冕堂皇。

从到香港那天起,叶莲子就一直在等,等顾秋水什么时候闲下来跟她说说话,他们两口子到现在还没正经说过话呢。她以为顾秋水会有千言万语、千情万意对她说,没想到等来的是"你带着孩子回去吧"。

叶莲子刚把炒锅从火眼上端下来,一下子又把手伸到火眼上去,马上就嗅到皮肤烧焦的气味。她满脸飞红,赶快倒些酱油,背朝着顾秋水,只管低着头往转眼间就隆起燎泡的手指上抹。自母亲去世后,对这个薄情的世界,除了背过脸去,她还有什么办法保护自己?

比起褥子底下的钱一天天见少,没依没靠,眼瞅着就要讨乞;

比起天津发大水、眼看着大水往上涨,撺得她们母女没吃、没钱、没处逃;

比起在包家受尽寄人篱下之辱;

比起天津到徐州、徐州到淮安,穿过日伪封锁线的危险;

两年多后,一九四三年,顾秋水为执行任务,按着同样路线走了一趟,对吴为谈起一生的作为,他感叹道:"通过那条封锁线非常危险,脑袋说掉就掉啊!"不知那时他对叶莲子千里寻夫的艰险是否有了点滴了解?不知那时可曾为叶莲子感慨一回;

…………

自顾秋水走后,桩桩件件、大难小难全部加起来,也没有此时此刻这句"你带着孩子回去吧"让叶莲子感到难以克服。

那时,不论多难,她觉着前头还有盼头。现在顾秋水一句话,就把她那以为苦尽甘来的盼头毁了。

他们的恩情,她所有的苦难,让顾秋水一句话就化作了飞沫。

对此,几十年后顾秋水和吴为有过多次交锋——

顾秋水说:"要是我到香港以后情况挺好,早就把你和你妈接来了,不会有后面的事。你们一来,我就得找人家增加工资,我这个人就是不愿意向人家开口……"

诚然,"不好意思向人家开口"是不少东北男人要命的传统,但仔细一想,就知道不是那么回事。不是顾秋水自己说的,五毛钱就能吃顿饱饭,三十个饺子或一碗面?叶莲子连三十个饺子也不会奢望,她有一碗饭再加一块咸菜就够了,也许连咸菜都不必;更何况顾秋水那时每月工资已有二百之多。

就是和二太太一起出走,后来又到香港读书的包天心,每月食宿在内也不过八块大洋。

"要紧的是,你妈一句也没对我说我走后她受过什么苦。如果她把受过的苦对我说说,我也会有点儿良心,反省反省。她的自尊心太强,从不'上赶着'。可是人生的机遇一闪即逝,不想办法抓住,机遇就过去了……我要是知道你们在包家的遭遇,非找他们算账不可。唉,现在我就是想算账、想报仇,都找不着人啦!"

吴为说:"你给我妈说话的机会了吗?即便她不说,你难道想象不到?你一个大子儿不留,走了,一个女人带着个孩子,无亲无故又无一技之长,她的日子该有多难?你想找谁算账,找谁报仇?你不该先找自己算账报仇吗?"

"如果包家对你们好些,你妈也不至于到香港来找我,就会一直待在天津,最后我总会去找你们。"他又说。

"凭什么抱怨包家?你作为丈夫都不管自己的妻儿,还想把妻儿在包家一撂一个八年抗战,人家有什么义务替你负这个责任?你会回来找我们?!你忘了,抗战胜利后多少年不管我们死活的你,所做的第一件事就是写信给我妈,说你养活不了我们,让我妈和你离婚,赶快自寻活路……"

就在这一瞬间,叶莲子那冥顽不化的品质被挖掘出来,或说是一通百通起来。

桩桩苦难,炼丹一般把她炼了一千五百多天,早不成果、晚不成果,让她赤手空拳、手无寸铁为了多少难?没想到这时却出炉、成就出来。

回去?!

回去怎么向父亲交代?以父亲那样一个下级军官,为她拿出赴香港的这笔路费,容易吗?

回去靠谁?嫁出去的姑娘泼出去的水,父亲有什么义务替顾秋水承担养活她和吴为的责任?更不要说回去以后怎样面对继母——来时在父亲家住了几天,继母还老担心她一直住下去不走哪。她是上哪儿哪儿都嫌,哪儿哪儿都不要哇!她这是怎么了?人见人烦。活到这个地步,还有什么出路?

这样不近情理的话,顾秋水怎么说得出来?

而且她的勇气、力量、精神都使光了,她再没有能力对付那样的困境了。

叶莲子低着头,也不看顾秋水,不温不火,声音很低也很简捷地说:"我不。"

简简单单两个字,听起来却似铜墙铁壁,没有一点通融的可能。越是简单的东西有时反倒以一当十,成为最难破的法宝,以不变应万变可能就是这个意思。而以不变应万变的对手,也就成了不好对付的对手。

也就难怪顾秋水有了那样的冲动——真想拿个铁锤把叶莲子的脑袋砸开,让她那不开窍的脑袋开开窍。

何况叶莲子将手烫伤,更让顾秋水怒火三丈,觉得她是有意把手烫来给他看,用苦肉计的办法胁迫他的怜悯。

吴为看看叶莲子又看看顾秋水,四岁多的她还不会对眼前发生的事情做出判断,但她确知,突然在生活中出现、让她叫做爸爸的这个人,就是她饥饿的时候妈妈不敢给她买饭吃的人,就是他一说什么妈妈就比遭了天津大水还胆战心惊的人……

想不到逆来顺受的叶莲子还有这样的本事。顾秋水说："好吧,那你就得为这个'我不'付出代价。"说完扭头就走了。

叶莲子没有哀求。

按照她的人生经验,谁也不会因了她的哀求就会对她稍加慈悲。她抱起吴为,站在异乡的平台上,怆惶地看着顾秋水越走越远的身影。这才明白,此情此景,与顾秋水四年多前的北平之别,何其相似,又何其不同。

顾秋水说到做到。没有饭吃？没有衣穿？没有钱花？他一概不闻不问。

不是顾秋水心狠手辣,也不是他小气,他只是想用这个办法把叶莲子逼走。一旦过问这些,叶莲子又会生出幻想,以为他回心转意,愿意留下她们母女。

剩下的路费没有几个了,叶莲子又不能去找顾秋水,那他就会采取更为极端的办法赶走她们母女。

她到小店买了一些粗瓷碗,又买了一袋大米。以她一米五五的身高,不到一百磅的体重,豪迈地将那袋米扛上平台。

居住的小区没有自来水,就拎着水桶到远处有自来水的地方提,一手拖着吴为,一手拎着水桶。不能快走,快走吴为跟不上,只好走一步、等一等,水的重量就加倍重在了手上。

学着当地人的样子,叶莲子煮了米饭盛在碗里,上面再浇点青菜。不会说广东话,把价钱写在一块纸板上,有人问价,就指指纸板,人家也就以为她是哑巴,不再问了,只管吃了付钱就是。

好在这里是贫民区,出苦力的工人很多,这碗实实在在、可以饱肚的盖浇饭很受欢迎。何况她心地善良,又比别人装得更满,所以销路很好。

这使她觉得自己还有点能力,就像蜡烛,白天显不出光亮,

273

到了晚上,就显出来了。

转眼就是冬天,如果没有钱,香港的冬天就很阴冷。不像在东北老家,可以上山捡点落叶、柴火,生个火炕;也不像在天津包家,房子里有暖气。当然更不能带着吴为出去卖饭,街上更冷。风从海上刮过来,深入、全面地刺进骨头,还带着一点咸腥的味道,有一番腌在咸菜缸里湿答答的咸冷。

叶莲子只好把吴为锁在屋子里,让她坐在床上,再用棉被把她围在当中,地上放个便盆。再三叮嘱她:"南南不哭、不怕,妈妈很快就回来,等妈妈回来给你买糖糖、买果果,啊!"

叶莲子说的糖,就是广东盛产的土红糖,价钱便宜,据说还能补血。

吴为仰着小脸,包打天下地应着:"我不哭——我不哭——我不哭——"从来没有像别的孩子那样须臾不离母亲地吵闹,也不曾阻拦过叶莲子外出卖饭。

吴为的确不怕。直至长大以后,面对十分阴险的事物也不懂得怕。傻大胆再加莽撞,反倒帮助她渡过一个个难关。

叶莲子一步一回头地看着自顾自在床上翻叠手帕的吴为,每次都难以迈出那个窄小的房门。可她不走怎么办?眼瞅着娘儿俩又要没饭吃了。

吴为却不眷恋叶莲子,很有兴味地翻叠着妈妈的一方小手帕。她爱妈妈的小手帕,小手帕一张,可以叠出各种不同的花样,样样都是她自己做出来的。

她一面叠弄着小手帕,一面唱儿歌般地重复着:"我不哭,我不怕。我不哭,我不怕……"这可不是她的儿歌又是什么?

玩腻了就下地,到小柜上去拿杯子,喝一点妈妈给她泡在杯子里的红糖水,多么好喝啊!红糖水是她除了妈妈之外的最爱。

所以她就有了很多尿,一会儿再爬下床撒尿,还会小心对准便盆,不让尿洒在地板上,不然妈妈又要像在二太太家那样,趴在地上擦地板了。

吴为差不多忘记了包家的日子,可永远忘不了叶莲子趴在楼梯上擦地板的情景。

每每叶莲子从街上卖饭回来,见到便盆里很多的尿却没有洒在地上的痕迹,再看看还围在棉被里的吴为,除了没有自己给她围得那么严实,似乎什么变化也没有。

她照例问问吴为:"冷不冷啊?"

"不冷。"

"饿不饿啊?"

"不饿。"

都是让叶莲子安心的回答。可是等到叶莲子做好饭,吴为也不怕烫,拼命往嘴里扒。一面扒,一面紧盯着面前那一盘豆腐炒菠菜。

吃着、吃着,她会抬起头来,对妈妈一笑,说:"妈妈,好吃。"有点不好意思,好像只顾吃忘了妈妈。

卖饭挣的钱,不但挣出了她们两个人的房租、吃喝,还能给吴为买点香蕉——拣那些不太新鲜、皮上开始长黑斑的,价钱便宜得多。

所以吴为就是有了钱之后,买香蕉也挑那种长了黑斑的。直到她写的书在欧洲很多国家出版,应出版社之邀到欧洲那些国家推销她的书,出版社的人见她好端端的新鲜香蕉不吃,总要放到皮上长了黑斑的时候才吃,都非常奇怪。最后她终于知道,新鲜的香蕉有多么香甜,不该等到长了黑斑才吃。

杂志社里的一些好事之徒对顾秋水说:"孩子刚来,怎么也不给她买些点心?"

顾秋水皱皱眉头,算是回答。

在杂志社服务部卖书的阿棠,很喜欢小孩,买了些广式点心请顾秋水带给吴为,不知道顾秋水是很少上山去看她们母女的。虽然吴为没有吃到阿棠给她买的点心,但她在香港得到的甜蜜,却是她所不认识的阿棠给的。

有人从山上来,说到叶莲子在摆地摊卖饭。顾秋水不但不怜悯反倒心生恨意,认为叶莲子有意给他丢人,心想,谁让你来的？活该,受着去吧！暗中还盼着顶好没有人买她的饭,让她生计无着,熬不下去,也好早日打道回府。

直到一九四一年底珍珠港事件,她们母女二人过的就是这种日子。

好端端的一天,日本飞机说到就到了头顶,而叶莲子还在街上卖饭。她抬起头,傻傻地看着天上的飞机,不知道那意味着什么。不要说她没有想到,就在不久之前,连美国人也没想到,连太平洋舰队也没想到,这些飞机偷袭了夏威夷群岛中的美国海军基地珍珠港,把美国太平洋舰队炸了个灰飞烟灭,紧接着又来轰炸威克岛、关岛、马尼拉、新加坡、香港等地的英、美军。

直到炸弹落下,鲜血喷涌,血肉横飞,满街繁华瞬间化为断壁残垣,歌舞升平变做鬼哭狼嚎,叶莲子才丢下饭摊,冒着炸弹就往家跑。多少次被防空人员拦住,让她到防空洞里躲一躲,她只管叫道:"南南,我的南南！"

万幸的是她们那栋小楼,在变做一片瓦砾的楼群中,竟还像从前那样摇摇欲坠地站立着！

正当她庆幸那栋小楼一息尚存的时候,一声声从未听到过的、天塌地陷的巨响,再次冲进她的耳膜,无形而又挤满空间的气浪猛然把她掀倒在地。她看到,一颗炸弹当当正正落在紧挨她们那栋小楼的十字路口。她的眼睛一阵灼烫、灼痛,好像炸弹不是落在地上,而是落进了她的眼里。

她绝望地想,完啦!那个为了生计不得不反锁在家里的南南,这回是完啦!

她再也看不见这个从生下来连一块好糖、一顿好饭也没吃过,一件玩具也没有过,总是穿着用她旧衣改制的衣裙、鞋子,除妈妈的笑脸以外一个好脸色也没见过,从不诉苦、从不索求,只在世上辛苦活了四年多却又不懂得是在受苦,因而以为世界就是这样无情的小女儿了。

南南的小脸浮现在她的眼前,不是眼下这一张,而是两岁多的那一张,对二太太讨好地笑着……

硝烟过去,她简直不能相信,她们那栋摇摇欲坠的小楼,竟还在周围的烈火中飘摇着。

叶莲子跑上平台,踹门进去,屋子里的瓶瓶罐罐全被震掉地上,所有的东西都挪了窝,乱作一团。吴为也被气浪从床上掀到地下,见到叶莲子不哭也不闹,只是圆睁着一双不明就里的眼睛,翻转身去把屁股给叶莲子看,说:"妈妈,屁股疼。"

叶莲子扑上前去,抱起吴为,却又一下子瘫坐在地上,号啕起来……

这也是吴为唯一一次听到过的,叶莲子的号啕。

她伸出小手,抹着叶莲子脸上汹涌的泪说:"妈妈不哭,妈妈不哭。"

叶莲子把脸颊往吴为厚厚、温暖的小手掌上更紧地贴过去,可这并不能止住她的伤痛。

每份痛苦都像一份病痛,都有一份治疗它的特别药方,除了那个药方,再好的药也没有用啊。

天黑了下来,炮火熄灭了这个城市,灯红酒绿、活蹦乱跳的香港瞎了。只有当炸弹再次爆炸时,香港才会在闪烁的火光中做瞬间的跳跃,如垂死前的挣扎。

每一声呼啸的炸弹,都像瞄着她们这栋小楼,而小楼似乎比整个香港都泰然地在炸弹不断的爆炸中等待着一个结局的到来。

叶莲子终于承认,她是无助的了。其实自顾秋水北平一别之后,她面临的就是这种境地。她根本不明白,一再将她们救出困境的其实是她自己。遗憾的是直到离开人世,她都以为自己是个弱者。

这一颗几乎将她们母女分离的炸弹,使叶莲子再不敢丢下吴为出去卖饭,而且一天之内,所有米店也都关张,说是要等人们更饥饿的时候米店商人才会抛出米来。

香港陷入了饥饿,人人都在为买不到吃的发愁。只有这个时候,穷人和富人才有了共同的忧虑。

到了此时,香港就像落入凡尘的一件名牌内衣,既不能御风寒又不能解饥渴,并且让人随手扔在地上,任由万脚践踏。

幸好叶莲子有为卖饭备下的米,她们才不致饿肚子。可是吃着吃着她就会想,顾秋水有没有饭吃?这时,饭就哽在喉里,咽不下去了。

第七章

一

不管顾秋水如何设计阿苏、叶莲子和他的生活前景,时局却迫使他不得不放弃将叶莲子撑回内地的打算。

谁也没有料到,一九四一年这个十二月,离开香港竟成为一个难题,就像若干年后返回香港竟成为难题一样。

珍珠港事件当晚,多少国民党军政要员也没有登上国民政府派来的最后那趟接应班机。接应名单中不乏蒋介石的钦定人物,管你是开国元勋还是一代功臣,还不是连狗都不如被踢下飞机?广为流传的是前广东省主席陈济棠好不容易挤进机舱,却让孔祥熙二小姐的狗撑下了飞机。人到此时,称霸一时的"南天王"也只好被犬欺,更不要说像邹可仁这些与张学良将军有着千丝万缕的关系、与蒋介石分庭抗礼的"滞港东北流亡人士",这是一群蒋介石有机会就决不饶过、日本人逮着也决不会饶过的"两不靠"的政治力量。

当炮声猛烈响起时,顾秋水不能不想到叶莲子母女的安危。

不管他对叶莲子厌恶到了什么地步,第二天只好上山。

叶莲子拥着吴为呆坐阁楼,倾听着连天炮火在周遭轰鸣,像不意间被风雨隔阻在荒郊野外中的旅人,心神邈远而又一心一意倾听着风雨在天地间的扫荡。

果然不出顾秋水所料,见他来到,叶莲子又把他的人道精神错当夫妻情爱。在这生命攸关的时刻,谁能想到她们母女的安危?还不是自己至亲至爱的丈夫!

如果一个已被男人厌倦的女人,仍然对这个男人想入非非的话,那男人除了腻烦、起鸡皮疙瘩,还能有什么别的感觉?

顾秋水刚一迈进门槛,吴为就把眼睛藏到叶莲子的腋窝里去了。

顾秋水也没有显出更多的亲情,瞥了吴为一眼就调过头去——他要等到老年,才会感到他曾是、还是一个人的父亲——对叶莲子简捷地说道:"收拾一下,我送你们到安全的地方去。"

叶莲子有什么可收拾?一到香港她就一身青色棉布大褂站在街头卖了饭。

她那身青色棉布大褂,绝对不能混淆于旗袍,虽然看上去仅仅是质地、做工、款式的区别。这好比同属鸟类的各种飞禽,各自身价千差万别,而这种差别并没有明确的界限,只能心领神会。那么叶莲子的青色棉布大褂在这一服装大系中,其地位可能仅相当于鸟类中的麻雀。

从天津带来的那只皮箱里,倒是珍藏着几件与顾秋水共同生活时的衣衫,到香港后从未派上用场,那箱子也就不必整理,提起就走,剩下的就是为每日卖饭备下的、突然变做无价之米的大米。

也不敢询问去向,抱着吴为跟上就走。这一路行走与刚到香港那天的行走,真是人情多变,风景无常。

原来顾秋水把她们送到了跑马地邹可仁家,邹家有自用的相当于防空洞的地下室。

顾秋水对邹太太介绍说:"这是我太太。"

邹太太手指上刚刚涂过蔻丹,不时翘起手指瞭上一眼,留意非留意中就知道该给叶莲子多少笑脸,一分不多、一分不少。她又看了看吴为,对顾秋水说:"这孩子真像你。"

吴为噘起了嘴,说:"我像妈妈。"

邹太太笑了:"你像妈妈? 不,你像爸爸。"

吴为固执地重复着:"像妈妈。"

邹太太说:"她还挺会挑。"又对顾秋水或是叶莲子说,"放心吧,我们这里很安全。"然后转身离去,高跟鞋在地板上敲出不轻不重的声响,顺路吩咐着佣人:"周妈,晚上多添两个人的饭,再把驼绒毯子给我拿到地下室去。"

周妈脆生地应了一声。一听就是当家多年的老佣人,声音里有种与主人在年深日久的配合中调制出来的默契。

叶莲子立刻像是回到包家,回到佣人住的地下室。那儿无论如何还能体味到二太太的一些乡情,这儿却在尽力使人忘记他们的来处,忘记他们爱吃的大葱蘸酱、高粱米水饭、冬天的火炕……别看邹太太戴了一身钻石,却难以指望像二太太那样,在她箱子后面留点钱,让她别再傻等,赶快到香港找顾秋水。

顾秋水受领了邹家的收容,不过他的受领之情包裹在漫不经意之中,看上去反倒像是纳下邹家一份无端的好意,而邹家又明明白白知道他的领恩之情,真是难为顾秋水了。他转身吩咐叶莲子:"你和孩子就留在这儿,邹家会很好照顾你们的。我还得回社里去,现在是非常时期,社里要人照应。"话是对叶莲子说的,眼角的余光却向邹可仁瞭了一下。邹可仁果然显出满意的样子。

一看又要被顾秋水丢下,叶莲子忙说:"不,你到哪儿我们就到哪儿。"一厢情愿地要和顾秋水生死相随。不管邹家防空洞多么安全,她也不想单独留下,谁知道战争怎样打,打到什么程度。如果他们就此一别又是四年怎么办?她万万不想再落入寄人篱下的境地。

顾秋水什么也没说,只横了她一眼,就像大刀片嗖地一砍,她的痴心妄想就拦腰而断,只好"搂"起再次被丢弃的恐惧,无奈地看着顾秋水走了。

就是有一只鸟飞过,人还会掠上一眼呢!然而却没人管理叶莲子和吴为。她们就像乡下穷亲戚送来的,扔又不好扔(亲戚还没走)、吃又吃不得,搁在一旁碍手又碍脚的大倭瓜。

叶莲子拿不定主意,不知是否应该和主人或哪个佣人应酬几句,不过人家愿不愿管理?或是帮帮佣人们的忙?新来乍到,摸不着边际,不但插不上手反倒可能添乱……

最后只好在一个角落的椅子上坐下,再次落入多余者无以自处的境地。

好在可以一味低头照顾吴为,对面前走来走去那些看不见她们的人,也只好是一个看不见。可又并非坚决彻底,忽而就突兀地抬起头来,努出一个微笑或张张嘴巴,好像很多合体的应酬话要说却始终没有说出来,而彼时并没有人从她面前经过。

天上虽有飞机扫射轰炸,外面虽有炮火震天,邹家的日子却不可省略。地下室里按时按晌送来咖啡、下午茶、点心等等,吴为却不能像叶莲子那样低头回避,而是盯着佣人们端着食物,一趟趟在她面前来回穿梭。

叶莲子就说:"南南,看,看墙上的那个挂钟,等一会儿就有小鸟出来叫呢。"

吴为说:"哪儿呢？妈妈,小鸟在哪儿呢?"

可是小鸟一个小时才出来叫一次,吴为哪能等那么久？就是等来小鸟,不过叫几声就又回去了。

她又说:"听着,妈妈给你讲故事。从前,有个老道啊……"

吴为说:"我不听,我不听,我要吃那个——"她指着佣人端过去的蛋糕说,"那个。"

防空洞的天地那么窄小,邹家人在那头吃点什么,喝点什么,对吴为都是难以抵制的诱惑。可是没人想到这个尚未学会扼制欲望的孩子旁观他人享用美食的痛苦。顾秋水是谁？他的孩子又是谁？

叶莲子是辛苦的。邹家人从早吃到晚,早餐、午餐、下午茶、晚餐、消夜,还有水果、点心穿插其间。她讲的故事也好,报时的小鸟也好,怎抵得一波又一波的轮番诱惑？

吴为哭了起来,叶莲子越是着急,她哭得越响。邹可仁虽不说什么,却皱着眉头不停地翻眼睛。

邹可仁是美国哈佛大学留学生,又遍游欧洲,因此不似父亲以及东北很多老财主那样刨个坑把钱埋在地下,而是买了美国股票。

邹家本是乡下小门小户的人家,有位亲戚却是一股"胡子"的老大,沾黑道的光,花钱买了税务局的一个小官。这个肥缺让邹老太爷很快捞足了钱,之后又买通省里,当了被服厂厂长。

二十世纪初,中国人像世界人一样,好像对打仗有着特殊的嗜好。回想一下二十世纪初中国军阀混战的局面,真像回到两千五百多年前的春秋战国,狼烟四起,遍地开花,战事一茬接一茬。和八国联军打、和俄国人打、和日本人打,"胡子"和"胡子"打、这个军阀和那个军阀打、这些人和那些人打……打仗需要兵,当兵的人也真多,是个男人差不多就是个兵。战争兴隆,被服厂自然兴隆,生意兴隆就意味着邹老太爷财源茂盛。

经营过被服厂的邹老太爷接受了资本的教育,把邹家的钱财以及为邹家钱上生钱的重任,托靠给有了美国学位的邹可仁。

哈佛大学工商管理硕士邹可仁有一天突发异想,抛出美国股票,吃进马来西亚几个金矿的股票,这一招臭棋使邹家财产几乎赔光。工商管理硕士本不会犯如此低级的错误,怪就怪二次世界大战,如果没有二次世界大战,情况不会这样反常。马来西亚金矿不久在二次世界大战中被日本人炸得精光,只剩一座,股票掌握在邹太太手中,可以想见日后邹可仁与邹太太离婚后这些股票的下落。

太平洋战争已成不可避免之势,这位工商管理硕士偏偏将财产向太平洋转移,这样的脑袋还想折腾出什么有声有色的事情?这样的头脑还想以"民主"为旗帜,组织政党,招兵买马,收复在东北的势力、财产,再度称王东北?或组党成功,也算一党一派,不管将来国民党还是共产党执政,都是讨价还价的资本?这不是"天方夜谭"又是什么?

邹可仁是空有野心而无能力啊。而共产党里会聚了多少优秀人才!共产党注定要成为执政党了。

一九四九年后邹太太无论如何不肯回内地定居,她忍受不了滑向简陋,宁可放任邹可仁独守北京,自己长住香港。

邹可仁以为凭借他那一党一派的力量,总会有个与共产党平分秋色的地位,没想到只得到政府某部门一个虚职,几十年的美梦不过一枕黄粱。

但他并没有死心,直到一九五七年反右之前,还留在北京静观局势,期待奇迹的发生。

好在还有一些亲朋没有撤离大陆,常到他那个种一溜无花果和夹竹桃的小院,一同吟唱"故国不堪回首月明中"。

他的老厨子还在,市场上还能买到与逝去不久的时日不差分毫的作料,做出他一日不可离的佳肴。邹可仁储存的好酒也还有,即便喝光了,也可乘往返香港之机带进一些,好在那时进出还算自由。

旧日关系中,有位远亲的女儿,一九四九年之前,家庭状况是玉器多得用簸箕撮。一九四九年后父母双双亡故,无法像其他亲戚那样或走香港、或去美国,偏偏又在一九四九年后升了大学,校中再也没有类似美国大学富家子弟"同学会"式的 party,不要说组织家庭舞会,连经济来源也成了问题,哪里还有寻找门当户对乘龙快婿的机会?所幸眼前还有这个可以让她恢复旧日享受的男人,而且不算很老,自己父亲比四姨太还年长三十多岁呢。

老区来的女干部,彻底摧毁了邹可仁打算换换口味的企图。那些本就毫无起伏的腰杆,再扎上根粗皮带,活像横锔了一道箍子的大酱缸;帽子底下冒出的短发,参差如地里的麦茬,外加多日不曾洗濯的脑油子味儿;说话直喷唾沫星子,对着他人的脸大放惊天动地的饱嗝儿或喷嚏;翻书之前先伸出老长的舌头,以手指于舌上取水……这都让邹可仁立时脑袋大如斗,忘记了自己没留洋之前,也是说话直喷唾沫星子的,也是对着他人的脸大放惊天动地的饱嗝儿或喷嚏的,也是翻书之前先伸出老长的舌头以手指于舌上取水的,脑袋上也是冒着多日不曾洗濯的脑油子味儿的。本以为太太不能影形相随,毕竟天涯何处无芳草,没想到一下掉进盐碱地、荒草滩,不要说芳草,连根草毛都找不到。

国事、家事,就这样改变了他们旧有的关系结构。

起始邹可仁未必当真,可是这位远亲的女儿竟为他生出一个儿子,这是邹太太一直不能满足他的。

一九五七年反右前夕,邹可仁带着女大学生和儿子到了香港,原想维持一大一小的局面,但是有大学文化的女人怎能像阿苏那样,心安理得地接受一大一小的局面,于是有了离婚。

邹太太离婚后先与东北某一望族的后人同居,而后移居美国,在洛杉矶唐人街开一家饭店,本指望用来养老的马来西亚金矿股票却被望族的后人骗走,最后寂寞老死在美国一家养老院。

毕业于东北贵族女子学校的邹太太,与胡秉宸的绿云表姐一样,跳舞、游泳、开车、打网球、交际、家政,样样在行,又是领导潮流的人物,上过国内首家航空公司首批乘客名榜……可就是认为地面上的一切响动飞机上都能听到——

她挑起用美国蜜丝佛陀(max factor)牌眉笔画得很弯的眉毛,对叶莲子说:"顾太太,请你哄哄她。她哭得这么响,日本飞机在上面听见了,还不往这儿扔炸弹?"

邹太太的话让叶莲子无地自容。她想都没想,拉起吴为就走,倒让邹太太感到自己过分了,就说:"你哄哄她不就得了,外面又打枪又打炮的,太危险了。"

叶莲子执拗地说:"这孩子难哄,万一日本飞机听见了,对大家都不好。谢谢你们的好意,我还是带她回家去。"

叶莲子是不是太过分?战乱时期还不肯将就凑合,把毫无实际意义的自尊看得比人身安全还重。

子弹在头顶嗖嗖地飞着,颗颗像是擦着叶莲子的头皮而过。她把吴为横抱于怀,佝偻下身子遮挡着吴为,如疾风下的衰草,低头紧行在香港的大街小巷。

天地间除了枪子儿、炮弹和抱着吴为的叶莲子,什么都没有,真是海阔凭鱼跃,天高任鸟飞。

除了怕伤着吴为,顶着枪子儿的叶莲子反倒自在起来。此时她谁也不必依附,只须依靠自己就行。

半夜十二点左右她们走到广西银行,像是欢迎叶莲子凯旋,一颗炮弹击中银行大门。一粒玻璃碎屑飞溅到叶莲子脸上,在她脸上留下一道整齐的划痕。一粒粒血珠从划痕上渗出,像是京剧艺人贴在脸上的一条亮片,又像化了一个钻石妆。

叶莲子终于找到空无一人的风云杂志社,推开一扇又一扇门,哪扇门里也没有顾秋水,难道顾秋水遇到了危险?一时间她甚至忘记了吴为的安全,在黑暗的街头,东奔西突,左寻右找,任凭身旁头顶的枪子儿、炮弹四下横飞。

那该是怎样的一幅景象?一个脸上贴着一条红色亮片的女人,抱一个孩子,独自奔突在不断倒塌的瓦砾黑暗之中。

既然找不到顾秋水,留在此地也无用,只好先回山上那个窝再说。

精疲力竭地爬上了楼……

她什么都担心过了,就是没有担心过赤身裸体的顾秋水会和另一个赤身裸体的女人,在响彻香港上空的日本枪炮伴奏下,于床上演出一场具有佛拉明戈风的性域之舞。

整个过程之从容不迫,之循序渐进,之狂烈酣畅,似乎只能用法国作曲家拉维尔(Ravel Maurice)一九二八年完成的管弦舞曲波莱尔(Bolero)来表述。难怪后世许多花样滑冰运动员在表演双人滑时,都不明不白地采用这支乐曲伴奏。

叶莲子僵在了门槛上。波莱尔舞曲一个节奏一个节奏,从容不迫、循序渐进地向她的五脏六腑渐次深入。随着力度越来越强的节奏,她的五脏六腑也就像是滚动在绞肉机内并在最后那个狂烈酣畅、戛然而止的音符上化作碎末。

其实,人是具有强烈自欺性的动物。如果不是亲眼所见,即便知道自己配偶有了另外的组合,也不会如此受伤。这就是视觉形象的冲击力,亲见亲历的杀伤力。

当然拉维尔也永远不会知道,有个叫做叶莲子的小女子,在波莱尔舞曲最后那个休止符之后,又接上了那支在管弦乐中表现力最为自由丰富、有着三个半音程的降 B 调移调单簧管(也可以称为黑管),从低音谱表第三线的 D 音开始了她的吹奏练习。从消沉、悠远、辽阔、神秘的低音部,到优美、洒脱的中音部,再到尖锐、狂野的高音部,一路试探过去。

日后,当叶莲子如萧萧落木在黄土高原上飘零的时候,零霖村的日子,于她不过是一阵又一阵黄风,掀起一层黄土掩盖另一层黄土的无穷反复,她的技艺已臻炉火纯青,最后连自己也化作了一支黑管。

但这支循规蹈矩的黑管,却徘徊、沉湎于低音区的吹奏,将一部完整的交响乐破坏殆尽,再不能从各路乐器慢板沉滞的叙述、铺垫中挣扎出来向高音区奔突。更不能来它一个 finalt,飞扬、飞升、萦绕,最后不是消散而是凝固在苍穹,只留下定音鼓,在 F''' 下面,为她的坚忍一下下叩击出行文的重点。可有什么能像那个 F''' 的不甘、吁求和尖啸那样,为不会呼救的她,喊出她的无助!

想来日本人对自身并不十分了解,如果他们非常了解自己,也就不会以美国太平洋舰队的覆灭为蓝本,对中国人照方抓药。

作为一个东方人,他们实在太不懂得东方人与西方人的区别。

如果日本人知道,彼时香港上空肆无忌惮横飞着、爆炸着的日本枪炮,竟成为一个中国女人维护自尊和一对中国男女在床上狂欢的伴奏,更不要说还有无数中国人因为什么伟大或不那么伟大的原因,照旧在 made in Japan 的枪炮伴奏下干着什么,他们对赢得这场战争的胜利还有把握吗?

即便肖斯塔科维奇为表现二次大战苏军保卫列宁格勒所谱

写的英雄主义篇章《第七交响乐》，也不如叶莲子、顾秋水和阿苏在这支 made in Japan 枪炮交响乐伴奏下的演出，所蕴涵、所昭示的那样神乎其神。

日本人是败定了！

叶莲子现在大大地明白了，顾秋水为什么不容分说逼她回到父亲那里去的原因。

阿苏没有慌张，既然她的男人不慌张，她也就没有什么可慌张的。有男人在，要女人出头干什么？她从容穿好衣服，下床坐到一旁，倒让名正言顺的女主人叶莲子张口结舌，不知所措。

让叶莲子撞见也好，这样藏着掖着和阿苏的关系，顾秋水实在很累。

很累为了谁？还不是为了不伤叶莲子的心。现在已经到了把这份厚道、情义，对叶莲子说清楚的时候了。

他一面将西装裤上的吊带一一捋顺，一面对惊得浑身乱颤的叶莲子说："把话说清楚也好，我落难香港的时候，没有阿苏照料，早就饿死街头了……怎么说呢？她比你对我有恩。如今你来了，我不能翻脸不认人。我就是娶了她，也没什么不可以的。现在的情况就是这样，你要是能容她，我也就能容你们娘儿俩；你要是不能容她，我就和阿苏自讨生活，你们娘儿俩过你们娘儿俩的。其实这话早就想跟你说明白，只是怕你伤心、想不通，才拖到今天。"

顾秋水的话很重。叶莲子明白，要是她有半点疑义，她和吴为就得被扔在这人生地不熟，就是呼救别人也听不懂的地方。

再看看周围，多少男人不是同时拥有几个女人且合法合理？她本应逆来顺受，只是她的身心却不听从她的理智。

吴为在叶莲子腿上越靠越紧。她的身高此时已超过叶莲子

289

的膝盖,当她靠在叶莲子膝旁的时候,就像在叶莲子膝旁支上了一条腿。有了三条腿的叶莲子,总算支撑住摇摇欲坠的身心。

顾秋水并不需要叶莲子的回答,她能说什么?她反正是吊死在他的脖子上了,给她什么她都得全盘接受。真不知道谁那样多事,把他在香港的地址转给了她,现在只好这样混下去了。

他找来一块木板,顺窗又支了一张床,指着新搭的床,按先来后到、大小有序,通情达理地对发妻叶莲子说:"我和阿苏睡这张床,你带着南南睡那张床。兵荒马乱的年月,只好这样了。"

兵荒马乱的年月,仗是不能不打的,什么事情都能发生的,什么困难都得克服的,爱是不能不做的,于是"只好这样了"。

于是,叶莲子、吴为就这样和顾秋水、阿苏"三同"起来——同在一张桌子上吃饭,同为生存挣扎,同在一间棚子里不过几尺之遥的两张床上睡觉。

一旦面对叶莲子和吴为,顾秋水就无缘无故地发怒。

本来可以为吴为塌瘪的小肚子填充一点食物的就餐时刻,因顾秋水的在座变成了苦役。吴为尽量缩在叶莲子身后,可是顾秋水眼睛里的两团邪火像雷达那样咬住吴为不放。她那营养不良、本应在吃饭时变得稍有颜色的小脸,也就更加苍白了。

顾秋水反倒对她呵斥起来:"你瞪着我干什么?我还没揍你呢!"

叶莲子就轻轻哀求道:"让孩子吃口消停饭吧!"

"谁没让她吃饭了?!"顾秋水筷子一摔,扭头又对吴为说,"你再瞪,再瞪我就摔死你!"

这时叶莲子就带着吴为离开饭桌,到楼顶阳台上去躲一躲。顾秋水对着她们的背影继续追杀,"到阳台上去算什么本事?

有脸就滚出这个家！"然后和阿苏继续吃他们的饭。

再不就责问叶莲子："怎么天天、顿顿都是空心菜？你不会换换样儿吗？"

叶莲子不敢回答说钱不在她的手里，但天天吃空心菜的错却是她的。

如果叶莲子在洗衣，顾秋水又恰巧站在她的背后，她能不说点什么来淡化那无言的僵持吗？到底他们还是一家人哪。

"这是海水吧？"她撩了一下洗衣盆里的水，毫无兴致地问。

"不，是淡水。"

"哦？"她拧着眉毛，瞪着一双大而无当的眼睛，怔怔地看着盆里的水。

这时吴为来找妈妈，她要上厕所，可是解不开裤带。顾秋水脚后跟往地上一踹，说："滚，别在我眼前晃悠，我讨厌看你那副德行！"吴为就憋着尿，提着裤子赶快逃走。

看着吴为穿一双不合脚的旧鞋，一颠一跛落荒而逃的背影，叶莲子接着又是一句："这是海水吧？"

顾秋水就觉得叶莲子在用她的愚昧、冥顽折磨他的耐性，即便再光溜的脾气也得被这种愚昧、冥顽磨起毛刺，就一把夺过她手里正在洗的衣服，甩到她脸上去。

只有面对阿苏，顾秋水的兴致才高涨起来。

这倒没有什么不妥，毕竟阿苏是他的新宠，问题是当着吴为，他们就肆无忌惮地调笑，而且色情等级相当高。

顾秋水从前不是这样的，是香港这个花花世界改变了他——事到如今，叶莲子还这样体谅地想，不明白这其实就是顾秋水。从前只是没有一张合适的床，或像顾秋水对她说的那样："我和你是话不投机半句多。"这样说来，他和阿苏自然就是酒逢知己、将遇良才了。

叶莲子可以天天面壁,吴为却不能,她既没有玩具汽车也没有洋娃娃,只好依在叶莲子肩头,日复一日观察室内的景象。

顾秋水就对叶莲子吼道:"滚,把她带到外面去!"

外面是连天战火。即便在炮火短暂停息期间,街上也有烂仔乱抢乱杀。可叶莲子又不能违抗顾秋水的命令,只好带着吴为到楼顶阳台上去。

海上来风一旦爬上楼顶,似乎就随着飙升,变得又"削"又硬。本打算对付着挨过香港的冬天,一旦站在八面来风的阳台上,就显出难以对付的情况。

从内地带到香港的那只箱子,至今还留在邹家的地下室。箱子里装着她和吴为的全部"细软",还有结婚初期顾秋水给她做的那件骆驼毛大衣,在吴为出生前的那个大年三十,叶莲子穿着它和顾秋水在北平东四的一条胡同里看过放花。

街头卖饭的收入,仅够她们母女二人糊口、付房租,哪有闲钱添置衣物?

叶莲子还能忍,她从幼年起就饿惯了,也冻惯了,可吴为受不了。但她不敢要求顾秋水:"给南南做件暖和的衣服吧。"不对他提什么要求,还让她们滚回去呢,再提什么要求,更得让她们滚回去了。滚回去怎么办?靠谁?顾秋水毕竟是她的丈夫,到了炮火连天、生命攸关的时刻,不是还惦记着她们的安全,把她们送到邹家的地下室?

叶莲子脱下自己的外衣裹在吴为身上,紧搂着她相互取暖,但吴为还是冻得瑟瑟发抖。她们就这样在阳台上坚持着,估计顾秋水和阿苏的事情已经办好,才回到屋子里去。

特别在晚上,顾秋水和阿苏在窗下那张床上操练得天昏地暗,从那里传来的动静也让人惊恐万分。叶莲子和吴为栖身的那栋小楼,虽然没有被 made in Japan 的炸弹炸垮,却几乎被顾秋水和阿苏制造的动静震垮。

顾秋水和阿苏皆属粗俗之人,他们肆无忌惮、呼天抢地、死去活来地表达着享受的快感。那时,天下就是他们二人的天下,或者不如说,天底下就剩下了他或她那两个性器官。

不但顾秋水和阿苏变成了畜生,他们也要把叶莲子和吴为变成畜生。

叶莲子紧紧捂着自己的耳朵,两个手指深深插进耳道,可仍然挡不住从那张床上传来的响动。

从人性的角度说,顾秋水和阿苏的享乐完全正当,对叶莲子可就惨无人道。虽然顾秋水那时还没有对叶莲子大开打戒,却率先用这个办法抽打了她的感情、神经、尊严……且不是一般的抽打,而是把她的神经一根根从血肉的包裹中剥离出来,让它们没有一点掩护地暴露在鞭子底下,再细细品味那一根根神经在抽打中如何痉挛、伸缩。

从古到今,男人肆虐女人的办法无所不包、洋洋大观,但像顾秋水如此充满想象力的发挥,可谓登峰造极。

醒着的时候,叶莲子还能忍住她的屈辱、哭泣和哀叹,这并不很难。可是睡着之后,连她自己也不知道就开始有了梦魇,这个毛病自此跟了她一生一世。

在梦魇中,她的屈辱、她的哭泣、她的叹息无拘无束地伸展、摊放开来,顾秋水这时才大开打戒。此时的顾秋水又还原为兵痞。他赤身裸体,从床上一跃而起,一把拉起睡梦中的叶莲子,劈头盖脸就打。他睡帽上的小绒球;他两胯间那个刚才还昂扬挺立现在却因暴怒而疲软,说红不红、说紫不紫的鸡巴,也随着他的跳来跳去、拳打脚踢,滴里当啷,荡来荡去。

尽管叶莲子受尽精神上的欺凌、折磨、摧残,可还没有实实在在挨过顾秋水的拳脚,所以当第一个拳头夯下来的时候,还以为是梦魇的继续,等到明白过来不是梦也没觉出更大的不幸——与别的遭遇比较起来,顾秋水的拳脚又能惨到哪里?

叶莲子血管里那本就不多的、褪色的、苍红的血,或顺她的脸,或顺她的嘴角,或顺她的额头,纵横蜿蜒而下。她的脸却像一张死面那样惨淡,纹丝不动。

不这样苦熬又能怎样?哭喊吗?哭喊就能让顾秋水停止他的拳脚?而且那只能让她在阿苏面前更加丢脸。虽然她已惨败,但不能再自己败坏自己。

可这并不能让顾秋水心生怜惜。他一面继续拳脚相加,一面拽着她的头发,把她藏在臂弯里的脸扭向自己,对着她的脸说:"对了,你是漂亮,可我就是不爱你。她不漂亮,有麻子,可我就是爱她。你受不了啦,受不了滚呀,怎么不滚?!"

吴为被惊醒了,她那还没长大的心疼痛起来。这并非因为懂得这个简单的场景后面所隐藏的更为深刻、更为复杂的内涵,她只是被叶莲子那张鬼惨惨的脸吓傻了,所以吴为的疼痛是物质的。她不得不弯下腰来,用两只小手兜住自己那颗疼痛不已的心。即便吴为动辄被顾秋水没头没脑地用烙铁砸、用脚踹、用巴掌扇的时候,也不曾感到如许的疼痛,因为她不可能站在局外,冷眼相看一个强壮的男人恃强凌弱自己的情状。现在吴为却清清楚楚看到一个强者对一个弱者的残暴,而这个被如此残害的人,正是饥饿时为她觅食,寒冷时为她御寒,孤苦时为她生出欢乐,病痛时为挽救她生命而奔波的、无所不能的母亲……然而这个无所不能的母亲,现在却一筹莫展地任凭顾秋水拳打脚踢。

吴为异常剧烈地哭闹起来。她的哭闹,超出了一个孩子的正常哭闹，为日后的歇斯底里显示了最初的迹象，并在她生命的结尾演进为彻底的疯狂，该说是顺理成章。

一心想做上等人却永远也不是上等人的顾秋水对叶莲子的暴力，不过是男女间微不足道、经典非常的一个小节，吴为却固执地保留下它毁灭性的颜色，不肯褪色，不肯放弃。她从来不曾忘记追问：为什么上帝在制作男人和女人的时候，先就制作了他们体力上的不等，从而让她们在暴力面前毫无抗衡、反手的余地，唯一能做的就是俯首帖耳地"苦挨"，畏惧地束手待毙？

谁能改变这个天生由你一手制造的缺陷？回答我呀，上帝！

从此，吴为就将对手无寸铁、毫无反抗能力的弱者施暴，视为人性中卑鄙无耻的极端、极致，甚至是男人卑贱懦弱的极端、极致——当他们无法直面人生的时候。

更有顾秋水两胯之间，那个随他跳来跳去、拳打脚踢，滴里当啷、荡来荡去，说红不红、说紫不紫，丑陋无比的东西又是什么？

吴为实在猜不出来，最后把它归结为暴力——既然它随顾秋水的暴力而来，自然就是那暴力的一个部分。

也就难怪后来吴为把与男人的性爱看得那样隆重，必须先将这个铭刻在心、其丑无比的形象遮盖起来，而后才能与男人进入做爱的程序。

不知道世上还有多少女人有过这样的经历？不知道世上还有多少女人在与异性做爱之前，必须先克服这样一个巨大的障碍？

如果说吴为两岁上的那个楼梯决定了她的奴性、奠定了她人际关系的基调，那么顾秋水对叶莲子的暴力，则奠定了她对"暴力"的仇恨，也可以解释为对"暴力"的迷信和崇拜，从此将她造就为一个"暴力拜物教"。这个界限其实很难分清,仇恨与迷信崇拜往往像是一枚硬币的正反两面。她与男人的关系中,那无可救药的基调正是由此而来。

顾秋水正是如此洒脱地在吴为的灵魂深层播种、栽培下对男人的仇恨、敬畏和依赖,而这仇恨、敬畏和依赖,又在她屡屡失败的人生灌溉下茁壮成长起来。

从未读过《孙子兵法》的吴为,不知从哪里学得这个招数:并不以牙还牙,而是铁下心肠站在男人之上,剖析他们,审视他们,这难道不是比报复更为彻底的报复?难怪她和男人做爱的时候,冷静得像部 X 光机,从来不能全身心地投入。

并非她起始就如此歹毒。在很长一个人生阶段,她都没有放弃寻找一个男子汉的梦想,妄图依靠那个男子汉战胜她对男人的恐惧,结束她对男人的审判,推翻她对男人的成见——完全是一个旧式女人或正常女人的梦想,而非人们通常理解的恋父情结,却一次又一次陷入绝境,最后只好落入与男人势不两立、孤走天涯的下场。

…………

所以当吴为成长为少女的时候,生理与精神势不两立的局面也随之出现。她的身体开始渴望男人,她的精神却抵制、抗拒着男人。一个时期内,她对男性的生理渴求曾战胜她对男人的精神审判,直到遇见胡秉宸之前,都可以算做她生理渴求对精神审判的全胜时期。而在胡秉宸介入这一战事后,潜伏下来的精神审判又开始浮升,并带着更加老辣、成熟的眼光,俯视、审判着男人。

这种较量、决战从未停息,直到她的精神杀死她的生理。不过她胜利的同时也是她失败的结果,这可能是男人对她极度失望并弃她而去的一个重要原因。

失败的结局并未挽救吴为于执迷不悟,也没有引起她的反思或反省。当她心目中那男人的最高典范胡秉宸让她感到不过尔尔之后,她竟以此报废了所有的男人。试想,如果男人的最高典范不过尔尔,还有哪个男人值得"执子之手,与子偕老"?由此认为是胡秉宸彻底毁灭了她对男人的向往,这不但是对胡秉宸的冤枉,更是对自己的姑息。

吴为从来以为,再也没有像爱情那样容易再生的东西,连"野火烧不尽,春风吹又生"的野草,都不如爱情那样容易再生;而且像她那样容易陷入恋爱的人(哪怕哪个男人为她倒杯水、帮她提一件重物,都可能成为她点燃爱情的导火索),完全可以重新开始。但是,当胡秉宸结束了与她长达二十多年的纠葛之后,当她可以再次面对另一个男人的时候,她却失去了品味男人的能力,再也不能以一种异性的眼光看待男人了。每每看到男人就像看到一张桌子或一张椅子,即便那是一张明代的桌子或椅子,顶多赞叹一声"哦,好桌子!"可她再也不能陷入情爱。

干脆说,她被胡秉宸骗了。

当她意识到这一点的时候,她想到了"残酷"那两个极为通俗的字眼。事到如今,孤家寡人的她需要的其实不是情爱而是一种证明,可以向他人和自己证明,她和这个世界还有那么点牵挂,而不是皓月当空下一只奔走在荒原上的雪狼。

所以她最后的那个结论也非常错误——正是由胡秉宸引发的对男人的总体失望,才扼杀了她在男欢女爱、两情相悦上的物质能力。

她真正的敌人其实是顾秋水。

不是吗?

总结人这一生方方面面的关系,不过就是人际与异性这两条线索,而顾秋水在这两方面对吴为的贡献、铺垫,可不就颠覆了她的一生?

胡秉宸凭什么认为她对顾秋水的仇恨是由于顾秋水对叶莲子的情变?这个认识是何等的浅薄,何等的浅薄!吴为是白白地期望于胡秉宸,也白白地以他为知己了!

难道吴为自己没有千条万条理由,来仇恨这个自打她出生就把她毁灭了的顾秋水吗?

随着顾秋水每一下拳脚,吴为就尖厉地哭叫一声:"妈妈!——"

她尖厉的哭叫妨碍着顾秋水的宣泄,使他怒上加怒,于是抓住吴为两只小脚,一把将她悬空提溜起来,两手一扬,吴为就被抡到门外的水泥地上,她顿时没了声息。

叶莲子扑到门外,抱起吴为,凄厉地叫着:"南南!南南!"

吴为无声无息,双目紧闭,这时叶莲子才对顾秋水喊道:"顾秋水,你还是人吗?你把孩子摔死啦!"

顾秋水倒也慌了起来,抱过吴为,探探她的鼻息,说:"还有气儿呢,不过昏了过去。"

到了现在,叶莲子的情感、精神、肉体、生活,没有一样不苦的了。一般人占着一样就难得不行,她是样样都占全了,从里往外再搜罗搜罗,还能找到一处不苦的地方吗?再也找不到了,她是让苦浸透了,可还是紧闭着嘴——受。

叶莲子并不知道,她无言的忍受使顾秋水更加恼怒。其实她的忍受或不忍受,都可以成为顾秋水肆虐的理由。在顾秋水看来,她的无言不但不意味着心悦诚服,甚至是反抗的另外一种,于是就别出心裁地非要叶莲子开口,哪怕是拳脚下的呻吟、抵挡、流血也好——大白天的,竟让叶莲子看着他与阿苏做爱。

倒不是顾秋水厚颜无耻到这种地步,他对付叶莲子的策略像所有想要离婚而又不能马上如愿以偿的男人一样,为制造离婚的口实,不惜以残酷的手段折磨对方,以为这样一来,就能把死不改悔的对方,逼迫得自行解除与他们共舞的幻想。

阿苏顺从地脱了衣服,赤裸裸地坐在床上,静待顾秋水揪着叶莲子的头发,拧着、掰着叶莲子的脑袋往她这边瞧。

尽管顾秋水对阿苏宠爱有加,阿苏并没有在叶莲子面前逞强的心思,只觉得自己作为一个佣人,做梦也想不到与这样一个男人有缘。这个男人不必在太阳或是风雨里辛苦劳作,只须进进出出、写写说说,西其服,革其履,饰油头,叼烟斗,有时还能和邹可仁一起坐坐小卧车,且不忘她的救难之恩,又大明大摆收她进了屋,甚至把明媒正娶的太太扔在一边,这不是她前辈子修来的福又是什么?自然是顾秋水怎么说她就怎么做,好像顾秋水说什么叶莲子也就做什么一样。

叶莲子的头在顾秋水如钳子般的手里拼力扭动着、挣扎着,死也不肯往阿苏那边瞧。她终于挣脱那把钳子,把脸甩了过来,一把头发自然就留在了顾秋水的手里,然后她照着顾秋水的手咬了一口。

于是顾秋水更有了拳脚叶莲子的理由,他打得格外疯狂,哪里要命就往哪里打。

随着他的每一下拳脚,吴为就紧紧挤一下眼睛,好像一拳一脚同样落在了她的身上。她用两只小手快速刨开叠好的被子,像鸵鸟那样把脑袋扎进被窝,不行,隔着被子仍然能看见拳脚落在妈妈身上的惨状,又溜下床去藏到门后,还是不行……她张着小小的泪眼四顾,哪里才是一个平安的地方?

此时,一股温热、柔软的水流,知情知意、知根知底、知疼知热地顺着她的小腿流向地面,她近乎崩溃的恐惧,似乎也随着这股温热、柔软的水流一起流走了。她感动得打了一个冷颤,并且爱上了这股温热、柔软、知情知意、知根知底、知疼知热的水流。

这就是从小既不尿裤子也不尿床的吴为,长大之后,一旦面临精神崩溃或极度的恐惧,反倒尿裤子、尿床的缘由。

三岁左右于天津聆听过的那支《水神交响曲》,此时也在她的耳边响起。先是它的前奏,慢慢悠悠、汩汩上涨的水声,而后跟出风的呜咽、水的呼啸,和着似是而非、断断续续的哭声,汇成越来越强的索命厉号,真切得似要将她淹没。她重又感到窒息,重又感到灭顶前的宁静……

在这个背景音乐下,在顾秋水的拳脚一下下落在她那至亲至爱的受体上的音响中,吴为开始思考:爸爸是个什么东西?要是她听话,顾秋水就打她;要是她不听话,顾秋水也打她。如此打来打去,吴为从来也没有明白过顾秋水为什么打她。于是她断定那个叫做爸爸的东西,就是天天要打人的一种东西。打她,或是打妈妈。根本不知道这个叫做爸爸的东西曾经爱过她,当年离开北平的时候,还因为离她而去掉过眼泪。

顾秋水一拳打在叶莲子的眼睛上,叶莲子就地来了个趔趄;接着他抬起脚,一脚踹到她的腰上,叶莲子的骨头咔嚓一响,像是什么地方折断再不能直立那样跌撞到柜子上。柜子发出一声巨响,倒了,里面的东西倾了满地,叶莲子跟着也就贴伏在躺倒的柜子上,不知是不是脖子出了毛病,头也抬不起来了,脸也挫在柜子上,血泡从柜子和她嘴角的夹缝中噗噗外冒,慢炖锅似的。她用那啃着柜子的嘴说道:"你们是畜生吗,当着孩子这样做?"

"就是畜生。"只见顾秋水两手一抓又一挥,话音还没落,叶莲子就被扔出了门外……

没想到打人还会这么累,顾秋水点上一支烟,停下歇口气。

趁顾秋水歇手的时候,支离破碎的叶莲子,把自己敛巴敛巴跑下了楼。

她不停地跑,跑,跑。

枪炮好像还在响着,但是她听不见了;

街上似乎有人在逃,但是她看不见了;

吴为还在家里丢着,但是她记不得了……

只有一个念头,找个能够安安静静死去的地方。她不要活了,她真的活够了。

她就这样遍体鳞伤地跑着、跑着,一直跑到她从未到过的海边。一眼看不到头的海滩上阒无人迹,往日那经海潮吮吸之后变得模糊而倦怠的欢声笑语,那五彩缤纷的泳衣、洋伞,还有泳衣、洋伞底下膨胀着的女人和男人都没有了,战争就这样消解了活命之外的所有附加物。

是上帝的指引吗?他大概是太怜悯、太同情叶莲子了,所以才带她来到这里。

海大,无干无系地辽阔着。面对这样的辽阔,叶莲子更觉得自己的走投无路。不大的碎浪飞溅着,拍打、细数着叶莲子不算太长的一生。

乡下的日子,与继母相处的日子,顾秋水别后的日子,在包家当保姆、遭大水淹的日子……格外清晰起来。

何处是她的灾难之始?也许不全是顾秋水的责任,要是墨荷活着,她也就不会尝尽寄人篱下之苦,处处、事事委曲求全,可能就会成长为一个敢于反抗、敢于争夺的人,更不会匆匆抓住顾秋水,以图离开继母的家……

她徜徉在这个冬季的、失色的香港的失色的海边,直到香港又沉沦在黑夜中。

为什么不离开这个残忍、对她不公的世界呢?她豁然地想。

她向暗海的深处走去。一波一波、冰凉刺骨的海浪,发出一阵又一阵细密沉闷的咒语,如蛇一般攀缘、缠绕在她的身上。她放弃挣扎,随着那攀缘、缠绕,亦东亦西、亦上亦下,翻飞悠游于没落的边缘,她想起了,明白了,后悔了……

难怪她那些兄弟姐妹对这个花花世界只匆匆瞥了一眼,就心甘情愿地放弃这个已经一脚踏入的世界,连忙转身离去;

难怪在童年的那场伤寒中,空濛中有人对她说:"回来吧!"她却回答说:"不!"对不肯回头的她,那高人继续指点迷津:"……你还没有苦到头儿呢。下面这些话,你可要一字一句听仔细了:再往前走,更是水深火热、枪林弹雨、战乱流离、贫困失所、寄人篱下、惨遭遗弃……"还拉着她向一条河走去。她却挣脱了,留在了岸上……

突然,一声炮响解开了如蛇一般攀缘、缠绕在身的海的咒语,原来她还处身在这无情的世界里。

炮声提醒她,还有一个比她更无力、无助的生命被丢弃在这无情的世界上,特别是吴为被炸弹气浪从床上震落在地的景况,什么时候回想起来都让叶莲子心惊——不懂得呼救,不懂得逃亡,更不懂得再有一颗炸弹也许就不仅仅是从床上震落到地下了……

还有顾秋水提溜着吴为的小腿,两手一抡就把吴为摔没了气息的险情。自己在一旁守着顾秋水还这样对待孩子,如果她死了顾秋水又会怎样对待她呢?

她已经吃尽没有母亲的苦,她不能再把吴为造就成另一个自己。

枪炮更激烈地响起来了,叶莲子又冒着炮火快步往家跑,远远就看见楼柱下有团小黑影,走近一看是吴为——像被人丢弃的一只小猫小狗,蜷缩在枪炮的呼啸和爆炸中,除了早上给她穿的那件小毛衣,身上再没有其他御寒的衣服了。

叶莲子把吴为搂进自己更为冰冷的怀抱,愧疚地想,以后再怎么苦也不能把吴为丢了,自己一死了之。

吴为在黑暗中已经坐了很久。对于四岁多的吴为,黑暗既不可怕也不可憎,黑暗于她反倒是一本打开的书。当黑暗将大地渐渐笼罩之时,她便兴味盎然地开始了对黑暗的阅读,不但极有耐力,还在黑暗中读出了光亮。

直到叶莲子将她一把搂进怀抱,吴为才潦草、不舍地转过神色恍惚执拗的脸,好像知道叶莲子会回来,默契地朝叶莲子轻轻一笑。这笑里有点未老先衰的怆然、豁然、逆来顺受。接着那轻笑又被歉疚打住,好像不是这个世界而是她对叶莲子不公正,她为这个不公正而负疚;然后发出一声有点凄然的轻叹,这声叹息使四岁多的吴为在某些方面有了成熟的意味。

对黑暗的阅读着实累着了她,叹息之后罢手似的,不再深究也深究不了地头一歪,睡着了。就像合上了一本未曾读完、暂时也不打算再读的书。

这个阅读要等若干年后才能在黄土高原上得到延续。应该说她对阅读塬的酷爱早在此时做了铺垫,也就难怪她对那阅读驾轻就熟。

一月底,顾秋水送走了邹可仁一家。

顾秋水并非不想离开这个战乱之地,可是除了两袋米,他没有足够的盘缠,而且他需要的是三张船票。他只能奋勇地说,社里需要留人照顾。

邹可仁给顾秋水留了一百块钱,临上船的时候,又把公私两方面的事托付一遍:"我想了想,你留下短期照顾一下也好,而且再没有比你更合适的人了。"

顾秋水大包大揽地说:"有我在,你尽管放心。"

邹太太说:"相处这么多年,这我们还不知道?再没有像你这样热诚可靠的人了。"

顾秋水心里冷冷地笑着,这样热诚可靠才给我留一百块钱?就不想想空前粮荒的香港,一斤米是什么价钱?

邹可仁又说:"无论时局怎样,最后大家在桂林会齐吧。中共方面营救被困香港的民主爱国人士、文化人士,差不多也都集中到了桂林,方方面面的力量既然都撤到广西,也就便于开展我们的工作了。"

没过多久,香港总督向日本人挂出了白旗,趾高气扬的日本人到处搜查抗日人士,在抵抗运动中小有名气的顾秋水处境危险,他必须离开香港,可是路费如何筹划?

他真是恨死了叶莲子,可又不能丢下她们母女不管,只能提高折磨、虐待、殴打叶莲子的档次以泄私恨。从海边回来后的叶莲子再也不去寻死,唯一让她锥心的是顾秋水这句话:"要不是你们到香港来拖累住我,我一个人早就走了。你记住,我要是死在日本人手里,就是你的罪过!"

在这一筹莫展的时刻,阿苏拿出两只金手镯、几个金戒指,说:"这是我多年在香港当女佣的积蓄,咱们还是买船票到内地去吧,这里不能待下去了。"

顾秋水绝对谈不上是美男子,又无权无势,可一生都有女人呵护,不是天生吃女人的命又是什么?

他握着那点金子,就像握着阿苏的心,自己的心也立时热得受不了了,自然又想起当初阿苏救他于落难的种种恩情。阿苏是他的守护神啊,一次次救他于危难之时。这次不但救了他的命,还救了他一家人的命。

相比之下,叶莲子对他有什么意义呢?不过一个女人而已,而且是个不令男人欢心的女人。女人有什么稀奇,到处都有。

他热泪盈眶地对阿苏说:"算我借你的,等我有了钱一定还你。"

然后他开诚布公地和叶莲子谈判:"香港是待不下去了,再待下去,说不定我哪天就被杀头,只好借钱、凑钱回内地去。我是无论如何要带上阿苏的,你想好了,你要是愿意,咱们就四个人一起走;你要是不愿意,你们母女就留在香港,我和阿苏走。"

叶莲子不用想。她要是有别的出路还可以想一想何去何从,她现在只有一条路,并且非走到黑不可了。

比起某些男人,顾秋水毕竟还有些文明度,事先还能与叶莲子进行谈判,勿谓言之不预地让叶莲子"想好了",换了另外一些男人,还可能扔下她们就走呢。

从另一方面来说,将来叶莲子的遭际是好是坏,都是她咎由自取。

顾秋水没有对叶莲子说到阿苏的慷慨解囊,他不好意思,堂堂一个东北男人,花女人的钱是太丢脸了。

这段内情叶莲子一概不知,还以为顾秋水对阿苏是万般宠爱在一身,越发觉得自己是猪狗不如的了。

沦陷后的香港,水、电、粮奇缺,他们趁着日本人以赶走难民来解决香港水、电、粮荒的办法,于一九四二年二月初逃出了香港。

先坐小船到广州湾,在小旅馆里住了几天,因沿途常有强盗出没很不平安,逃难的人群总是凑多了再走,也能有个声势壮壮胆子。

人们徒步而行。那真是一条混浊的人流,与歌舞升平的香港是大不同了。

人们尽量掩盖起本来的面目,可从他们肌肤的色泽上、步履上、作派上,仍然可以看出他们在香港吃的是什么馆子,在哪家店里买的衣着鞋帽……

顾秋水就想,日本人是真看不出来,还是给他们一条生路?

走着,走着,就走不动了。吴为太小,老让叶莲子抱着,叶莲子本来身体就弱,又不敢让顾秋水代劳,只好抱着吴为一步一步奋力往前挨,看着就落在了众人的身后。

谁能等她！死亡这时候是用脚步量的,每快走一步,就早得一步安全。

不但叶莲子脚上全是血泡,连顾秋水这样行伍出身的人,脚上也磨起了血泡。好在阿苏生在广东,从小赤脚走路,有关脚的考验从来难不住她。

顾秋水只好雇个滑竿,让抱着吴为的叶莲子坐,他和阿苏步行。

走了几天,顾秋水也受不了了,不时和叶莲子换乘一下滑竿。阿苏和叶莲子就走在滑竿的两侧,就像她们在同一个屋顶下那样,尽量谁也不看谁,谁也不和谁说话。

顾秋水坐在滑竿上想,阿苏出路费,他和叶莲子却轮流坐滑竿,阿苏会怎么想呢？可他又不能不坐,他的脚太疼了,疼得他真想把两只脚扔了。

顾秋水和大多数男人一样,有份不多不少的良心,在妻子和情人之间常常感到难以两全:怎么才能让自己怀里拥着这个的时候,不觉得欠着那个?怎样才能让自己和那个睡的时候,不觉得欠着这个?……

他无法两全。既然不能两全心里就有些愧怍。因为是在路上,又没有一个机会、场合让他来安抚阿苏,这愧怍就更没有办法化解。

所以他迁怒于叶莲子和吴为就理所当然。要不是她们母女的拖累,哪怕他从头到尾坐滑竿,也不一定对阿苏有这份倍数翻番的歉疚。于是就不断找茬儿,骂叶莲子、打吴为,打得吴为一路不断号哭,同路逃难的人无不讨厌这个爱哭的小丫头,她使他们烦乱的心情更加烦乱了。

有几次顾秋水对阿苏说:"阿苏,你来坐一会儿吧。"

阿苏轻轻地摇摇头说:"你坐。"顾秋水也就不再让了。

简短的对话里是无比的默契,不用搂、不用抱,就足以分出亲疏。

叶莲子又是一阵心酸,顾秋水现在不但不再用这种声调和她说话,甚至连话都不跟她说了。叶莲子走在滑竿这边,咬牙切齿仇恨着自己不能扭头就走,远离这种屈辱。

阿苏在滑竿那边想,以她的地位来说,哪儿有让顾秋水走路自己坐滑竿的?她是什么人?不过是个下女,如今顾秋水能把她放在叶莲子之上,她已经满足了。叶莲子坐一会儿滑竿就坐一会儿吧,她抱着吴为呢,吴为到底是顾秋水的骨肉。阿苏喜欢孩子,可是她和顾秋水过了这么多日子,却生不出一个。要是能自己生个儿子,过一辈子不说十全十美,也差不许多了。

二

终于到了桂林。

到达桂林后,顾秋水一家终于可以分房而居。叶莲子也有了一方之地,可以像耗子躲猫那样躲着顾秋水,除了操持家务,整天躲在房间里不敢露面,一言一行全看顾秋水的脸色行事。顾秋水自然也再听不到她的梦魇,一时没有了寻衅的理由,反倒让他有些失落。

不过他总会找到新的理由,而且这理由来得很快。

比如,工作开展得不顺利,受到他人的轻视,经济没有了来源……

到达桂林之后,金奉如也比在香港多出许多烦恼,很简单的事情变得复杂起来。不知道是不是因为这个原因,他和顾秋水的关系反倒比在香港时和谐。

除当地一批文化人士,桂林还云集了从香港逃出以及从上海或重庆转移过来的进步文化人士,且色彩纷呈,各有各的小圈子。共产党的势力范围内混有国民党,国民党的势力范围内混有共产党,只有民主党派不往共产党的势力范围或国民党的势力范围里混。但民主党派的花色更为齐全,不但共产党对它有兴趣,国民党也对它兴趣有加。

桂林虽属桂系军阀李宗仁、白崇禧的势力范围,李济深当时也在桂林,但因与蒋介石有一定的矛盾,抗战的态度比较积极,政治空气比较宽松。

也许因为政治空气比较宽松,各派各系文化劲旅之间的鏖战,也就并不比前方的抗日战争逊色,互相指责对方"左"或

"右",清谈革命形势前程,自诩文化盟主、革命领袖……难怪有人说文化人是贱种,宽松不得。

所谓进步文化人士,不过就是在桃园的七星岩茶馆、湖南饭店,或在美丽川菜馆那些地方空谈一番。大都穿一套白帆布西服,戴一顶法国便帽,拿一根手杖,连顾秋水也到寄卖店买了一套白帆布西装穿上。这套帆布西服叶莲子一直随身带着,哪怕失业挨饿也没有送入当铺,倒是一九四九年后,被吴为改制为一个书包,上面还用毛线头绣了几朵红花。

金奉如忽然多出不少顶头上司,谁都想指挥指挥他,他忿忿地想,不过因为他工作在民主党派。最让金奉如看不惯的是一位号称诗人的人,谁也说不出这位诗人到底写过什么诗。他忽而将大家召到一起,分析形势、权衡得失、商定对策,好像日本人、国民党、共产党的形势就在他口袋里装着;时而打探来了哪些新人,为什么不到他这里拜码头;甚而视自己为文化界生死存亡的关键人物,不但统领文化界的大事,连谁请谁吃饭,谁发烧拉肚子都必得向他报告。如果哪个饭局忘了他,他很可能亲自出马,到饭局上指手画脚一番;每日检查报纸杂志,如果头条不是他,那么那家报纸杂志不说永无宁日,至少也得有那么一段时间无有宁日。

另有一位文艺理论家,麾下麇集着几位被男人始乱终弃,并以"身体写作",或以"革命加爱情"为题材写作的女艺术家。他们着重于政治手段的应用,不但可以捧红某个听"招呼"的人,也可以棒杀某个不听"招呼"的人,自然是以革命的名义。而对麇集在诗人麾下的文化人士,不是排斥就是封杀;时而指责某位是奸细,时而定性某位是国民党特务,闹得人心惶惶,互相猜忌,互不信任。

顾秋水以他到过延安的经验,准确无误地判断出那位文艺理论家似乎更有来头,也就未能免俗地紧跟。文艺理论家自然向一些报刊推荐顾秋水的文稿,他就在以坚持抗日、团结、进步为宗旨的《力报》上写些小文章,挣点稿费混饭吃——就像包天剑将他扔在香港,没有找到饭辙之前,靠赌博赢点小钱混饭吃的状况一样。

顾秋水一辈子也没有过正当的职业、正式的收入,也许有过当作家的愿望,可是他华而不实,吃不了苦,沉不下心。当时桂林物价奇高、物资奇缺,连邹可仁也是卖了父亲帽子上的一颗翡翠"帽正",得了二十万元,才渡过难关。

顾秋水一家生活更是困难,勉强有口饭吃。偶尔吃一顿小豆大米干饭,再有一个凉拌黄瓜,吴为就觉得好得不得了了,老对叶莲子说:"妈妈,我要吃豆干饭。"

更不要说顾秋水的处境如何狼狈。邹可仁对他该用的时候用一下,没用的时候根本就不理他,但他还是没脸没皮地跟着邹可仁。不没脸没皮又怎么办?他有不没脸没皮的本钱吗?尽管没有任何政治或物质资本,却还有个从政的小野心,只好忍气吞声、卧薪尝胆、鞍前马后、跑跑颠颠,只盼着有朝一日邹可仁得势,他也就能水涨船高,得惠一二。

两位霸主比拼的结果,以诗人出逃而告终。一位出身学生的桂系军阀姨太太,在一次文化活动中听到诗人朗诵,那首爱情诗让姨太太泪流满面,在她看来那首爱情诗已与高大魁梧、玩世不恭的诗人融为一体。他们的爱情就像桂林泛滥一时的流行小说,更似张恨水早就写过的《啼笑因缘》,闹得满城风雨,姨太太被军阀一枪毙了之后,诗人闻风而逃。

顾秋水对金奉如说:"我就不明白,他们不都是信仰共产主义的吗?为什么还这样互相控制、互相排斥、互不承认?"

金奉如没有回答,顾秋水的话不利于团结;可是金奉如也没有反对,不如说,顾秋水的话说出了他不便说出的想法。的确,不论诗人还是文艺理论家,金奉如都非常反感,可是他们谁都好像可以指挥他。一九四九年以后,诗人不知道又从哪里冒了出来,可就像是泄了元气,不断被文艺理论家用各种名义修理。文艺理论家却在文化界一直担任着重要职务,直到一九六六年那场"大革文化命"的政治运动中才轰然倒下,从此从文化领域退隐,并与诗人成为无所不谈的莫逆,人们常常可以在各种过气的文化活动中看到他们的身影。当然,人们也不再提起桂林的往事,好像忘记了,也好像与旧生活一起埋葬了。

于是金奉如时而到顾秋水家里坐坐,时而与顾秋水到哪个咖啡店喝杯咖啡,也就与叶莲子熟悉起来。

到了晚年,每每看到二十世纪末文化人的一出出闹剧,金奉如总是笑笑:过了几十年,怎么没有一点儿翻新的玩意儿?他们自己不腻烦,看的人可早就腻烦了。

邹可仁不是吴为,一碗小豆大米干饭就能交代。

穷则思变。他让顾秋水设法再回香港一趟,因为有一部分党的经费和他个人的财产还存在华比银行的保险库里,不论从组织的活动还是个人生活来说,都需要这些钱。

回香港意味着什么?不用说也能知道,否则人们为什么千方百计逃离香港!

顾秋水能拒绝吗?

那要首先问问:他有钱吗?有地吗?有一技之长吗?杀过人、放过火吗?……除了命,一样也没有,所以只好卖命。从一个小兵爬到现在,靠的就是替他人卖命。为人卖命可不就是他的职业?能活着就是白捡的便宜,当然不死最好。

卖命的职业,为他锻炼出足够的冒险经验——先回到不久前通过的广州湾,再搭船去澳门,通过一位"洪门"老先生找到走私贩子,与三十多名乘客黑夜里搭乘走私贩子的木船偷渡过海峡,在九龙后山一带登陆。刚登陆就被埋伏在那里的一批持枪烂仔拦劫,乘客们的财物全被搜掠一空,顾秋水只好步行经元朗、乘公共汽车到九龙街里,途中还通过了日本人的一个哨卡和一个防疫卡,注射防疫针后才被放行。

在九龙弥敦道一个东北同乡开设的饭店落下脚,又过海到香港。在朋友的空房子里住下后,顾秋水发了愁:千辛万苦到了香港,却不知能否替邹可仁取出存放在银行里的财物,因为邹可仁给他挂在脖子上的印章让烂仔抢走了。他到银行,交出邹可仁的英文签名信,没想到华比银行经理并不在乎印章,只认可邹可仁的英文签名,很快就把邹可仁存放在保险箱里的财物交给了顾秋水。金条、金元宝、金项链、金戒指、金锁、金片、钻石、宝石镶嵌的首饰以及现金若干,连同邹可仁夫妇的四箱子衣物,顾秋水把它们一起运回了桂林。

应该说顾秋水还算干过一些实事,比如说与朋友一起探望过住在建干路、被国民党软禁的叶挺将军,返回路上还游了桂王坟,吃了一顿野餐,边吃边讨论了抗日倒蒋的问题。

在桂林还遇到延安抗大的一个同学。顾秋水不便打探这个同学为何没有紧跟延安人马却辗转来到桂林,也许像他们一样"有道则现,无道则隐"?也许另有任务打入国民党或民主党派?经这同学介绍,他认识了蒋介石桂林某空军航空大队的几个驾驶员。小伙子们都很精神,很帅气,一律美式皮夹克,又是东北同乡,顾秋水就把他们介绍给了邹可仁,成为邹家的座上宾。于是邹可仁就有了策动他们驾机起义、营救张学良将军的想法。因为看守张学良将军的卫队,除副官一人是特务之外,那一连多人都可以做工作。他们还真的和张学良将军联系上了，但是张学良将军说："不，我这个人一辈子光明磊落，死也要死得光明正大。"

人没救成，邹太太却爱上了其中一位飞行员。

一九四三年六月，作为李济深的特使，顾秋水还曾到北平、天津敌占区活动。中心工作是争取华北、东北的伪军，认清前途，脱离伪政权，不要投靠蒋介石，策动他们先搞地方独立，然后以李济深为盟主，联合各方实力，组织新的抗日集团，进一步组织抗日民主政府。因为当时李济深的实力很强，想取蒋而代，所以极力联络东北军，而邹可仁他们当时的策略也是"倒蒋拥李"，可以说一拍即合。说起来大家都是反蒋，其实各有各的算盘，所以顾秋水出生入死的华北之行，什么问题也没解决。

而且邹可仁只给他带了很少的钱，连回程车票都买不起，只好让邹可仁再寄。他不得不在一个小城等了半个月，才收到回程旅费。

当顾秋水通过这条号称"死亡之旅"的封锁线时，只知道抱怨邹可仁将这样危险而徒劳的任务给了他，却没有为两年前叶莲子带着吴为穿过同一条封锁线到香港找他的危险艰难，闪回过一丝同情。

…………

此外，他们，也就是顾秋水在桂林的工作，乏善可陈。

三

叶莲子和阿苏既不过话也不吵架，也从未诉说过这种生活带给她的痛苦，即便常常作为顾秋水练拳练脚的靶子，照旧一个不出声音,整天半合着眼睛,似乎连睁开眼睛的力气都没有了,像是一心一意想着什么而又什么都没想的样子,很难得见眼珠灵活一转之间的闪光了。

只有吴为非常没出息,在顾秋水的拳脚下总要发出鬼哭狼嚎的曲调,使耐受力十分强的叶莲子也感到了承受的极限。

阿苏也时起烦恼,知道顾秋水现出这样的兽相是为了她,心里便渐渐有了负担,可又下不了决心一走了之,她舍不得顾秋水。再说她又孤注一掷地把一切押给了他,只好昧着良心混下去。

顾秋水有时也思量这三个人的日子,认为自己并没有安心坑害这两个女人,眼下的情况是环境造成的。说了归齐,他干了什么伤天害理的事吗?顶多是娶个小,或安两个家,或三个人一起过,如此而已。叶莲子为什么想不开?瞧她那个哭丧脸!也许这本来就是逢场作戏,都是临时的事,所谓"乱世男女,聚散如水",将来给阿苏找个工作送她走就完了,时间一长,什么都会过去。

要是阿苏知道顾秋水这一番思量会怎么想?人财两空的她又怎么活下去?

吴为几乎一天来一次鬼哭狼嚎,这让叶莲子反省到,孩子没有义务为这个婚姻承受她不应承受的暴力。再说桂林终究不是香港,语言不再是她工作的障碍,便恳请金奉如帮她在柳州找了一份小学教员的工作,带着吴为出外谋生。

这不是叶莲子和吴为的第一次合作,还在香港时,她们就组成过一个比之革命党人的战斗性、吃苦耐劳性也不差的小分队。与和顾秋水一起生活的日子相比,叶莲子出走柳州的感觉无法评估,对吴为来说绝对是翻身得解放。

柳州有柳江,江上有桥横跨南北。因叶莲子就职的小学在桥南,她们也就租住在桥南河沿东侧一户人家的阁楼上,距学校不算太近。远近的问题只能从房租考虑。

阁楼上只住着叶莲子和吴为。到了夏天,柳州的阁楼就是一个烤箱,但凡有一点钱的人谁愿意把自己放进烤箱?

除了常常要跑警报,似乎没有什么可抱怨的。

防空洞却在柳江之北。日本飞机像一个忠实的、夜夜归家的丈夫,而不是那种"不回家的人"——越是晚上,空袭警报越多。架在柳江上的柳州桥,成了叶莲子和吴为往返跨越最多的一座桥。

其实警报第一次拉响她们就动身了,可日本飞机总是不等她们通过那座桥就飞临上空,有时她们甚至还在桥的这一方。

越是在不该闹的时候偏偏闹得鸡飞狗跳、人仰马翻,让叶莲子觉得没有指望的吴为,在该哭、该闹的非常情况下反倒安静起来,甚至比有些成年人还冷静,让叶莲子十分意外。这可能得益于她在"家乱"中的历练,那真是一种全方位的训练。比之顾秋水制造的"家乱",战乱又有什么可怕的?

飞机当空时,不用叶莲子说,吴为就会比叶莲子更迅速地扑倒在路边的草丛里,躺倒之前还不忘记拉叶莲子一把。她侧着头,静静注视着天上的飞机和探照灯交错的光柱,看着轰炸机排成整齐的队伍,三架一组,游戏似的忽上忽下、时远时近,而探照灯的光柱在夜空中忽聚忽散,交织成一组又一组网状图案。

有一次,她们正挤在桥上,"兴致勃勃"地向对岸奔跑,日本飞机就到了头上。一枚枚炸弹目的明确地向柳江桥扔了下来,叶莲子扛起吴为,在沉默的人流里,人贴人、人挤人地奔着。

落进江里的炸弹,冲击出巨大的水浪和一股股水的飞柱,桥身颠簸起伏得像是一条任人随意抛上抛下的链条,随时都有断裂的可能。冲向空中的水柱,断裂后又劈打下来,淋湿了她们全身。老桥早就被炸断了,供人们逃亡的这座桥是新架的简易桥,桥身很低,两边没有栏杆。有人掉进了柳江,所幸她们还在桥上没头没脑地跑着。跑,似乎成了她们的唯一目的,从未想过炸弹已然在头上开花还有什么可跑,对岸的防空洞还有什么意义。

不知什么东西燃烧起来,一桩桩火柱突然竖立在桥的四周,火焰和火星在桥旁、江中,如暗红的菊花,一朵朵绚丽绽开。

就像家乡人说的那样,叶莲子真是命大,密密麻麻的炸弹,有些即便紧擦桥身而下,却竟没有一个扔在桥上。

如果不是那场火灾,她们可能就这样虽然担惊受怕,但可不再受制于顾秋水地过下去。

那天睡到半夜,"砰——"的一声巨响,接着就浓烟四起,空气里弥漫着各种物体燃烧的气味;接着就是木头,而且是不饱满的木头哔哔剥剥燃烧的欢叫。起初叶莲子以为又是日本人的空袭,炸弹命中了这栋小楼,便一把抓起吴为,往楼梯口跑去。这时细弱的火苗已钻过楼梯的每一条缝隙,一旦钻过缝隙,便多姿多彩地蓬勃起来——叶莲子这才知道是失火了。

同时也明白了,她们被困在阁楼里。可她没有呼救,此时此刻谁能听见阁楼上的呼救?即便听见谁又能来救她们?

尽管火苗从楼下而来,可她们只有冲到楼下这一条活路,这真有点像她在生活里的位置。没有办法,只有抱起吴为,迎着火苗往下冲。

下到最后一级楼梯,发现进出一楼与阁楼之间的门被房东锁死,她和吴为是无望从大门逃生,只好烧死在阁楼上了。

她倒不是十分悲伤,谁说这不是一种恩惠!可是吴为呢?!

又反身往阁楼上跑去,细弱的火苗瞬间就发展壮大为火焰,几乎贴着她们的脊背追撵着她们。

返回阁楼还是没有出路,下意识地冲上阳台,这才看见大火如一条巨龙,在整条街上斜里、横里,恣意地蜿蜒、窜动,所到之处立刻火焰腾起,这一处火焰与那一处火焰首尾相连,十分壮观。

再往楼下一看,天井像一口被包围在火焰中的"黑井",可这也是她们逃离阁楼的唯一通道。

叶莲子不知哪儿来的爆发力,三把两把就把阳台上糟朽的栏杆拽下来,然后把吴为往下层屋顶上一扔。就像后来的武打片那样,吴为安稳地飞身落下,又在那屋顶上不惊不慌地飘然站定。

不知什么动力驱使,叶莲子回身冲进阁楼。进了阁楼才明白,她是要抢救那点可怜的家当,至少得把抽屉里那点钱抢出。在她一片混乱的脑子里,这个念头似乎比死亡的危险更固执地纠缠着她。连她自己也不知道,她之所以将生命置之度外去抢救所谓的钱财,不过是以此验证一下顾秋水。好像另一个理智得不像是她的脑子的脑子告诉她,在生命攸关的时刻,那个叫做丈夫的男人是不能靠的。这个理智得不像是她的脑子的脑子,只在非常条件下才会出来工作。

五岁左右的吴为没有死守在那屋顶上,而是随意走动起来,是寻求一条活路,还是好奇,还是对危险的不解?

柳州的房瓦像是又薄又脆的炸薯片。她那双小腿有多少力量?可她轻轻一踩,就把那些瓦片踩裂了。赤裸的小腿小脚陷进瓦碴儿,碎裂的瓦片却像刀子般锋利,毫不怜惜地将她的小皮小肉划破。血滴如一滴滴红色的泪珠从腿上渗出,汇成一条条细流,顺着小腿蜿蜒而下、纵横交错,真是一张白纸上好画最美丽的图画。

她向东而行,迎面碰上一堵吸盘似的火墙。对于这个操蛋的人生,她也许比死不改悔的叶莲子悟性更高,也许冥冥中有人指点——进入那火墙其实正是脱离苦海之道,所以不知后退,继续前行。可是一头扎进阁楼以生命来验证顾秋水的叶莲子,却还有一份神经如雷达般跟踪着吴为。她的血在吴为的血管里喊了起来:"站住!站住!赶快离开!"

吴为站住,折回来又往西走。西面的火坑如盛开的血色玫瑰,暗色的花蕊中央,应许了多少在她那不长的生命里不曾见识过的、暧昧的欢快。在这关键时刻,叶莲子又启动了那个制动闸。

不论东、西,都可以让吴为葬身无地。可她并没有尿裤子,不但不恐惧,还与火焰镇定地对视,眼睁睁地看着火焰热烈狂放,一路扫荡过来,所到之处是燃烧的热情和热情燃烧后的灰烬。或许她的灵性感知超过了肉体感知,就在这一刻,她接受了烈焰的教唆,日后她异常奔放的热情和直至化为灰烬方才善罢甘休的做派,可能与亲历这场弥天大火有关。

她的悲观主义也可能始自烈焰与灰烬的反差,烈焰断裂后的挣扎、惨淡、冷寂,如逆风中一支摇曳的烛,以生命之无定又让她心生悱恻……

这一番非同寻常的经历,似乎是为孤零人生进行的一次洗礼。经过这样的洗礼之后,吴为的人生是注定孤零了。

不过两三分钟时间,阁楼已是满室浓烟,什么也看不见了。火苗从地板四周和一条条地板缝里蹿了上来,每条地板缝里都是一溜火苗,每条地板都像是镶了一条火边。

平时穷得要什么没什么,可现在叶莲子却觉得富有得不得了。她只有两只手,不知取哪一样为好,哪一样都是她们母女生活的必需。

此时叶莲子心慌意乱的程度,并不亚于刚才往楼下逃命时碰到门上那把锁。

她却偏偏忘记了抽屉里的那点钱。她盲目地抱起一条被子就往外跑,跑出房门才想起抽屉里的那点钱,又连忙折回阁楼。她的前脚刚刚抬起,正要踏进阁楼,火焰伸出舌头轻轻一舔,整个楼面就被舔得无影无踪了。

当叶莲子一脚悬空,身体前倾,眼看就要掉入火海的时候,好像有人在背后拽了她一把。

就在此时,母亲墨荷突然在弥天大火中显现,双目圆睁,死死地望着叶莲子。叶莲子此时才读懂母亲目光中的警戒,才明白母亲被火化时腾的一下从火焰中坐起,正是为了此时此刻拉她一把。

她赶紧往阳台上撤。刚跑上阳台,阁楼的四墙和通向楼梯的走廊,就塌进了楼下的大火之中……

似乎有人当头大喝:"快回头!"于是吴为没有错过这一幕——

叶莲子像被烙贴在烈焰的底版上,与烈焰一起,自火的深渊中升腾,而后又被烈焰从底版上剥离并抛掷腾空。她瘦小的身躯佝偻着,她的头发和衣衫被烈焰肆无忌惮地戏弄着、掀动着、撕扯着,露出她那孱弱且因过分孱弱而不堪入目的、谈不上一点美感的胴体。

之后,她似乎在烈焰中翻滚起来,一条腿微蜷,一条腿向外撇着,根本不像吴为长大之后读到的那个词条"凤凰涅槃"。那不过是求生的挣扎,挣扎的丑陋;那无助而柔弱的生命在火焰中挣扎得那样任宰任割,没头没脑,无着无落……

叶莲子就这样镌刻在吴为的生命里,并站在了吴为和所有的男人之间。这样一个叶莲子,谁能取代得了?!

灾难一点缝隙也不留地把她们紧紧压缩在了一起,且坚固无比,什么力量插得进来?不论是爱人、父亲、兄弟、朋友……

胡秉宸又怎能懂得谁也不能从叶莲子那里把吴为夺走的缘由!

有多少次,吴为试图对胡秉宸说一说她那不长也不短、无法与他光辉灿烂一生相比的一生,希望他能理解她不能把任何人放在叶莲子之上的缘由;希望有一个力量能把她从那个紧得不能再紧的胶合状态中拉出;除了对叶莲子的爱,她还需要其他的爱……

叶莲子过世后,当吴为对胡秉宸说起这件太过沉重,难以随便提及的往事时,胡秉宸却张着报纸坐在沙发上。吴为怎么不懂那典型的英式回绝?但她不甘放弃地问:"亲爱的,你在听我说吗?"并侧了侧身体,希望绕过挡在胡秉宸脸前的报纸,看到一张略表同情的面孔。

回答她的是一阵掀动报纸的声音。她伤心地自言自语道:"看来是我自作多情啦!"

胡秉宸这时就从报纸后面闪出他的脸,放出英式社交场合上的典型一笑,悠悠说道:"怎么,难道让我也跟着你痛哭一场吗?"

想来胡秉宸也是用这副嘴脸对待叶莲子的。吴为还埋怨母亲不能与他相处,她是错怪母亲了。可是她已无法对叶莲子说一声"对不起"了。

从此吴为断了念,无论如何,她是找不到一个疼她,更不要说是拉她一把的人了。

最后的吴为并不想放任自流、坠入疯狂,她不是没有做过挣扎。在明白她的至爱胡秉宸不肯舍给她一只手后,甚至丢弃前嫌,去找过她的仇人顾秋水。

起始他们谈得还算投契。有个晚上顾秋水问吴为:"你现在常有孤独之感吗?"

她回答说:"不是孤独,而是孤零。以前没有,母亲去世后才有的,总觉得我在世上没有根儿了,没有了骨血相通的人。我倒不怕孤独,这该算是母亲留给我的一笔遗产,我们多年过着孤苦伶仃的日子,对生活本没有更高的期望,一旦这种局面出现,很能应对。"

顾秋水又问:"你是不是觉得人生得一知己足矣?"

吴为说:"……淡了,也淡了……朋友算是不少,可母亲去世后,我痛苦得无以自持,翻遍电话号码本,却没有一个可以打个电话诉诉衷肠的人。"

"你丈夫呢?"顾秋水瞥了一眼在厨房里忙碌的现任妻子。

吴为惨然一笑,无言以对。

顾秋水想起与胡秉宸的那次接触,吴为哪里是他的对手?心里便有些不忿,"我真不明白,你养着、供着一个高高在上的皇帝有什么意思?他爱你吗?尊重你吗?"

"他爱过我,我也爱过他。"

"你真不像我的女儿……男女间的事是最不值得认真的事,为这种事情受罪更是一个不值得。"

吴为的感觉开始不对。这是他一时激愤之言,还是从来如此?难道他对母亲也没有认真过?

顾秋水很快撇开无足轻重的男女话题,继续说道:"是啊,我现在也常常感到无依无靠,无根无由,无来无去,茫茫人海无以酬对。不论你高兴、你痛苦、你感伤,都无人可以言说。回想一生形影不离、舍生忘死的朋友,今天我去看他、明天他来看我,一天不见都不行,有什么好东西都想着他……可却没有一件可以铭心的回忆。"不为儿女情长所困扰的顾秋水,这时动了真情。

吴为幽幽问道:"你梦见过我妈吗?"

他说:"有时候梦见。是过去的日子,可又不是熟悉的旧时场景;在一个说是生活过的地方,可又不是。话也说不出,影影绰绰,似是而非,像是那么回事又不是那么回事。梦也是错落的,这个人连着那个人,有时候电影里的人物竟接上了梦里的人,电影里的人生也接上了自己的人生。醒来感叹,一生就这么过去了,有些事想弥补也弥补不了了,想干什么都干不成了。元稹写过很多悼亡诗,我都忘了,就记得一首——

> 谢公最小偏怜女,嫁与黔娄百事乖。
> 顾我无衣搜荩箧,泥他沽酒拔金钗。
> 野蔬充膳甘长藿,落叶添薪仰古槐。
> 今日俸钱过十万,与君营奠复营斋。
> …………

"有什么用呢?人都不在了。

"我们这一辈子是白过了,说什么理想、追求,到头还不是两手空空?想起来真是荒唐。就是有钱也不知道怎么花。东北军里的那些人,不过就是打打麻将,还有什么?不像现在的年轻人,又是卡拉OK,又是出国,花样多了……不过你老在你妈生活过的地方跑来跑去,又能有什么收获?什么都找不见啦。"

吴为说:"对我是个安慰,了我一个愿。其实是在找我妈。

明明知道找不着她了,但能找到一种心境也好。佛家不是说'从来世事由心造'吗?就是这么回事。"

说着,说着,就说到吴为小时很怪,自然又说到她在柳州那场弥天大火中的表现。

顾秋水说:"这些事我怎么都不知道?我那时候在哪儿?"

"你和阿苏在桂林啊。"到现在为止,吴为想到的还只是事实的叙述,丝毫没有挑衅的意思。

"没有,我没有跟阿苏在一起。"

"那我妈怎么会躲出来教书?"

顾秋水鄙夷地说:"你妈还能教书?她不过小学毕业,就算当了老师也是混。"

顾秋水哪怕有一点反省,吴为也绝不会旧事重提。正像顾秋水是在枪子儿、炮火中长大的那样,吴为是和着叶莲子的苦难一起长大的,叶莲子的每一分苦难都嵌在了她的生命里。自尊自爱的叶莲子,却从来没对这些苦难的制造者顾秋水诉说过它们的功效。可现在,她要是不为叶莲子向它们的制造者顾秋水说一说它们的功效,她要是不在顾秋水这副无赖的嘴脸上来一拳,就太对不起叶莲子了。

"这还要感谢你,如果不是你的残酷蹂躏把她逼出家门,她还不能自学成才呢。解放以后她年年都被评选为模范教师……

"要说你在延安时候不给我们写信可以理解,因为我们在敌占区,通信不便。可是一九四〇年春节前后你就到了香港,无论如何算是居有定所了,为什么不给我们写封信?"

与刚才谈论"孤独"的时候比起来,顾秋水像是变了一个人:"我上哪儿找你们去!"

吴为冷冷地叼了他一眼:老顾,你装什么糊涂啊!"你不是把我们托付给了包家和包家的司机董贵了吗?给董贵写封信,准能知道我们的下落。再说我妈无依无靠、无亲无故,能上哪儿去?"

他又说:"我没钱哪,没钱怎么给你们写信?"

"你到底是因为不知道上哪儿找我们,还是因为没钱才不给我们写信?哪怕你来封信说你还活着,说你目前有困难,等情况好转再接我们去团聚也行啊,也会给我们一点儿希望,省得我妈望穿秋水。难道没钱的穷人都得把老婆孩子扔了?再说你也不是没有钱,怎么就能把我们甩给包家当保姆?能怪人家对我们不好吗?你都不管自己家人的死活,人家管得着吗?"

顾秋水跳起来,说:"敢情你是来替你妈讨账、报仇的!冤有头债有主,你就打死我吧!"然后像个泼妇那样往吴为身上撞。

吴为本想说:不,我不是来讨账的,我就要坠入深渊了,哪怕一根稻草现在对我也至关重要;而你我之间不止一根稻草,还有血液中那根比稻草结实一点儿的线呢,我就是来对接这根线的。

可是吴为打住了,她能指望眼前这个瘪三一样跳来跳去的男人拯救她吗?

不是吴为不肯饶恕、不能忘记顾秋水的罪恶,而是顾秋水自己不让她忘记。听听他刚才说的话,她怎么能和这样一个人握手言和?事到如今还不肯承认一点自己的罪过,母亲是白为这个狼心狗肺的人"受"了。还是丢掉幻想,准备斗争吧。

她下斜的目光扫视着这个在她身旁跳来跳去的小男人,淡淡地说:"一边儿待着去,少往我身上靠。别说我不是来讨账的,就是来讨账、来报仇,又有什么不可?而且这个账算得过来,你又赔偿得起吗?我告诉你,你毁了我的一生!"

那个赤身裸体,裆里悬着一根说红不红、说紫不紫的鸡巴,随着他的拳打脚踢荡来荡去的瘪三男人,重又出现在她的眼前,她甚至又有了尿裤子的感觉;还有那个两岁时的楼梯,也同时在眼前闪回……但她毕竟不是那个手无寸铁的小女孩了。

诉苦是原谅的前奏。对如何毁了她一生的这个狗男人,吴为绝对不想再费一句话,只想再刺他一匕首:"你蹂躏了我妈一辈子,可到现在还这个态度!她是太善良了,从不记恨你,最后还让我想办法把你弄回北京,要不是她逼着我去为你张罗回北京的事,我才不去呢!老实告诉你,禅月根本不让我认你这个父亲,她也不会认你这个姥爷!"

顾秋水转身跑进厨房,拿来一把菜刀上下左右挥舞着,说:"你杀了我吧,你杀了我吧!"

他的现任妻子上去阻拦,顾秋水发了疯似的把她推开,说:"有你什么事?你再拦我我就打你啦!"

吴为扬着下巴说:"几十年过去了,想不到你还是个兵痞。你打她干什么?你有什么本事?这一辈子就会欺负女人。算你运气,居然有那么多女人甘愿为你贡献自己、牺牲自己。瞧这把锈迹斑斑的菜刀,亏你拿得出手,也不嫌寒碜,还算征战沙场的军人呢。我为什么要打你、杀你?我看不起你就够你受着去了。你当我是我妈?你当我还是那个任你提溜着两条小腿儿,扔到门外去的那个小女孩儿?!"

她背上自己的行囊,一分钟也不多留,一声"再见"也不说,头也不回地走了。她知道,到死,他们也不会再见了。

这两个在世上备觉飘零的人,注定不能对接他们血缘上的那根线了。

她很平静,知道这一走,自己的时间也快到了。

小城离车站很远,吴为行走在没有灯光也没有月光和星光的冬夜中,像行走在茫茫的荒原上。她边走边想,找不到了,找不到了,在这个世界上她是再也找不到一根可以拽住她的线了。

这本是一个让你死了心才能活下去的世界——你从没有过父母,没有过情人、丈夫,没有过兄弟姐妹,没有过子女,没有过朋友……可吴为就是死不了心,最后的吴为不疯又能怎样?

回到北京不久,吴为就接到顾秋水的来信。信上写着:你有什么资格对我说三道四?你不也是一嫁再嫁、乱搞男女关系,甚至还有个私生子!让胡秉宸的老婆告到中央,告向社会,告上法庭……

吴为放弃地一笑,作为一个父亲,顾秋水是永远不会知道他对自己女儿犯下了什么样的罪行,也永远不会懂得她对他的仇恨了。

进而她更是铁了心地想,禅月永远别回中国才好。

禅月读大学时,有个男同学追求未果,便写了封与顾秋水大同小异的信,"……你有什么了不起,你以为你是个公主?谁不知道你妈是个著名的破鞋、婊子,有其母必有其女,你又能好到哪儿去?"云云。

如果说韩木林这样辱骂吴为还有一定道理,毕竟她把一顶绿帽子戴在了他的头上,是吴为的受害者。那么胡秉宸呢,她过去的事情与他何干?而且早在他们还没进入情况之前,吴为就把声名狼藉的过去对他做了如实的交代,请他考虑、斟酌……可他一旦发起怒来,她的交代反倒成了他的炮弹,并用这些炮弹毫不留情地轰击她,羞辱她。

她怎么就想不起用胡秉宸的艳史对胡秉宸以牙还牙?

当她在自身条件如此恶劣的情况下,靠着比他人不知付出多少倍的努力和奋斗,终于成为一名作家的同时,也有了许多想象不到的收获——

谁能说胡秉宸在出席某些重大场合时,几次三番让他平时所不齿、所变着法儿折磨的吴为陪同前往,还说"我要向人们显摆显摆,我还有你这么个老婆!"仅仅是个玩笑?

谁能说那位和吴为生了一个私生子从不显山露水的情人,十多年后突然浮出水面,到处向人宣称"想当年我还睡过她呢!"与她的功成名就无关?就像阿Q见人就宣称"我还摸过她呢",摸过静修庵中的小尼姑。

谁能说吴为的功成名就不是韩木林日后不再诅咒她,而是情意绵绵地向人声明"吴为是我的前妻,直到现在我还爱她"的缘由?……

如果吴为还是一个任人唾骂的"破鞋""婊子",那么情人也好,前夫也好,胡秉宸也好,任何一个自称多情的男人也好,谁还愿意捡这只"破鞋",并和这只"破鞋"相提并论?如此煸情的故事只能存在于小仲马的《茶花女》之中。

谁又能说她的功成名就不是那个男同学追求禅月的一个缘由,否则为什么根本没有得到禅月的应许,就在同学中广为吹嘘他是名作家吴为未来的女婿?

不能说这四个男人就代表了中国男人的整体,但至少代表了几个层面,也许这正是禅月不得不走出国门的原因。她不能忍受男人们拿着吴为的私生子问题对她们母女进行无穷无尽的讹诈勒索。她要是在中国谈婚论嫁,闹不好未来的夫婿恼羞成怒时还会用她母亲吴为的问题羞辱她,哪怕吴为进了棺材,也不能一笔勾销。

无独有偶,吴为非常钟爱的一位三十年代女作家,当她在世时,她的情感、青春、肉体、才情、钱财无一不被男人盘剥,却没有得到过一个男人真正的疼爱。而在她寂寞凋零又文名鹊起之后,这些男人却突然冒了出来,争相说是她的丈夫、情人、她的版权继承人,并为此打得头破血流。

死里逃生的叶莲子,来不及多想她的侥幸或不幸,忙去寻找吴为。只见一个小人儿,镇定自若地站在烈焰中央,那个孤零零站在烈焰中央的小女儿,好像不是她的女儿,而是烈焰生出的女儿——一个将要承受万般不幸的女儿。有那么一会儿,这景象竟让叶莲子恐惧得忘记了周围的一切,思量起吴为今后的一生。

难道她们家的女人,都是火命吗?

叶莲子快速跳下阳台,看了看楼下那口被火焰包围的天井,不论死活,现在只有这一条活路了。好在柳州的楼房都不算高,赶紧把被子扔下去,此时才觉得她没有抢救钱而是先抢救这条被子真是上苍的指引。然后她顺着房檐,将吴为滑到被子上去。这时火焰的包围圈越来越小,她反过身去趴下,撑住房檐,伸出两腿蹭着房檐滑了下去,居然平安着地,又赶紧用被子裹住吴为,冲出了那口"黑井"。

吴为的小脸被烈火烤得通红,那样一张小脸,居然冒出颗粒大得极不真实的汗珠;即便那样大的汗珠,也没等流下面颊,即刻就被热浪炙干。柔软的头发根根被即流即干的汗水粘在了额头,一只小小的拳头紧握着贴在胸口,不惊不诧地看着自己刚刚逃离的火海……

叶莲子木然地看着整整一条街渐渐化为灰烬。

怎么也想不明白,房东一家为什么要把通向阁楼和一楼的门锁上?是每天锁还是今天锁的?如果天天都锁,为什么每天上下班还能从此门出入,难道冥冥中有人在那一刻将门锁住?

她不能不再次想起,幼年在老家得伤寒症时空冥中传来的谶言。

等到一切化为灰烬的时候,反倒不知从哪里冒出满地的人,还有满地水与泥土、灰烬搅和成的泥汤,浸淫着劫后余生精疲力竭的人们。

叶莲子抱着吴为坐在烂泥汤里,想起她们与顾秋水阿苏住在一个房间里的日子,这样一无所有地坐在地上,可以叫做幸福生活了吧?

人们惊魂未定地走来走去,或相拥在一起,守着已然化为灰烬的家。只有她没什么可守,之所以坐在这里,只是因为无家可归。

吴为睡着了,眼圈青青的,眼睫毛服服帖帖地粘在下眼睑上。除了那条裹着吴为的被子和身上单薄的睡衣,她们连鞋也没有,好在柳州的冬天并不很冷。叶莲子将被子对折起来裹着吴为,吴为的小脚就露在了被子的外面,上面全是瓦砾划出的血痕。那双又小又嫩的脚还没磨出腃子来呢,就这般赴汤蹈火,过早地经了风雨见了世面,过早地开始了如此血糊拉拉的旅程——它们实在应该得到一点关爱,真正一点就够了,从这样一条路上走过来的人很容易知足。

几十年后,每当胡秉宸阴阴地折磨着吴为的时候,这双小脚就会在叶莲子的眼前重现。她难免会想:胡秉宸哪,你是太吝啬了,怎么就不能给这双小脚一点点关爱呢?

叶莲子把被子往下拉了拉,盖上了吴为那满是伤痕的小脚。

吴为的脚倒是被叶莲子包裹住了,可是她脚上的伤痕就这样长在了上面,永远地长在上面了。

不时有记者采访。记者之所以对叶莲子兴趣有加,是因为她居然能从那个没有逃路的楼上跳下逃出,并且带着一个孩子。

"请问损失大吗?家人没有受到什么危险吧?你的丈夫在

哪里?"

"请问太太,火怎么烧起来的?"

"您是坚强的女性,独自一人应付这样的灾难……"

叶莲子什么都不回答,只一味哀哀地哭。

起火的原因谁也说不清楚。有人说是房东在飞机场工作的儿子从机场带回的那桶汽油不慎起火。但房东拒不承认,反倒说是哪家厨房的余烬复燃。

柳州的房子差不多都是木质结构,没火还想找机会烧上一烧,有火就更是兴风作浪地烧了。

四

有人敲门,而且敲得理直气壮。

顾秋水就有些张皇,从阿苏身上翻下来的时候,双手没有撑在床上而是搓在了阿苏的膀子上,搓得她很疼。她不由得唤了一声疼,顾秋水却像没有听见。

连阿苏这种不敏感的女人这时也想到了,男人只有在床上的时候才疼爱女人,也就是说,他们是为了自己才疼爱女人,一旦下了床就翻脸不认人。

这真有点像是胡秉宸。

每每在吴为毫无情绪或防备的情况下,胡秉宸会突然从后面将她拦腰搂住,用他那个并不雄伟的物件,猛顶几下她的臀部,狠狠咬着牙说:"操你哟!"然后再猛然将她往前一推,干净利索,拂袖而去,好像什么事也没有发生过。

他的狎弄没什么特别,他的拂袖而去却很有讲究,似乎总在担心有人看见他的狎弄。其实他们已经是夫妻,即便狎弄一下吴为,虽则不雅,却也说得过去。

胡秉宸极其偏爱这种狎弄,比起和女人在床上正正当当的两性相悦,别有一番滋味,还有那么点温故而知新的味道,像是回到少年时代在天桥观看说坤书的艺人或是拉洋片,再不就是翻着老萧褥子底下压着的春宫画。正像某个伟人总结的那样,果然是"妻不如妾,妾不如婢,婢不如偷,偷得着不如偷不着"。

那一天胡秉宸情绪饱满拂袖而去的时候过于生猛,甚至将吴为推倒在水泥地板上,让她结结实实摔了一跤,疼得她躺在地上很久不能起身,胡秉宸却连扶都没有扶她一把。她躺在水泥地板上说:"你这是干什么,我是妓女吗?"

胡秉宸并不知道,吴为从他这种行为中得到是什么信息。她认为这种行为暴露了胡秉宸隐蔽得极深的自私——不论在有人或没人的情况下,时刻有备无患地将责任推卸得一干二净;即便吴为已是他的太太,也别打算享受优惠待遇;至于那个倒地的女人如何应对尴尬,则与他无关。

同时吴为也渐渐明白,某些正人君子,并不见得比有个私生子的她更不下流。

由此她思索起胡秉宸对待女人的总体态度。按照胡秉宸的表白,吴为该是他的至爱,如果对他的至爱都像狎妓,那么他和其他女人的关系也就不必那么计较了,是不是?

从另一方面来说,也许吴为想得太多。这很可能是长期地下工作留给胡秉宸的烙印——任何情况下,尽量保全自己。

顾秋水匆匆穿好衣服,又拉过被子替赤条条的阿苏盖上,悻悻地走去开门。

门外站着一个精瘦的汉子,粗衣粗裤,粗脸、粗胳膊、粗腿,顾秋水问道:"找谁?"

"顾先生。"

"什么事？"

"顾太太遭了大火，她和孩子倒是逃了出来，现在已经到了学校。校长先生让我送封信来……"

顾秋水接过校长的信说："好吧，知道了。"

来人竟还不走，阴沉地站在门外，像一块堵在门口要下雨的乌云。

"还有什么事？"

"我得等回信。"校工只看了顾秋水一眼，就知道叶莲子老师为什么老待在学校了，也知道了叶莲子老师要是有一点办法也不会出走柳州，险些丧命。

"你得等回信？"顾秋水不高兴了，"该怎么做我还不知道，还劳你们校长指点？"砰的一声把门关上了。

当顾秋水赶到柳州，看到叶莲子母女整胳膊整腿地坐在学校办公室里的时候，真是气不打一处来。

他生气，是因为一大早那个敲门声，说明他不尽责任到了他人不得不出来说话的地步。而这个恶名，全是眼前这两个既不缺胳膊又不短腿的人闹腾出来的。

顾秋水沉着脸子，看着她们脚上的新鞋和一旁的被褥，想着校长先生给他的那封信。新鞋是学校一个教师送的，旧被褥是几个教师从家里带来的，它们似乎都在无言地谴责他这个丈夫的不仁不义。

虽然顾秋水看不起那些教员，一个个穷兮兮的小家子相，可又感到了这些小人物的沉默暗含着的谴责，便问叶莲子："你对校长说了些什么？"

"什么也没说。"不是分辩，而是如实招来。

和别人一起编派自己的丈夫？不，叶莲子不能让人觉得顾秋水不好,更不能让人觉得丈夫对她不好。

同事们一再追问:"顾先生怎么还没来?"

她说:"路远。"

同事又说:"那也该到了。"

她说:"他有肺病,不知道这几天是不是好些了。"

"这两床被褥,只能暂时对付一下,等你丈夫来了再一一补齐吧。"

"是啊,他来了就好了。"

…………

"是你让校长派人去找我的?"顾秋水又问。

"没有,没有。"叶莲子甚至有些埋怨起校长来,这不是给她添罪吗?哪怕弥天大火将她和吴为困在屋顶时,她也没有呼唤过顾秋水,没有期望过他自天而降,神灵般显现,救她们出火海。但凡有一点办法、余力,叶莲子也不愿意再招惹顾秋水。

问完这些,顾秋水还是气哼哼地沉着脸。不过叶莲子总是觉得,对于她们母女的遭遇,顾秋水总会生出一点恻隐之心,即便不是出于爱怜。

她下意识地抚摸着吴为的腿,想着孩子真是个好孩子,每遇大难不哭也不叫,从不给她和顾秋水添乱,作为这样一个孩子的父母,难道他们不该好好疼爱一下吴为吗?

顾秋水当然看见了吴为伤痕累累的腿,但若没有吴为,他可能更容易和叶莲子分手——这念头使他面对吴为那伤痕累累的腿时也难以内疚。

他的确不曾有过这样残忍的念头:大火怎么没有把她们烧死?但也实实在在没有过这样的庆幸:幸亏她们没有被大火烧死。

333

"大老远的让你跑一趟,累了吧?"叶莲子问。

顾秋水白了她一眼,说:"走吧。"

走了两三条街,叶莲子就明白他不是带她们回桂林,而是找了一家小旅馆让她们住下。房间里有一张当中下凹的棕床,还有一个木制的脸盆架、一张木桌、一把木椅。被单潮湿而肮脏,像被许多爱出汗的胖女人或是胖男人睡过,散发着人体上的秽气。她把被子垫在床上,然后怯怯地对顾秋水说:"坐吧。"

顾秋水不肯坐,随时准备拔腿就走的样子。叶莲子一心想挽留却又不知怎样挽留,只会用手把被子掸了又掸,搂过吴为在椅子上坐下。顾秋水要是不说话,她也不敢再说什么,说错了怎么办?

"你还是再找间房子住下吧,"顾秋水从皮夹里拿出一些钱,想想,又添了一些,"一时找不到还得住几天旅馆。"他既没问问叶莲子一个人带着孩子是怎么逃出来的,也没问问你们饿不饿、渴不渴、冷不冷,更没对她们大白天身上还穿着一身睡觉的衣服感到奇怪。

吃苦受难并不可怕,可怕的是落空,这时才觉得那苦是双倍的了,不值得了。

不值得而受的苦是真苦。

校长先生是金奉如的朋友,正因为如此,金奉如才能为叶莲子找到这个教书的工作,校长难免不将叶莲子母女在这场灾难中的其情其状告知金奉如。以金奉如的身份,从来奉行的是不便插手的态度,何况叶莲子在香港的境遇他早有所闻,连他也觉得顾秋水这样对待叶莲子母女二人真是天理难容,但也只是感慨而已,还是不便插手。

插手的是金奉如从延安来的秘书。秘书曾和顾秋水互相掩护,以为某个卷烟厂到湖南采购烟叶的名义,做过一些地下工作,当然就和顾秋水有些熟络,常到顾家坐坐,对顾家的事自然也就有所了解。有一天他突然来到顾家,对顾秋水说:"老顾,再不让阿苏走,你的家可就要毁了。你看南南她妈多可怜……你别担心,我会给阿苏安排个事做。"

顾秋水说:"这事你别管,我和阿苏没什么,我们还得靠她干活儿。"

后来见阿苏还没走,秘书又来了,对顾秋水说:"别再留着阿苏了,你要是再这样对待南南她妈,我可就不客气了!"

顾秋水说:"不行,我不能让阿苏走。"

说话间,金奉如的秘书就从后腰掏出一把枪,一边瞅着顾秋水,一边往桌子上戳了戳,顾秋水就不敢再说什么了。这个在叶莲子身上施尽男人手段的男人,就在一把枪膛里指不定有没有子弹的手枪面前,丢尽了男人本色。

整个谈判阿苏都在场,顾秋水却没往阿苏那边看过一眼。

临走时,阿苏什么也没说,更没有要回她当年给顾秋水的钱,就那样默默地走了。

阿苏走出家门后,顾秋水就开始痛砸自己的脑袋,除此之外也就没有别的办法了。他一边砸自己的脑袋一边想,阿苏会怎么想?他还欠着她的钱哪,现在又让人拿枪把她逼走了……

秘书以为帮了叶莲子的忙,可自阿苏走后,顾秋水和叶莲子的关系更加冷淡了。顾秋水从此不再打骂叶莲子和吴为,但是他们之间连话都没有了。

五

解决顾家这种不死不活局面的还是战争。

一九四四年八月底,衡阳失守,桂林告急,所有文化精英以及桂林百姓,都急往贵阳撤退逃离。

汽车、火车的车厢内、车厢顶、车厢底,拥塞着不可计数的难民,尤以金城江车站为最。人们甚至钻到车厢底部,蜷缩在那连接两个车轮铁条的隔板上,离枕木只有少许距离。

几天之内,桂林、柳州相继失守,军队放弃了广西、贵州两省的防线……

顾秋水带着家人与邹可仁一家逃出桂林,向大后方重庆转移。

他们先乘火车。火车上长满"人刺",一旦途经山洞,挂在火车上的"人刺"就会被山岩刮去一些,霎时间血肉飞溅,火车随之也就变得光溜一些。

后来改乘运货"黄牛",卡车货堆上坐着逃亡的人们,吴为的小手紧抓着高围在卡车四周的铁条,眼看着多少人一个转弯没有抓牢就摔下山涧,马上粉身碎骨。山涧里,多少汽车残骸不得不接受那横尸山野的残酷。

从重庆转道陕西,顾秋水把叶莲子母女交给了宝鸡"工合"的陆先生,自己则随邹可仁到华北"地下抗日"去了。

临走前,顾秋水振振有词地说:"别人都不带家眷,我也不能带。"

明知大事不好,叶莲子也不敢说一句什么。她何止是逆来顺受?连顺来也顺受了。以她的聪明才智,本可以成为一个人物,只是她把自己的生命完全寄托在了另一个生命上,误以为那个生命不知比自己高明多少,把自己的潜能生生地埋没了。

从宝鸡到西安还算顺利,找到杨虎城将军当年的秘书,通过他,请一位西北军军长为他们给原山西省督军阎锡山写了一封介绍信。只有通过阎锡山这个关系,才能穿过山西封锁线到华北。

十月间,邹可仁和顾秋水从西安乘骡车经韩城、宜川,在壶口过浮桥跨黄河,到达山西吉县。

华服美食又见识过哈佛的邹可仁,不像顾秋水那样从来是颠簸之路上的过客,乘骡车、路难行可以等闲,经壶口过浮桥、跨黄河时却等闲不得了。他们明明走在浮桥上,却像走在水急浪高、奔腾叫嚣的浊浪之中,藐小得连浪花上拍出的两粒水珠都不如。

什么叫话语霸权?什么叫可以说"不"?那就看看邹可仁和顾秋水此时此刻经过的壶口吧。那才是享有话语霸权,才是可以对世界说"不"的主儿。不但可以说"不",什么时候一不高兴,说把世界提溜起来就提溜起来,说把世界拍碎就把世界拍碎。什么唐宗宋祖,什么成吉思汗,任什么风流人物也别梦想有一天"风流"会数到自己头上。邹可仁就想,幸亏他们的对手是日本人或蒋介石,如果是壶口,可如何是好?!

过了壶口就是阎锡山驻地——少将比驴多的"克难坡"。

这正是刚刚到达陕北的毛泽东向山西运动,寻求发展,被阎锡山击退的一个重要原因。有壶口这一天堑,阎锡山是稳坐钓鱼台了,国共合作抗日后,共产党才能不费一枪一弹,进入了抗日前方阎锡山的这块地盘。

见到这两位与东北军有着千丝万缕关系的人,西安事变前信誓旦旦支持张学良、事到临头就变卦的阎锡山,并没有一丝尴尬。何止是两面派?简直是多面派,据他们所知,他和抗战对象日本人也有千丝万缕的关系,把这种多元化的局面玩得滚瓜烂熟,如鱼得水。

安排他们在招待所住下,过了几天才和他们谈了一次话,没有什么实质性的话题。实质性的话题由他的谋士梁化之和外甥出面,不过是想联络利用他们的力量。顾秋水看出,打败日本后,阎锡山想独占华北,建立了一支"铁军",准备日后进军北平。所以邹可仁和顾秋水也没敢和对方深谈,双方只是放一放合作的气球。

其间请他们吃了一顿西餐,可能是知道邹可仁的哈佛背景。主菜是每人半只鸡,饭后甜点是一个大梨,对惜金如钻石的阎锡山来说,就算很不错了。

之后他们拿到了阎锡山的通行证,搭乘他向敌占区倒卖桐油的大卡车到孝义,又通过他的交通站弄到几张假良民证,才搭火车到北平,当晚没敢出站,就在站里等候转去天津的火车。

到天津天还没亮,满大街就他们两个人,找到朋友家就是叫不开门。不过拍了一户人家的大门,听上去可就像是拍在天津市家家户户的大门上。拍门声一传多远,这不明摆着告诉日本人此地非同寻常?他们真着急呀,拐了这么大弯,费了这么大劲,到了家门口再让日本人抓去,多不上算。

最后他们潜伏在一个医生家的地下室,佯称是戒大烟的人,这时已是一九四五年一月,离日本投降只有几个月。

可是那些所谓的"关系"根本联系不上,派人去叫也叫不来,谁也不敢理他们,工作根本无法开展。

包天剑这时也回到天津,他的抗日热情也好,收复东北势力的雄心也好,都消失得无影无踪,再也看不到那个哪怕穿着不伦不类的美式军服的青年军官了。他常常自言自语道:"二太太没有了,财产也没有了,队伍也没有了,什么都没了……"看上去有点神经兮兮。

已经改换门庭的顾秋水,见到包天剑更是一副傲然,他仍然记恨包天剑将他丢弃香港不顾的那档子事。要不是他在战场上忠义救主,包天剑恐怕早就成了炮下鬼。

包天剑见到顾秋水,连那不投机的半句话也没有了,他们谁也不再记得当年的情义。情义算什么?就是青春结伴好前程的往事也不能让他们心有所动了,其实他们离心如止水还远着呢。

如果不是对包老太爷还有那么一点企图,即便都在天津,又住得很近,顾秋水也不会和包家来往了。

邹可仁和顾秋水多次向包老太爷宣讲未来的前途,请他出山,回东北号召一下,东北军的残余势力和大批土匪势力肯定响应,可包老太爷就是不动声色。邹可仁说:"扶不起来啦!"其实是有包天剑的前车之鉴参照着呢。

反过来说,穷困潦倒的包家,如今就是向邹可仁借一分钱也借不出来。而当初邹可仁去美国留学,还是包老太爷出资两万赞助呢……到了现在,邹可仁还想利用包老太爷的余热去实现他那东北王的美梦吗?真是做梦去吧!

天津没有指望,顾秋水只好到北平去串联那些东北军旧人,响应者依然寥寥。

研究结果是设法通过伪满洲国总理张景惠等人,在日本投降前抢先抓到伪满"国军"的武装力量,把山海关夺在手里,堵截蒋介石的军队出关,并扩大力量,占据"南满"地盘。

他们研究了武装策反的可能性,还派遣特派员回东北了解反叛杂牌军的实力、真假抗日之心,以及隐藏在某处的武器到底有没有,有多少……

又与汪伪政权中几个东北军旧人,如九一八事变前原张学良将军的参谋长,如今是汪伪政权绥靖主任胡玉昆的军政部长鲍文岳等达成协议,准备武装策反。

可是日本一投降,绥靖主任汉奸胡玉崑就被蒋介石抓起枪毙,鲍文岳也没得好死,一切都没来得及办。

日本投降后,他们又同伪满驻天津领事王某接上关系,打算趁日本投降混乱之际,从中得利。还通过包老太爷的关系,拉拢伪满"劳动奉公队",据说该队有八千多人,掌握在一个东北军老军官"于大头"的手中,可是蒋介石来得太快,一切计划都成泡影。

回东北了解情况的特派员也有野心,根本不调查、研究武装策反的可能性,而是大张旗鼓召开了各方力量的代表大会,会上成立了东北自治政府,还捎信给顾秋水:"……我们已经召开大会,与会军官二三十人,大家都说不能再等,如果不赶快行动,杜聿铭就要吃掉这些杂牌军。于是在会上成立了东北自治政府,邹可仁为主席,加上十二个委员,共由十三人组成。"

顾秋水连忙回信:"请尽快与共产党联系,否则我们没有后盾力量。"

几天后顾秋水从报纸上得知,特派员乘公共汽车前往哈尔滨寻找共产党的关系时,被国民党摩托车队追上捕获,并押往南京,于是与会者大多被捕被杀……甚至有人通知顾秋水尽快逃匿……

问题都出在后面那个"可是"上。

这些计划,像所有的想法在想法阶段上那样诱人,那样美妙,那样一厢情愿,那样停留在想法上,那样幽了一个英国式的默。除了一个让人慢了半拍的哈哈大笑,还能有什么?

…………

而叶莲子一直以为顾秋水是在进行一番伟大的事业,想到因伟大事业不得不被遗弃的自己,也算是间接做了贡献——愿她永远不要知道事情的真相。

顾秋水大手一撒,叶莲子和吴为就像两颗被他啃剩下的酸枣核,前不着村后不着店地撒在了层叠起伏、深博不可探知的黄土高原上。她们能不能在哪个崖畔上抓住一把黄土,生出她们的根来,就看她们求生的本事了。

她们的虚浮、对人世不着边际的向往,即刻就被埋葬在那凄荒古远、令人断魂的旷野中,埋葬在水塘边难以见到的几枝颤抖的芦苇中,埋葬在散发着苍老湿气的废窑中,埋葬在如哭泣如挽歌的连阴雨中,埋葬在黄土高原没脚的黄土中……

蓦然回首,不知何时,她们就靠在了那亘古至今支撑着天又支撑着地的塬上。她们惊心动魄地仰视着那矜持得近乎冷漠、苍凉得近乎死灭、拒人千里得近乎无情、线条随意得近乎粗陋却威仪凛然的黄土高原。

不,黄土高原对她们的厚爱,要在他们彼此有所了解之后才能凸现。

而吴为也不曾料到,她们在黄土高原以及在寺庙中度过的岁月,将赐予她多少悟性,多少享用不尽的财富。

从此,顾秋水留下的那个箱子,就陪伴着她们一起踏上漫漫的求生之路。不知吴为浪迹天涯的脾性是由此而来,还是从外祖母墨荷那个游牧民族的祖先而来?很可能是秉承了外祖母墨荷那游牧民族的祖先。她的很多脾性,看得出是越过了叶莲子而与外祖母墨荷的直接链接。

从此叶莲子将不断地"打起行李就出发",辗转于各个临时的栖身之所。

但吴为很快就会接替孱弱的叶莲子,渐渐为叶莲子撑起一个没有男人的家。

这对吴为并不很难。叶莲子本就怀疑吴为是否天生被赋予雌雄兼容的禀性,十二岁上就能将行李打得平平整整、方方正正,像是军营出品而非出自女性少年,且不让叶莲子插手。

即便几十年后,打行李这种手艺业已失势,吴为时不时还想向人们显露一手打行李的技艺,那难道不是她笑傲江湖的一个把势?

即便到了老年,不论走向何方,到了终于需要哪只手来帮一把的时候,她仍然独自一人连蹬带踹、手脚并用,用牙齿咬着绳子这一头,用手拽着绳子另一头,打出一个早被淘汰、再也没人欣赏的样板行李。只是事后会力不从心地叉着腿在地板上坐很久,才能颤颤悠悠地起立,不得不承认自己老了,不行了。可她就是不想独自经营她的行李,又有谁会为她搭把手呢?只有四顾茫然。

等到有了禅月,她就既是父亲又是母亲。即便有了历届丈夫,凡举登高爬梯、安装电器、负重养家……也都是她的差事。怪就怪在她像一个男人那样舍我其谁地认为,这都是她义不容辞的责任。

到底是谁把她造就成了一个男儿之身,却又给她一条女人的命?!不知除了雌雄,生物界还有没有第三、第四种属性,如果有,说不定她也会兼顾起来,瞧她对男人的责任那份大包大揽的热爱!

她的两只手,跟着也就越来越发男相。

如果说吴为仅仅被赋予雌雄兼容的禀性还算不得奇异,到了她的两手越来越男相的时候,她那分野雌雄两性的中轴线也就越来越模糊,越来越往雄性偏斜靠拢。除了"同志",哪个男人愿意再找个男人共筑爱巢!不过她也能在这种局面中找到安慰自己的成分,一旦男人对她撂了挑子,绝对难不住她独挑家门的日子。

吴为一生可圈可点之处不多,但却是一把出苦力的好手,包括她对爱情也像出苦力那样勇往直前,大干、快干、多干,像个独轮车把势,脑袋往下一扎,不看前后左右,只看脚下和车辘轳前方三尺之处,小车不倒只管推。而她不明白,爱情需要的不是苦力,而是锦上添花。

到了这个时候,叶莲子有点明白了,她的日子大概再也不能和顾秋水交叉了。想起往事似午夜梦回,有那么点怅惘,有那么点迷茫,有那么点伤痛,有那么点锥心,也有那么点依依,但已不再多想。

这时她才不得不放下顾秋水,有点惊讶还有点惋惜,为什么要从一而终?

可叶莲子是个严于律己的女人,既不懂得为自己着想,也不懂得为自己寻找欢乐。

不论谁,都是第一次也是最后一次做人,难免身不由己地做错什么,可却没有挽回错误的机会了。叶莲子和吴为所出的每一张臭牌,都只能等候叶家的智者禅月来翻牌了。

叶莲子渐渐从过往淡出。此后的叶莲子,对风吹雨打、花开花落、无情无常有了一份大度、通达和默认。正是在黄土高原上,叶莲子才到达了天人会心的境界,上帝与她讲了和,她的心也渐渐归于恬淡平和。

也许她最后还要出场。

而现在,该吴为上场了。